Der Lügnerin Schuld

Verena Grüneweg

Der Lügnerin Schuld

FSC
www.fsc.org
MIX
Papier aus ver-
antwortungsvollen
Quellen
Paper from
responsible sources
FSC® C105338

Bibliografische Information der Deutschen Nationalbibliothek:
Die Deutsche Nationalbibliothek verzeichnet diese Publikation in der
Deutschen Nationalbibliografie; detaillierte bibliografische Daten sind
im Internet über http://dnb.dnb.de abrufbar.

Impressum:
© 2019 Cobyright by Verena Grüneweg
https://verenagrueneweg.jimdofree.com/
verena.grueneweg@web.de
Cover artwork by
Martin / COVER ART STUDIO © 2019
https://www.coverartstudio.com/
Korrektur: Sonja Nanninga
Herstellung und Verlag:
BoD – Books on Demand, Norderstedt
ISBN: 9783734794681

Gewidmet der Thrillerspoilerbande,
einer ganz besonderen Facebook - Gruppe.
Danke an Euch alle.

Ich höre die Möwen, wie sie schreien. Laut und fordernd, ohne Rücksicht. Aber warum sollten sie auch Rücksicht auf mich nehmen? Ihr einziger Anreiz ist die Suche nach Futter. Brötchen, Eis und Pommes, welche Touristen, ohne nachzudenken, hier am Strand hinschmeißen. Ahnungslos, was sie damit anrichten.

Wirklich ahnungslos - oder sollte ich eher sagen rücksichtslos?

Die Möwen, die Ratten des Meeres, sie werden immer mehr. Verdrängen andere Vogelarten. Stürzen sich auf alles, was sie irgendwie an Nahrung erinnert. Mehr als einmal passiert es, dass man Kinder schreien hört, weil wieder eine dieser Plagegeister ihnen das Eis im Sturzflug aus der Hand stiehlt.

Ich lebe in einer kleinen Stadt in Ostfriesland, nahe an der Küste, wo der Wind rau ist und die Menschen einfach. Nicht abgehoben, überkandidelt. Sie wollen nur ihr Leben in Ruhe genießen.

Ich bin hier aufgewachsen, kenne die Umgebung und liebte mein Leben. Meine Familie und meine Freunde waren ein Teil von mir, mit dem ich mein Glück teilte. Niemals dachte ich, es könnte eines Tages anders werden. Sah meine Zukunft in den schönsten Farben, stellte mir vor, wie sie sein würde, und rechnete nie damit, dass jemand diese Träume zerstören könnte.

Und doch fand dieser eine Mensch den Weg zu mir. Ich habe ihn nicht kommen sehen und er brachte Leid und Kummer mit sich. Er kam auf leisen Sohlen, verbreitete sich wie eine Seuche - und wie die Möwen vermehrte sich auch das Böse hier in unserem Ort. Es zog ein, ohne dass es jemand aufhalten konnte.

Ich schaue ins Weite und sehe die Inseln in der Ferne. Ein wunderschöner Anblick, wie die Sonne langsam untergeht und im Meer versinkt. Wie ihre letzten Strahlen im Wasser glitzern und alles friedlich aussehen lässt.

Nur ich, ich störe dieses friedvolle Bild. Meine Kleidung ist zerrissen und von meinem einstigen langen Haar sind nur noch vereinzelte Büschel übrig. Mein Gesicht ist geschwollen und es scheint, dass meine Nase gebrochen ist. Doch ich spüre den körperlichen Schmerz nicht. Das, was ich innerlich fühle, der Schmerz in meiner Seele, er ist es, der mich zerstört. Ich bin ein Mädchen, das alles verloren hat. Das mit hoffnungslosen Augen, einen Fetzen Papier krampfhaft in der Hand haltend, auf das Meer hinausstarrt. Tränen, die ihr die Wangen herunterlaufen, auf den Zettel tropfen und die letzten Worte verschmieren, unleserlich machen. Allerdings ist es völlig gleichgültig, ob jemand sie später noch entziffern kann, denn mir haben sie sich für immer in den Verstand eingebrannt:

Peter Fischer

Jennifer Heit

Diana Großer

Antje Dörnbrack

Jessica Kant

Michaela Preuss

Marlies Sommerfeld

Olivia Brandt

Und an letzter Stelle mein eigener Name

Simone Fischer.

Ich kenne diese Namen zu gut. Sie bedeuteten einst die Welt für mich. Eine Welt, wie es sie niemals wieder für mich geben wird. Dies ist nun meine Geschichte.

<u>*Kindheit*</u>

Ein Kind ist ein Buch, aus dem wir lesen und in das wir schreiben sollten.
-Peter Roseger-

Die Kindheit sollte aus Träumen in denen uns Elfen, Feen oder Trolle besuchen und wir mit dem Glauben an Wunder leben, bestehen Wir sollten jeden Tag fröhlich begrüßen und uns auf das Abenteuer Leben, ohne Angst immer wieder aufs Neue einlassen. Eltern und Geschwister, die Helden und Beschützer, die uns retten, sein.
Wir sollten Freunde haben, an die wir uns als Erwachsener mit wunderbaren Bildern von der gemeinsamen Kinderzeit vor Augen, erinnern.

Ja, so sollte für uns alle die Kindheit sein...!
Verena Grüneweg

Ostfriesland, dort würde meine Familie hinziehen. Für mich, damals eine Siebenjährige, ein Land jenseits aller Vorstellungskraft. In Dortmund geboren und die ersten Jahre Großstadtkind, kannte ich kaum etwas anderes, als die Hochhäuser der Stadt. Lärm, rußige, dreckige Luft, Straßen, gefüllt mit Menschenmassen, gehörten für mich zur Normalität. Ab und zu sah ich auch ein wenig Natur. Doch dafür musste meine Familie mit dem klapprigen Wagen raus aus der Stadt fahren.

Ich hatte gerade das erste Schuljahr in der Grundschule beendet, als ich von dem Entschluss meiner Eltern erfuhr, an die Nordseeküste zu ziehen. Nach langer Arbeitslosigkeit erhielt mein Vater ein tolles Jobangebot von einer bekannten Firma, das, wie er sagte, uns eine bessere Zukunft garantierte.

Ostfriesland erschien mir so weit entfernt und fremd wie heute die Bahamas. Ich hatte keinerlei Vorstellung von dem Ort, in dem mein zukünftiges Leben stattfinden sollte. Während mein Vater in den höchsten Tönen von unserem neuen Zuhause schwärmte, wurde ich immer stiller.

Es machte mir Angst, von hier fortzugehen und nicht zu wissen, was mich erwartete. Meine Mutter tat ihr Bestes, mir meine Furcht zu nehmen und besorgte Bücher, in denen Fotos von der neuen Heimat abgebildet waren. Gemeinsam schauten wir sie uns an und Mama erklärte mir alles, was auf ihnen zu sehen war. Lange Landstriche, die nichts als Grün, saftige Wiesen und Ackerland zeigten. Große Gebäude, die sie Bauernhöfe nannte und vor denen Kühe auf Feldern grasten. Wälder, eine Burg, ein Schloss, all das wirkte wunderschön.

Aber ihr Highlight waren die Fotos von der Nordsee. Der Hafen, die Schiffe, der Deich und die wunderschönen Sonnenuntergänge. Sie konnte gar nicht genug von den Bildern bekommen und strahlte über das ganze Gesicht vor Vorfreude. Manchmal machte sie den Eindruck, als ob ich ihr Alibi wäre, um immer wieder in die Bücher zu schauen.

Bald schon begann das Kistenpacken in unserer kleinen Blockwohnung. Die Tage rannten dahin und eines guten Morgens stand der Umzugswagen vor der Tür. Die wenigen Habseligkeiten waren schnell verstaut. Große Abschiedsszenen gab es nicht, denn weder meine Eltern noch ich selbst besaßen Freunde, die uns vermissen würden. Unsere einzigen Verwandten, meine Großeltern, lebten nicht mehr und so setzten wir uns in den Wagen und fuhren einfach los.

Je näher das Ziel kam, umso häufiger entdeckte ich Kühe und Pferde am Rande der Straßen auf ihren Weiden grasen. Immer weniger Häuser und Fabriken verschandelten das Bild der Landschaft, bis es dann so weit war und wir an unseren Zielort gelangten.

Mit riesigen Augen schaute ich aus dem Autofenster. So viel Natur hatte ich noch nie gesehen. Die riesigen Bäume am Straßenrand. Imposant aber auch furchteinflößend. Ich wusste nicht, wo ich zuerst hinschauen sollte. Der Blick war frei, nicht eingeengt durch zahlreiche Hochhäuser. Ein kleiner Ort, aber für ein Kind ein Platz, der dazu einlud, auf Abenteuerreise zu gehen.

Dann bog das Auto in eine Siedlung ein, wie es mein Vater nannte. Häuser, mal etwas größer, mal etwas kleiner, doch alle standen sie nahtlos aneinandergereiht an einer schmalen Kopfsteinpflasterstraße. Vorne mit Jägerzäunen versehen hinter denen Blumen in allen erdenklichen Farben wuchsen, sowie ein perfekt gepflegter Rasen sich zeigte. Die Fassaden der Häuser waren aus roten, weißen oder auch hier und da zweifarbigen Ziegelsteinen. Aber nirgends war das scheußliche Grau - Braun der Großstadtblocks zu entdecken. Wie gemalt lagen die Einfamilienhäuser da und strahlten in ihrer Schönheit um die Wette.

„Verdammt, Nadine, warum sagst du mir denn nicht Bescheid, wo wir hinmüssen! Ich glaube, ich bin gerade an unserem Haus vorbeigefahren!" Fluchend trat Vater so heftig auf die Bremse, dass ein heftiger Ruck durch meinen Körper ging. „Dann wende doch einfach dort drüben in der Einfahrt!", schimpfte Mutter zurück.

Eingeschüchtert von den aggressiven Stimmen meiner Eltern, zog ich den Kopf ein, denn ein weiterer Streit zwischen ihnen kündigte sich an. Wie schon so häufig zuvor. Die lange Arbeitslosigkeit von Vater hatte oft für Anspannungen und Diskussionen gesorgt. Ganz besonders, wenn sie dachten, ich würde sie nicht hören. Stundenlang lauschte ich ängstlich ihren Worten. Meistens endete es damit, dass mein Vater seine Jacke schnappte und die Tür krachend hinter ihm ins Schloss fiel. Mama blieb weinend zurück und obwohl ich noch ein Kind war, verstand ich sehr gut, was vor sich ging. Insbesondere das Wort Scheidung wurde ein Begriff, der mich, wenn ich in meinem Bett lag, die Decke über den Kopf ziehen ließ.

Ich hatte keine Geschwister mit denen ich reden konnte, die meine Ängste, Mutter und Vater würden sich trennen, beruhigten. Oft schlief ich deswegen von Alpträumen geplagt ein. Doch jetzt sollte ja alles anders werden.

Mein Vater tat trotz Murren das, was Mutter ihm vorschlug. Er fuhr auf die nächste Auffahrt und ich entdeckte ein Kind, das uns währenddessen beobachtete. Es spielte alleine mit einem Ball vor dem Haus auf dem Rasen. Neugierig betrachtete ich das Mädchen. Sie schien in meinem Alter zu sein und sah nett aus mit ihren kurzen braunen Locken. Immer wieder schob sie sich die von ihrer Nase rutschende Brille hoch und trat dann erneut gegen den Ball.

Als der Wagen die Auffahrt hochfuhr, schaute sie auf und unsere Blicke kreuzten sich. Zaghaft hob sie die Hand, lächelte und winkte mir zu. Ich erwiderte ihren Gruß und freute mich, dass es scheinbar wenigstens ein Kind in meinem Alter in dieser Siedlung gab. Die ersten Kontakte zu ihr waren geknüpft und ich schwor insgeheim, sehr bald das Mädchen zu besuchen, um sie näher kennenzulernen.

Nachdem Vater gewendet hatte, fuhr er die Straße zurück und stoppte bei einem großen Haus. Mit einem Lächeln im Gesicht drehte er sich zu mir um und sagte: „Da wären wir Moni, willkommen in unserem neuen Zuhause!"

-2-

Unsicher stieg ich aus dem Wagen und betrachtete staunend mein neues Zuhause. Wie alle anderen Häuser hatte es den Zaun, den Rasen und kleine Blumenbeete, die ringsherum das Grundstück einsäumten.
Ich fühlte mich so winzig, als ich gemeinsam mit meinen Eltern zum Eingang lief. Zwar waren die Betonbauten unserer ehemaligen Heimat riesig, aber sie standen wie eine Mauer, ohne dass es ein Ende links oder rechts zu geben schien. Mit ihrem Anblick wuchs ich die letzten Jahre auf und kannte ihn. Aber dieses Haus, das sich mir freistehend präsentierte, wirkte auf mich weitaus beeindruckender.
Die zwei oberen Fenster, das kleinere in der Mitte und die Haustür an der Vorderfront, erweckten den Anschein eines mich anstarrenden grimmigen Gesichtes.
Statt Freude, endlich Platz zum Spielen zu haben, schüchterte mich die neue Umgebung ein. Am liebsten hätte ich mich wieder in das Auto gesetzt und wäre mit den Eltern zurück nach Dortmund gefahren.
Aber mir blieb ja keine Wahl. Zögerlich folgte ich ihnen, als diese mit vielen *Ahs* und *Ohs* in das Haus schritten.
Als wir den Flur betraten, blieb ich, genau wie meine Eltern, unschlüssig stehen. Ich wusste nicht, wohin ich mich wenden sollte. So viele Türen, die unzählige mir fremde Räume

öffneten. Eine Treppe führte zum oberen Bereich in dem noch mehr Zimmer warteten.

Unsere kleine Blockwohnung im vierten Stock bestand aus vier Räumen, wovon zwei die Küche und das Bad gewesen waren. Es gab nicht einmal ein Wohnzimmer, denn aus diesem hatten meine Eltern ihren Schlafraum gemacht, damit ich ein eigenes Zimmer hatte. Ich glaube, uns ging es allen gleich und wir fühlten uns in unserem neuen großen Zuhause verloren.

Schweigend sahen wir uns um, ratlos, wie es weitergehen sollte. Bis mein Vater sich räusperte.

„Willst du dich nicht einfach mal alleine umschauen, Moni? Oben gibt es drei Schlafzimmer, suche dir doch schon mal eines aus!"

Mein Vater musste die Angst in meinem Gesicht bemerkt haben und wollte mir jetzt die Freude machen, selbstständig auszuwählen, welches das zukünftige Kinderzimmer sein sollte. Auch wenn alles neu war, ich mich fremd und klein fühlte, dennoch siegte die Neugier in mir.

So ließ ich es mir nicht zweimal sagen und lief die geschwungene Holztreppe nach oben. Ein beschwerlicher Weg für meine kurzen Beine, der mir unendlich lang vorkam. Ein wenig außer Atem meisterte ich die letzte Stufe und gelangte in den oberen Flur. Dort führte ein Gang zu vier weiteren geschlossenen Türen.

Langsam näherte ich mich der ersten, welche gegenüber der Treppe lag. Zwar war sie wie die anderen aus dunklem Kiefernholz aber ich erkannte, dass an ihr Sticker klebten.

Lauschend, ob ich die Stimmen meiner Eltern noch hören konnte, lief ich hin und schaute sie mir genauer an. Teilweise waren sie abgerissen und nur kleine Schnipsel übrig. Dennoch erkannte ich Bilder von Trickfilmfiguren, die ich selber sehr mochte. Für einen kurzen Moment beruhigte mich die Erkenntnis, dass hier vor mir ein Kind gelebt hatte. Doch das hielt nicht lange an, denn eine unheimliche

Kindergeschichte fiel mir in dem Moment ein, als ich die Türklinke herunterdrückte.

In dieser hatte ein Mädchen verbotenerweise ein Zimmer geöffnet, in dem eine böse Hexe lebte. Befreit durch die Neugier dieses Kindes, belegte sie es mit einem Fluch und nahm dessen Gestalt an. Von nun an lebte die Hexe bei den Eltern des Mädchens. Sie aber konnte niemals mehr zurück zu ihnen und blieb für immer gefangen in diesem Zimmer.

„Aber das ist doch Quatsch, sich deswegen zu ängstigen. Es ist nur ein Märchen", flüsterte ich. Die Eltern befanden sich in meiner Nähe und Papa hatte ja schließlich gesagt, ich solle mich umschauen. Trotzdem trat ich einen Schritt zurück und schloss die Tür, ohne den Raum zu betreten.

Vielleicht sollte ich doch auf meine Eltern warten. Unentschlossen stand ich im Gang herum, wartete darauf, dass sie die Treppe hochkamen. Doch nichts dergleichen geschah und nach wenigen Minuten wurde ich ungeduldig.

Trotz meiner Angst entschied ich mich dafür, einfach einen anderen Raum zu wählen. Die Augen geschlossen und mit zitternden Händen drehte ich mich um und griff einfach nach dem ersten Türgriff, den ich ertasten konnte. Tief Luft holend drückte ich ihn herunter und blinzelte vorsichtig. Nichts geschah, keine Hexe sprang hinter der Tür hervor und nahm mich gefangen. Meinen ganzen Mut zusammennehmend, öffnete ich die Augen. Helles Licht blendete mich und es dauerte einen kurzen Moment, bis ich etwas erkennen konnte. Doch dann schaute ich mich sprachlos um.

Ein Badezimmer! Aber was für eines! In der vorherigen Wohnung war es klein und gerade ausreichend, dass eine Person etwas Bewegungsfreiheit hatte. Eine Toilette, eine enge Dusche und ein Waschbecken und dazwischen konnte man sich kaum um die eigene Achse drehen. Nicht einmal ein Fenster hatte es gegeben.

Aber dieses Bad wirkte riesig. Ein Raum, der mir genauso groß, nein, größer, als mein altes Kinderzimmer in Dortmund erschien. Eine Badewanne an der Wand, die für mich wie ein Swimmingpool aussah. Eine Dusche, in der die ganze Familie Platz gehabt hätte. Zwei Waschbecken nebeneinander, eine Toilette und irgendeine Vorrichtung, ähnlich der Toilette, mit einer kleinen Brause. Der Platz zwischen all diesen Dingen ließ zu, dass man dort hätte tanzen können. Blauweiß funkelten die Fliesen um die Wette. Wunderschön und edel strahlten die Badezimmermöbel. Ich musste zugeben, es schaute alles einfach toll aus. Alleine die Badewanne! Ich sah mich bereits von Badeschaum bedeckt mit meiner Gummiente Lore und vielem anderen Spielzeug rumplantschen.

Immer mehr verließ mich die Angst. Eilig lief ich zurück in den Flur und nahm jetzt auch diesen genauer in Augenschein. Die Wände aus großen unregelmäßigen Steinen gemauert, kleinen Lampen in der Decke und einem weichen blauen Teppichboden, machte auch er einen einladenden Eindruck. Jetzt konnte ich meine Neugier nicht mehr bezähmen und stürmte zurück zu dem ersten Raum. Diesmal riss ich ohne Furcht die Tür auf. Die Panik vor der Hexe hatte ich verdrängt und wollte einfach nur noch wissen, was für ein Kinderzimmer sich hinter ihr verbarg.

In dem Augenblick, als ich sie öffnete und hineinschaute, stand es für mich fest, dies würde mein neues Zimmer werden.

Andächtig trat ich ein und entdeckte einen großen gemütlichen Raum. Mit hellem Holz vertäfelte Wände und aus dem gleichen Material gab es ein in die Mauer eingefasstes Bett. Über der Liegefläche eine Lampe, die, als ich den Schalter am Bett drückte, den Schlafplatz in einen warmen Lichtschein hüllte. Am liebsten hätte ich mein Märchenbuch geschnappt und mich in das Bett gekuschelt. Allerdings gab es noch so vieles zu entdecken.

Immer wieder Neues erspähte ich. Einen Wandschrank, ebenso mit einer Lampe ausgestattet. Regale und eine Kleiderstange, die selbst noch leer erscheinen würde, wenn ich alle meine Kleider dort einordnete. Gegenüber ein zweiter

Wandschrank, ebenso mit Regalen versehen, auf denen mein komplettes Spielzeug Platz fand. Hin und her lief ich auf dem blauen Flauschteppich am Boden, nicht müde werdend, alles zu erkunden.

Doch das Tollste von allem war für mich das riesengroße Fenster. Eine niedrige breite Fensterbank davor, lud zum Sitzen und Hinausschauen ein. Was ich natürlich auch gleich tat.

Mein Blick wanderte über die Siedlung. Ohne Einschränkungen konnte ich jedes einzelne Haus, nebst Gärten, sehen. In der Ferne erblickte ich ein riesiges Feld, das allein aus gelben Blüten zu bestehen schien. Endlos erstreckte es sich und leuchtete wunderschön, wie ein riesiger Teppich.

Am Rande der Siedlung gab es einen Weg und daneben einen Wald. Unzählige Bäume, nicht zu überblicken, aus denen lautes Vogelgezwitscher, das ich selbst durch das geschlossene Fenster hörte, ertönte. Alles in allem wirkte es beruhigend und gleichzeitig erwachte das Gefühl von unendlicher Freiheit in mir. Vorfreude durchströmte mich, während ich mir vorstellte, wie es sein würde, all das zu erforschen.

Meine Eltern hatten die Besichtigungstour abgeschlossen. Jetzt kamen sie die Treppe herauf nach oben und ihre gedämpften Stimmen waren durch die Tür zu hören.

„Moni", rief meine Mama und ich antwortete: „Ich bin hier!" Die beiden betraten das Zimmer und Vater lächelte zufrieden. „Habe ich es mir doch gedacht! Als ich mir das Haus anschaute wusste ich, dass du dieses Zimmer nimmst. Es ist wie für dich gemacht." Sein Gesicht sah erleichtert aus und auch Mutter wirkte glücklich. Ich hüpfte von der Fensterbank herunter und gemeinsam sahen wir uns den Rest unseres neuen Heimes an.

Die nächsten Tage verbrachten wir damit, Möbel aufzustellen, Regale aufzubauen und unseren restlichen Besitz aus den Kartons zu packen. Meine Mama dekorierte liebevoll mein Zimmer und ich fühlte mich wie eine kleine Prinzessin. Vor dem Bett, das sie eine Butze nannte, wurde ein Sternenvorhang angebracht. Diesen konnte ich zuziehen, wenn ich ungestört sein wollte. Wie eine Höhle, die die Monster draußen ließ, lud es mich ein und ich kuschelte mich gerne hinein. Insbesondere nachdem ich mein Bett wieder mit Fridolin, meinem Kuscheltier, teilte.

Vor zwei Jahren hatten meine Eltern mir Fridolin die Fledermaus geschenkt. Eigentlich sollte ich mir in einem großen Kaufhaus einen niedlichen Bären oder ein wuscheliges Kätzchen aussuchen, doch ich wollte nur Fridolin. Die Fledermaus, beinahe so groß wie ich, mit ihren orangefarbenen Augen und Flügeln, den kleinen Vampirzähnchen und einem dicken schwarzen kugeligen Körper, hatte sofort mein Herz erobert. Ab dem Zeitpunkt, an dem ich ihn in den Armen hielt, war er mein bester Freund. Auch jetzt hatte er in meinem Bett seinen Ehrenplatz bekommen.

Die Tage gingen dahin und ich wurde immer unruhiger. Ständig nur im Haus bleiben, während draußen die Sonne schien, ging mir gegen den Strich. Der Garten alleine reichte mir auch nicht aus - was gab es dort denn auch, außer ein paar Blumen und einem Rasen zu entdecken? Mich lockten die Straßen der Siedlung. Immer wieder schaute ich aus den Fenstern oder stand vorne auf unserem Rasen, hoffend, andere Kinder kennenzulernen. Doch jetzt im Sommer wirkte alles wie ausgestorben. Gut, es liefen einige Erwachsene und ältere Leute an unserem Haus vorbei, aber von Gleichaltrigen war nichts zu entdecken. Die Sommerferien dauerten noch zwei Wochen und ich langweilte mich bereits jetzt zu Tode.

Immer öfter nervte ich meine Mutter damit, dass ich das Mädchen, welches ich bei der Ankunft gesehen hatte, besuchen wollte. Ich quengelte und quälte so lange, bis sie schlussendlich nachgab. Sie wohnte zwei Straßen weiter, keine große Entfernung, um sich wirklich Sorgen zu machen. So gab mir meine Mama die Erlaubnis, nach dem Mittagsessen kurz bei ihr vorbeizuschauen.

Schnell lief ich die Straßen hoch und erhoffte mir, sie anzutreffen. Und wirklich, als ich mich dem Haus näherte, sah ich das Mädchen auf dem Rasen spielen.

Langsam ging ich näher und stoppte am Zaun, ein paar Schritte von ihr entfernt. Dort wartete ich auf eine Reaktion von ihr, einen Gruß, ein Winken, irgendetwas, doch es kam keine.

„He, erinnerst du dich an mich? Ich war die im Auto, der du vor ein paar Tagen zugewunken hast", sprach ich sie an. Aber immer noch tat das Mädchen, als würde es mich nicht bemerken. Ich wiederholte meine Frage, dieses Mal etwas lauter. Überhören würde sie mich jetzt auf keinen Fall. Erwartungsvoll lächelte ich, als sie kurz hochschaute. Erneut kam jedoch kein Ton über ihre Lippen.

Mittlerweile machte mich ihr Verhalten wütend. Was stimmte denn nicht mit ihr? Auch wenn sie nicht wusste, wer ich war, sie konnte doch zumindest Hallo zu mir sagen. Schon komisch, wie sie mich einfach nur mit offenem Mund anstarrte. Ihr Gesichtsausdruck wirkte keinesfalls einladend, aber dennoch, so schnell ließ ich mich nicht abwimmeln. Bemüht, freundlich zu klingen, versuchte ich es noch einmal: „Ich bin Simone. Wir sind vor einigen Tagen dort drüben in das Haus neu eingezogen. Ich dachte, vielleicht könnten wir zusammen spielen. Hast du Lust?"

Endlich erschien ein schüchternes Lächeln auf ihrem Gesicht. Dadurch ermutigt, trat ich ein paar Schritte näher an sie heran.

„Kennst du dich im Wald gut aus? Ich würde so gerne einmal dorthin gehen, aber meine Eltern erlauben es mir nicht.

Jedenfalls solange niemand, der sich hier auskennt, mit mir kommt. Aber wenn du mit mir gehen würdest, hätten sie bestimmt nichts dagegen. Wir könnten Verstecken spielen oder etwas, wozu du Lust hast." Während ich ununterbrochen weiterredete, war ich bei ihr angekommen. Nur der Zaun trennte uns und so streckte ich dem Mädchen über diesen meine Hand entgegen. Ihr Blick drückte Skepsis aus und ich erwartete schon, dass sie sie nicht ergreifen würde. Aber überraschenderweise griff sie zu. Weich und schlaff fühlte sich ihr Griff an. Weil ich es als unangenehm empfand, war mein erster Reflex, ihr meine Hand zu entziehen. Dennoch hielt ich ihre fest und schüttelte sie eifrig. „Hey. Also nochmal, ich bin Simone. Aber alle nennen mich Moni und wie heißt du?"

Zaghaft erklang eine helle Stimme aus ihrem Munde: „Ich bin Olivia." Plötzlich ließ sie abrupt meine Hand los und hielt ihre eigene hinter den Rücken. Fast so, als ob sie über das eigene Verhalten erschrak und befürchtete, einen Fehler begangen zu haben.

Warum, was hatten wir verkehrt gemacht? Was konnte so schlimm sein, dass sie jetzt zwei Schritte vor mir zurückwich? Ich verstand es nicht und wartete, was als Nächstes folgen würde.

Für kurze Zeit herrschte eine unangenehme Stille zwischen uns und ich hoffte, dass Olivia noch irgendetwas zu mir sagen würde. Mich vielleicht darum bat, mit ihr ins Haus zu gehen, um dort in ihrem Kinderzimmer zu spielen. Aber nichts dergleichen geschah.

Ich wartete ein paar Minuten. Als sie jedoch weiter schwieg, beschloss ich, mich auf den Rückweg zu begeben.

Gerade im Begriff, mich von ihr zu verabschieden, sah mir Olivia zum allerersten Mal direkt in die Augen. Dieser Moment ließ es zu, dass auch ich sie genauer betrachten konnte. Das, was ich in ihrem Gesicht erkannte, hielt mich davon ab, zu gehen. Der Ausdruck hatte keinerlei Ähnlichkeit mit dem eines glücklichen Kindes. Tiefe Traurigkeit, Hoff-

nungslosigkeit und Verzweiflung, all das drückte er aus.
Heute trug Olivia keine Brille wie beim ersten Mal, als ich
sie gesehen hatte, und an der linken Wange konnte ich einen
blauen Fleck sehen.

Sie als hübsch zu bezeichnen, wäre eine Lüge, aber es gab
etwas an ihr, was mich sie weiter fasziniert anstarren ließ.
Olivia hatte eine braune und eine eisgraue Iris. Solche Augen hatte ich noch nie gesehen und konnte meinen Blick
kaum davon lösen.

„Ich kann jetzt nicht spielen." Olivias Tonfall klang ruppig,
unfreundlich und abwehrend. Ertappt in meiner unverhoh-
lenen Neugier schreckte ich auf und schaute schnell in eine
andere Richtung. „Schade, na dann vielleicht ein andermal.
Ich glaube, ich gehe jetzt besser wieder nach Hause."

Ich drehte mich um, lief die ersten Schritte zurück den
Gehweg hinauf, als Olivias Stimme mich davon abhielt,
weiter zu gehen. Leise drang ihre Stimme an mein Ohr: „Es
geht heute nicht, aber vielleicht könnten wir ja morgen in
den Wald, wenn du möchtest?" Während sie hastig flüsterte,
wanderten ihre Augen nervös zwischen mir und einem kleinen Fenster neben der Haustür hin und her. Als ob sie sich
beobachtet fühlte und versuchte zu sehen, ob jemand mitbekam, wie sie sich mit mir verabredete.

Auch ich sah zu dem Fenster und für einen kurzen Augenblick meinte ich, ein Gesicht hinter der Scheibe zu entdecken. Neugierig schaute ich genauer hin, doch alles, was ich
sah, waren eine weiße Gardine und eine Topfblume. Dabei
dachte ich wirklich, jemanden gesehen zu haben. Aber
selbst, wenn man uns beobachtet hatte, verstand ich Olivias
Verhalten nicht. Was war daran so schlimm, wenn jemand,
der mit ihr dort in diesem Haus wohnte, uns zusammen
sah?

Ich schob den Gedanken beiseite, denn ich freute mich
über ihre Einladung. „Ja, gerne. Das wäre toll. He, wenn du
willst, komm doch morgen zu mir. Dann zeige ich dir mein

Zimmer und wir beide fragen meine Mama, ob ich mit dir in den Wald gehen darf, okay?"

Anstatt etwas zu erwidern, nickte Olivia und winkte mir zum Abschied, während ich langsam die Straße hochlief. Doch sie sah mich nicht an. Abermals fiel mir ihr nervöser Blick zum Fenster auf.

Ich glaubte keineswegs daran, dass Olivia morgen wirklich zu mir kommen würde. Ihr ganzes Verhalten sprach dagegen. Aber ich hoffte es. Vielleicht brauchte sie genauso eine Freundin, wie ich. Und vielleicht würden wir - BFF- Best Friends Forever - werden.

Ich hatte im Fernsehen einen Film gesehen, in dem zwei Mädchen genau das waren. Von diesem Zeitpunkt an wünschte ich mir nichts sehnlicher, als auch eine BFF zu haben.

Kurz dachte ich noch über das Gesicht am Fenster und Olivias Reaktion nach. Aber als ich zuhause ankam, hatte ich endgültig aufgehört, mir darüber Gedanken zu machen.

Ich klingelte und als Mama die Tür öffnete, stürmte ich lauthals von Olivia erzählend in den Flur und an ihr vorbei.

-4-

Olivia lief, den Ball unter den Arm geklemmt, zur Haustür. Je näher sie ihr kam, umso langsamer wurden ihre Schritte. Sehnsüchtig schaute sie die Straße hoch, Moni hinterher. Wie gerne wäre sie mit ihr gegangen, einfach fortgelaufen und nie mehr zurückgekommen. Aber ihr war klar, dass dieser Wunsch sich niemals erfüllen würde. Was hätte sie ihr sagen sollen? Die Wahrheit? Ein fremdes Mädchen bitten, sie mitzunehmen in ihr Leben, zu ihrer Familie?

Zögerlich setzte Olivia einen Fuß vor den anderen. Die Haustür, die jetzt nur noch wenige Schritte entfernt vor ihr lag, erschien ihr wie ein großes dunkles Loch, das sie verschlingen wollte. Doch es blieb ihr keine Wahl, sie musste sie öffnen, hineingehen und das, was sie erwartete, erdulden.

Während Olivia mit der rechten Hand in der Hosentasche nach dem Haustürschlüssel suchte, krampfte sich ihr Magen schmerzhaft zusammen. Schauer liefen über ihren Körper und ließen die feinen Härchen auf ihrem Arm sich aufstellen. Angst, ein ihr so bekanntes Gefühl, nahm wieder einmal Besitz von ihr.

Ihre Hände zitterten, als sie den Schlüssel in das Türschloss steckte und ihn umdrehte. Auch wenn alles in ihrem Inneren schrie, es nicht zu tun, dennoch war es klüger, jetzt ins Haus zu gehen. Mutter hatte alles beobachtet und das, was sie gesehen hatte, gefiel ihr nicht, dessen war sie sich sicher. Dieses Mädchen, wie hieß sie noch gleich? Ach ja, Simone. Wie sie Olivia ansprach, nicht aufgab, einfach nicht wieder verschwinden wollte. Warum hatte sie sie nicht in Ruhe gelassen? Es wäre besser gewesen. Aber in Wahrheit hatte Olivia das keineswegs gewollt. Im Gegenteil, sie freute sich, Simone kennenzulernen. So sehr, dass sie ihr versprach, sie morgen zu besuchen. Wo sie doch bereits, als sie das Versprechen gab wusste, dass sie es brechen würde. Mutter erlaubte es ihr niemals.

Seufzend schloss sie die Haustür auf.

Während das Mädchen die Tür einen Spalt öffnete, hörte sie, wie Mutter sich dem Eingang näherte. Panisch dachte Olivia nach, was sie sagen sollte, um das Schlimmste zu vermeiden. Es war nicht ihre Schuld gewesen. Sie hatte dieses Mädchen keinesfalls darum gebeten, mit ihr zu sprechen. Aber war es nicht gleichgültig, welche Entschuldigung sie sich zurechtlegte? Mutter würde, egal was für Worte Olivia auswählte, sie anschreien, beschimpfen und im schlimmsten Fall, ihr wehtun. Wie gestern Abend, als sie ein Glas warf und ihr Gesicht traf. Olivias Brille fiel herunter und zerbrach genau wie das Glas am Boden. Jetzt dauerte es wieder Wochen, bis Olivia eine neue bekam. Wochen, in denen sie alles verschwommen sah. Ihre Bücher im Regal stehen blieben, weil sie sowieso kein einziges Wort entziffern konnte. Dabei waren die Geschichten in ihnen die einzige Freude in Olivias Leben. Wenn sie las, vergaß sie alles, was sie tagtäglich quälte. Und selbst das hatte Mutter ihr jetzt fortgenommen. Tränen traten in ihre Augen und sie kämpfte damit, ein Schluchzen zu unterdrücken.

Seit sehr langer Zeit fühlte sie sich einsam. Mehr als zwei Jahre lagen zwischen heute und dem Unfall.

Davor, als ihr Bruder noch lebte, bestand so etwas wie Glück in ihrer Familie. Lachen, Spaß und dann und wann bekam sie auch den Trost, den sie brauchte. In seinen Armen fand sie ihn. Dirk war stark gewesen. Er kannte immer die richtigen Worte, damit die Tränen in Olivias Gesicht versiegten und sie wieder lächelte. Wenn es Ärger oder Streit mit Mutter gab, andere Kinder sie hänselten, stellte sich ihr Bruder an ihre Seite. Lange war das her. Jetzt hatte sie niemanden mehr, der sie beschützte.

Keine Freude, kein Lachen und keine starke Schulter, an die sie sich lehnen konnte. Niemand, der ihr half. Alles, was man Olivia entgegenbrachte, bestand aus Ablehnung. Zuhause, in der Schule, egal, wo sie auftauchte, alle verachteten sie.

Eine rauchige, harte weibliche Stimme erklang aus dem Hausflur, als sie die Tür öffnete: „Olivia, komm rein. Ich sagte, Olivia, du sollst endlich zu mir kommen! Du nichtsnutziges Ding, das sich meine Tochter nennt, kommst du jetzt endlich und hörst, wenn ich dich rufe!?!"

Olivia schluckte die Tränen herunter. Mutter erwartete sie und es wurde Zeit, sich ihr zu stellen, bevor das Zögern alles noch viel schlimmer machte. Mit gesenktem Kopf, geduckt und die Schultern hochgezogen, verschwand das Mädchen im Haus. Laut schlug die Tür hinter ihr zu. Niemand konnte sehen, was dort drinnen vor sich ging, doch jeder, der am Haus vorbeilief, hörte ihre Schreie.

Olivia ließ sich weder am nächsten noch am übernächsten Tag bei uns sehen. Gut, ich hatte damit gerechnet, aber mir dennoch gewünscht, dass ich mich irrte. Stundenlang wartete ich auf sie. Lief immer wieder zum Fenster, schaute hinaus, ob sie die Straße herauf zu unserem Haus lief.

Mehrmals öffnete ich die Haustür um nachzuschauen, ob Olivia davorstand. Womöglich hatten wir das Klingeln überhört. Aber keine neue Freundin kam mich besuchen, um mich zum Spielen abzuholen.

Meine Geduld ging langsam dem Ende zu. Wären da noch andere Freunde gewesen, jemand, der seine Zeit mit mir verbrachte, dann hätte es mich wahrscheinlich nicht so geärgert. Aber so ließ mich der Gedanke an Olivia einfach nicht los. Auch wenn sie keine Freundin werden würde, zumindest ihr sagen, wie enttäuscht ich bin, das wollte ich!

Diesmal brauchte ich um die Erlaubnis nicht lange zu betteln. Im Gegenteil, meine Mama schien ganz froh zu sein, etwas Ruhe zu haben. Also zog ich meine Schuhe und die Jacke an und lief erneut zu Olivia.

Ich hatte mir vorgenommen, zu klingeln und nach ihr zu fragen. Dann, wenn sie an die Tür kam, ihr die Meinung zu sagen und dass ich sie nicht als Freundin brauchte.

Wütend stapfte ich die Straße hoch und innerlich brodelnd vor Ärger, kam ich bei ihrem Zuhause an. Während ich zum Eingang des Hauses lief, legte ich mir die Worte in meinen Gedanken zurecht. Ein dunkles, verlassen wirkendes Haus empfing mich. Sämtliche Vorhänge an den Fenstern waren zugezogen und als ich lauschte, drang kein Laut an mein Ohr. *Merkwürdig*, dachte ich, während ich vor der Tür stand. Ach, irgendeine Erklärung gab es bestimmt. Als ich die Hand allerdings bereits auf dem Klingelknopf hatte, zögerte ich, ihn auch zu drücken.

Was tat ich hier, warum lief ich Olivia nach? Wenn sie nicht mit mir spielen will, dann suche ich mir eben andere Freunde.

Klägliche Versuche mir einzureden, es ginge um Olivia, als dass ich wieder von hier fort wollte. In Wirklichkeit jagte mir dieses düstere Haus eine Heidenangst ein. Ich wollte dort nicht hinein. Eingestehen konnte ich mir meine Furcht aber nicht. Zu albern, sich vor einem Haus zu ängstigen. *Wie kindisch*, dachte ich – ich, die immer schon groß sein wollte, erzitterte vor einem Hirngespinst. Was sollte mir schon passieren? Dies war ein Haus, ein ganz normales aus Mauersteinen und Ziegeln gebautes Haus. Keine Geistervilla, in der mich Gespenster oder Monster empfangen würden. Nervös kicherte ich, nahm aber trotzdem den Finger vom Klingelknopf. Dann setzte ich langsam rückwärtsgehend einen Fuß hinter den anderen, drehte schließlich um und schlich auf Zehenspitzen zur Zaunpforte.

Dort angekommen, rannte ich, so schnell mich meine Beine trugen, den Gehweg hoch. Die ganze Zeit mit dem Gefühl im Nacken, etwas würde mich verfolgen. Mein Herz klopfte wild und ich atmete erst erleichtert auf, als ich meinem Zuhause näherkam.

Mamas fragendem Blick, als ich atemlos und verschwitzt an ihr vorbei ins Haus stürzte, wich ich aus. Was sollte ich ihr erzählen, wenn ich die Flucht und meine Panik selber nicht verstand.

Der nächste Tag sollte kaum anders verlaufen, außer, dass ich dieses Mal keineswegs auf die Idee kam, Olivia zu besuchen. Mamas Fragen, was los gewesen sei, wich ich aus. Keine hundert Pferde würden mich so schnell wieder dort hinbringen. Aber dennoch wartete ich auf sie. Das Haus hatte mir Angst gemacht, doch Olivia nicht.

Am dritten Tag hatte ich endgültig aufgegeben, auf eine Freundschaft mit ihr zu hoffen. Wenige Tage noch, dann begann die Schule auch wieder für mich. Bestimmt gab es dort Kinder, die mich gerne kennenlernen wollten. Eines der Mädchen würde sicherlich meine Freundin werden. Wer brauchte schon Olli?

Die ganzen Tage über spielte ich im Garten oder las in meinem Zimmer ein Buch. Die Zeit verging und ich dachte nur noch selten an Olivia.

-6-

„Olivia, endlich bequemst du deinen faulen Arsch ins Haus." Das waren die Worte, mit denen Olivia von ihrer Mutter begrüßt wurde, als sie den Flur betrat. Es war normal für sie. Mutter sprach immer so mit ihr.

Sie beschimpfte sie als faul, hässlich, dumm, unnütz und manchmal auch als Miststück oder Bastard. Außer, ein Fremder betrat das Haus, dann veränderte sich das Keifen in eine warme fürsorgliche Stimme. Sanft nannte Mutter Olivia einen Engel, Schatz, Maus und ihren Sonnenschein. Liebevolle Ausdrücke, die dem Mädchen weitaus mehr wehtaten, als das, was sie sich sonst anhörte. Waren sie doch eine einzige Lüge, eine für andere aufgebaute Fassade. Das Bestreben, den Anschein einer Mutter, die stets hingebungsvoll für ihr Kind sorgte, zu bewahren.

Selten bekamen sie Besuch. Aber wenn, dann wurde vorher der Ablauf regelrecht einstudiert. Olivia musste lächeln und sich zu Mutter setzen, die ihre Hand nahm und sie streichelte. Mutter einen Kuss auf die Wange geben und fröhlich von ihren schönen Spielnachmittagen erzählen. So tun, als ob sie sich auf das leckere Essen von Mutter freute, und während sie das tat, den Hass, die Wut, aber auch die Traurigkeit herunterzuschlucken.

Wie so oft dachte sie in diesen Stunden an Dirk, der sie immer „Meine kleine Zauberin mit den magischen Augen" nannte. Niemals hätte er es zugelassen, dass Mutter ihr diese fürchterlichen Dinge antat. Aber Dirk beschützte sie nicht mehr. Dirk war fort.

„Hörst du mir überhaupt zu, Dreckstück? Nein, natürlich mal wieder nicht. Ich sagte, die blöde Kuh von Sozialarbeiterin hat ihren Besuch für morgen angemeldet. Sieh zu, dass du die Küche sauber bekommst. Aber beeile dich, das Bad muss auch noch geputzt werden." Olivia schwieg und vermied es, ihre Mutter anzuschauen. Aber eine Antwort wurde sowieso nicht von ihr erwartet. Die kreischende Stimme zerschnitt weiter die Stille des Hauses.

„Die neugierige Ziege geht sicherlich aufs Klo und wird da eine Ewigkeit bleiben. Meint die, ich bin blöd? Weiß doch, dass sie sich alles genauestens anschaut. Sorg dafür, dass sie nichts findet! Hast du mich verstanden?"

Die Sozialarbeiterin kam zum Routinecheck. Wie jeden Monat. Seit zwei Jahren wechselten die Frauen ständig und meistens merkte Olivia ihnen die Gleichgültigkeit an. Sie und ihre Mutter waren nur ein Job, den die Damen erledigten.

Nur die Neue, die vor drei Wochen das erste Mal vor der Tür stand, schien anders zu sein. Sie zückte kein Notizbuch oder schlug eine Akte auf. Stellte abgelesene Fragen, um dann schnellst möglich zu gehen. Sie redete mit Olivia. Sah ihr ins Gesicht und arbeitete keine Liste ab, die auf den Blättern stand.

Als sie das erste Mal das Haus betrat, beachtete sie zuerst das Mädchen und nicht ihre Mutter. Lächelnd war sie zu ihr hingegangen und hatte mit einem: „Hallo, ich bin Hilka und du bist Olivia, nicht wahr?", die Hand hingestreckt.

Warm und zart fühlte sich ihre Haut an, während sie Olivias Finger umfasste. Die Sozialarbeiterin war jung und hübsch. Lange blonde Haare und ein freches Gesicht. Ganz anders, als die alten Schachteln, die ihnen sonst die Pflichtbesuche abstatteten. In dem Moment, als sie ihr in die Augen schaute, empfand Olivia Vertrauen zu der Frau. Glaubte daran, ihr alles erzählen zu können. Die Wahrheit, wie das Leben mit Mutter aussah. Doch dann fiel der Blick des Mädchens auf das Gesicht ihrer Mutter und die Hoffnung zerbrach.

Olivia hatte keine Chance. Die Augen ihrer Peinigerin, kalt und voller Abscheu, ruhten auf ihr. Mutter brauchte keine Worte auszusprechen, um zu verdeutlichen was geschehen würde, falls Olivia es wagte, nur ein Wort von dem gemeinsamen Geheimnis zu verraten. Zwecklos zu glauben, dass diese Hilka etwas verändern würde. Auch sie stellte nur eine Rolle in Mutters gemeinem Schauspiel dar.

So lächelte Olivia auch an diesem Tag. Servierte Tee und Kuchen, kicherte albern und zeigte der jungen Frau die Wohnung. Während die Stunde ablief, erfand sie Geschichten von Freunden, tollen Nachmittagen und schönen Erlebnissen mit Mutter, die sie niemals erleben würde. Nichtsdestotrotz, als Frau Rickaz wieder ging, beugte sie sich zu dem Mädchen und flüsterte ihr in dem Moment, als Mutter wegschaute, zu: „Keine Sorge, ich komme wieder."

Olivia schaute sie erstaunt an. Konnte es sein, dass sie ihr sagen wollte, sie würde ihr helfen? Hatte sie das Theaterstück von Mutter durchschaut? Erneut flackerte die Hoffnung in dem kleinen Mädchen auf. Aber im Laufe der nächsten Wochen, in denen niemand kam, um ihr zu helfen, sich nichts veränderte, erlosch auch diese wieder.

Dennoch, als ihre Mutter jetzt davon sprach, freute sich Olivia auf Hilka. Vielleicht gab es ja eine Überraschung und sie würde ...

„Olivia, hörst du mir überhaupt zu. Beweg dich endlich oder muss ich dir erst Dampf unterm Arsch machen?"

Mutters Stimme ließ Olivia ängstlich zusammenzucken.

Sie fühlte sich ertappt und beeilte sich, ihre Jacke und die Schuhe auszuziehen. Es war nicht gut, sie noch mehr zu reizen, gar nicht gut.

Als sie hörte, wie sich Mutters Rollstuhl mit quietschendem Geräusch langsam näherte, biss sie sich auf ihre Lippen.

„Ach, ich verstehe. Die feine Dame glaubt, dass diese Hilka ihr hilft. Weißt du, Olivia, was ich glaube?" Ein gemeines

Lachen ertönte aus Mutters Mund. „Ich glaube, ich werde schon dafür sorgen, dass das nicht passiert. Ein Anruf, eine Beschwerde, und dieses junge Ding kann sich einen neuen Job suchen!"

Olivia duckte sich, während sie mit fahrigen Bewegungen die Schnürbänder der Schuhe öffnete. „Möchtest du das? Ja? Dann erzähle ihr ruhig, wie schlecht es dir doch geht. Möglicherweise glaubt sie dir deine Lügen. Aber ich garantiere dir, das Jugendamt tut es nicht!" Mittlerweile stand Mutters Rollstuhl neben ihr und ihre Hand griff erbarmungslos in ihre Haarlocken. Schmerzhaft zog sie damit Olivias Kopf nahe an ihr Gesicht. Sanft flüsterte sie dem Mädchen ins Ohr: „Und dann, mein Kind, gibt es niemanden mehr, der dir Drecksstück hilft. Dann gibt es nur noch uns beide. Gnade dir Gott, solltest du es so weit kommen lassen." Olivia begann leise zu weinen, doch sie hielt still. Sich gegen Mutter zu wehren hatte keinen Zweck, dass wusste sie aus Erfahrung. So biss sie die Zähne zusammen und ertrug den Schmerz. Sowohl jenen, den ihre Worte auslösten, wie auch den körperlichen. „Jetzt sieh zu, dass du deine Pflicht erfüllst, geh putzen!"

Endlich ließ sie los und Olivia konnte sich aufrichten. Immer noch mit einem Schuh am Fuß, stolperte das Mädchen blind vor Tränen in die Küche. Mutters keifendes Lachen hörend, das sie verfolgte.

Sich auftürmendes dreckiges Geschirr in der Spüle erwartete sie. Ebenso ein schmieriger Fußboden und ein Mülleimer, der vor Abfall überquoll. Essensreste klebten auf der Tischplatte und Fruchtfliegen umschwirrten das alte Obst, welches verschrumpelt in einer Schale lag. Natürlich durfte so niemand die Küche betreten und es würde wieder Stunden dauern, bis Olivia alles gesäubert hatte. Sie seufzte und machte sich an die Arbeit.

Mutter räumte nie auf. Sie ließ den Dreck überall liegen. Gleichgültig, wie ekelig und stinkend das Zuhause war. Ihre

Entschuldigung lautete stets: „*Ich wurde vom Schicksal gebeutelt. Warum soll ich als Opfer des Lebens dafür sorgen, dass du in einer schönen Umgebung lebst. Gib mir meinen Sohn und die Beine zurück, dann werde ich mich darum kümmern, dass alles andere wieder lebenswert wird.*" Wie Olivia sich fühlte, interessierte sie nicht. Olivia war für sie die Schuldige, das Hexenkind.

Ihre Tochter hätte in ihren Augen sterben sollen und nicht ihr Sohn. Mutter hatte Dirk geliebt, ihn vergöttert. Er hatte das Glück gehabt, das Kind von einem Mann zu sein, der ihr alles bedeutete. Aber dieser verließ Mutter wegen einer anderen Frau. Ab diesem Zeitpunkt veränderte sie sich. Sie trank nächtelang durch und ließ den Jungen in der Obhut irgendwelcher Nachbarn, sogenannten Freunden, zurück. Trotzdem hatte sie damals keine Ähnlichkeit mit der Frau, die heute Olivias Leben zur Hölle machte. Wenn Dirk ihr von früher erzählte, beschrieb er Mutter als einen liebevollen Menschen.

Dann lernte sie in einer Bar einen Fremden kennen. Wieder mal eine der Nächte, in denen sie betrunken durch die Kneipen zog. Schneller Sex mit irgendjemandem, der am nächsten Morgen vorbei und vergessen sein sollte. Doch der kurze Fick, wie Mutter es nannte, brachte Olivia hervor. Einen Bastard, den sie ab jetzt durchfüttern musste. Ihr Erzeuger war irgendein Penner, von dem sie nicht einmal den Namen kannte. Mutter hatte keine Erinnerungen an diesen Mann. Für sie nur einer von vielen, aber seine Augen, die waren in ihrem Gedächtnis geblieben. In ihnen schimmerten die gleichen Farben, wie auch in Olivias Augen.

Während das Kind das dreckige Geschirr abspülte, stellte sie sich vor, ihr Vater würde kommen. Sie von hier fortholen und an einen besseren Ort bringen. In ihrer Fantasie sah sie ihn als einen guten Mann, einen Helden, und nicht als diesen Loser, von dem Mutter sprach. Er würde seine Tochter lieben und dafür sorgen, dass sie glücklich ist. Ein zaghaftes

Lächeln erschien auf dem Gesicht des Mädchens. Vielleicht würden ihre Träume eines Tages wahr werden. Sie musste nur darauf warten, dass er sie fand. Der Glaube daran, dass es ihn gab, hielt sie aufrecht. Er sorgte dafür, dass sie nicht die Scherbe von dem Glas, welches auf den Boden fiel, nahm, und ihrem Leben ein Ende setzte.

Olivia putzte unermüdlich weiter und lächelte auch noch als sie hörte, wie Mutter die Küchentür öffnete.

Spät in der Nacht legte Olivia sich ins Bett. Es hatte viele Stunden gedauert, bis Mutter sich endlich mit dem Ergebnis ihrer Schufterei zufrieden zeigte. Immer wieder fand sie etwas, was ihr noch nicht sauber genug erschien. Dabei lächelte sie strahlend. Dass es ihr Freude bereitete, ihre Tochter zu quälen, ließ sich nicht leugnen.

Olivia ertrug die Beschimpfungen, die Kniffe, die Schläge, und auch, dass Mutter sie biss. Viele neue blaue Flecken würden morgen neben den älteren auf ihrer Haut schimmern. Gut verborgen unter der Kleidung, würde sie niemand sehen. Unsichtbar für andere und Olivia daran erinnernd, was sie erduldete. Mutter war nicht dumm und wählte wohlweislich Stellen an ihrem Körper aus, an denen keiner nachschaute. So wie es keinen Menschen gab, der Olivia wirklich anschaute. Manchmal fühlte sie sich wie ein Geist, der zwischen Lebenden wandelte, ohne von ihnen jemals wahrgenommen zu werden. Stöhnend legte sie ihren schmerzenden Körper auf die harte Matratze. Jeder Muskel, jeder Knochen in ihrem Leib tat weh. Sie löschte die Nachttischlampe und drehte sich auf die Seite. Ins Dunkel starrend, schaute sie zum Fenster.

Nachts ließ sie die Vorhänge offen. Am Tag wollte Mutter, dass sie geschlossen blieben. Doch jetzt würde sie nicht mehr in ihr Zimmer kommen. Während der Mond hereinschien, betrachtete das Mädchen den Himmel. Wie kleine Lämpchen leuchteten unzählige Sterne. Sie stellte sich vor, dass einer von ihnen ihr Bruder sei, der auf sie herunterblickte. Dirk, der sah, was mit Olivia geschah, aber ihr nicht helfen konnte. Ein Kloß im Hals machte ihr das Atmen schwer. Allein und einsam zog sie die Decke bis ans Kinn und bemühte sich, die Gedanken an Dirk zu verdrängen. Sie sorgten nur dafür, dass sie weitere Tränen vergoss, Tränen, die niemanden interessierten.

Oder doch? Ihre Gedanken wanderten zu Hilka, der Sozialarbeiterin. Vielleicht hatte ja Dirk sie zu ihr geschickt. Ein Engel in dieser grausamen Welt, der sie retten wollte. Jeder Mensch hatte doch einen Schutzengel, warum sollte es nicht auch bei ihr so sein?

Und dann dieses Mädchen, Moni. Sie hatte Olivia wahrgenommen und mit ihr geredet. Womöglich würde sie wirklich ihre Freundin und damit zu jemandem werden, dem sie alles anvertrauen konnte. Wie sehr wünschte sie sich, Simone besser kennenzulernen.

Ein Kratzen am Fenster, ein Schatten, der auf den Boden ihres Zimmers fiel, brachte sie auf eine Idee. Der Eichenbaum bewegte im Wind seine Äste. Er war alt, an vielen Stellen krank und morsch, aber von ihrem Fenster aus zu erreichen. Es konnte gefährlich sein, an ihm herunter zu klettern, allerdings war er die einzige Möglichkeit, die das Mädchen hatte, unbemerkt von Mutter aus dem Haus zu flüchten. Olivia wog nicht viel. Der Baum konnte mit viel Glück ihr Gewicht aushalten, ohne dass ein sie tragender Ast abbrach. Olivia wollte hier raus und dass sich etwas veränderte in ihrem Leben. Auch wenn ihr alleine der Gedanke daran, was passieren könnte, Angst einjagte, wusste sie, dass es nur diesen einen Weg für sie gab.

7

Hilka, die Sozialarbeiterin, kam nicht. Die Frau, die statt ihrer erschien, sprach davon, dass ihre Kollegin krankgeschrieben und sie zur Vertretung gekommen sei. Olivia hatte Mühe, die Enttäuschung darüber zu verbergen. Hilka war die letzte Hoffnung gewesen, vielleicht heute Simone zu besuchen. Sie hatte geplant, Mutter in ihrer Anwesenheit zu fragen, ob sie draußen spielen dürfe. Die Vorstellung, auf den Baum zu klettern, machte dem Mädchen Angst. Wenn es sich irgendwie vermeiden ließ, wollte Olivia das Risiko, sich die Knochen zu brechen, umgehen. Hilka wäre eine gute Alternative gewesen. Durch ihren Zuspruch und Mutters Wissen, dass sie Olivia mochte, wäre sie aus dem Haus gekommen. Genauso wie das letzte Mal, als der Arzt, der ab und zu nach Mutter schaute, da gewesen war. Der Tag, als sie Moni kennenlernte.

Olivia wusste, ihre Peinigerin hätte es erlaubt, blieb ihr doch keine andere Möglichkeit. Zwar war sie sich vollkommen klar darüber, was sie später erwartete, aber ihr Wunsch, Simone zu besuchen, lebte stärker in ihr, als die Furcht vor der Bestrafung.

Das konnte sie jetzt vergessen. Diese Dame würde Olivia kein Stück unterstützen. Im Sekundentakt las sie die Fragen von dem Blatt Papier in der Akte ab. Danach lief sie eilig durch die Wohnung, um sich alles anzuschauen. Vielmehr gesagt, sie öffnete die Türen, sah kurz hinein und schloss sie wieder. Für sie stellten ihre Mutter und sie nur ein lästiges Übel, das sie vom Feierabend abhielt, dar. Bereits eine halbe Stunde später beendete sie die Kontrolle und verschwand wieder.

Als sie die Tür hinter sich schloss, grinste Mutter Olivia hämisch an. „Na, wo ist denn jetzt deine Retterin. Krankgeschrieben, dass ich nicht lache. Die hat genauso wenig Lust sich mit uns abzugeben, wie alle anderen. Naja, mir solls recht sein." Olivia sah ihr an, wie sie den Triumph auskostete. Wut stieg in ihr auf und sie beschloss, heute den Versuch mit der Eiche zu starten. Warum noch länger warten? Wenn sie herunterfiel, sich das Genick brach, konnte es ihr doch auch gleichgültig sein. Der Tod erschien im Gegensatz zu ihrem derzeitigen Leben weitaus verlockender.

Entweder hatte Mutter die Entschlossenheit in Olivias Gesicht gesehen oder sie konnte Gedanken lesen. In dem Moment, als das Kind sich zur Treppe drehte, um hinauf in ihr Zimmer zu gehen, sagte sie: „Moment, junges Fräulein. Du bleibst bei mir. Wir werden heute gemeinsam wie eine nette kleine Familie Fernsehen schauen. Erst, wenn ich es dir erlaube, kannst du auf dein Zimmer. Haben wir beide uns verstanden?"

Die nächsten Stunden saß Olivia stumm auf dem alten braunen zerschlissenen Sofa. Die Zeit verging langsam und die Minuten zogen sich zäh dahin. Im Fernseher lief irgendein Film, der Mutter ab und zu zum Lachen brachte. Für Olivia waren es nur bunte Bilder, nichtssagend und bedeutungslos. Je weiter der Uhrzeiger wanderte, umso mehr hasste Olivia ihre Mutter. Ihr Lachen und ihre Stimme, wenn sie das Geschehen im Fernsehen kommentierte. Aber am Schlimmsten war es, sie anzuschauen. Den aufgedunsenen Körper, wie er sich bewegte, wenn sie kicherte. Die Ekelgefühle durch den Geruch nach Zigaretten, Alkohol und altem Schweiß, der von Mutter ausging.

Erst als die Wanduhr zweiundzwanzig Uhr anzeigte, erteilte sie ihrer Tochter endlich die Erlaubnis, nach oben ins Bett zu gehen.

Am nächsten Tag hatte Olivia Glück. Mutter klagte, wie so häufig, über (wie sie es nannte) Phantomschmerzen in ihren nicht vorhandenen Beinen. Das Mädchen liebte diese Tage. Bescherten sie ihr doch ein wenig Ruhe vor den sonstigen Gewaltausbrüchen. Der Befehl der Mutter, ihr die Tabletten aus dem Nachtschrank zu holen, sorgte für ein verstecktes Grinsen in Olivias Gesicht. Zu oft hatte sie das jetzt bald

Kommende bereits erlebt. Manchmal gebetet, Mutter würde es nicht überleben. Einschlafen und nie wieder aufwachen. Mittlerweile hatte sie aufgehört, Worte an den lieben Gott zu richten. Er erhörte ihr Betteln und Flehen sowieso nicht. Wahrscheinlich war sie ihm genauso gleichgültig, wie all den anderen.

Eilig ging Olivia in das Schafzimmer und schnappte die Schmerzmittel aus der Schublade. Danach lief sie in die Küche ein Glas Wasser holen.

Während sie wieder das Wohnzimmer betrat, starrte ihre Mutter gierig auf die Packung mit den Tabletten in ihrer Hand. „Nun mach schon, du lahme Ente", kreischte sie und packte Olivia am Handgelenk, als diese neben dem Rollstuhl stand. Ungeduldig riss sie das Medikament aus Olivias Fingern. Ihre Hände zitterten, während sie der Tochter das Glas aus der Hand zog und das Wasser über den Rand auf ihre Beinstumpen schwappte. Doch dieses beachtete sie kaum und drückte die erste Tablette durch die Aluminiumfolie der Verpackung. Mit lautem Schlucken stürzte sie das Wasser hastig herunter, wartete kurz und griff nach der zweiten Pille. Das Wasserglas fiel ihr aus der Hand und rollte langsam über den Boden. Die Flüssigkeit lief aus und hinterließ eine nasse Spur auf dem zerkratzten Laminat. Olivia flitzte hinterher und hob es auf.

Als sie sich wieder aufrichtete, trafen ihre Augen das Gesicht der Mutter. Zufrieden erkannte sie, die Tabletten begannen zu wirken. Ihre Augen wurden immer schmaler. Die Stimme, während sie fortwährend weiter über die Schmerzen klagte, schwerfälliger. Bald folgte die dritte und vierte Tablette und irgendwann hörte Olivia auf, die Anzahl der Pillen, die sie in sich hineinstopfte, mitzuzählen.

Mutter lallte unverständlich und der Speichel tropfte ihr aus dem Mund auf das Kinn. Aufmerksam beobachtete Olivia sie. Geduldig wartend auf den richtigen Moment. Er kam einige Minuten später, denn mittlerweile hing ihre Mutter mehr in dem Rollstuhl, als dass sie saß. Langsam dämmerte sie ein und schreckte nur ab und zu auf. Zwar schlief sie nicht tief und fest aber es reichte aus, um Olivias Plan in die Tat umzusetzen. Jetzt hieß es für das Mädchen schnell zu handeln, bevor die Wirkung der Medikamente wieder nachließ.

Olivia zögerte kurz und überlegte, ob sie einfach den Schlüssel aus Mutters Hosentasche stehlen sollte. Mit Glück bemerkte sie es nicht und es wäre für sie leichter aus und wieder ins Haus zu kommen. Aber sie verwarf den Gedanken, denn es fühlte sich für sie an, als ob sie das Schicksal herausforderte. Beim letzten Mal, als sie es wagte, den Schlüssel an sich zu nehmen, um die Tür aufzuschließen, endete es böse für das Mädchen. Obwohl sie äußerst vorsichtig vorging, wachte Mutter auf, gerade als Olivia den Schlüssel in der Hand hielt. Der Faustschlag in Olivias Bauch kam unerwartet und heftig. Zwei Wochen danach lief sie immer noch gekrümmt vor Schmerzen. Das allein war schon sehr schlimm, aber die Fantasie ihrer Mutter, wenn es um Strafen ging, schien grenzenlos zu sein. Eine Woche lang schloss sie die Küche ab und ließ ihrer Tochter keine Möglichkeit, an Nahrung zu kommen. Abends nahm sie Olivia dann mit in den Abstellraum. Dort warf sie mit einem Lächeln im Gesicht das zubereitete Essen in den Abfalleimer. Drei Tage hielt der Ekel vor dem Gestank des Mülls das Kind ab, sich die Nahrung herauszuholen und zu verspeisen. Doch dann wurde der Hunger übermächtig und selbst das Wasser, welches sie literweise trank, besänftigte ihren Magen nicht mehr. Leise schlich sie nachts zum Mülleimer und holte sich die Essensreste zwischen Zigarettenkippen und dem sonstigen Abfall heraus.

Olivia erinnerte sich zu gut an den Brechreiz und die gleichzeitige Gier, als sie das Essen herunterwürgte. Das Gefühl von Scham, Erniedrigung und doch nicht anders handeln zu können. Nein, es war besser, den Baum herunterzuklettern. Sie ahnte, ein zweites Mal würde sie nicht nur mit einem Bluterguss und unsagbarem Hunger davonkommen.

Leise schlich sie Stufe für Stufe nehmend die Treppe hoch. Immer wieder lauschend, ob Mutter aufwachte. Das Glück schien ausnahmsweise auf ihrer Seite zu sein. Außer einem Schnarchen gab sie keinen Laut von sich.

Im Zimmer angekommen, lief Olivia sofort zum Fenster und öffnete es weit. Ohne zu zögern, stellte sie die Füße auf die Fensterbank. Sich am Rahmen festhaltend, griff sie mit einer Hand nach einem dicken Ast und zog ihn so nahe wie möglich an sich heran. Es war soweit das Risiko einzugehen. Den Fensterrahmen loslassend, packte Olivia mit der zweiten Hand zu und sprang.

Sie hing hilflos an dem Ast in der Luft und schaute nach unten auf den Boden. Es war hoch, sehr hoch, und ihr wurde mulmig zumute. Dennoch nahm sie allen Mut zusammen und holte mit ihren Beinen Schwung, um den nächsten Ast zu erreichen. Mit aller Kraft klammerte sie sich mit ihnen an ihm fest. Dann, mit den Armen nach oben greifend, packte sie zu und hangelte sich an ihm hoch.

Ein Knacken erklang und kurz dachte Olivia, er würde abbrechen. Doch der Ast hielt und sie kletterte von ihm herunter, weiter nach unten.

Stück für Stück kam sie dem Boden näher. Nur noch wenige Meter und sie hatte ihn erreicht. Plötzlich jedoch hielt ein Ast ihrem Gewicht nicht stand und mit lautem Krachen brach er ab. Am Stamm hinabrutschend, fiel Olivia in die Tiefe, während sie verzweifelt mit den Händen und Beinen nach Halt suchte. Immer wieder bekam sie den Baumstamm zu packen und krallte sich mit den Nägeln an der Rinde fest. Doch diese zerbröckelte zwischen ihren Fingern und sie rutschte immer tiefer. Olivia spürte, wie ihre Hose an einem abgebrochenen Zweig hängen blieb und zerriss. Brennend trieb ihr der Schmerz Tränen in die Augen, als ihre Haut an dem Stamm entlang schabte. Mit einem dumpfen Knall fiel sie auf die Erde und der Aufprall trieb jegliche Luft aus ihren Lungen. Keuchend versuchte sie, einzuatmen. Sterne blitzten vor ihren Augen auf und einen Augenblick fühlte es sich so an, als ob sie nie wieder Luft bekommen könnte. Dann spürte sie, wie der Sauerstoff zurück in ihre Lungen strömte und ebenso das Schwindelgefühl nachließ. Vorsichtig richtete Olivia den Oberkörper auf und stellte sich langsam auf die Beine. Erneut wurde ihr schummerig und um nicht umzukippen, stützte sie sich am Baum ab. Der Rücken, sowie das Bein taten ihr weh. Es fiel Olivia schwer, sich vorwärts zu bewegen, dennoch wagte sie die ersten Schritte. Die Zähne zusammenbeißend, machte sie sich auf den Weg. Immer die Angst im Nacken, Mutter käme aus der Tür und ertappte sie bei ihrer Flucht. Doch nichts dergleichen geschah und Olivias Körper erholte sich, während sie die Straße hoch zu Simones Haus lief.

Der Weg dorthin war nicht lang. Schon bald sah sie die Außenbeleuchtung. Das Licht der Zimmer, das auf die Straße schien, wirkte einladend, gemütlich und beruhigend. Es hatte nichts von der feindlichen Atmosphäre ihres Zuhauses. Bevor sie zur Eingangstür ging, blieb sie an einem Fenster stehen und schaute hinein. Sie sah Personen am Tisch sitzen. Eine Familie, Simones Familie, die wie die glücklichen Menschen in der Werbung ihre gemeinsame Zeit genossen. Sie wollte dort hinein. In dieses Haus, zu dieser Familie. Eine von ihnen werden. Schnell lief sie zur Eingangstür. Sachte drückte sie den Klingelknopf. Niemand öffnete. Aber sie waren doch da, erwarteten Olivia. Oder nicht? Verzweifelt drückte Olivia erneut den Knopf und hielt ihren Finger solange darauf, bis jemand ihr öffnete.

Ein großer Mann blickte auf sie herunter. Sein Blick fragend und verwundert. Olivia schluckte und flüsterte: „Ist Simone da?" Der Mann, es musste Monis Vater sein, nickte und deutete ihr mit der Hand an, einzutreten. Mit klopfendem Herzen folgte Olivia seiner Einladung und betrat zum ersten Mal das Zuhause ihrer neuen Freundin.

8

Wie jeden Abend saßen meine Eltern und ich Punkt 17.30 Uhr am Abendbrottisch und aßen die letzte Mahlzeit des Tages. Diese Essenszeit hatten meine Eltern so bestimmt, damit ich um 18 Uhr im Fernsehen die Sesamstraße gucken konnte. Sie hielten die Sendung für äußerst lehrreich und sorgten dafür, dass ich keine Folge davon verpasste. Jeden Tag freute ich mich aufs Neue darauf, Grobi, Graf Zahl, Ernie und Bert zuzuschauen. Auch heute beeilte ich mich, pünktlich mit dem Essen fertig zu sein.

Ich schmierte mir gerade Butter auf eine Scheibe Brot, als es an der Haustür klingelte. Wir alle schauten erstaunt auf. Mit Besuch hatte um diese Uhrzeit keiner von uns gerechnet. Vater sah meine Mutter über den Abendbrottisch an und fragte: „Erwartest du noch jemanden?" „Nein, du etwa?" Verneinend schüttelte er den Kopf und zuckte mit den Schultern. Im gleichen Moment schellte es erneut, aber diesmal länger. Der grelle Ton der Türklingel hörte nicht auf und derjenige, der vor unserer Tür stand, schien den Knopf gedrückt zu halten. An den Nerven zerrend, hallte das Geräusch in meinen Ohren und um dem ein Ende zu machen, wollte ich aufspringen und zur Tür laufen. Hastig stand ich auf und schob den Stuhl zurück, doch Vaters strenger Blick ließ mich innehalten. „Moni, bleib bitte auf dem Stuhl sitzen und esse dein Brot auf. Ich gehe zur Tür", brummte er mürrisch, während er sich von seinem Sitzplatz erhob.

Ich setzte mich wieder hin und sah ihm nach, wie er zur Wohnzimmertür lief, raus ging und sie hinter sich schloss. Dann legte ich eine Scheibe Kinderwurst auf mein Brot und kaute lustlos darauf herum. Wirklichen Hunger hatte ich nicht, aber meine Eltern bestanden darauf, dass ich zumindest eine Scheibe Brot am Abend aß.

Wer dort an der Tür war, darüber machte ich mir keine Gedanken. Bestimmt ein Nachbar, der sich beschwerte, dass unser an der Straße parkende Wagen im Weg war. Mich interessierte mehr der große Zeiger unserer Wanduhr, der sich stetig der zwölf näherte. Das bedeutete, dass bald der Gong sechs Mal schlug und meine geliebte Fernsehsendung begann.

Ich kaute schneller, hoffend, mein Vater würde endlich zurückkommen. Er war es, der mir erlaubte, aufzustehen und den Fernseher einzuschalten. Ein Ritual, das sich jeden Abend aufs Neue wiederholte. Zehn Minuten verblieben noch, und die Zeit schien zu rennen. Ich schlang die letzten Krümel Brot herunter und starrte zur Tür. Wo blieb er nur?

Mein Blick wanderte zum Fernseher, dann zu meiner Mutter, wieder zum Fernseher und zurück zu ihr. Aber obwohl sie genau wusste, was ich wollte, zuckte sie mit den Schultern und schüttelte ihren Kopf: „Moni, ich ...“

Mitten im Satz stoppte sie, denn die Wohnzimmertür öffnete sich und Vater kam endlich herein.

Hinter sich eine kleine Gestalt verbergend, die ich zuerst nicht erkannte. „Simone, du hast Besuch.“ Seinem Tonfall nach zu urteilen, hielt sich seine Begeisterung darüber in Grenzen. Auch Mutter zog die Augenbrauen hoch. Ein Zeichen dafür, dass auch sie sich mit dem späten Gast keineswegs einverstanden erklärte.

Für einige Sekunden herrschte eine angespannte Stille, bis Vater sie mit einem Räuspern durchbrach: „Na, dann gehe ich mal so lange nach oben ins Büro. Das Abendessen ist ja wohl hiermit beendet!“ Die Tür vom Wohnzimmer fiel krachend hinter meinem Vater zu. Später würde ich mir noch einiges von ihm anhören dürfen, dessen war ich mir sicher. Aber jetzt betrachtete ich erst mal neugierig meinen Besuch. Verlegen die Augen auf den Boden gerichtet, die Hände in den Jackentaschen vergraben, stand Olivia da. Eigentlich sollte ich ja böse auf sie sein. Hatte sie mich doch die letzten

Tage warten lassen. Dennoch, ich freute mich, sie zu sehen. „Oh Olivia, he …"

Mutter ließ mir keine Möglichkeit auszureden, sondern stand auf und ging zu Olivia hin. „Na, dann gib mir mal deine Jacke. Wissen deine Eltern eigentlich, dass du hier bist? Es ist ja ein wenig zu spät, um in deinem Alter allein auf der Straße herumzulaufen." Auffordernd hielt sie die Hände hin, um Olivia ihre Jacke abzunehmen. „Ich, äh, ich ja, Mutter weiß, dass ich hier bin. Es ist in Ordnung, sie hat es mir erlaubt. Ich darf auch nur kurz bleiben", stotterte meine Freundin.

Für einen Augenblick sah es so aus, als ob sie die Jacke nicht ausziehen wollte. Stattdessen hielt sie beide Seiten des Anoraks mit den Händen fest und umschlang ihren Körper damit. Doch Mutter ließ ihr keine Wahl, sondern trat hinter sie und fasste an ihre Schultern, um ihr das Kleidungsstück abzustreifen. Olivia zuckte zusammen, sobald Mutters Hände sie berührten, wich einige Schritte vor ihr zurück und schlüpfte hastig aus dem Kleidungsstück. Verdutzt zog meine Mutter ihre Hände zurück und wartete, bis Olivia sie ihr gab. Aber ich verstand, was Olivia versuchte, zu verbergen.

Selbst vom Tisch aus sah ich die Risse im Innenfutter des Anoraks. Die Wattierung quoll hervor und jemand hatte laienhaft versucht, die Löcher zu flicken. Der Strickpullover, den sie darunter trug, einst mal weiß gewesen, schimmerte gräulich und wirkte abgetragen. Viel zu groß, wie ein nasser Sack hing er an ihrem Körper. Die Wolle bestand aus Löchern, Ziehfäden, die heraushingen, und an den Armbündchen rippelte sie auf. Alles in allem sah Olivia ungepflegt aus. Das Haar, ihre Locken, standen ungekämmt wild von ihrem Kopf ab, das Gesicht mit Schmutz überzogen. Auch auf ihrer Hose konnte ich deutlich dunkle Schmutzflecke sehen. Das linke Hosenbein war aufgerissen und bei genauerem Hinsehen, entdeckte ich eine blutende Wunde am Unterschenkel.

Auch meiner Mama fiel dieses auf. Besorgt kniete sie neben Olivias Bein nieder und schob vorsichtig den Jeansstoff zur Seite. „He, was hast du da gemacht? Das sieht nicht gut aus. Willst du mit der Wunde nicht lieber zum Arzt?"

Wieder versuchte Olivia sich ihren Händen zu entziehen. Doch diesmal hielt sie meine Freundin fest. Hilflos hielt Olivia still, aber sie zitterte wie Espenlaub. Was war nur los mit ihr? Meine Mama wolle doch nur helfen.

Mit kritischem Blick schaute sie sich die Verletzung an.

„Wir müssen deine Mutter anrufen. Das sieht überhaupt nicht gut aus. Ich kann keinesfalls verantworten, dass du eine Blutvergiftung bekommst!"

„Nein, bitte nicht. Mutter ist krank und ich möchte ihr keine Sorgen bereiten. Unser Telefon funktioniert auch nicht. Es tut kein bisschen weh. Bloß ein kleiner Kratzer. Sowieso wollte ich nur ganz kurz bleiben. Mich bei Moni entschuldigen, weil ich unsere Verabredung vergessen habe. Meine Mutter kann sich das anschauen, wenn ich wieder zuhause bin. Bitte, ich …", stotterte Olivia mit Tränen in den Augen.

„Schon gut. Ich säubere die Wunde erst mal und verbinde sie dir. Versprich mir aber, dass du sie deiner Mutter und einem Arzt zeigst. Ich könnte dich auch hinfahren, wenn du willst. Ich meine, da deine Mutter krank ist …"

Diesmal fiel Olivia ihr ins Wort. Stammelnd, mit sich überschlagender Stimme, wehrte sie Mutters Angebot ab.

„Nein, nein danke. Meine Mama kann den Doktor anrufen. Unser Arzt macht Hausbesuche!"

Mama gab entgegen ihrem sonstigen Verhalten nach. Ich wunderte mich, musste es ihr doch aufgefallen sein, dass Olivia zuerst behauptete, das Telefon wäre kaputt, dann aber beim Doktor anrufen wollte. Doch anstatt noch etwas zu sagen, stand meine Mutter schweigend auf.

Gerade als ich meinen Mund öffnete, traf mich ihr warnender Blick im Vorbeigehen, während sie das Zimmer verließ. Natürlich war ihr das mit dem Telefon aufgefallen, dennoch beließ sie es dabei. Verständnislos schüttelte ich den Kopf. Warum verhielt meine Mama sich so?

Dann schaute ich meiner neuen Freundin ins Gesicht und entdeckte, warum sie aufgehört hatte, auf Olivia einzureden. Die Tränen liefen über ihre Wangen und verängstigt starrte sie Mama hinterher. Ihre Körperhaltung erinnerte mich an ein aufgescheuchtes Reh. Ich empfand Mitleid und hätte sie am liebsten in den Arm genommen. Irgendetwas sorgte dafür, dass Olivia auf keinen Fall wollte, dass ihre Mutter vom Besuch bei uns erfuhr.

Auch meine Mutter musste das mitbekommen haben. Als sie mit Verbandszeug und Jod wieder das Zimmer betrat, nahm sie Olivia sanft an die Hand. Diese ließ sich widerstandslos zum Stuhl am Esstisch führen. Mama kniete sich vor ihr hin und säuberte vorsichtig ihre Wunde.

Olivia konnte nicht verbergen, dass sie Schmerzen hatte, als Mutter das Jod darauf sprühte. Aber sie hielt tapfer still. Nur ihr Gesichtsausdruck sprach Bände. Während meine Mama die Verletzung verarztete, sprach sie leise auf Olivia ein. Mit beruhigenden Worten erklärte sie, was sie tat. Mir fiel auf, dass sie Olivia nicht ein einziges Mal fragte, was passiert sei und wie sie sich verletzt hatte. Aber nun ja, sie hatte sicherlich ihre Gründe dafür.

Mama stand auf und strich meiner neuen Freundin sacht über das Haar. Mitleid lag in ihren Augen, als sie sagte: „So, nun sieht das schon besser aus. Du hast tapfer ausgehalten. Aber versprich mir, dass du wirklich zum Arzt gehst, damit er sich das nochmal ansieht. Hast du eine Tetanusimpfung?" Olivia nickte eifrig, allerdings hatte ich den Eindruck, als ob sie Mutter nur beruhigen wollte.

Zwanzig Minuten waren vergangen, seit Olivia bei uns auftauchte. Mit Bedauern stellte ich fest, dass es sich kaum noch lohnen würde, den Fernseher anzuschalten, um Sesamstraße zu gucken. Naja, zumindest hatte ich Besuch von meiner neuen Freundin bekommen. Und das war doch sehr viel besser als eine Fernsehsendung, die jeden Abend über den Bildschirm flimmerte.

-9-

Obwohl sie noch gerne bei Simone geblieben wäre, ging Olivia schon nach einer halben Stunde wieder zurück nach Hause. Die Angst, Mutter könnte ihr Fortgehen entdecken, zwang sie dazu.

Simones Leben, ihr Heim und ihre Eltern, für das Mädchen ein Märchen. Ein Traum, der für jemanden wie sie niemals zur Realität werden würde. Das Haus, wie gemütlich und einladend es auf sie gewirkt hatte. Monis Mutter, die sie sanft und liebevoll verarztete. Zu guter Letzt der Abendbrottisch. All die leckeren Sachen, die sie dort stehen sah, ließen ihr das Wasser im Mund zusammenlaufen. Etwas anderes als die Schale alter Cornflakes mit der verdünnten Dosenmilch, die sie meistens zu essen bekam. Trotzdem hatte sie abgelehnt, als Simones Mutter sie einlud, mit ihnen zu essen.

Natürlich hatte Olivia die Blicke bemerkt und das Mitleid gespürt. Aber sie konnte darauf verzichten. Ihr Mitleid wollte sie nicht. Hilfe, das war es, was sie brauchte und die erhielt sie auch nicht von diesen Menschen. Und wenn, dann dadurch, dass sie zu ihrer Mutter gingen, um mit ihr zu reden. Das kannte Olivia bereits. Beim letzten Mal, als jemand aus Mitleid bei ihnen auftauchte, sorgte genau dieses für noch mehr Schläge von Mutter. Und dass das Mitgefühl, welches man für Olivia empfand, sehr schnell in Unverständnis und Abneigung umschlug.

Ja, Mutter war eine gute Lügnerin und Schauspielerin. Wie sie die Tür öffnete! Mit schmerzverzerrtem Gesicht, demonstrativ ihre Beinstumpen zeigend, sich mit ihrem Rollstuhl abmühte. Die traurige Stimme, als sie von ihrem Schicksal erzählte. Um dann, zu guter Letzt, in Tränen auszubrechen, weil auch Olivias Schwindelei Mutter das Leben schwer machte. Die blauen Flecken auf Olivias Körper? Die stammten von Ollis Unachtsamkeit. Ihre wilde Tochter ließ sich nicht von jemandem, der wie sie im Rollstuhl saß, bändigen. Immer wieder fiel sie über die eigenen Beine, wenn sie durch das Haus tobte. Sie, als ihre Mutter, musste hilflos zusehen. Die, die kamen, um Olivia zu helfen, glaubten Mutter gerne dieses Ammenmärchen, wollte doch keiner von ihnen die wirkliche Wahrheit hören. Die schmutzige grausame Wahrheit, die stets nach ihrem Besuch erfolgte. Somit hatte Olli schon vor langer Zeit aufgegeben, auf Hilfe zu hoffen, geschweige denn, darum zu bitten.

Langsam lief sie auf das jetzt hell beleuchtete Zuhause zu. Sehr wohl wissend, was sie dort erwartete. Sie brauchte keinen Baum mehr hochzuklettern, sie wurde erwartet. Da Olivia die Lampen nicht angeknipst hatte, war es offensichtlich: Mutter war aufgewacht.

Aber selbst, als sie Olli den Verband vom Bein riss, ihre langen Fingernägel in die Wunde krallte, bis Olivia schrie, schwor das Mädchen, es sollte nicht das letzte Mal gewesen sein, dass sie Simone besuchte.

-10-

Wenige Tage verblieben, bis das Schuljahr für mich begann. Natürlich war ich aufgeregt. Fremde Kinder, neue Lehrer und ein mir unbekanntes Gebäude erwarteten mich. Die angstvolle Frage, ob ich zurechtkomme, wie der erste Tag verlief und wie die anderen zu mir sein würden, beschäftigte mich. Klar dachte ich auch an Olivia, aber ehrlich gesagt, nicht allzu oft.

Zwei Tage vor Schulbeginn nahm meine Mama mich mit in den Ort. Sie wollte mir ein neues Kleid, welches ich zur Feier des ersten Schultages tragen sollte, kaufen. Ebenso mussten die Schulbücher von dem kleinen Schreibwarenladen abgeholt werden. Vater nannte es einen Mutter-Tochter-Ausflug. Ich freute mich, spekulierte ich doch darauf, dass sie mir den einen oder anderen Wunsch erfüllte. Enid Blyton hatte einen neuen Sammelband von „Hanni und Nanni" herausgebracht, den ich mir schon seit Längerem wünschte. Ich liebte die Internatsgeschichten und hoffte, das Schreibwarengeschäft führte das Buch in seinem Sortiment. Wenn es so sein sollte, brauchte ich nur die richtigen Worte finden und ich würde es bald in meinem Besitz haben. Meiner lieben Mama fiel es stets schwer, nein zu sagen; also konnte ich auch dieses Mal davon ausgehen, dass es mir gelang, sie zu überreden.

Die neue Kleidung fand sich schnell. Einen hübschen bunten Rock mit der dazu passenden Bluse konnte ich mein Eigen nennen. Fehlten nur noch die Bücher und die anderen Schulutensilien, die ich für den Unterricht benötigte.

Das Schreibwarengeschäft hatte viel zu tun. Vor der einzigen Kasse, die es in dem Laden gab, stand eine lange Schlange von Leuten, die darauf warteten, ihre Waren zu bezahlen. Es würde dauern, bevor meine Mama endlich an die Reihe kam. Geduldig stellte sie sich hinten an die Schlange der Wartenden an. Ich nutzte die Zeit und lief zu den Büchern im hinteren Teil des Geschäftes. Neugierig durchstöberte ich die Regale und freute mich, mein ersehntes Buch zu finden. Jetzt hieß es nur noch Mama davon zu überzeugen, es mir zu kaufen. Meine Worte zurechtlegend, lief ich zurück zu der Schlange an der Kasse und versuchte mich an den Wartenden vorbei zu drängeln. Meine Mutter bemerkte mich nicht, denn sie unterhielt sich angeregt mit einer neben ihr stehenden Frau. Bruchstücke ihres Gespräches drangen zu mir herüber. Als ich Olivias Namen heraushörte, stoppte ich hinter einem Mann, der zwischen mir und meiner Mutter stand. Interessiert lauschte ich den Worten der Frau, die ich bei näherer Betrachtung als unsere Nachbarin erkannte.

„Olli? Ach Sie meinen die kleine Olivia Brandt! Ja wirklich ein trauriges Schicksal, das diese Familie erleiden musste. Vor zwei Jahren verstarb der Bruder von Olivia und die Mutter verlor bei dem Unfall beide Beine. Seitdem scheint sich bei den Brandts vieles zum Schlechten verändert zu haben. Man sieht sie kaum noch und wenn, dann spürt man, dass dort in dem Haus und mit ihnen etwas nicht stimmt!", flüsterte sie mit geheimnisvollem Blick meiner Mutter zu. „Oh mein Gott, wie furchtbar! Dann wundert es mich keineswegs, dass Olivia so ganz anders ist als andere Kinder in ihrem Alter. Ich hatte das gleiche Gefühl, als sie vor ein paar Tagen plötzlich vor unserer Tür stand. Sie wirkte, ich weiß kaum wie ich es beschreiben soll, na, ich würde es verängstigt, eingeschüchtert nennen. Meinen Sie, dass es dem Kind gut geht?" Ob es dem Kind gut geht? Fragen Sie lieber mal nach der Mutter!", mischte sich jetzt die rundliche Dame an der Kasse ein. „Die Kleine ist eine notorische Lügnerin und tickt nicht ganz richtig im Kopf. Also, ich habe meiner Kathryn verboten, mit ihr zu spielen!"
Ich sah an Mamas Gesicht, dass sie etwas dazu sagen wollte, aber der Mann vor mir ließ ihr keine Möglichkeit dazu. Bevor sie nur ein Wort über die Lippen bekam, mischte er sich in das Gespräch ein.
„Dieses kleine Drecksbalg erzählt herum, dass ihre Mutter sie schlägt, dieses undankbare Kind. Meine Frau hat ihr geglaubt und wollte dem Mädchen helfen. Sie ist, um mit Frau Brandt zu reden, zu ihr gegangen. Sie können sich kaum vorstellen, wie peinlich es für meine Frida war, als sie die Wahrheit erfuhr. Diese arme, vom Schicksal gebeutelte Frau. Trotz ihrer Behinderung sorgt sie so gut sie kann für das Mädchen. Und was macht das Kind? Tanzt ihr auf der Nase rum! Nicht Olivia ist zu bedauern, sondern Frau Brandt!" „Also ich kann mir kaum vorstellen, dass Olivia wirklich so ist, wie Sie sie beschreiben. Auf mich machte sie einen vollkommen anderen Eindruck!" Ich bemerkte, wie meine Mama langsam wütend wurde. Zu gut kannte ich den

Klang in ihrer Stimme, wenn sie sich aufregte. Doch ihre Gesprächspartner schienen dieses nicht zu bemerken, denn jetzt meldete sich unsere Nachbarin erneut zu Wort. „Meine Liebe, ganz ehrlich, verbieten Sie ihrer Tochter den Umgang mit der kleinen Göre. Ich will ja nichts sagen, aber meiner Meinung nach gehört dieses Kind in eine Einrichtung. Sie wissen schon, was für eine Einrichtung ich meine. Das Mädchen ist gefährlich!"

Sowohl die Dame an der Kasse, sowie der Mann vor mir nickten zustimmend. „Jaja, Frau Heyna hat Recht. Also so, wie ich es von jemandem gehört habe, der es eigentlich wissen muss, ist das Mädchen für den Unfall verantwortlich. Stellen Sie sich das mal vor, sie soll der Mutter während der Autofahrt die Augen zugehalten haben!" Dramatisch hatte der Mann seine Stimme erhoben und schien jetzt auf die schockierte Reaktion von meiner Mama zu warten. Die blieb allerdings aus.

Sie kannten meine Mama nicht, ich aber dafür umso besser. Sie hasste dummes Geschwätz, Klatsch und Tratsch, und genau das war dieses Gerede der Leute für sie. Ich ahnte, was als nächstes passieren würde. Ein weiterer Blick in ihr Gesicht bestätigte, dass ich Recht behielt. Sie zog die linke Augenbraue hoch und ihre Nasenflügel begannen zu beben. Für mich definitiv immer ein Zeichen, dass jetzt keinesfalls mehr mit ihr zu spaßen war. Leider wusste das außer mir hier niemand! Ansonsten hätte die Kassiererin bestimmt geschwiegen!

„Ja, ich sage es Ihnen, das Kind ist das geborene Böse! Überall wo sie auftaucht verschwinden Tiere und kurze Zeit später finden die Kinder ihre Lieblinge tot am Straßenrand wieder! Das kann doch nicht mit rechten Dingen zugehen. In dem Mädchen haust ein Dämon. Allein schon die Augen. Haben Sie es gesehen? Ein braunes und das andere grau - kalt wie Eis ist ihr Blick. Reicht das nicht aus, um zu verstehen, was sie wirklich ist? Nee, meine Kathryn hält sich von dieser Satansbrut fern, dafür sorge ..."

„Jetzt halten Sie endlich Ihr geschwätziges Mundwerk! Wie können Sie als erwachsener Mensch nur so über ein Kind reden. In Grund und Boden sollten Sie sich alle hier schämen! Jetzt geben Sie mir bitte meine Bücher, damit ich endlich hier rauskomme und mir Ihr dummes Gerede nicht weiter anhören muss!"

„Also, also, das ist ja wohl eine Unverschämtheit!", schimpfte die Dame an der Kasse. Dennoch beeilte sie sich, die Waren einzupacken und das Geld abzukassieren. Ich schlich mich vorsichtig weg, denn mir war das Ganze unangenehm. Das Buch legte ich wieder zurück ins Regal. Ich hatte keine Lust mehr, meine Mutter darum zu bitten. Das eisige Schweigen, das sich in dem Laden ausbreitete, war erdrückend und die Atmosphäre zum Schneiden.

Ich sah, wie die Leute missbilligend meiner Mutter hinterherstarrten, während sie zu mir lief. Und ja, ich hörte das feindselige Tuscheln, als wir das Geschäft verließen. Doch niemals zuvor war ich stolzer auf sie, als in diesem Moment!

-11-

Meine Mutter drückte das Gaspedal unseres Autos durch und fuhr viel zu schnell vom Parkplatz des Ladens herunter. Während der Fahrt schimpfte sie laut und wütend vor sich hin. Es schien sie überhaupt nicht zu stören, dass ich auf der Rückbank jedes Wort hörte. Zuhause bekam ich schon Schelte, wenn ich nur das verbotene Wort Sch... benutzte. Und das war harmlos gegenüber dem, was sie jetzt von sich gab.

„Verdammte Idioten! Arschlöcher sind das! In welchem Jahrhundert leben die hier in diesem Kuhdorf. Aber nicht mit mir! Ich lass nicht zu, dass die demnächst eine Hexenverbrennung mit einem kleinen Mädchen veranstalten. Hörst du mich, Simone? Das dürfen wir beide nicht zulassen." Immer lauter erklang ihre Stimme und ich zog den

Kopf ein. Mir machte ihre Reaktion Angst, aber ich sagte keinen Ton. In solchen Momenten, wenn sie sich so aufregte, war es besser, zu schweigen und darauf zu warten, dass meine Mama sich wieder beruhigte.

Diesmal jedoch schien ihr Zorn länger anzudauern, denn selbst, als wir Zuhause ankamen, fluchte sie weiter.

Ohne das Tempo zu verringern, bretterte sie unsere Auffahrt hoch. Vor der Garage trat sie dermaßen stark auf die Bremse, dass der Wagen mit einem lauten Quietschen zum Stehen kam. Ohne auf mich zu achten, riss sie die Fahrertür auf und sprang aus dem Auto. Dann lief sie zum Kofferraum und begann hektisch die Plastiktaschen mit den eingekauften Waren herauszuzerren. „AUA, verdammt, verdammt, verdammt! Jetzt habe ich mir auch noch den Fingernagel abgebrochen. Nun steig schon aus, Simone. Oder brauchst du eine Extraeinladung?"

Was war nur mit ihr los? Natürlich schimpfte sie manchmal mit mir, aber niemals in so einem aggressiven Ton, wie sie es jetzt tat. Außerdem hatte ich nichts verbrochen, das ihr einen Anlass, auf mich böse zu sein, gegeben hätte.

Ich verstand schon, das Verhalten der Leute regte sie auf und dass das, was sie gesagt hatten, gemein gewesen war. Aber dass meine Mutter mich anschrie und vor lauter Wut vergaß, dass ich den Wagen ohne ihre Hilfe nicht verlassen konnte, beunruhigte mich sehr. Dass die Tür eine Kindersicherung besaß, schien wie aus ihrem Gedächtnis gelöscht zu sein.

Auch wenn ich es noch so sehr versuchte, konnte ich nicht verhindern, dass mir die Tränen in die Augen schossen. Langsam begannen sie meine Wangen herunterzulaufen und ich schluchzte leise. Als meine Mutter realisierte, dass ich weinte, hörte sie auf zu schimpfen und an den Tüten herumzuzerren. Schuldbewusst sah sie mich an. Sanft erklang ihre Stimme: „Es tut mir leid, Liebes. Ich wollte dir ganz bestimmt keine Angst machen aber ..."

Anstatt den Satz zu beenden, schwieg sie abrupt. Ohne ein weiteres Wort lief sie zu meiner Autotür, öffnete diese, sowie meinen Gurt. Während ich von dem Sitz ins Freie kletterte, lud sie die restlichen Einkäufe aus dem Kofferraum und trug sie zur Haustür. Ich folgte ihr zögernd. „Mama, warum sagen die so etwas über Olli?" Doch ich bekam keine Antwort auf meine Frage. Es war, als ob sie diese noch nicht einmal hörte.

Ich beschloss, meine Mutter in Ruhe zu lassen und ging, sobald wir das Haus betraten, in mein Zimmer. Aber egal was ich auch versuchte, um mich zu beruhigen und von meinen Gedanken abzulenken, es misslang mir. Immer wieder kehrten sie zurück zu Olivia und meiner Mutter.

Was war mit beiden los? Warum sprachen die Menschen hier so schlecht über meine Freundin? War sie wirklich böse? Wirklich eine Hexe? Warum machte das, was im Geschäft passierte, Mama so zornig? Ich fand keine Antworten auf meine Fragen. Den Gedanken, nochmal mit ihr zu reden, verwarf ich sehr schnell. Lieber wartete ich darauf, dass mein Vater von der Arbeit nach Hause kam.

Meine Hoffnung, etwas am Abendbrottisch zu erfahren, starb, als ich das Wohnzimmer betrat. Bereits als mein Vater die Haustür aufschloss, hörte ich, wie Mutter ihm entgegeneilte und vom Vorfall im Geschäft erzählte.

Zuerst herrschte Stille, doch dann sagte mein Vater etwas, was ich nicht verstand. Es musste etwas Schlimmes gewesen sein, denn Mutter schrie ihn mit den Worten: „Du bist wie alle anderen!" an und knallte die Tür hinter sich zu. Das klang wieder einmal nach einem bösen Streit zwischen meinen Eltern. Ich entschied mich, lieber in meinem Zimmer zu bleiben. Erst, als mein Vater mich rief, verließ ich es und lief nach unten zu ihm.

Wieder schwirrte mir das Wort „Scheidung" durch den Verstand, während wir alle drei still unser Abendbrot aßen.

Jeder Happen, den ich von meinem Brot abbiss, schien mir im Halse stecken bleiben zu wollen. Nur mit äußerster Anstrengung würgte ich mein Essen herunter. Weiter hämmerte in meinem Kopf der gleiche Gedanke. Irgendwann hielt ich es nicht mehr aus, meinen Mund zu halten. „Last ihr euch scheiden?", stieß ich hervor, und zum zweiten Mal an diesem Tag kullerten mir Tränen das Gesicht herunter.

Erschrocken schaute zuerst mein Vater mich an, um dann kurze Zeit später Mutter einen vorwurfsvollen Blick zuzuwerfen. „Siehst du, was du, weil du einem fremden Kind helfen willst, angerichtet hast? Kümmere dich erst einmal um unseres und dann um diese Olivia!" Böse funkelten seine Augen, während er wütend die Worte hervorstieß. Ein neuer Streit kündigte sich an und das war nun wirklich nicht das, was ich erreichen wollte.

Hilflos schaute ich Mutter an. Ich erwartete, dass sie jetzt Vater anschrie, aber stattdessen blickte sie mich sorgenvoll an: „Schon gut Moni, alles ist gut. Keine Angst, wir lassen uns nicht scheiden, mach dir keine Sorgen. Erwachsene streiten sich manchmal, genau wie ihr Kinder. Aber wir vertragen uns auch wieder. Du wirst sehen, morgen ist alles wieder gut." Sie schenkte mir ein Lächeln, das wohl beruhigend auf mich wirken sollte. Doch so gern ich es wollte, das tat es nicht. Tapfer lächelte ich zurück. Aber niemals zuvor fühlte ich mich erleichterter, als in dem Augenblick, als ich vom Tisch aufstehen durfte um den Fernseher anzuschalten. Wenigstens Grobi und seine Sesamstraßenfreunde sorgten für einen kurzen Zeitraum dafür, dass ich meine Sorgen vergaß!

Am nächsten Tag schien wirklich alles wieder in Ordnung zu sein. Meine Eltern redeten wie immer miteinander und der Morgen nahm seinen gewohnten Verlauf. Wie froh konnte einen ein ganz normales gemeinsames Frühstück doch machen.

Auch die restliche Zeit verlief ruhig und angenehm. Mutter und ich beschrifteten meine Bücher und Schulhefte. Alles, was ich für den morgigen Tag benötigte, wurde erledigt. Penibel ging sie die Liste von der neuen Schule durch, damit auch wirklich nichts vergessen wurde. Über den gestrigen Vorfall sprachen wir nicht ein einziges Mal und ich glaube, wir beide wollten es einfach vergessen.

Die Stunden flogen nur so dahin. Sehr bald hieß es, schlafen zu gehen. Ich rechnete damit, die ganze Nacht wach zu liegen, weil ich annahm, kein Auge vor Aufregung schließen zu können. Aber Pustekuchen, das Gegenteil war der Fall. Kaum hatten meine Eltern mir eine gute Nacht gewünscht und das Licht in meinem Zimmer gelöscht, fiel ich in einen tiefen und festen Schlaf.

Beim ersten Klingeln des Weckers sprang ich aus dem Bett. Ich freute mich auf den ersten Schultag und gleichzeitig drehte sich mir mein Magen vor Aufregung um. Alles würde neu sein. Ich betete nur, dass mich die anderen Schüler mochten.

Schnell wusch ich mein Gesicht und putzte mir die Zähne, polternd lief ich die Treppe herunter in die Küche, in der meine Eltern das Frühstück vorbereiteten. Während ich hereinstürmte, küsste mein Vater meine Mutter und drückte sie ganz fest an sich. Ich grinste und dachte, schöner kann der Tag doch nicht beginnen. Alles war gut und es konnte nur noch besser werden.

„Na, Moni, so schnell aus den Federn gesprungen? Du kannst wohl den ersten Schultag nicht abwarten?", sagte mein Vater und strich mir über den Kopf, während er an mir vorbeilief. „Jep", antwortete ich und setzte mich an den Tisch. Geräuschvoll schaufelte ich das Müsli aus der vor mir stehenden Schale in mich rein, bewusst Mamas Augen ausweichend. Wusste ich doch, dass sie es hasste, wenn ich die Milch, wie jetzt, laut schlürfte. Dennoch, ich fühlte mich so gut, dass ich es auf eine Rüge ihrerseits ankommen ließ. Aber außer ihrem vorwurfsvollen Blick erfolgte nichts. Liebevoll richtete sie mein Schulbrot her, legte noch eine Banane und mein Schokomixgetränk dazu. Ich hätte jubeln können als ich sah, dass sie alles in einer neuen Brotbox verstaute, denn es war genau die, die ich mir gewünscht hatte. Den Deckel verzierte ein Bild von Wusch, die im Moment meine Heldin war. Lieb von Mama, dass sie mir diese Brotbox gekauft hatte.

Kaum hatte ich mein Müsli aufgegessen, lief ich zur ihr hin und knuddelte sie stürmisch. „Danke, danke, danke, danke", rief ich überschwänglich. Sie lachte. „Schon gut. Wenn Wusch bei dir ist weiß ich jedenfalls, dass jemand auf dich aufpasst. Aber nun geh deine Jacke holen. Wir müssen gleich los. Vater muss heute später zur Arbeit also kann ich dich ausnahmsweise mal zur Schule fahren." Konnte das Leben nicht toll sein? Nicht einmal den Schulbus musste ich nehmen. Klasse, dachte ich und rannte in den Flur, um meine Strickjacke zu holen.

Das Schulgebäude wirkte klein im Gegensatz zu meiner alten Schule. Vorne gab es einen Fahrradständer, in dem Räder kreuz und quer standen. Viele Kinder meines Alters tummelten sich auf dem vorderen Rasen sowie vor dem Eingang. Mütter verabschiedeten sich von ihnen und auch ich machte mich startklar. Ein letzter Kuss auf die Wange meiner Mutter, ein schnelles „Tschüss, ich hol dich nachher ab" ihrerseits und dann stand ich alleine da. Plötzlich fühlte ich mich überhaupt nicht mehr großartig. So klein die Schule auch war, die Menschen, egal ob Erwachsene oder Kinder, flößten mir mächtig Respekt ein. Sehnsüchtig schaute ich unserem Auto hinterher, wünschte mir, es würde umdrehen und meine Mama zu mir zurückbringen.

Sie hatte mir zwar angeboten, mich zur Klasse zu bringen, aber da ich groß und kein Kleinkind mehr sein wollte, hatte ich abgelehnt. Jetzt verfluchte ich mich dafür. Allerdings ändern konnte ich es jetzt nicht mehr.

Den Blick vor mir auf den Boden gerichtet, betrat ich die Schule. Ein endlos erscheinender Gang mit vielen Türen, die zu den Klassenräumen führten, erstreckte sich vor mir. Schüler liefen lärmend durch den Flur und ich traute mich nicht, einen von ihnen anzusprechen, um zu erfahren, wo ich mein Klassenzimmer fand.

Als ein Mädchen in mich reinrannte, stolperte ich und fiel einer Frau direkt in die Arme.

„He, nicht so stürmisch, kleines Fräulein!", rief sie und fing mich gleichzeitig mit ihren Armen auf. Mein gestammeltes „Entschuldigung" ging ungehört in dem Lärm der anderen Schüler unter. Endlich ließ sie mich los, so dass ich nicht mehr wie ein Fisch im Netz in ihren Armen rumzappelte.

„Also, da wir uns jetzt ja schon ein wenig nähergekommen sind, kannst du mir auch deinen Namen verraten?" Belustigt lächelte die Frau mich an. Sie schien nett zu sein. Ihr rundliches Gesicht mit den roten Wangen machte einen freundlichen Eindruck auf mich. Ich fasste sofort Vertrauen zu ihr. Einfach nur froh darüber, jemanden gefunden zu haben, der mir ganz bestimmt weiterhelfen würde, plapperte ich munter drauflos.

„Mein Name ist Simone Fischer. Ich bin neu hier an der Schule und suche das Klassenzimmer der 2b. Können Sie mir helfen?" „Ach, du bist also die Simone, meine neue Schülerin. Das trifft sich ja gut! Ich bin Frau Kalkowski, deine Klassenlehrerin. Na dann komm mal mit mir!"

Das war also meine neue Lehrerin. Wenigstens schien sie nett zu sein. Eingeschüchtert durch die mittlerweile neugierigen Blicke der anderen, trabte ich schnell hinter ihr her. Viele starrten mich an und flüsterten miteinander. Ich konnte mir denken, um was es ging. Natürlich um mich. Wie ein Tier, das in Augenschein genommen und verkauft wurde, fühlte ich mich. Trotzdem hielt ich den Kopf erhoben und versuchte, einen mutigen Eindruck zu vermitteln. In meiner alten Schule hatte ich sehr schnell gelernt, niemals Schwäche zu zeigen. Wenn du andere deine Angst erkennen ließest, hattest du bereits verloren. Kinder konnten grausam sein und kannten häufig wenig Mitleid. Warst du ein Feigling, wurdest du den Rest deiner Schulzeit zu einem Loser, den sie quälten, weil es ihnen Freude bereitete. Ich nahm an, dass es auch an dieser Schule nicht anders sein würde. Also lief ich hocherhobenen Hauptes an den anderen vorbei und lächelte dabei krampfhaft.

Vor dem Klassenraum hingen an einer langen Garderobe bereits viele Jacken. Mist, dachte ich, das bedeutete, dass ich eine der letzten sein würde, die das Klassenzimmer betrat. Nicht allein schon, dass es eigentlich ausreichte, meinen Ruf, cool zu sein, zunichtemachte indem ich mit Frau Kalkowski auftauchte. Nein, jetzt würde ich auch noch sämtliche Aufmerksamkeit auf mich ziehen.

Nachdem meine Lehrerin als Erste den Raum betrat, rief sie mich zu sich. Krampfhaft bemüht, das Lächeln in meinem Gesicht zu behalten, ging ich mit staksigen Beinen nach vorne zu ihr und stellte mich neben sie. „Nein, nein, nicht hier bei mir. Stell dich am besten vor die Tafel." Zu den anderen gewandt sagte sie: „Guten Morgen erst einmal!"

Stühle scharrten, während meine Mitschüler aufstanden und ein gemeinsames lautes „Guten Morgen" aus ihren Mündern erklang. Ich wollte die Gunst der Stunde, dass sie in diesem Augenblick von mir abgelenkt waren, nutzen, um möglichst unauffällig zur Tafel zu laufen. Leider hatte ich die Rechnung ohne die Tasche meiner Lehrerin gemacht. Sie lag am Boden neben ihrem Tisch, an dem ich vorbeilaufen musste. Dadurch, dass ich immer noch, um den Schein meiner Furchtlosigkeit zu wahren, starr nach vorne guckte und den Fußboden unbeachtet ließ, übersah ich sie.

Meine Füße verfingen sich in den Haltegriffen und wie ein Hampelmann, wild mit den Armen und Beinen in der Luft rudernd, fiel ich auf meinen Hosenboden.

Konnte mir mal bitte jemand sagen, was peinlicher sein könnte als das, was mir gerade passierte? Das laute Gelächter, das jetzt um mich herum aufbrauste, reichte mir als Antwort aus.

Mit hochrotem Kopf versuchte ich mich hinzustellen. Aber erst nach einigen missglückten Versuchen gelang es mir, mit der Hilfe meiner Lehrerin, meinen Fuß aus den Griffen der Tasche zu winden.

Während sie mir hoch half, flüsterte sie in mein Ohr: „Nur nicht aufgeben, das wird schon. Mach dir keine Sorgen."

Trotz ihrer aufmunternden Worte, wäre ich am liebsten im Erdboden versunken oder geflüchtet. Gegen Tränen ankämpfend und mit wackligen Beinen, lief ich zur Tafel. Aus dem Fenster starrend, um die anderen nicht anschauen zu müssen, begann ich meine kleine Ansprache. „Mein Name ist Simone Fischer. Ich komme aus Dortmund und wohne erst seit Kurzem hier", flüsterte ich. Allerdings hätte ich mir meine Worte sparen können. Bei dem anhaltenden Gelächter der anderen verstand niemand nur einen Ton von dem, was ich sagte.

„Ruhe! Seid endlich mal ruhig. Ihr hört jetzt bitte zu, was euch eure neue Mitschülerin zu sagen hat!" rief Frau Kalkowski mit strenger Stimme. Sofort war es mucksmäuschenstill im Klassenzimmer.

Gut, dachte ich, *das ist ja alles supertoll gelaufen! Hast ja wirklich zur allgemeinen Unterhaltung beigetragen. Egal was auch immer du jetzt sagst, schlimmer kann es kaum werden!*

Ich schluckte den Kloß in meinem Hals herunter, räusperte mich und begann von Neuem: „Mein Name ist Simone Fischer und ich bin vor Kurzem von Dortmund hierhergezogen. Wie ihr gesehen habt, ist das Hinfallen eines meiner Hobbys. Ich denke, ihr werdet mir recht geben, wenn ich sage, dass ich das wirklich gut kann!" Wieder erklang Gelächter. Aber diesmal wurde ich nicht ausgelacht. Geschafft! Das Eis war gebrochen und ich hatte alles richtig gemacht. Befreit atmete ich auf und wartete jetzt gespannt darauf, welchen Sitzplatz mir meine Lehrerin zuwies.

Diese schmunzelte und legte ihre Hand auf meine Schulter. „Ich denke, im Hinfallen könnten wir noch einiges von dir lernen, Simone. Allerdings müssen wir jetzt langsam mit dem Unterricht beginnen. Dort am Tisch in der vorletzten Reihe ist noch ein Platz frei, da kannst du dich hinsetzen."

Ich griff meine Schultasche und eilte zu dem mir zugewiesenen Platz. Doch welchen Stuhl meinte sie? Beide, sowohl der rechte wie auch der linke Sitzplatz, waren frei. Frau Kalkowski bemerkte meinen fragenden Blick und wies mir an, mit der Erklärung, meine Tischnachbarin käme wie so oft zu spät und so wäre es ihre eigene Schuld, wenn ihr Platz besetzt wäre, mich zu setzen. Ich tat, was sie mir sagte. Aber insgeheim fragte ich mich, wer dieses Mädchen, das bereits am ersten Schultag unangenehm auffiel, sein könnte.

-13-

Schule! Allein der Gedanke daran löste Übelkeit bei Olivia aus. Kaum hatte sie am Morgen die Augen geöffnet, spürte sie, wie ihr Magen rebellierte. Würgend rannte sie auf die Toilette und übergab sich solange, bis eine bittere Flüssigkeit ihre Kehle herauf kroch. Wie so oft zuvor, seit sie zur Schule ging.

Dabei war alles mal ganz anders. Die Schule bedeutete Hoffnung für sie, der Einsamkeit zu entfliehen und vielleicht auch ein wenig Spaß am Leben zu haben. Wie hatte Olivia sich auf den Schulbeginn gefreut. In ihm die Chance gesehen, Mutter für einige Stunden zu entkommen. Aber nicht nur das. Olivia dachte, sie würde Freunde finden können, wie andere Kinder sein. Ein Teil der Gemeinschaft, die fröhlich lärmend durch die Schule rannte. Sie lernte sehr schnell, dass jemand wie sie niemals dieses Glück erfahren würde. Mutter und die Eltern der anderen Kinder sorgten dafür!

Als damals der große Tag kam, betete sie, allein zur Einschulung gehen zu können. Obwohl sie wusste, dass dies eigentlich unmöglich war. Alle Eltern mussten ihre Kinder begleiten. Das war Pflicht, aber vielleicht galt es nicht für Mutter. Jeder hier im Ort kannte die Geschichte ihres Unfalls. Wenn das Schicksal Mitgefühl gegenüber dem Mädchen zeigte, vielleicht sorgte es dann dafür, dass die Lehrer verstanden, dass Mutter aufgrund ihrer Behinderung nicht kommen konnte. Ein Irrglaube, wie sich sehr bald herausstellte.

Alle Vorbereitungen auf den neuen Lebensabschnitt hatte Olivia alleine erledigt. Die alte Schultasche von Dirk mit den gebrauchten Büchern, die das Sozialamt bezahlt hatte, gepackt. Zärtlich über das Leder gestrichen und daran geglaubt, dass dieses Stück Erinnerung an ihren Bruder ihr Glück brachte. Sie wusch das Sportzeug, das sie sich von der Kleiderkammer besorgte, mit der Hand. An die Waschmaschine durfte sie ohne Mutters Erlaubnis nicht gehen. Und natürlich erhielt sie diese nicht von ihr. Sie müssten Strom sparen. Das galt aber nicht für den Fernseher, der den ganzen Tag lief.

Es gestaltete sich schwierig, nur mit der Seife und dem Wasser die Kleidung sauber zu bekommen. Doch am Ende ihrer Mühe war Olli stolz darauf, wie strahlend weiß sie geworden war.

Monate zuvor sammelte sie Pfandflaschen und stahl Geld aus der Börse ihrer Mutter, um die benötigten Hefte, Schreibblöcke, Stifte und den Tuschkasten zu kaufen. Natürlich hatte Mutter auch hierfür das Geld vom Sozialamt bekommen. Und natürlich hatte sie es für etwas anderes ausgegeben. Alkohol, Zigaretten und Pralinen, die sie verschlang.

Alles meisterte Olivia allein. Niemand fragte sie danach, warum ihre Mutter sie bei den Einkäufen nicht begleitete. Aber jetzt, jetzt kam der Brief, der betonte, dass die Schule Mutters Anwesenheit bei der Einschulung erwünschte.

Wie eine leidende Königin hockte sie in ihrem Rollstuhl, ohne die Beinstumpen zu verbergen. Demonstrativ, nicht einmal mit dem Rock, den Mutter trug verdeckt, waren sie für jeden sichtbar.
Unnötig eigentlich, denn Mutter besaß Beinprothesen und sie konnte auch damit umgehen. Allerdings weigerte sie sich, diese zu tragen. Sie wollte, dass die Menschen ihr großes Leid sahen.

Geschminkt, die Haare frisiert und in ihrer Sonntagskleidung, lächelte Mutter Olivia entgegen. Auf das Mädchen wirkte sie wie eine Spinne im Netz, die auf ihr Opfer wartete. Ein Monster, das startklar war für seinen großen Auftritt. Mit dem Taxi fuhren sie zur Schule und die Show begann, als sie vor ihr hielten. Weinerlich bat Mutter den Fahrer, ob er ihr beim Aussteigen helfen könnte. Als ob er das nicht sowieso getan hätte. Aber laut ertönte ihre Stimme aus dem offenen Wagenfenster und sie erhielt mit ihrer Bitte die Aufmerksamkeit der auf dem Parkplatz stehenden Leute. Etliche eilten herbei, um mit anzufassen, während der Taxifahrer sie heraushob. Sie hielten die Tür auf, klappten den Rollstuhl auseinander und überschlugen sich beinahe vor Hilfsbereitschaft. Olli stand währenddessen hilflos neben dem Taxi. Unfähig, etwas gegen die vorwurfsvollen Blicke der Erwachsenen zu unternehmen. Ihrer Erwartung, sich hilfsbereit gegenüber ihrer Mutter zu zeigen, konnte sie nicht gerecht werden. Ihr Körper gehorchte ihren Befehlen, sich zu bewegen, nicht. Wie gelähmt schaute sie zu, wie alle sich abmühten, ohne auch nur einen Finger zu rühren. Am liebsten hätte sie die Menschen, die auf Mutter hereinfielen, angeschrien, sie geschüttelt und ihnen gesagt, dass sie wie

Hampelmänner auf ihr Theater hereinfielen. Aber auch das konnte sie nicht. Ihr Mund blieb geschlossen und sie ein stummer Zuschauer eines bösen Spieles!

Den ersten Akt des dramatischen Theaterstückes „Mutter" beendete diese erfolgreich und die Fortsetzung begann.
Einer der Väter bot sich an, den Rollstuhl zum Eingang der Schule zu schieben. Doch die Hauptdarstellerin wehrte ihn ab. Freundlich, mit leiser Stimme sagte sie: „Nein, bitte machen sie sich nicht die Mühe, ich muss das alleine schaffen" und erntete damit bewundernde Blicke der Frauen und Männer, die ihren Auftritt verfolgten. Olivia konnte die Gedanken - *was für eine starke Frau* - und gleichzeitig - *wieso kommt ihre Tochter ihr nicht zu Hilfe* - in ihren Gesichtern lesen.
Aber die Beine gehorchten ihr immer noch nicht. So sah sie Mutter hinterher, während diese mühevoll und nach Atem ringend den Rollstuhlaufgang hochfuhr. Immer wieder hielt sie an und holte tief Luft, um dann mit aller Kraft ihres Körpers die Arme zu zwingen, die Räder weiter vorwärts zu bewegen. Ihr Gesicht war puterrot und die Anstrengung durch den Schweiß auf ihrer Stirn sichtbar. Man musste Mitleid mit dieser armen Frau haben. Als sie oben ankam drehte sie ihren Kopf in Ollis Richtung. Mit einer liebevollen Stimme rief sie: „Mäuschen, möchtest du nicht in die Schule? Hab keine Angst mein Mädchen, ich bin doch bei dir!"
Sie war gut, oh mein Gott, war die Frau gut! Wenn auch niemand sonst ihr Spiel durchschaute, Olivia tat es. Mutter sicherte sich ab. Sie machte allen klar, welch gute Mutter sie war und wie undankbar ihre Tochter sich ihr gegenüber verhielt. All diese Menschen, die das Spektakel beobachteten, waren nichts als Statisten in einem bösen Spiel, das sich Alibi nannte. Niemand zweifelte an der Echtheit von dem, was sie sahen. Und niemand würde daran zweifeln, dass Olli log, wenn sie ihnen die Wahrheit erzählte.

Ihre Hoffnung auf Hilfe zerplatzte und den restlichen Vormittag verbrachte Olivia damit, den Kopf gesenkt zu halten, um ihre Tränen zu verbergen. *Vorbei, alles vorbei*, flüsterte die Stimme in ihrem Kopf. *Solange Mutter lebte, wird es niemals etwas anderes als Einsamkeit und Ablehnung für dich geben.*

Von diesem Tag an verstand Olivia das, was die Stimme, die niemals wieder schwieg, ihr sagen wollte. Ihr Leben war eine Hölle, aus der sie niemals entkam.

So hatte alles begonnen. Ihre Versuche, ein normales Leben zu führen, scheiterten. Die geflüsterten Hilferufe blieben ungehört. Jeden Tag starb ihre kleine Seele ein wenig mehr. Und das, was Mutter Zuhause mit ihr machte, vervollständigten die Kinder in der Schule. Nicht eines wollte etwas mit ihr zu tun haben. Dafür sorgten die Eltern, die kein gutes Haar an Olivia ließen.

Manchmal, wenn sie sie quälten, schlugen und bespuckten, mischte sich eine Lehrerin ein. Aber dadurch wurde es nur noch schlimmer. Darum schwieg Olivia wenn sie fragten, was passiert sei. Wer der Schuldige war. Da sie keine Antworten erhielten, gaben auch sie irgendwann auf. Ließen die anderen gewähren und schauten weg, wenn das Mädchen weinend in der Ecke des Pausenhofes saß.

Olli wusste, dass es auch dieses Jahr genau wie im vorherigen sein würde und ließ sich Zeit. Sie hatte es nicht eilig, zur Schule zu kommen. Bummelte den Weg dorthin und träumte von einer anderen Welt in der es Menschen gab, die sie liebten. Eine Welt wie die, in der Simone lebte.

In der ersten Stunde warfen mir die anderen Schüler immer wieder neugierige Blicke zu. Zwar verunsicherten diese mich, aber zumindest waren sie freundlich. Auch ihr Tuscheln, das hörbar wurde sobald die Lehrerin wegschaute, klang nicht gemein. Im Gegenteil, ich hatte das Gefühl, dass meine neuen Klassenkameraden es kaum abwarten konnten, mich kennenzulernen.

Und so war es dann auch. Sobald die Klingel nach der zweiten Stunde zur Pause ertönte, eilten sie zu mir an meinen Platz. Einer nach dem anderen streckte mir die Hand entgegen und stellte sich vor. Ich hatte mir unnötig Sorgen gemacht.

Alles lief problemlos ab und schon bald stand ich von Mitschülern umringt auf dem Schulhof. Ich gebe zu, ich genoss die Aufmerksamkeit sehr. Ganz besonders freute ich mich darüber, als ein Mädchen, das der Liebling der Klasse zu sein schien, sich zu mir gesellte. „Hey, ich bin Michaela Preuss. Schön dich kennenzulernen." Sie war wirklich hübsch mit ihren dunkelroten Haaren und den frechen grünen Augen. Ich lag mit meiner Vermutung, dass sie sehr beliebt war, richtig. Ein ganzer Schwarm anderer Mädchen folgte ihrem Beispiel.

Wir redeten, lachten und ich erzählte von meiner ehemaligen Heimat Dortmund. Bald erhielt ich die ersten Einladungen zum Spielen. So einfach war es in meiner alten Schule nicht gewesen. Ich strahlte vor Glück, als die Pause vorbei war und wir wieder ins Klassenzimmer mussten.

Der Platz neben mir blieb, selbst als das letzte Klingeln ertönte, leer. Mich interessierte das kaum, denn ich fühlte mich gut und genoss die Aufmerksamkeit der anderen. Kleine Zettelchen, die sie mir zuschoben, zeigten, sie akzeptierten mich als eine von ihnen, obwohl ich gerade erst dazugekommen war.

Die dritte Stunde neigte sich dem Ende zu, als die Klassentür vorsichtig geöffnet wurde. Ein schmales Gesicht lugte durch den Spalt und betrat zögernd den Klassenraum. Völlig überrascht erkannte ich, dass es Olli war. Ich hob meine Hand und winke ihr zu, aber sie reagierte nicht. Wie ein Geist schlich sie mit gesengtem Kopf zu dem Platz neben mir, ohne dass auch nur einer ihr Beachtung schenkte. Schweigend stellte sie ihre Tasche hin, schob den Stuhl zurück und setzte sich. Kein *Hallo*, oder gar eine Entschuldigung für ihr Zuspätkommen, erklang aus ihrem Mund. Allerdings auch kein Vorwurf der Lehrerin. Verwundert wartete ich auf eine Reaktion von irgendjemandem im Klassenraum. Aber der Unterricht lief einfach weiter.

Olli beugte sich runter zu ihrer Tasche, die alt und verblichen aussah. Als sie sich wieder aufrichtete, hatte sie ein Heft und ein Buch in der Hand. Das Buch musste schon viele Jahre hinter sich und sehr oft den Besitzer gewechselt haben. Zerknickt, dreckig und kurz vor dem Auseinanderfallen, lag es auf dem Tisch, das Heft schmutzig und mit Eselsohren daneben.

Ich empfand Mitleid mit Olivia, darum sagte ich zu ihr: „Hey, Olli, schön, dass wir Tisch-Nachbarn sind." Sie zuckte zusammen und sah mich mit großen Augen überrascht an. „Ja, ich, äh, freu mich, ähm, auch." Sie stotterte, als ob sie vollkommen mit dem, was ich sagte, überfordert war. Dennoch, sie lächelte. Auch wenn es nur ein zaghaftes Lächeln war.

„Hallo, Olivia. Du scheinst Simone ja bereits kennengelernt zu haben. Sie wird dieses Schuljahr deine Sitznachbarin sein und ich hoffe, dass ihr gut miteinander auskommt."

Frau Kalkowski schwieg einen kurzen Moment, aber sie betrachtete Olivia aufmerksam. So, als ob sie etwas erwartete, doch als nichts kam, fuhr sie fort. „Nun gut, das wäre also geklärt. Aber Olivia, sag mal, wo ist denn deine Brille. Schon wieder kaputt? Das geht so nicht. Ich weiß doch, dass du ohne deine Sehhilfe nicht erkennen kannst, was ich an die Tafel schreibe. Wie lange wird es denn diesmal dauern, bis du eine neue hast?"

Eine verlegene Röte überzog Ollis Gesicht und sie zuckte mit den Schultern. Ich merkte ihr an, dass sie nach Worten suchte aber keine fand. Nach einigen unangenehmen Minuten der Stille, ließ mich der grelle Klang der jetzt ertönenden Schulglocke aufschrecken.

„Okay, Olivia, wenn du nicht mit mir reden willst, dann lass es. Aber du kommst jetzt mit zum Fundus. Vielleicht gibt es dort noch eine Brille, die jemand liegen gelassen hat und durch die du wenigstens etwas erkennen kannst. Schließlich musst du ja dem Unterricht folgen können. Sag bitte deiner Mutter, dass sie sich schnellst möglich darum kümmern soll, dass du eine neue bekommst."

Die Lehrerin klang ärgerlich und das war sie wahrscheinlich auch. Jedenfalls ihrem Gesicht und ihrem energischen Gang nach zu urteilen, als sie den Raum verließ. Olivia sprang auf und hastete ihr hinterher.

In Gedanken versunken, schaute ich den beiden nach. Erneut fragte ich mich, was mit Olli los war.

Lange ließen mir meine Mitschüler aber nicht die Zeit, eine Antwort zu finden. Michaela stellte sich vor meinen Pult und grinste mich an. „Na, da hast du aber die Niete gezogen. Olivia als Tischnachbarin. Oh mein Gott, ich wäre so was von enttäuscht."

„Ja, Michaela hat Recht, die ist doch das Letzte." Eiferte ihr das Mädchen, das ich als Yvonne Ebner in Erinnerung hatte, nach. „Vielleicht kannst du ja mit Frau Kalkowski reden, ob du den Platz tauschen kannst. Du könntest bei mir sitzen", bot Yvonne mir an.

Plötzlich begannen alle, auf mich einzureden. Mir flogen Satzfetzen wie „Olivia, naja, die ist anders und mit der will keiner was zu tun haben" zu. Besonders Michaela stach heraus. Bei jedem Wort, das sie von sich gab, sah sie Beifall heischend um sich. Und ja, ihre Anhänger nickten, egal wie dumm es war, was sie sagte, bestätigend.

Wie froh ich vorher war, dass sie mich akzeptierten, umso abstoßender fand ich sie jetzt. Mir verging die Lust, mich auf ihr Gerede einzulassen. So gern ich auch zu ihnen gehören wollte, ich tat es nicht. Mein erstes Schuljahr in der alten Klasse war schwer gewesen. Niemand mochte mich. Auch ich war eine von den Verlierern gewesen, mit der man nichts zu tun haben wollte. Ich wusste, oder glaubte zumindest zu wissen, wie Olivia sich fühlte. Darum erwiderte ich, als Yvonne mir abermals anbot, mich doch einfach neben sie zu setzen: „Nee, lass mal. Ich glaube, der Platz hier neben Olivia ist schon der richtige für mich."
Ich sah die Wut in Michaelas, und die Ungläubigkeit in den Augen der anderen. Wie konnte ich es wagen, mich so zu verhalten. Ihr, der Prinzessin der Schule, zu widersprechen. Meinen Beliebtheitsbonus hatte ich dadurch verspielt.
Ich erhob mich von meinem Platz, um auf den Pausenhof zu gehen. Diesmal folgte mir keiner, niemand redete mit mir. Einzig und allein Kathryn, lief uns zögerlich ein paar Meter hinterher, bis auch sie sich abwandte und den anderen folgte. Das Urteil war gefallen und jetzt stellten sie mich mit Olivia auf eine Stufe.

-15-

Obwohl es mir klar gewesen war, dass es so kommen würde, hatte ich mir dennoch gewünscht, mich zu irren. Doch nun musste ich mit dem Alleinsein klarkommen. Statt im Mittelpunkt zu stehen, bekam ich die Rolle des Außenseiters, der irgendwie die Pause hinter sich bringen musste. Während alle anderen in Gruppen zusammen standen und Spaß hatten, saß ich mutterseelenallein auf einer Bank auf dem Schulhof. Ein blödes Gefühl. Es war unangenehm, den Blicken der anderen ausgesetzt zu sein. Es gab kein Zurück mehr für mich. Kein einziges Wort fiel mir ein, das etwas an meiner Situation änderte. Jeglicher Versuch, ihnen mein

Verhalten zu erklären, war überflüssig. Ich, als Neuling, hatte mich zu weit aus dem Fenster gelehnt. Statt mich anzupassen, mich Michaela unterzuordnen, hatte ich ihr Verhalten in Frage gestellt. Auch wenn wir alle noch Kinder waren, dennoch gab es Regeln und die hatte ich nicht befolgt.

Im Moment glaubte ich, kaum jemals wieder eine zweite Chance, ein Mitglied der Klassengemeinschaft zu sein, zu bekommen.

Aber sollte es passieren, dann würde es bis dahin sehr lange dauern. Vorerst galt ich als ihr Objekt der Missgunst, über das sie schlecht redeten und das sie mit Missachtung bestraften. Dass sie dieses bereits ausgiebig taten, war für mich nicht zu übersehen.

Erleichtert bemerkte ich, wie Olivia den Schulhof betrat. Mein erster Impuls sagte mir sofort, zu ihr zu laufen, doch dann zögerte ich. Wieder war es ihr Verhalten, das mich zurückhielt.

Sie stoppte abrupt und wie ein scheues Reh blickte sie um sich. Ruckartig drehte sie ihren Kopf von rechts nach links. Sie zog die Schultern hoch und schob die Brille, die ihr fast von der Nase rutschte, hoch. Urplötzlich rannte sie los, als sei sie auf der Flucht vor einem imaginären Verfolger. Auch wenn ich mich in meiner alten Schule stets unauffällig bewegte, mich bemühte, mit meinem Schatten zu verschmelzen, um den anderen keinen Anlass zu geben, ihren Frust an mir abzulassen, erschien mir Ollis Handeln merkwürdig.

Nachdem sie den Pausenhof überquert hatte, verkroch sie sich in eine Ecke am äußersten Rand. Eine Stelle, an der niemand sich aufhalten wollte. Jedenfalls nicht, um seine Pause dort zu verbringen, denn dort waren die Toiletten und die Mülleimer. Wie in allen anderen Schulen verströmten diese einen penetranten Geruch. Olivia schien dies nicht zu stören. An die Mauer gelehnt, starrte sie auf den Boden und schob eine Getränkedose mit dem Fuß hin und her. Mechanisch, als ob sie kaum bemerkte, was sie tat. Jedoch registrierte ich, dass ihre Lippen sich bewegten, als ob sie Selbstgespräche führte.

Kinder, die vorbeirannten, lachten über sie und warfen kleine Steinchen nach ihr. Natürlich immer dann, wenn keine der Lehrerinnen, die uns beaufsichtigten, hinschaute. Vielleicht sahen sie auch einfach nur weg. Olivia wehrte sich nicht und ich hatte den Eindruck, als sei es für sie normal, dass man sie so behandelte.

Was solls! Schlimmer kann es nicht werden. Sie ist allein, ich bin es auch, zusammen sind wir stärker, dachte ich und machte mich auf den Weg zu ihr.

Brennende Blicke, die jede Bewegung von mir verfolgten, begleiteten mich. Es wäre eine Lüge, wenn ich behauptete, dass es mich kalt ließ. Oder dass, wie sie die Köpfe zusammensteckten, mit den Fingern auf mich zeigten, mich nicht belastete. Aber ich ähnelte meiner Mutter zu sehr. Genauso wie sie, lehnte ich Ungerechtigkeit ab. Egal, was Olivia jemals getan hatte, egal, wer sie war oder wie ihr Leben aussah, niemand hatte das Recht, sie so zu behandeln.

Olivia schaute nicht auf, als ich mich neben sie stellte. Auch auf mein „Hey" erfolgte keinerlei Reaktion. Dieses Spiel kannte ich ja bereits und ehrlich gesagt hatte ich keine Lust, es weiter zu spielen. Ohne auf ein Echo ihrerseits zu warten, plauderte ich munter darauf los. Eigentlich ergab kaum etwas von dem, was ich erzählte, wirklich einen Sinn. Ich sprang mit meinen Worten hin und her. Dennoch, während ich ihr unzusammenhängende Geschichten aus Dortmund von meinen Eltern und mir erzählte, hob sie den Kopf. Mit jedem weiteren Wort erhielt ich langsam aber sicher ihre Aufmerksamkeit. Nachdem ich bereits einen trockenen Hals vom Reden hatte und mir der Gesprächsstoff ausging, schwieg ich. Plötzlich hörte ich, wie sie sagte: „Du hast ein tolles Leben!" Nur ein Satz, der zaghaft aus ihrem Mund erklang. Dennoch, für mich glich er einem Riesenerfolg. Meine Bemühung schien sich gelohnt zu haben. Ich wollte etwas darauf erwidern doch das ertönende laute Klingeln zur Stunde machte es mir unmöglich. Dazu kam, dass jetzt alle anderen Schüler lärmend losrannten, um pünktlich zur Stunde im Klassenraum zu sein. Verdammt, dachte ich, warum jetzt. Es lief doch gerade richtig gut. Und wie erwartet, wandte Olivia sich von mir ab, bereit zur Klasse zu laufen.

Ich hätte ihr langsam folgen können und auf eine erneute Möglichkeit hoffen, ihr nochmal näher zu kommen. Aber ich spürte, der Augenblick, zu zeigen, dass ich ihr zur Seite stand, wiederholte sich nicht so schnell. Nein, ich ließ mich nicht so einfach abschütteln. Außerdem hatten wir beide eine Freundin bitter nötig.

Sie lief schnell, aber ich war schneller. Bevor sie sich versah, drängte ich mich an ihre Seite und harkte mich bei ihr unter. Abrupt stoppte Olivia und starrte mich fassungslos an. Zumindest wehrte sie meine Berührung nicht ab. Jetzt war ich es, die weiterlief und sie einfach am Arm mitzog. „Nun komm, du lahmes Schneckchen, der Unterricht beginnt. Wir sollten keinesfalls zu spät kommen." Das Wunder geschah. Sie folgte mir ohne einen Widerspruch.

Die letzte Schulstunde an diesem Tag begann und ich war erleichtert, als es endlich klingelte. Die Anstrengung sowie die Aufregung des Vormittages, zerrten an mir. Vor allem die letzten 45 Minuten, in denen ich Olivia meine ganze Aufmerksamkeit widmete und gleichzeitig dieses aufgesetzte Lächeln im Gesicht trug. Ich tat es, um den anderen zu zeigen, dass es auch ohne sie ging und ich mich dabei gut fühlte. Ob mir das wirklich gelang, konnte ich nicht mit Sicherheit sagen. Zumindest ließen sie uns beide in Ruhe, als wir gemeinsam zum Ausgang der Schule gingen. Während wir nebeneinander herliefen, schwieg Olivia, blieb aber an meiner Seite.

Meine Mutter erwartete mich bereits auf dem Schulparkplatz. Sobald sie uns kommen sah, winkte sie und öffnete die Autotür.

„Also dann bis morgen", sagte Olli und blieb stehen. Doch
sie hatte nicht mit meiner Mutter gerechnet. „Hallo, ihr beiden. War es ein schöner Schultag? Hast du Hunger Simone?
Ja? Dann steigt mal schnell ein, das Mittagessen wartet bereits." Für sie stand fest, dass Olivia mit uns fuhr. Und
überraschenderweise stieg diese auch ohne Zögern ein. Das
hatte ich nicht erwartet, aber es freute mich.

Mutter quetschte uns während der Fahrt mit Fragen aus. Sie
wollte wissen, wie der erste Schultag lief, ob ich schon viele
Kinder kannte und ob die Lehrerin nett sei. Ich sagte nicht
viel, nur ab und zu ein Gut, Ja und Nein. Die Wahrheit behielt ich für mich. Sie würde sich sonst Sorgen machen und
genau das wollte ich vermeiden. Im Gegensatz zu mir, und
so schweigsam Olivia ansonsten war, jetzt beantwortete sie
höflich alle Fragen.

Mutter beobachtete sie im Rückspiegel. Dabei hatte sie einen sanften Gesichtsausdruck. Unübersehbar, dass sie Olivia in ihr Herz geschlossen hatte.

Wir fuhren zuerst Olivia nach Hause. Als wir dort ankamen,
stand ein Auto auf der Einfahrt. Eine junge Frau wartete an
der Haustür, die ihr gerade in diesem Moment geöffnet
wurde. Olivia schien die Frau zu kennen. Einerseits meinte
ich, Freude in ihrem Gesicht zu sehen, andererseits zitterten
ihre Hände. Als wir anhielten, zappelte sie nervös auf dem
Rücksitz herum.

Wir standen noch nicht ganz, da öffnete Olivia den Sicher-
heitsgurt und rüttelte hektisch am Türgriff. Hätte ich das
getan, wäre meine Mama sehr sauer geworden. Nun aber
stieg sie seelenruhig aus und öffnete ihr die Autotür. Meine
Freundin sprang hastig heraus und ohne sich zu verabschieden, rannte sie zur Haustür. Nett fand ich das keinesfalls,
mittlerweile jedoch gewöhnte ich mich an ihr sonderbares
Verhalten. Ich nahm an, dass wir jetzt nach Hause fuhren,
aber stattdessen folgte meine Mama Olivia. Als sie gemeinsam bei der Haustür ankamen, stellte sie sich neben sie und
die fremde Frau. Ich beobachtete vom Wagen aus, wie mei-

ne Mama anfing, sich angeregt mit der Dame zu unterhalten, so, als ob sie sich schon länger kannten.

Da die Haustür geöffnet war, ging ich davon aus, dass jemand sich im Eingang aufhielt. Erkennen konnte ich die Person allerdings nicht. Wahrscheinlich handelte es sich um Olivias Mutter, die ihre Tochter und den Besuch begrüßte. Ich war mir sicher, gleich würden sie ins Haus gehen und meine Mama zurück zum Auto kommen. Aber nichts dergleichen geschah. Olivia und die Dame blieben bei meiner Mutter stehen und meine Freundin ergriff ihre Hand. Als ob sie sich verstecken wollte, huschte Olivia hinter meine Mama. Warum suchte sie bei einer Fremden Schutz?

Es dauerte ziemlich lange und die Zeit zog sich wie Kaugummi dahin. Langsam wurde ich ungeduldig. Ich hatte Hunger und langweilte mich im Auto zu Tode. Aussteigen und hinlaufen konnte ich aufgrund der Kindersicherung aber auch nicht. Also blieb mir nichts anderes übrig, als abzuwarten.

Endlich kam Bewegung in die Gruppe und verwundert registrierte ich, wie Mutter, immer noch Olivias Hand haltend, zurück zum Auto lief. Mein Blick ging zur Haustür, erwartete ich doch Olivias Mutter, wie sie ihrer Tochter nachschaute, zu sehen. Aber diese schloss sich, ohne dass Ollis Mutter sich zeigte. Meine winkte mir stets nach oder rief mir zu: „Pass auf dich auf!" Mich einfach so gehen zu lassen, das hätte meine Mama nie getan. Auch die junge Frau lief langsam zurück zu ihrem Wagen. Bevor sie einstieg, blieb sie stehen und wechselte ein paar Worte mit Mutter. Doch dann winkte sie mir noch zu und stieg in ihr Auto ein

Was auch immer an der Haustür besprochen wurde, es musste meine Freundin glücklich gemacht haben. Strahlend lachend und wie ausgewechselt, nahm sie im Auto neben mir Platz. War das Olivia oder ein fremdes Mädchen, das dort neben mir mit leuchtenden Augen saß?

Mutter zwinkerte mir im Rückspiegel verschwörerisch zu, als sie sagte: „Olivia kommt heute mit zu uns. Wollen wir doch mal sehen, ob wir drei uns nicht einen angenehmen Tag machen können!"

Und sie hielt Wort. Der Tag war mehr als angenehm. Wir aßen zusammen, machten unsere Hausaufgaben und spielten gemeinsam mit Mama Brettspiele. Die Zeit rannte und als Olivia am Abend nach Hause ging, war ich meiner Mutter unendlich dankbar. Meine Einsamkeit hatte ein Ende gefunden. Ich hatte eine Freundin und wie mit Mama abgesprochen, würde sie morgen wieder hier bei mir sein.

Was auch immer meine Mama an diesem Tag getan oder gesagt hatte, es sorgte dafür, dass sich vieles in unserer aller Leben änderte.

-16-

Für Olivia begann ab diesem Tag ein neues Leben. Sie fand eine Familie. Menschen, die ihr halfen und sie unterstützten. Zu gut erinnerte sie sich an den Tag, an dem Simones Mama und Frau Rickaz mit Mutter sprachen und damit dafür sorgten, dass alles anders wurde.

Nie würde sie das blasse Gesicht ihrer Mutter vergessen, als die beiden ihr mitteilten, dass sie wussten, was in ihrem Hause vorging. Mutter sprachlos den ernsten Stimmen zuhörte. Ihren Drohungen, sie würden gegen Mutter sehr unangenehme Schritte einleiten, wenn sie sich weigerte, ihren Vorschlag anzunehmen. Fassungslos hörte sie, dass dieser daraus bestand, dass sie in der Woche tagsüber ihre Zeit bei Simone verbringen sollte. Selbst als Mutter über Ollis Aufsässigkeit und dass sie trotz ihres Leidens alles Menschenmögliche tat, eine gute fürsorgliche Mutter zu sein, jammerte, hatte dieses nicht den von ihr erwünschten Erfolg. Der missbilligende Gesichtsausdruck und die Antwort von Frau Rickaz, sie wüsste von den Misshandlungen, ließ Mutter abrupt verstummen.

74

Olivia zitterte, während sie dem Gespräch lauschte, wie Espenlaub. Gleichzeitig aber beobachtete sie die Reaktion von Mutter und genoss es. Zwar begriff sie nicht jedes Wort und hatte keine Vorstellung davon, was mit Mutter passierte, falls die Sozialarbeiterin ihre Drohung wahrmachte, doch das war ihr egal. Alles was zählte war, dass sie mit Simone nach Hause gehen durfte. Stunden mit dieser Familie erlebte, in denen Olli sich beschützt und geborgen fühlte. Sie hatte mit ihnen gelacht, geredet und keine Angst verspürt, selbst als sie wieder nach Hause musste. Sie ahnte, dass es nicht so wie sonst sein würde, wenn sie Mutter gegenüberstand. Und so war es dann auch. Statt Olivia anzubrüllen und sie zu schlagen, empfing ihre Mutter sie schweigend und schenkte ihr auch ansonsten keinerlei Beachtung.

Am Anfang machte sie das nervös. Es war fremd und beängstigend. Zumal sie jeden Moment mit einem Ausbruch rechnete. Aber nichts geschah an diesem Abend und auch an den folgenden blieb es ruhig.

Simones Familie kümmerte sich sehr um sie, fast so, als sei sie ein Teil von ihnen. Sie bekam Simones zu klein gewordene Bekleidung. Moderne, hübsch anzusehende Sachen, die nicht billig wirkten und ihr wie angegossen passten. Dieses Gefühl auf ihrer Haut von Sauberkeit, der Geruch von Waschpulver und Weichspüler, wenn sie einen Pullover überstreifte. Keine abgetragene Kleidung, die Mutter bei der Kleiderkammer für sie kaufte, sondern moderne, die sie in nichts mehr von ihren Schulkameraden unterschied.

Morgens, kurz nach dem Aufstehen, lief sie direkt zu den Fischers und frühstückte gemeinsam mit ihnen. Liebevoll umsorgte Simones Mutter Olivia. Sie bereitete ihr die Lunchbox vor und brachte beide Mädchen zur Schule. Auch dort lief es besser für sie.

Nein, sie gehörte trotz der Veränderungen keinesfalls zu den Lieblingen der Schule, aber man ließ sie in Ruhe.

Es gab zwar einen Vorfall, bei dem ein Mädchen sie als Hexe beschimpfte und anspuckte, doch ihre beste Freundin stand ihr tapfer zur Seite. Als Worte nicht halfen, damit man Olivia in Ruhe ließ, prügelte sich ihre beste Freundin mit der Schulkameradin. Dass sie danach gemeinsam zur Direktorin mussten und Nachsitzen als Strafe folgte, nahm Simone ohne Murren in Kauf.

Durch ihre Freundschaft wurden die Quälereien der anderen immer seltener, bis sie endgültig ein Ende fanden. Der Respekt vor Simone, und schlussendlich durch die blutige Nase der Gegnerin, sorgten dafür.

Zwar waren sie Außenseiter, denen man keine Beachtung schenkte, doch zumindest hatten sie sich gegenseitig und konnte sich aufeinander verlassen. Wer brauchte da schon andere Freunde!

Alles war gut. Sie hätte glücklich sein können. Zwar gab es hin und wieder ein paar Beschimpfungen von Mutter, aber diese waren auszuhalten. Nichts, was sie wirklich quälte. Dieses andere, dieses fremde und beängstigende Gefühl, das zu ihrem neuen scheinbar fast perfekten Leben nicht passte, war weitaus schlimmer.

Manchmal, wenn sie gemeinsam mit Simone im Kinderzimmer saß, sie lasen oder spielten, flüsterten Stimmen in ihrem Kopf. Raunten ihr Dinge zu, die sie nicht hören wollte. Meistens gelang es ihr, sie zum Schweigen zu bringen und das, was sie ihr sagten, zu verdrängen. Es gab jedoch Augenblicke, in denen sie zu ihr durchdrangen.

An den Wochenenden, die sie mit ihrer Mutter verbringen musste, flüsterten sie nicht nur, nein, sie schrien.

Olivia wusste, es war unfair, was sie sagten. Es waren gemeine Lügen und dennoch blieben sie wie ein Giftstachel in ihrem Verstand haften. Sätze wie: „Du bist nur ein nettes Spielzeug für diese Leute. Glaubst du, sie tun das alles, weil sie dich gernhaben? Nein, sie wollen sich gut fühlen, weil sie dir helfen. Eine Bettlerin, ein Nichts bist du für sie. Wie dumm zu glauben, du ständest mit Simone auf einer Stufe! Mit der eigenen Tochter! Sie ist ihre Prinzessin und du die schäbige Puppe zum Spielen. Solange, bis sie etwas Besseres finden und du ausrangiert wirst! Diese Leute sind nicht anders, wie deine Mutter. Sie sehen in dir nur den Abschaum, welcher du bist."

Stetig wiederholten sie die Sätze und immer öfter glaubte sie ihnen. Ganz besonders dann, wenn sie Simone, die auf dem Bett saß, betrachtete. Wie sie versunken, ohne sie zu beachten, spielte. Ihr langes glänzendes Haar, die hübsch anzusehende schlanke Figur, die strahlenden Augen und die stets neue Kleidung. Es fehlte nur noch eine Krone, um das Bild komplett zu machen. Sie dagegen plump, Brille und strohiges ungebändigtes Haar. Kleidung, die zwar nicht schäbig aber auch nur etwas war, was Simone nicht mehr haben wollte.

Wenn ihre Freundin dann aufschaute und ihr wieder Beachtung schenkte, lächelte Olivia. Kein echtes Lachen, doch selbst das bemerkte ihre Freundin nicht. Olivia fragte sich, wann das alles ein Ende haben würde, sie als Simones Spielzeug uninteressant, langweilig, und im Endeffekt in die Ecke der anderen ausrangierten Dinge gestellt wurde.

Auslöser für ihre Ängste waren die Wochenenden sowie die Schulferien. In diesen Tagen wollte Simones Vater seine Zeit, mit der Familie alleine verbringen, ohne ihre Anwesenheit. Wochen, in denen sie wegfuhren, in den Urlaub, und die ihr bewusst machten, dass sie kein Familienmitglied war. Sie blieb zurück, zuhause bei Mutter.

Ihr altes Gefängnis, ausgefüllt mit Wochen, die Mutter auskostete, um ihr zu zeigen, dass ihr Leben eben doch nicht so perfekt geworden war. Samstag und Sonntag ließ sie Olivia das Haus putzen, bis sie völlig erschöpft ins Bett fiel.

Doch gegenüber den Ferien wirkten diese Stunden wie ein Zuckerschlecken. Kaum hatte die Schule geschlossen und Simones Familie war auf dem Weg in den Urlaub, begann Mutter sich an ihr auszutoben. Von Tag zu Tag folgte eine Quälerei der nächsten. Nach anfänglichen Atempausen steigerte sie sich, bis aus Worten wieder Schläge, Kniffe und Bisse wurden.

In den Ferien lagen genug Tage dazwischen, bevor sie Simone und ihre Familie wiedersah, so dass keiner von ihnen die blauen Flecken bemerkte. Mutter hielt sich immer früh genug mit den Schlägen zurück, so dass die Blutergüsse verblasst waren, wenn Simone zurück war und sie freudestrahlend abholte. Sowieso hatte Mutter sich auf Stellen an ihrem Körper spezialisiert, an denen man nicht so leicht nachschaute. Darüber reden, wenn sie zurückkamen, konnte das Mädchen immer noch nicht. Zu tief saß die Scham und zu stark war das Misstrauen.

Während die drei sich im Urlaub vergnügten, litt Olivia Höllenqualen. Die Wut, dass sie sie zurückließen, brodelte in ihr. Sie war gerade mal zwölf, als sie eine Möglichkeit fand, um dieses Gefühl wenigstens kurz loszuwerden. Die tiefen Schnitte mit einer Glasscherbe in ihre Haut halfen ihr dabei. Dann, wenn sie die Scherbe ansetzte und das Blut begann, an ihren Innenschenkeln herunterzulaufen. Aber zu schnell ließ das Gefühl, lebendig zu sein, Macht zu haben, und wenn es nur über den eigenen Schmerz war, nach. Statt Erleichterung danach zu empfinden, loderte der Hass auf alle und jeden hoch und nahm ihr die Luft zum Atmen.

Eines Tages jedoch fand sie die Lösung für ihr Problem. Etwas, das sie glücklich machte. Ein Zufall, aber einer, der ihr für wenige Augenblicke Befreiung verschaffte.

17

Eines Morgens öffnete Olivia die Haustür. Wie immer schaute sie in den Briefkasten, ob Post für ihre Mutter gekommen war. Meistens handelte es sich um unbezahlte Rechnungen oder Werbung von Dingen, die sie sich sowieso nicht leisten konnte. Doch heute hielt dieser Morgen eine Überraschung für sie parat. Eine kleine schwarze Katze flitzte, ohne dass Olivia sie aufhalten konnte, an ihren Beinen vorbei ins Haus. Verdutzt schaute sie dem Kätzchen hinterher, wie es flink die Treppe hochrannte.

Schnell die Tür schließend, eilte sie ihr nach, um sie einzufangen, bevor Mutter das Tier entdeckte.

Vermutlich gehörte die Katze niemandem. Nur eines von vielen ausgesetzten, verwahrlosten und hungrigen Tieren, die durch die Siedlung streunten. Es waren Ferien und in der Urlaubszeit entsorgten viele Menschen ihre ach so geliebten Haustiere, die der Reise in den Süden im Weg standen. Also setzte man sie irgendwo aus und beruhigte sich damit, dass sie bestimmt schnell ein neues Zuhause fanden. Dass das nicht so war, zeigte sich in den überfüllten Tierheimen. Auch Olivia konnte der Katze keine Bleibe bieten. Oben an der Treppe angekommen, wartete das Kätzchen darauf, dass ihr jemand die Tür zu Olivias Zimmer öffnete. Leise maunzend tapste sie hin und her und schaute das Mädchen mit flehenden Augen an. Das kleine Wesen war so niedlich. Olivia musste lächeln, während sie es betrachtete. Wie es sich bemühte, ihre Aufmerksamkeit auf sich zu ziehen. Zwar konnte man nicht sagen, dass sie hübsch und gepflegt war, eher das Gegenteil, verwahrlost und abgemagert, doch gerade das berührte Olivias Herz. Sie kniete sich vor dem Kätzchen nieder und streichelte sanft seinen Kopf. Von Mutter war nichts zu hören, also schlief sie wahrscheinlich immer noch. Olivia dachte nach. Unten im Kühlschrank stand noch Milch und ein Rest Wurst, die Mutter nicht aß. Also würde es ihr nicht auffallen, wenn einige Scheiben fehlten und dem Tier würde die Nahrung guttun.

Über Tag ging Mutter nie in ihr Zimmer, die Katze könnte sich ausruhen und fressen. Später blieb ihr genug Zeit, sie wieder rauszulassen.

Als ob die Katze Gedanken lesen könnte, schmiegte sie ihren Körper an ihre Beine und lief auffordernd miauend zur Tür zurück. Olivia stand auf und ließ das Kätzchen in ihr Zimmer, wo es sogleich unter ihrem Bett verschwand. Immer noch lächelnd beugte sie sich herunter, um die Katze wieder hervorzulocken. Doch urplötzlich ertönten von unten Mutters befehlende Rufe nach ihr. Sie zuckte zusammen und richtete sich auf. Mit Widerwillen lief sie aus dem Zimmer und schloss die Tür hinter sich. Zögernd ging Olivia die Stufen runter, zu gerne wäre sie bei dem Tier geblieben. Sie tröstete sich damit, dass ihr später noch genug gemeinsame Zeit mit der Katze blieb. Jetzt war es besser, Mutters Rufen zu folgen.

An diesem Tag wütete Mutter schlimmer als je zuvor. Sie ließ Olivia keine Atempause, geschweige denn gab ihr die Möglichkeit, heimlich in ihr Zimmer zu verschwinden. Die Milch und die Wurst blieben im Kühlschrank, während Olli sich bemühte, Mutter alles recht zu machen. Die Gedanken an die Katze schob sie weit von sich weg. Es war der erste Ferientag von drei weiteren Wochen, in denen sie keinen Zufluchtsort hatte. Keiner der da war, um sie vor Mutters Attacken zu schützen. Olivia wusste ganz genau, was in den folgenden Tagen auf sie zukam. Aus Beschimpfungen und Erniedrigungen würden wieder Schläge werden. Mutter hatte keinen Grund, sich zurückzuhalten. War sie doch in Sicherheit und konnte tun und lassen mit ihr, was ihr beliebte. Simones Familie war weit fort und bis sie zurückkamen, verging genug Zeit, um die Zeichen der Misshandlungen verblassen zu lassen.

Stunde um Stunde ertrug sie Mutter ohne Gegenwehr und das kleine Wesen in ihrem Zimmer geriet in Vergessenheit. Olli war nicht wie andere Kinder, teilte nicht ihr Leben. Diese wären nach oben gerannt und hätten es kaum abwarten können, nach dem Tier zu schauen. Doch Olli konnte, nein, durfte nur daran denken, alles zu überstehen. Mutter zu befriedigen und ja keine Fehler zu machen. Ein unmögliches Unterfangen, an dem sie scheiterte.

Am späten Abend fanden die Quälereien endlich ein Ende. Als Mutter ins Bett ging, schlich Olivia geschunden und müde die Treppe hoch. Eine Bewegung, ein Umschmeicheln ihrer Beine, als sie die Tür zu ihrem Zimmer öffnete, brachte die Erinnerung an ihren kleinen Zimmergenossen zurück. Sie schaute auf den Boden und lächelte, als sie die schnurrende Katze entdeckte. Schnell schloss sie die Tür hinter sich, so dass das Kätzchen ihr nicht entwischen konnte. Ein leises Miauen ertönte und Olivia kniete sich vor sie hin. Zärtlich streichelte sie die Katze und diese drückte dankbar den Kopf gegen ihre Hand. Wie weich sich das Fell anfühlte und wie tröstend die Wärme des Körpers war, als das Tier auf ihre Knie sprang. Olli hatte niemals ein Tier besessen und der Einzige, der ihr körperliche Wärme geschenkt hatte, war Dirk gewesen. Doch das war lange her und so schreckte sie vor der unbekannten Nähe zurück. Doch die Katze gab nicht auf und strich mit den Schnurrhaaren sanft durch ihr Gesicht. Es kitzelte und Olivia musste kichern. Gleichzeitig zuckte sie zusammen. Hoffentlich hatte Mutter sie nicht gehört. Sie konnte sich bildlich vorstellen was geschah, wenn Mutter die Katze entdeckte. Sie lauschte, wartete auf den Ton des herauffahrenden Treppenliftes, den Mutter durch die Hilfe von Simones Mama und Frau Rickaz jetzt besaß. Eine gut gemeinte Hilfe, leider eine zum Nachteil von Olli.

Während es früher selten vorkam, dass Mutter ihr Zimmer betrat, zu mühevoll war es für sie, die Treppe hoch zu kommen, passierte es jetzt häufiger. Innerlich betete Olivia, dass es diesmal nicht der Fall sein würde. Angespannt verhielt sie sich vollkommen still und die Katze musste ihre Angst gespürt haben.

Flink sprang sie von ihren Knien herunter und tapste über den Boden zum Bett. Das Herz klopfte Olivia laut hämmernd bis zum Hals. Trotzdem klang das Tapsen der Katze wie Stampfen in ihren Ohren. Mutter musste es hören, ganz bestimmt. Aber die Minuten verrannen und nichts geschah. Kein Surren des Lifts, kein Klopfen an der Tür, damit Olivia sie öffnete und Mutter hereinließ.

Noch einmal gut gegangen, dachte sie und stand auf. Ihre Beine fühlten sich von der unbequemen Position taub an. Mühevoll schlich Olli zum Bett und setzte sich auf die Kante.

Die Katze hatte es sich mittlerweile auf ihrem Kopfkissen bequem gemacht. Sie sah so niedlich aus, wie sie eingemummelt zusammengerollt dort lag. Grübelnd schaute das Mädchen sie an. Ihr war klar, sie konnte das Tier nicht heimlich behalten oder darauf hoffen, dass Mutter es erlaubte. Dieser Gedanke kam ihr nicht einmal in den Sinn. Aber rausbringen konnte sie sie jetzt auch nicht. Mutter würde es hören und dann einen neuen Anlass haben, um sie zu schlagen. Es blieb ihr nichts anderes übrig, als das Tier heute Nacht bei sich im Zimmer zu behalten. Auch der Hunger der Katze musste warten. In ein oder zwei Stunden schlief Mutter tief und fest. Erst dann konnte sie es wagen, unten in die Küche zu gehen, die Katze zu füttern und sie dann aus dem Haus zu lassen. Ebenso war Olivia viel zu erschöpft und brauchte nötig Schlaf. Ihr fielen jetzt schon die Augen zu.

Aber die Aussicht, einen warmen anschmiegsamen Körper wenigstens eine Nacht neben sich zu spüren, ließen sie sämtliche Bedenken wegen Mutter beiseiteschieben.

Olivia legte sich ins Bett und die Katze kuschelte sich unter der Decke eng an sie. Bald schon war nur noch ihr tiefer Atem, unterbrochen vom Schnurren der Katze, zu hören.

Mitten in der Nacht weckte Olivia ein klägliches Miauen. Aufgeschreckt und aus dem Schlaf gerissen, sprang sie aus dem Bett. *Die Katze, Mutter* ... Verwirrt suchten ihre Augen in der Dunkelheit des Zimmers nach dem Tier. Schrill tönten die Klagelaute und in der Stille des Hauses klangen sie unnatürlich laut. Panik erfasste Olli. „Pst, bitte sei still", flüsterte sie und suchte hektisch mit den Fingern den Knopf der Lampe auf ihrem Nachttisch. Als sie ihn endlich fanden und das Licht den Raum erhellte, sah sie, wie die Katze zur Tür lief. Kaum dort angekommen, krallte sie die Nägel in das Holz und kratzte wie wild daran. Unmöglich, dass Mutter den Krach überhörte. Mit einem Satz sprang sie zur Tür und griff mit beiden Händen die Katze. „Ruhig, bitte sei ruhig." Mit zitternder Stimme sprach Olivia auf die Katze ein. Doch das Tier ließ sich nicht beruhigen. Im Gegenteil, ihre Krallen ausfahrend, hieb sie mit ihren Tatzen nach Olivia. Kaum noch zu bändigen, wand sie den Körper wie eine Schlange in ihren Händen. Blutige Striemen sammelten sich auf ihren Armen. Das Brennen und ihre Hilflosigkeit trieben Tränen in die Augen des Mädchens. „Bitte, halt doch still, sei ruhig, bitte hör auf damit." Wie sehr sie auch versuchte, das Tier zu beruhigen, es schlug immer wilder um sich, miaute und fauchte wie von Sinnen.

Sie musste einfach still sein. Ollis Hände legten sich um den Hals des Tieres. Wild schlug der Körper in der Luft hin und her. Sie griff fester zu und die Katze begann zu röcheln. Ihr Griff verstärkte sich und das Zappeln des Tieres wurde schwächer. Weit aufgerissene Augen starrten in Olivias. Keuchend riss die Katze ihr Maul auf und die Zunge trat hervor. Das Funkeln in den Augen wurde stumpf und um den Atem kämpfend, erlahmten die Bewegungen. Das Tier hing nur noch zuckend in ihren Händen. Olivia spürte, wie das Wesen, das sie dort in der Luft hielt, starb, und trotzdem schlossen sich ihre Finger noch fester um die Kehle.

Sie bemerkte nicht, wie sie sich auf die Zunge biss und sie sah auch nicht das grausame Lächeln, das ihren Mund umspielte. Wie im Rausch klammerten sich ihre Hände um den Hals, selbst, als die Katze schon lange tot war.

Wie aus einem Traum herausgerissen registrierte Olivia Minuten später, was sie getan hatte. Entsetzt starrte sie auf den leblosen Körper, den sie in ihren Händen hielt. Der Kopf des Kätzchens fiel zur Seite, als sie endlich die verkrampften Finger von seiner Kehle löste und es vorsichtig auf den Boden legte. Eine Gänsehaut kroch über ihren Körper und Ekel über sich selbst machte sich in ihr breit. Würgelaute kamen aus ihrem Mund und nur mit Mühe verhinderte sie, dass sie ihre letzte Mahlzeit auf den Fußboden erbrach. *Zusammenreißen, ich muss mich zusammenreißen.* Die Gedanken überschlugen sich in ihrem Verstand.

Das Kätzchen war tot und würde es auch bleiben, egal wie sehr sie das, was sie getan hatte, bedauerte. Doch Olivia war am Leben. Ein Leben, das schon schwer genug war und wenn man herausfand, was sie getan hatte, noch unerträglicher werden würde. Mutter würde es jedem erzählen, auch Simone und ihrer Familie. Damit würde sie das, was die Leute sowieso über sie redeten, bestätigen und aus ihren Lügen die Wahrheit machen. Das bisschen Lebenswerte, was sie in den letzten Monaten bekommen hatte, würde sie verlieren und das durfte nicht geschehen.

Sie griff das Kätzchen und schlich die Treppe herunter, raus in den Garten. Nur der Mond erhellte ihr den Weg zur Biotonne, die sie öffnete und die obersten Mülltüten, gefüllt mit Essensresten, herausnahm. Tief unten in die Tonne stopfte sie den leblosen Körper und stapelte den Müll wieder darauf. Übermorgen kam die Müllabfuhr und würde die Tonne leeren. Mit etwas Glück entdeckte niemand das tote Kätzchen und es würde für alle Zeit ihr Geheimnis bleiben.

18

Mutter war tot. Die Treppe heruntergefallen, einfach so. War es ihre Schuld gewesen? Konnte ein Kind wirklich die Schuld haben, wenn es sich gegen seinen Peiniger wehrte? Sich endlich befreite von etwas, was ein Kind niemals erleben sollte? Olivia hatte Simone nie erzählt, wie es wirklich gewesen war. Sie war dazu nicht in der Lage, denn noch heute, wenn sie an die letzten Minuten mit Mutter dachte, sie die letzten Flashbacks mit ihr erlebte, fühlte sie sich dreckig und wünschte sich sehnlichst, sterben zu dürfen, um diese Bilder nicht immer wieder erneut sehen zu müssen.

Dabei passierte es zu einem Zeitpunkt, an dem es ihr, trotz das Ferien waren und sie wie immer die Schläge von Mutter ertragen musste, gut ging. Das Hochgefühl, das Olivia spürte, die Erregung, wenn sie daran zurückdachte, wie sie die Kehle der Katze zugedrückt hatte, hielt das Mädchen aufrecht. Sie schrie nicht mehr oder weinte, wenn Mutter sie zu sich rief, ihr befahl, nah an sie heranzukommen, um dann ihre Hände zwischen ihre Beine zu legen und ihr dort wehtat. Auch wenn sie Olivias Shirt hochschob und sie in die Brust biss, gab sie keinen Laut von sich. Sie hatte verstanden, warum Mutter es tat. Macht war das Zauberwort. Die Macht über sie, über ihren Schmerz und die Tränen ihrer Tochter.

Ja, Olivia hatte es begriffen und damit auch gelernt, es zu ertragen. Manchmal gelang es ihr sogar das, was geschah, auszublenden. Auch wenn es kaum glaubhaft klang, irgendwie waren Mutter und sie sich nähergekommen. Die Erkenntnis, dass sie sich ähnelten, wenn auch auf eine kranke Art und Weise, sorgte dafür. Sie beide besaßen in ihrem Blut diese Lust an der Qual ihres Opfers. So, wie Olivia die Ausübung der Macht über das Kätzchen genoss, so tat es Mutter ebenso, wenn sie sich an ihr austobte. Das machte es bestimmt nicht besser, aber eben verständlicher.

Dennoch änderte es nichts an dem Hass in ihr, machte ihn ganz gewiss nicht zur Liebe einer Tochter gegenüber ihrer Mutter. Gerade weil sie jetzt das Glücksgefühl nachempfinden konnte, weigerte sie sich, Mutter dieses Glück zu geben. Oh nein, das Geschenk ihres Schmerzes wollte sie ihr nicht einfach so geben.

Olivia hatte gedacht, Mutter würde nichts Schlimmeres mehr einfallen, nichts, was sie noch mehr zerstören könnte. In nur wenigen Tagen würden Simone und ihre neue Familie zurück sein. Nicht mal eine Woche musste sie es noch aushalten. Das würde sie schaffen. Als Mutter sie jetzt zu sich rief, machte Olivia sich bereit für den Schmerz der Schläge, die sie wie immer erwarteten. Sie dachte, sie würde sie zum letzten Mal in diesen Ferien ertragen müssen. Ihre Wunden würden Zeit brauchen, zu heilen, und die Blutergüsse mussten verschwunden sein, bis die Fischers zurück waren. Mutter war sich sehr wohl dessen bewusst und ging kein Risiko ein. Nach heute Nacht würde sie endlich wieder Ruhe haben.

Die kreischende Stimme, wie hasste Olivia sie. Wie sie lang gezogen ihren Namen rief: „OLLLLLIIIVVVIIA", immer wieder. Ähnlich dem Kreischen, dem Fauchen des Kätzchens. „OOOLLLLLLIIIIIVVVIIIA!"

Sei endlich still, dachte sie und erhob sich widerwillig von dem Stuhl, der vor dem alten wackligen Tisch in ihrem Zimmer stand. Während sie zur Zimmertür lief, ertönte erneut die Stimme von Mutter und es war, als ob jedem ihrer Schritte ein Buchstabe ihres Namens folgte. Kurz hielt sie inne, denn da war etwas Fremdes in Mutters kreischender Stimme.

Olivia stand vor der Tür und zögerte, die Klinke herunter zu drücken. Dieser Ton und die Stimmen im Kopf, die warnend flüsterten *Geh nicht hin, lass es,* sorgten dafür. Aber Mutter hatte zu lange auf sie eingeprügelt und mit jedem Schlag ihre Herrschaft über Olivia gefestigt. Nein, keine der Stimmen hatte die gleiche Macht wie ihre Mutter, sie musste ihr gehorchen. Und so öffnete Olivia die Tür und trat hinaus in den Flur. Nur wenige Meter musste sie gehen um zu sehen, was sie erwartete. Mutter, wie sie nackt und breitbeinig in ihrem Treppenlift hing und sie anstarrte. Ekel erfasste sie. Eine Wulst von Fleisch; Brüste, die über ihren Bauch hingen und der Geruch, der ihr bereits aus der Entfernung entgegenschlug, sorgten dafür. Aber das war nicht das Schlimmste. Sie wusste, etwas wirklich Furchtbares würde mit ihr passieren. Gänsehaut überzog ihre Arme und sie zitterte am ganzen Körper. Ihre Beine wollten nachgeben und fühlten sich wie Gummi an. Olivia glaubte, keinen einzigen Schritt mehr weitergehen zu können. Und doch, als Mutter ihr jetzt mit leiser, fast sanfter Stimme befahl, näher zu kommen, tat sie es mechanisch.

Wie eine Marionette bewegte sie sich vorwärts und unfähig zu verstehen, was mit ihr geschah, geschweige denn fähig, zu handeln, blieb sie vor ihr stehen. Der Treppenlift, in dem Mutter saß, befand sich mit ihr auf gleicher Höhe und sie sah dieser unsagbar hässlichen Frau direkt ins Gesicht. Er trank in Übelkeit vor ihrem Anblick und dem Geruch, welcher dieser Körper ausströmte. Sie konnte den Anblick, den Mutter ihr bot, nicht mehr ertragen und schaute auf den Boden vor sich.

Fort, renne fort, das darf nicht sein, nicht passieren. Du dummes Stück, du weißt, was jetzt kommt, oder? Warum ist sie nackt, was denkst du? Die Fragen der Stimmen in ihrem Verstand, die sie mit einem „Sie wird mich schlagen, mehr nicht. Das, was ihr meint, passiert nicht! Nur Mädchen, die einen Papa haben. Eine Mutter tut so was nicht" beantwortete.

Aber in Wahrheit wusste Olivia es besser. Die Stimmen erzählten ihr keine Lügen. Und um die Erkenntnis zu bestätigen, sah das Mädchen, wie sich zwei fleischige Hände mit Fingern, die mehr dicken Stumpen als Gliedmaßen glichen, sich auf sie zubewegten und ihre Hände ergriffen. Sie wehrte sich nicht und ließ es geschehen. Olivia sah und spürte, wie Mutter sich eine ihrer Hände auf die Brust legte und die andere zwischen die Beine.

Sie fühlte die Hitze, die Mutter da unten ausströmte und Schleim, der aus ihr herausfloss, lief Olivias Finger entlang. Sie würgte und Tränen liefen ihre Wangen herunter. Dies war schlimmer als jeder Schlag. Nicht schmerzhaft und doch eine Höllenqual. Hilflosigkeit bis ins Unermessliche überkam das Kind. Verzweifelt versuchte sie wieder, an die Katze zu denken, um das, was jetzt mit ihr gerade passierte, auszublenden. Es gelang Olivia nicht. Und die Stimmen schrien, aber ihre Worte wurden unverständlich. Ein Rauschen im Kopf übernahm ihren Platz und wie von einem Kokon aus Watte umhüllt, drang hohl und leer Mutters Stimme zu ihr. Olivia verstand nicht, was ihre Worte bedeuteten und bewegte sich nicht. Wieder fühlte sie die schwammigen Hände, wie sie ihre losließen, ihren Kopf umfingen, ihn an sich heranzog und runterdrückte. Dorthin, wo der abscheulichste Geruch herkam. Sie spürte, wie das Fett von Mutters Oberschenkeln sie gefangen nahm. Hörte das wilde Klopfen ihres Herzens und glaubte, zu ersticken. Wollte schreien, sich befreien, als sie hörte, wie Mutter sagte: „Leck mich ..."

Ihre zaghaften Versuche, sich zu befreien, erstickte Mutter sofort. Ihr Griff umklammerte ihren kleinen Kopf, ließ ihr keine Chance. Ihre Gegenwehr erlahmte, sie gab auf und tat, was von ihr verlangt wurde solange, bis Mutters Stöhnen aufhörte und sie sie endlich freigab.

Würgend sackte sie auf den Boden vor ihren Füßen zusammen. Warum hatte sie es zugelassen, warum nur?

Ein bösartiges Kichern und Mutters Stimme ertönte. „Nicht schlecht, meine Kleine, gar nicht schlecht. Wenigstens dafür scheinst du ja ein Talent zu haben. Ich denke, wir werden das bald wiederholen. Nein, ich denke es nicht nur, ich weiß es. Wir haben ja viele Wochenenden Zeit und auch in den Ferien, oder willst du etwa deiner neuen sauberen Familie davon erzählen? Vielleicht sollte ich es ja tun, sagen, was du wirklich bist." Grausam hallten ihre Worte in Olivias Kopf wieder.

Sie war ein Kind. Weiß Gott, eine wirkliche Kindheit hatte es niemals für sie gegeben, aber dennoch war sie immer noch ein Kind. Jedenfalls bis gerade war sie es noch gewesen.

Sie hatte keine Ahnung, wie lange es andauerte, dass Mutter ihr das letzte bisschen Stolz nahm, aber sie wusste in dem Augenblick, als sie sie zwang, ihr auf diese ekelerregende Art zu Diensten zu sein, war sie kein Kind mehr. Vielleicht nicht einmal mehr ein Mensch.

Vielleicht würde sie irgendwann damit klargekommen, sie hatte doch schon so vieles aushalten müssen. Aber als Mutter ihr jetzt androhte, alles was sie liebte, zu zerstören, ihr die einzigen Menschen, die wenigstens ein klein wenig für sie empfanden, zu nehmen, machte sie einen Fehler. Eine Kälte erfasste Olivia. Gleichgültigkeit und Zorn gleichermaßen, auch wenn das schier unmöglich war, nahm von ihrem Körper besitz. „Nicht mehr, nie wieder, Schluss damit", flüsterten die Stimmen und kicherten in ihrem Kopf wie kleine alberne Mädchen. Sie freuten sich und hatten auch allen Grund dazu, wie sich jetzt sehr bald herausstellte.

Olivia hob den Kopf und sah in Mutters Augen. Sah in dieses Gesicht mit dem hämischen Ausdruck, der ihr sagte, ich habe gewonnen und du verloren. Aber so war es nicht, nein, so war es bestimmt nicht. Denn Olivia sah nicht sie, diese Schlampe, vor sich. Dieses Miststück, aus dem sie irgendwann gekrochen war. Sie sah die Katze, den Moment, als der letzte Lebenshauch aus ihrem Körper entwich. Das Glücksgefühl der Macht, es war wieder da. Es ließ sich steigern. Die Stimmen hatten recht und sie wusste auch wie. Olivia griff nach Mutter und sah, wie sich ihr Gesichtsausdruck von Zufriedenheit in Erstaunen verwandelte. Ihr Vorteil lag genau in diesem Moment der Überraschung und sie nutzte ihn für sich. Mutter wehrte sich nicht, als sie ihren Oberkörper aus dem Sessellift zerrte. Woher sie die Kraft nahm, blieb ihr selbst ein Rätsel, aber sie war einfach da und Olivia nutzte sie. Mutter kippte vornüber aus dem Lift. Sie schrie und Olli lachte. Laut und fröhlich hörte sie ihr eigenes lautes Kichern, als sie begriff, dass dieses Mal das Schicksal auf ihrer Seite zu sein schien. Hilflos fiel Mutter. Und sie fiel schnell und hart die Treppen herunter. Begleitet von ihrem eigenen Schrei, der erst, als sie unten auf dem Laminat des Eingangsflurs ankam, erstarb.

Ruhe, diese himmlische Ruhe, nur der leise verklingende Beifall der Stimmen in ihrem Kopf. Es tat so gut. Olivia setzte sich auf die oberste Treppenstufe und schaute hinab zu dem Körper, der mit verrenkten Gliedmaßen dort unten lag. Sie wartete, ob Mutter sich bewegte, noch irgendein Lebenszeichen von sich geben würde. Aber es kam nichts. Sie war tot, ganz genau so, wie das kleine Kätzchen.

Hüpfend sprang sie die Stufen hinunter und hielt kurz inne, als sie bei der Leiche ankam. Neugierig betrachtete sie Mutter. Es war so einfach gewesen, fast schon zu einfach, die Peinigerin ihrer Kindheit loszuwerden. Olivia beugte sich sogar kurz runter, horchte, ob sie sich vielleicht irrte und Mutter noch atmete. Aber nein, es war überstanden. Mutter gab es nicht mehr in ihrem Leben. Nie wieder würde sie Olivia quälen.

In aller Seelenruhe lief das Mädchen zum Telefon und rief den Krankenwagen. Das Schluchzen in den Hörer fiel ihr leicht. Weinend empfing sie die Sanitäter, den Arzt und auch die Polizei. Tränenüberströmt ließ sie sich auf den Boden neben Mutter fallen und schlang ihre Arme um sie. Tat, als ob sie sie nicht loslassen wollte, schrie, als man sie von ihr fortzerrte. Sie machte das verdammt gut, eine fantastische Schauspielerin schien mit ihr einen Platz in der Welt einzunehmen.

Niemand wunderte sich, dass Mutter nackt war und niemand fragte auch wirklich danach, was vorgefallen, war. Selbst die Polizei harkte nicht nach. Warum auch? Olivia war doch noch ein kleines Kind, das unter dem Tod der Mutter litt und außer ihr war niemand anwesend gewesen. Ein Unfall, mehr nicht und nichts war geschehen, was noch mehr Arbeitsaufwand benötigte. So dauerte es nicht lang und sie ließen Olivia in Ruhe ihr neues Leben beginnen.

Jugend

Um die Menschen zu verstehen, muss man ihre Jugend kennen.
Joseph Stanislaus Zauper

Achte die Jugend, du weißt nicht, wie sie sich entwickeln wird.
Konfuzius

Ich erinnere mich wie es war zu spüren, dass man kein Kind mehr ist aber auch noch nicht erwachsen. Alles war neu, alles war aufregend. Die erste Liebe, die erste Party. Geheimnisse vor den Eltern und das Gefühl von Zusammenhalt mit der besten Freundin. Gerne würde ich zurückgehen in diese Zeit und ich liebe es, die Erinnerungen daran hervorzuholen. Ich wünsche jedem, dass seine Jugend genauso atemberaubend und wunderschön war, wie meine.
Verena Grüneweg

19

Fröhlich herumalbernd bogen wir in die Straßen unserer Siedlung ein. Der Urlaub war toll gewesen. Wir hatten Spaß gehabt und jeden Tag genossen. Doch jetzt freute ich mich, wieder nach Hause zu kommen. Ich hatte Olivia vermisst und mir auch Sorgen um sie gemacht.

Natürlich ahnte ich, dass ihre Ferien ganz anders wie meine verlaufen waren. Wie immer, wenn wir sie abholten, würde sie auch jetzt in sich gekehrt und verändert sein.

Sie sprach nie von den Wochen, in denen wir uns nicht gesehen hatten, aber auch ohne Worte war offensichtlich, dass ihre Mutter nicht gerade lieb zu ihr gewesen war. Doch jetzt waren wir ja zurück und in ein paar Tagen würde Olivia ihr Schweigen beenden und wieder lächeln. So, wie sie es jedes Mal tat.

Ich erinnere mich genau, wie das Lied „Saturday Nights" von Whigfield im Radio spielte und ich mitsang. Mir ging es gut und ich fühlte mich glücklich. Innerlich plante ich schon den morgigen Tag, den ich ja wieder mit Olli verbringen würde. Ich hatte ihr so viel zu erzählen und konnte es kaum abwarten, damit zu beginnen. Ich sah meine Freundin schon vor mir, wie sie mir mit großen Augen lauschen würde, während ich ihr von Markus, einem Jungen, den ich in unserem Hotel kennengelernt hatte, erzählte. Olivia war eine gute Zuhörerin, die selber nie dazwischen quatschte, wie so viele andere. Manchmal fragte sie zwar nach, aber immer zum richtigen Zeitpunkt.

Da wir vorhatten, kurz bei ihrem Haus zu halten, um ihr das Geschenk, welches meine Mama für sie gekauft hatte, vorbeizubringen, bogen wir in die Heringsstraße ein.

Das Schmuckstück war wirklich hübsch. Sie würde sich über die zarte silberne Kette mit einer 8 als Anhänger freuen. Mutter hatte sie bei einem Souvenirhändler gesehen und gekauft. Sie wollte die Kette Olivia schenken, weil die Acht eine Bedeutung hatte. Sie stand für die Unendlichkeit. Was allerdings das mit Olivia zu tun haben sollte, blieb mir unverständlich. Doch mir sollte es egal sein, sie würde meiner Freundin eine Freude damit machen und das war alles, was zählte.

Ich singend und meine Eltern in einem Gespräch vertieft, fuhren wir die letzten wenigen Meter der Straße hoch, bevor wir das Haus von Olivia sehen konnten.

Schon aus der Ferne war das Flackern von Blaulichtern nicht zu übersehen. Polizei, Krankenwagen und der Notarztwagen standen vor einem Haus - Olivias Zuhause! Ein kalter Schauer jagte über meine Haut und Angst kroch in mir hoch. Dass es nicht nur mir so erging, war offensichtlich. Mutter krallte die Hände in das Polster des Vordersitzes und Vaters Gesicht war schneeweiß, während er das Radio ausdrehte. Die Stille, die plötzlich im Auto herrschte, fühlte sich unangenehm an und ich glaube, in diesem Moment dachten wir alle drei das Gleiche: Hoffentlich ging es Olivia gut.

Durch das Signallicht der Rettungsfahrzeuge war die Straße hell erleuchtet und ich konnte problemlos einige unserer Nachbarn, die gaffend auf den Fußgängerwegen standen, erkennen. Vorne weg Frau Renz, unsere Bürgermeisterin, und Frau Heit, die Apothekerin, welche tuschelnd ihre Köpfe zusammensteckten. Sonst hatte sich nie jemand dafür interessiert, was im Hause Brandt vorging, aber jetzt waren sie alle da! Die, die sich nicht auf der Straße zeigten, spähten versteckt und neugierig hinter den Gardinen ihrer Wohnungen hervor. Verpassen wollten auch sie nicht, was im Nachbarhaus geschah. Schließlich würde es morgen das Gesprächsthema des Tages im Ort sein. Jeder von ihnen wollte mitreden können, also war es wichtig, alles und jede Kleinigkeit mitzuerleben.

Ich kann mich noch genau daran erinnern, wie Vater in die Bremsen trat, weil Mutter ihn anschrie, es zu tun. Ihm blieb ja auch keine andere Wahl, wenn er nicht wollte, dass meine Mama sich verletzte. Während wir noch immer fuhren, stieß sie bereits die Autotür auf und kaum, dass der Wagen zum Stehen kam, sprang sie heraus.

„Oh mein Gott, hoffentlich ist Olivia nichts passiert. Ihre Mutter hat ihr sicherlich …" Mehr konnte ich von dem, was sie sagte, als sie den Wagen verließ, nicht verstehen. Aber das Zittern und ihre schreckgeweiteten Augen waren mir dennoch nicht entgangen. Mutter hatte Angst, große Angst um Olivia. Voller Fragen im Kopf, die ich ihr nicht stellen konnte, schaute ich meiner Mama hinterher, wie sie zum Haus der Brandts stürmte, bevor weder ich noch mein Vater etwas sagen konnten.

Mama ließ sich selbst von der Polizei nicht abhalten, Olivias Zuhause zu betreten. Der Beamte, der sie, um sie aufzuhalten, am Ellbogen festhielt, kam nicht einmal dazu, etwas zu sagen. Kaum hatte er den Mund geöffnet, redete Mutter hastig auf ihn ein und ich sah, wie er zunächst zögerlich nickte aber dann ihren Arm losließ. Kaum, dass er das tat, rannte meine Mutter weiter die Stufen zum Eingang hoch und verschwand im Haus, ohne dass jemand sie aufhielt.

Jetzt löste auch mein Vater seinen Gurt und machte sich bereit, auszusteigen. Bevor er aber die Autotür öffnete, schaute er über seine Schulter nach hinten zu mir. „Mach dir keine Sorgen, Moni. Olivia wird es schon gut gehen. Bestimmt sieht es schlimmer aus, als es in Wirklichkeit ist. Ich schau mal nach, was los ist. Bleib bitte solange im Wagen sitzen, bis deine Mutter und ich wieder zurück sind."

Ungeduldig wartete ich auf die Rückkehr meiner Eltern und war froh, als ich sie endlich wieder aus dem Haus kommen sah.

Noch erleichterter registrierte ich, dass meine Mutter Olli, während sie zum Auto lief, an der Hand hielt. Zwar war ihr Gesicht tränenüberströmt, aber sie schien zumindest unverletzt zu sein.

Schluchzend stieg meine Freundin zu mir in den Wagen. Ihre Hände und die Beine zitterten dabei wie Espenlaub und Mutter musste ihr beim Anschnallen des Gurtes helfen, weil Olivia nicht dazu in der Lage schien.

Mein Vater, der den beiden mit etwas Abstand folgte, sagte keinen Ton, als er in den Wagen einstieg. Niemand sprach und die Stille fühlte sich erdrückend an. Jedes Geräusch, sei es das Klicken des einrastenden Gurtes oder das Schluchzen von Olivia, empfand ich weitaus lauter, als es in Wirklichkeit war. Auch wenn ich gerne etwas gesagt hätte, einerseits um die herrschende Atmosphäre im Auto zu verändern oder einfach nur, um zu erfahren, was dort im Haus der Brandts geschehen war, schwieg ich. Jedes Wort, das ich zunächst sagen wollte, schluckte ich wieder runter, denn ich spürte, dass niemand es hören wollte, auch wenn ich glaubte, daran zu ersticken.

Niemand beachtete mich und jegliche Aufmerksamkeit meiner Eltern galt Olivia.

Weinend wischte die sich immer wieder mit dem Ärmel ihrer Jacke den Schleim, welcher aus ihrer Nase lief, aus dem Gesicht. Dem Taschentuch, welches Mama ihr nach hinten reichte, schenkte sie keine Beachtung. Selbst jetzt sagte Mutter keinen Ton und steckte das Tempo wortlos wieder in ihre Handtasche. Ich konnte Olivia nur einen kurzen Augenblick anschauen. Es ekelte mich an, wie sie den Rotz in ihre Jacke rieb und übers ganze Gesicht verteilte. Auch wenn ich Verständnis für sie hatte, konnte ich diesen Anblick nicht ertragen und drehte mein Gesicht von ihr weg, um aus dem Seitenfenster zu schauen. Ich weiß, kein gutes Verhalten einer Freundin. Wahrscheinlich hätte ich ihre Hand nehmen sollen, sie trösten-irgendwie-aber ich konnte es nicht.

Ich redete mir selber ein, dass es besser war, Olivia in Ruhe zu lassen. Hasste ich es doch selber, angeschaut zu werden, wenn ich weinte. Nachdenklich starrte ich aus dem Autofenster.

Was war nur in Olivias Zuhause geschehen? Das Aufgebot vor dem Haus konnte nur bedeuten, dass es sich um etwas Schlimmes handelte, so viel war mir klar. Aber was nur?

Dass es Olivia zumindest körperlich gut ging, konnte ich ja sehen. Das ließ nur allein die Schlussfolgerung zu, dass der Krankenwagen keinesfalls wegen ihr hier vor dem Haus stand. Mein Gedanke, dass sie einen Unfall hatte, wurde im Keim erstickt, als in diesem Moment der Leichenwagen auf der Einfahrt hielt. Aus diesem stiegen die Bestatter Frau Körner und Frau Bla und liefen mit ernstem Gesicht zum Hauseingang. Die beiden hier zu sehen, war ein Anblick, der mir wirklich Angst machte. Wenn ich auch noch ein Kind war, wusste ich dennoch, was das zu bedeuten hatte.

Ich kannte die beiden Frauen und mochte sie. Sie waren eine der wenigen Ortsansässigen, die immer freundlich zu mir und Mama gewesen waren. Wann immer ihre Zeit es erlaubte, blieben sie beim Einkaufen bei uns stehen und unterhielten sich mit uns. Sie boten mir sogar an, sie mit ihren Vornamen, Helga und Jessica, anzusprechen. Etwas, was Mutter mir natürlich sofort verbot, sobald die beiden aus unserem Sichtfeld verschwanden.

Auch sie mochte die beiden Frauen sehr gerne. Bewunderte sie sogar ein wenig. Ich hörte, wie sie nach der ersten Begegnung meinem Vater begeistert von ihnen erzählte. Ihrem Mut als Frauen, diesen Beruf, der ja eigentlich eher Männern vorbehalten war, auszuüben. Und auch dass es toll wäre, wie sie zueinander und ihrer Liebe stünden. Gerade in einem Kaff wie diesem. Ja, die beiden waren wirklich klasse, aber jetzt und hier wollte ich sie nicht sehen. Sie waren das sichere Zeichen dafür, dass ein Mensch (und zu 99% Sicherheit Olivias Mutter) heute und hier sein Leben verloren hatte, denn sonst würde der Leichenwagen nicht vor diesem Haus stehen.

So furchteinflößend das auch sein mochte, ein Teil von mir platzte innerlich bald vor Neugier. Ich wollte alles wissen und empfand es als unfair, dass mich keiner einweihte. Aber

Fragen zu stellen, ließ ich dennoch besser sein. Ich kannte meine Mutter zu gut und wusste, sie würde es nicht gutheißen.

Ich war froh, als mein Vater endlich den Wagen startete und wir losfuhren. Zum Glück dauerte es ja nicht lange, bis wir zuhause ankamen. Dort würde ich sicherlich sowieso alles erfahren.

Die wenigen Meter bis zu unserem Haus wurden von dem lauten Schluchzen Olivias begleitet. Erst als wir in unsere Auffahrt abbogen registrierte ich erleichtert, dass sie sich anscheinend beruhigte, denn endlich hörte sie mit dem Weinen auf. Ich nutzte die letzten wenigen Minuten bevor wir ausstiegen heimlich dazu, ihr Spiegelbild im Fenster zu betrachten.

Verwundert meinte ich unter den ganzen Tränen und all dem verschmierten Rotz ein zufriedenes Lächeln zu sehen. Nur einen ganz kurzen Augenblick, nicht mehr als ein Wimpernschlag, dann verschwand es genauso schnell, wie es gekommen war. Das qualvolle Wimmern, welches jetzt aus Olivias Mund kam, passte in keiner Weise dazu.

Später, nachdem ich erfahren hatte, was passiert war, zweifelte ich keinen Augenblick mehr daran, dass es nur eine Einbildung von mir gewesen sein musste.

Niemand würde, nachdem er etwas wie Olli erlebt hatte, so lächeln. Dabei war es egal, ob sie ihre Mutter liebte oder nicht. Selbst bei einem Fremden würde der Schock allein ausreichen, dass einem das Lachen für eine sehr lange Zeit verging.

Allein der Gedanke daran, dass ich, anstelle von Olivia, meine Mutter durch einen grauenhaften Unfall verlieren könnte, war furchtbar. Ich erinnere mich noch gut, wie mir, allein durch die Vorstellung, es könne so sein, die Tränen in die Augen schossen.

Als Olivia leise mit zitternder Stimme von diesem Tag erzählte, von ihrem Leid und ihrem Schmerz, die letzten Worte nur noch gehaucht, konnte ich nachempfinden, wie grausam es für sie war, ihre Mutter so vorzufinden. Und ja, ich erinnere mich auch noch an ihr trauriges Gesicht, ihre Mimik, wie sie völlig verloren vor sich hinstarrte. Hilflos nahm ich sie in den Arm, da ich sonst nicht wusste, wie ich sie trösten sollte, geschweige denn, ihr helfen.

Nachdem wir daheim angekommen waren und uns im Wohnzimmer auf die Couch gesetzt hatten, erzählten meine Eltern mir, was in Olivias Zuhause vorgefallen war.
Heute, Jahre später, sehe ich noch immer jeden einzelnen Moment vor mir. Wie in einem Film, der sich immer wieder vor meinem geistigen Auge abspielt. Wie es zunächst, bis auf das leise Schluchzen von Olli, still blieb und ich die Anspannung im Raum spürte. Sie mir ankündigte, dass mit dem, was man mir jetzt gleich sagte, unser aller Leben sich veränderte. Ich war mir sicher, die nächsten Worte, welche ich hören würde, wären, dass Olivia ab jetzt bei uns blieb, in meiner Familie und als ein Teil dieser galt.
Ich hoffte, dass ich mich irrte und alles beim Alten bliebe. Olivias Mutter wäre nur verletzt, ein Unfall, und sie müsste für ein paar Tage oder auch Wochen im Krankenhaus bleiben. Sie würde wieder nach Hause kommen.
Zwar verbrachte Olli bereits viel Zeit bei uns, doch es gab immer noch die Wochenenden und die Ferien, an denen sie zuhause blieb. Für mich waren das wertvolle Stunden, in denen ich meine Eltern ganz allein für mich hatte. Momente, die für mich, seit Olivia in mein Leben getreten war, zu etwas Besonderem geworden waren.

Am Anfang fand ich es toll, eine „Beinah - Schwester" zu haben. Jemanden, der mir zuhörte und mit dem ich die kleinen Geheimnisse teilen konnte. Ja, das waren die Augenblicke, in denen ich gerne mit ihr zusammen war. Aber es gab auch die anderen, immer öfter vorkommenden Situationen, in denen Olivia dafür sorgte, dass die Eifersucht in mir heftig brodelte.

Auch wenn es mir häufig schwerfiel, sie zu unterdrücken, schaffte ich es, denn ich hatte ja diese wenigen Tage, die allein meinen Eltern und mir gehörten.

Jetzt, während ich darauf wartete, was meine Mutter sagen würde, hoffte ich von ganzem Herzen, dass sie mir erhalten blieben. Dass mich meine Vorahnung täuschte.

„Olivias Mutter ist tot."

Das war alles, was sie sagte. Keine weitere Erklärung. Nichts folgte. Mein Blick glitt hinüber zu meinem Vater, in Erwartung, irgendetwas von ihm zu hören, aber auch er blieb stumm.

Wenn ich geahnt hatte, dass Ollis Mutter nicht mehr lebte, es ja offensichtlich war durch die Anwesenheit der Bestatter, empfand ich die Bestätigung wie einen Schlag ins Gesicht. Aber niemand achtete wirklich auf mich. Ich zählte nicht, saß da auf der Couch wie ein Geist, denn sowohl die Blicke meines Vaters, sowie die meiner Mutter, ruhten auf Olivia. Nur sie zählte noch. Ich musste allein mit mir und meinen Gefühlen klarkommen.

Meine Mutter stand auf, setzte sich neben Olli und legte die Arme um meine Freundin. Sanft zog sie sie an sich und während sie das tat, wurde Olivias Schluchzen immer lauter. Beruhigend strich Mutter ihr über den Kopf und wiegte sie hin und her.

„Olivias Mutter ist tot."

Dieser Satz hing im Raum, füllte ihn aus und doch reichte er mir nicht. Ich war zwar kein kleines Kind mehr (jedenfalls sah ich mich mit meinen mittlerweile dreizehn Jahren so) und auf dem Weg, erwachsen zu werden, aber wirklich verstehen konnte ich seine Bedeutung nicht.

Dankbar registrierte ich jetzt, wie mein Vater sich aufrecht im Sessel hinsetzte. Ich wusste, das tat er immer, wenn er etwas Wichtiges zu sagen hatte und sich dafür bereit machte. Und so war es dann auch. „Simone, also nun ja, wie deine Mutter schon sagte, Olivias Mutter ist durch einen tragischen Unfall ums Leben gekommen … (*nein, das hatte meine Mutter nicht gesagt-sie sagte Olivias Mutter ist tot-nicht mehr und nicht weniger*) und du kannst dir ja denken, ich meine du weißt bestimmt, dass Olli jetzt ganz alleine da steht … (*klar, was sonst, ich bin doch nicht blöd!*) und da haben wir, also Mutter und ich, beschlossen, dass sie zunächst einige Zeit bei uns bleibt …“

Mein Gefühl hatte mich also nicht betrogen. Als ob ich etwas anderes erwartet hätte. Gehofft zwar, aber nicht erwartet! Olivia würde also ab heute bei uns wie meine Schwester leben und niemand fragte mich, ob ich damit einverstanden war. Die Zeiten in denen es nur uns, die Familie Fischer, in meinem Leben gab, würde es von nun ab nicht mehr geben. Und was bedeutet das? Zunächst ein paar Tage, ein paar Wochen, Monate? Nein, zunächst hieß: Für immer. Meine Mutter würde niemals zulassen, dass Olivia zu Pflegeeltern oder gar ins Heim kam. Soweit ich wusste, gab es sonst keine Verwandten, also kamen nur wir als zukünftige Familie infrage.

-20-

Das, was mich noch vor einigen Monaten wahnsinnig gefreut und ich noch toll gefunden hätte, besaß jetzt einen bitteren Beigeschmack. Ich wollte Olli nicht jede freie Minute um mich haben. Die wenigen Tage, die ich noch alleine mit meinen Eltern verbrachte, war die Zeit, in der mir ihre Zuneigung alleine gehörte. Ich sie nicht mit jemandem teilen musste.

Eifersucht und Zorn gleichermaßen stiegen jetzt in mir hoch. Wut auf Olivia, die es meisterhaft verstand, sich die gesamte Aufmerksamkeit meiner Eltern, insbesondere die meiner Mutter, zu nehmen, die eigentlich allein mir, ihrer Tochter, gehören sollte.

Vielleicht hätte ich mit der Zeit gelernt, damit umzugehen, dass es neben mir noch ein weiteres Kind in unserer Familie gab. Ja, wahrscheinlich hätte ich das, wären da nicht so viele andere Dinge gewesen, die dafür sorgten, dass das Positive, was ich gegenüber Olivia empfand, immer mehr ins Negative umschlug. Das langsam aber sicher aus meiner Freundin eine Rivalin wurde.

In den letzten Monaten hatte sich ihr Verhalten stark verändert. Von ihrer anfänglichen Schüchternheit gegenüber meinen Eltern, war kaum noch etwas zu merken. Auch suchte sie, statt mit mir allein die Zeit zu verbringen, immer öfter die Nähe meiner Mutter.

Sie beanspruchte sie völlig für sich und klammerte sich regelrecht an sie. Auch überschlug Olivia sich, wenn es darum ging, ihr zur Hand zu gehen. Den Geschirrspüler einräumen? Den Tisch decken oder den Müll rausbringen? Kein Problem für Olivia! Ich kam gar nicht mehr dazu, eine Antwort zu geben, wenn meine Mutter fragte, ob eine von uns sich darum kümmern könnte! Olivia war schon da, bevor ich auch nur piep sagen konnte. Ständig schwänzelte sie um sie herum, lächelte Mama an und bedankte sich überschwänglich für jedes bisschen. Der Traum aller Mütter. Ich fand das maßlos übertrieben, aber meine Mama anscheinend nicht. Sie ging völlig auf Olivia ein und genoss es offensichtlich.

Bei meinem Vater war es etwas anderes. Das, was bei Mutter klappte, um die „Liebe" zu sein, fruchtete kein Stück bei ihm. Papa die Zeitung zu bringen oder den Tee bzw. Kaffee hinzustellen, damit erreichte Olli gar nichts und gab es bald auf, sich durch Taten Lieb Kind zu machen. Er war eben nicht so offen wie meine Mutter. Eher ruhig und zurückhaltend. Manchmal hatte ich auch das Gefühl, Olivias Gegenwart war ihm unangenehm oder besser gesagt, er vermied es, allein mit ihr zu sein. Warum auch immer.

Aber meistens war mein Vater eh nicht da. Den Tag verbrachte er im Büro und abends unternahm er häufig etwas mit den Arbeitskollegen oder seinem Freund Gordon. Sie gingen ins Fitnesscenter oder trafen sich auf ein Bier in der Bauerndiele. Er war selten beim Abendbrot anwesend. Doch wenn dies geschah, verhielt sie sich ihm gegenüber, wie ich fand, merkwürdig. Missfiel mir schon ihre Art und Weise immer, wenn meine Mutter in der Nähe war, so konnte ich zumindest im Ansatz verstehen, warum sie all diese Dinge tat. Sie suchte nach Liebe, der Liebe einer Mutter, und meine war bereit, ihr diese zu geben.

Aber bei meinem Vater wirkte es nicht, als ob es ihr allein darum ging, von ihm gemocht zu werden. Nicht so, wie man es normalerweise von einer Vater-Tochter Beziehung erwartete. Sie bewegte sich anders, sobald er sich in ihrer Nähe aufhielt und stellte regelrecht ihren Körper zur Schau. Mit wiegenden Hüften lief sie an ihm vorbei und auch die Blicke, die sie ihm zuwarf, waren alles andere als kindlich. Mir war es häufig peinlich, sie dabei zu beobachten und ich schämte mich für sie, aber anscheinend bemerkte außer mir keiner, dass das, was sie tat, nicht normal war.

Olivia und ich waren gleich alt. Allerdings, wenn man sie anschaute, sah sie eher aus wie eine fünfzehn- oder sogar sechzehnjährige und nicht wie ein dreizehnjähriges Mädchen. Ihr Busen war schon so weit entwickelt, dass er sich unter den dünnen Shirts, die sie gerne trug, deutlich sichtbar abzeichnete. Nicht wie bei mir, wo alles noch schlaksig und dünn, irgendwie nicht zusammenzupassen schien. Olivia hatte eine Taille, schlanke Beine und eben eine kleine Brust. Natürlich entging das kaum einem Jungen. Das fiel mir immer öfter auf, wenn wir zusammen in den Ort und durch die Stadt schlenderten. Und Olli war sich ihrer Wirkung vollends bewusst, was sie auch gekonnt in Szene setzte. Nicht allein durch die knappe Bekleidung, sondern auch durch Makeup. Mama hatte ziemlich schnell dafür gesorgt, dass die hässliche Brille durch Kontaktlinsen ersetzt wurde, so dass nichts mehr ihr hübsches Gesicht verschandelte. Heimlich schminkte sie sich auf den Toiletten in der Schule oder am Nachmittag in der Eisdiele. Ihre Augen betonte sie mit schwarzem Eyeliner, Wimperntusche und Kajalstift was ihre ausgefallene Farbe noch unterstrich. Mit dem eingeschüchterten Mädchen von einst, welches auf dem Rasen vor ihrem Haus Ball spielte, hatte diese Olivia nichts mehr gemein.

Manchmal hatte sie diesen gewissen Blick, wenn sie auf meinen Vater traf, den sie auch den Jungs in der Schule zuwarf. Damals war ich zu jung, um ihn zu deuten, aber ich spürte, dass es nicht der Blick eines Kindes, geschweige einer Freundin, die dich besuchen kam, war. Dann wiederum schimpfte sie über ihn. Erzählte mir irgendetwas, was er angeblich gesagt haben sollte. Böse Worte wie *Schlampe* oder *ficken*. Ausdrücke, die ich noch nie von ihm gehört hatte und mir auch nicht vorstellen konnte, dass mein Vater so etwas sagte. Natürlich tat er das immer angeblich dann, wenn sie mit ihm alleine war. Aus Angst, meine Eltern könnten sich wieder streiten, schwieg ich und erzählte meiner Mutter nichts davon, obwohl ich mit dem Gedanken spielte.

Dinge verschwanden aus meinem Zimmer. Mal ein Buch, mal eine Kette. Immer dann, wenn Olivia dort gewesen war. Ich wollte nicht glauben, dass sie etwas damit zu tun haben könnte, bis auch mein bester Freund, die Fledermaus Fridolin, nicht mehr auffindbar war.

Alles im Haus, selbst in der Garage und auch im Garten, suchte ich wie verrückt ab. Olivia half mir dabei, allerdings nicht, ohne mich immer wieder spöttisch ein Kleinkind das seinem Stofftier hinterherweint zu nennen. Erfolglos! Fridolin blieb wie vom Erdboden verschluckt. Erst Wochen später fand ich ihn im Garten wieder. Verdreckt und in Stücke gerissen, unter einem Busch der Hecke unseres Nachbarn.

Ich weinte kläglich. Mir war klar, da konnte auch Mutters Nähnadel nichts mehr retten. Fridolin war kaputt und ein Fall für die Mülltonne. Es war das erste Mal, dass ich voller

Zorn auf Olivia losging, als sie zu mir sagte: „Sei froh, dass du dieses hässliche stinkende Teil los geworden bist. Was willst du auch mit so einem Scheiß. Bedank dich lieber bei demjenigen, der dafür gesorgt hat, dass du dich nicht mehr wie ein Baby aufführst."

Ich war so wütend auf sie, dass ich auf sie zustürmte und auf sie einprügelte. Immer wieder traf meine Faust ihren Körper. Aber auch Olivia teilte gut aus. Sie schlug mich ins Gesicht, in den Bauch, und als ihr das nicht mehr ausreichte, fing sie an, mich zu treten. Es schien ihr Freude zu bereiten, mir weh zu tun, denn sie grinste übers ganze Gesicht, während ich weinte. Doch auch ich hörte nicht auf, sie zu schlagen, zu treten und in den Haaren zu reißen. Aufgeben wollte ich auf keinen Fall und ihr zufriedenes Lachen trieb mich an, weiter zu machen

Das allerdings verschwand schlagartig, als meine Mutter aus dem Haus gerannt kam und uns beide trennte. Urplötzlich strömten dicke Tränen über ihr Gesicht und sie schlang die Arme um meine Mama.

Mit weinerlicher Stimme jammerte Olivia, ich hätte angefangen, sie zu schlagen und sie beschuldigt, meine Fledermaus geklaut und kaputt gemacht zu haben. Aber sie wäre das nicht gewesen. Ganz bestimmt nicht.

Ich traute meinen Ohren, aber vor allem meinen Augen nicht. War das das gleiche Mädchen, mit dem ich mich gerade noch geprügelt hatte? Das jetzt immer wieder stammelte, ich würde lügen, so was hätte sie niemals tun können. Dass sie Fridolin doch selber sehr gern hatte und dass sie glaubte, gesehen zu haben, wie ein anderes Mädchen, eines, das auf meinem Geburtstag gewesen wäre, es getan habe.

Ja, es stimmte. Ich hatte vor einigen Wochen an meinem Geburtstag einige der Klassenkameraden eingeladen. Diana Großer, Antje Dörnbrack, Klaudia Straßek und Marlies Sommerfeld. Vater hatte mich dazu gedrängt, Mädchen von meiner Schule einzuladen.

Zwar kamen einige Nachbarskinder und Freunde aus dem Reitverein, in dem ich mittlerweile viel Zeit verbrachte, aber Schulfreunde hatte ich immer noch nicht gefunden. Genau das wollte mein Vater jetzt ändern. Er meinte, so eine richtig schöne Geburtstagsparty wäre die beste Gelegenheit dazu. Und auch meine Mutter war der Meinung. Die einzige, die davon nicht begeistert schien, war Olivia. Auch wenn sie meine Mutter strahlend anlächelte, ich sah ein wütendes Blitzen in ihren Augen.

Doch wen sollte ich fragen? Bestimmt nicht Yvonne, geschweige denn Michaela. Unser Verhältnis hatte sich seit der Grundschule nicht wirklich gebessert. Für einen Moment dachte ich an Kathryn, aber auch sie kam nicht wirklich in Frage. Wir akzeptierten uns und sie gehörte zu den netteren Mädchen, aber Freundschaft konnte man das nicht nennen.

Diana und Antje, sowie Marlies, waren neu in der Klasse. Marlies war erst vor kurzem in unsere Kleinstadt gezogen und wirklich lustig. Klaudia war von der Parallelklasse zu uns gewechselt und die anderen beiden mussten die Klasse wiederholen. Nichts, worauf sie stolz sein konnten und etwas, was sie ebenso zu Außenseitern machte. Vielleicht war genau das der Grund, warum wir uns von Anfang an gut verstanden. Es war schön auch mal mit anderen und nicht nur mit Olli die Pausen zu verbringen. Allerdings schien Olivia das nicht so zu sehen. Ihr missmutiges Gesicht, wenn wir zu sechst statt zu zweit über den Pausenhof gingen, sprach Bände. Vor sich hinstarrend lief sie hinter uns her, ohne einen Mucks von sich zu geben, während ich mich mit den anderen unterhielt. Es tat gut, mit den drei Mädchen zu reden, mit ihnen zu kichern und auch, ja, den einen oder anderen Jungen heimlich ins Visier zu nehmen. Wir alle himmelten Peter Fischer an, auch wenn er uns anscheinend nicht einmal bemerkte. Dass er auch noch den gleichen Nachnamen wie ich hatte, machte das Ganze auch noch lustig, insbesondere für meine neuen Freundinnen. Immer wieder durfte ich mir von ihnen Scherze darüber anhören, dass wir ja nicht einmal heiraten bräuchten, wir wäre ja beide schon „die Fischers". Nichtsdestotrotz machte es Spaß, gemeinsam von ihm zu schwärmen. Ich gab meinem Vater innerlich recht, es würde schön sein, mit den Mädels meinen Geburtstag zu feiern. Und das war es dann auch. Dass ausgerechnet sie sich mein Lieblingsstofftier nehmen und zerstören sollten, nein, das wollte ich nicht glauben. Es passte einfach nicht zu ihnen. Eher zu Olivia, obwohl ich es mir auch von ihr nicht vorstellen konnte, dass sie mir so etwas Gemeines antun würde. Sicher, sie war keine einfache Pflegeschwester, aber ich zweifelte daran, dass sie dazu fähig sein könnte. Vielleicht war es wirklich so gewesen, wie sie sagte, und ich irrte mich, was meine neuen Freundinnen betraf.

Einen Namen wollte Olivia jedenfalls nicht nennen, so sehr Mutter sie auch bedrängte. Irgendwann hörte sie auf, zu bohren und schüttelte den Kopf. „Ach was solls. Geschwister streiten sich nun mal und da ihr ja fast welche seid, werdet ihr das auch wohl miteinander geregelt bekommen, oder? Vertragt euch wieder und begrabt Fridolin", sagte sie, bevor sie uns stehen ließ und wieder ins Haus verschwand.

Ich nahm an, Olivia würde sich jetzt wieder über mich oder Mutters Vorschlag, ein Stofftier zu beerdigen, lustig machen. Aber sie tat es nicht sondern lief zum Gartenhäuschen und holte den Spaten. Ganz selbstverständlich grub sie ein Loch im Blumenbeet und ich legte Fridolin hinein. Als sie dann auch noch einen Arm um mich legte und leise flüsterte „Es tut mir leid, ich wollte dir nicht wehtun", wurde es für mich unvorstellbar, dass sie meine Fledermaus kaputt gemacht hatte. Absurd, so etwas überhaupt in Betracht zu ziehen. Vielleicht war es ja auch der Hund des Nachbarn gewesen. Ab und zu schlich er sich bei uns rein. Es konnte ja sein, dass er unbemerkt in mein Zimmer gelaufen war und dabei Fridolin mit rausgenommen hatte.

Für mich war diese Version des Ganzen die glaubhafteste. Ändern konnte ich eh nichts mehr daran, also beließ ich es dabei. Und irgendwie hatte Olivia ja recht, es wurde Zeit, sich von dem ganzen Kleinkinderkram, zu dem nun ja leider auch Fridolin gehört hatte, zu verabschieden.

-21-

Es ging Olivia gut seit Mutters Tod, wirklich gut. Ein Traum, ein unausgesprochener Wunsch, war für sie in Erfüllung gegangen. Die Fischers waren jetzt ihre Familie. Sie hatte eine Mutter, die sich auch so nennen durfte. Kein Monster, dessen größte Freude es im Leben war, sie zu quälen. Sie war endlich im Glück angekommen.

Alles war ganz genauso gekommen, wie sie es sich, als sie das erste Mal am Fenster gestanden hatte und Simone und ihre Eltern beobachtete, vorgestellt hatte.

War es das Schicksal, dass sich ihre Wünsche endlich einmal erfüllten? Oder war es eine eintreffende Vorhersehung gewesen? Hatte sie sie doch damals gespürt, diese Zusammengehörigkeit mir den ihr eigentlich fremden Menschen. Sie wusste, während sie heimlich die Fischers beobachtete, dass diese Familie auf sie wartete. Sie einen Platz in ihrem Leben frei hielten für ein Mädchen wie Olivia, dass ihre Liebe dringend brauchte.

Vielleicht hatten die Leute recht und sie war eine Hexe? Vielleicht war es so! Aber eigentlich scherte sich Olli nicht mehr darum, was andere über sie dachten.

Niemand fragte sie, was damals, am Tag, als Mutter starb, wirklich passiert war. Mitleid? Ja, man hatte das erste Mal Mitleid mit ihr. Zwar hielt das gute Gefühl nicht sehr lange an, aber das machte nichts. Sie wurde mit etwas viel Schönerem aufgefangen, mit der Liebe und Geborgenheit einer Familie.

War es am Anfang noch „das" Gesprächsthema in der kleinen Stadt gewesen, zu dem jeder etwas zu sagen hatte, geriet es nach einigen Wochen in Vergessenheit. Andere Vorkommnisse lösten es ab und auch Olivia begann immer mehr zu vergessen, dass ihr Leben mal anders gewesen war. Was sich am Anfang außergewöhnlich, wie ein großes Geschenk anfühlte, wurde im Laufe der Zeit zur Alltäglichkeit. Nur das eine, was Mutter ihr damals als letztes antat, erlebte sie immer und immer wieder in vielen Nächten, wenn sie schlief, erneut. Manchmal nahm sie aber auch Traumfetzen mit in den nächsten Tag und dann ging es ihr wirklich schlecht. Insbesondere wenn sie etwas roch, was sie an Mutters ekeligen Geruch erinnerte. Dieser alte, muffige, fischige Geruch löste in ihr einen Brechreiz aus und es dauerte nicht lange, dass die Erinnerungen Einzug in ihrem Verstand hielten

Sie sprach nie darüber, erzählte keinem davon. Wie denn auch? Wer würde es denn verstehen, dass sie sich damals nicht wehren konnte und das tat, wofür sie sich heute schämte!

Aber es holte sie immer wieder aufs Neue ein. So wie an diesem einen Abend, als Simones Vater ein einziges Mal darauf bestanden hatte, dass sie Fisch aß. Sie hatte gesagt, sie würde ihn nicht mögen, aber in manchen Dingen war Herr Fischer sehr streng. Insbesondere was das Essen betraf. Gegessen wurde, was auf den Tisch kam, eine Extrawurst (wie er es so schön nannte) sollte es auch für sie nicht geben.

Nun, der Tag, an dem es Makrelen zum Abendbrot gab, würde in ihrer aller Erinnerung bleiben. Wie sie nur einen einzigen Happen nahm und dann alles, was ihr Magen beinhaltete, über den Tisch und somit auch über das Essen erbrach. Herr Fischer zwang sie daraufhin nie wieder etwas zu essen, von dem sie sagte, dass es ihr nicht schmeckte.

Ja, es ging ihr gut und meistens war Olivia glücklich. Besonders, wenn sie mit Simone alleine war. Ihre Nähe spürte, dann, wenn sie nachts heimlich zusammen im Bett lagen und sich flüsternd über alles Mögliche unterhielten. Es waren die schönsten Momente in ihrem Leben. Fast so, als wäre Dirk, ihr Bruder, wieder bei ihr.

Am Anfang war es wirklich so, wie sie es sich vorgestellt hatte, eine Schwester zu haben. Aber irgendwann, so mit dreizehn Jahren, änderte sich das. Sie spürte etwas anderes, als nur das Gefühl von Verbundenheit. Ihr Herz klopfte wild, wenn sie neben Simone im Bett lag. Sie sog den Duft von ihr regelrecht in sich auf und manchmal wünschte sich alles in ihr, näher an Simone heranzurücken und ihre Haut an der eigenen zu spüren.

Manchmal ließ Simone es auch zu, dass sie sich in ihren Arm legte. Dann streichelte sie ihr übers Haar und erzählte ihr, wie schön, später, wenn sie beide erwachsen wären, das gemeinsame Leben sein würde. Sie würden sich eine Wohnung suchen und in einer WG leben. Spaß haben, ohne dass es Eltern gab, die ihnen vorschrieben, was sie zu tun und was sie zu lassen hatten.

Doch dann änderte sich alles. Das Flüstern in der Nacht in Simones Armen hörte auf. Jedes Mal, wenn sie fragte, ob sie rüber in ihr Bett kommen durfte, wehrte Moni sie ab und sagte, sie wäre müde und wolle schlafen. Auch spürte Olli, dass sie ihr entglitt, ihre Nähe scheute, die sie so nötig brauchte. Manchmal, wenn sie Frau Fischer zur Hand ging, bemerkte diese die giftigen Blicke ihrer Freundin. So, als ob sie Olivia dafür hasste, dass sie einfach nur ihre Dankbarkeit zeigen wollte. Dabei brauchte ihre neue Mutter das. Sie, Olivia, hatte schon lange die Traurigkeit in ihren Augen gesehen. Jedes Mal, wenn sie allein im Wohnzimmer saß und auf Simones Vater wartete, der wieder einmal spät nach Hause kam.

Simone suchte sich neue Freunde und fand sie. Es waren vier Mädchen, die neu in die Klasse gekommen waren. Auf einmal war sie nicht mehr wichtig, nur noch nebensächlich. Diana, Antje, Klaudia und Marlies, das waren jetzt Simones Auserwählten, mit denen sie die Pausen verbrachte. Mit denen sie eingeharkt, kichernd über den Schulhof lief. Sie, Olivia, fühlte sich wie ein Anhängsel, wenn sie bei ihnen stand und nicht wusste, was sie sagen sollte. Sie wurde geduldet, mehr nicht.

Am Anfang kämpfte sie noch und versuchte, ein Teil dieser Gruppe zu sein, aber selbst, wenn sie einen Ton von sich gab, achtete niemand auf sie. Zu sehr mit sich und ihrer aller Schwarm Peter beschäftigt, hörten diese Gänse ja nicht einmal das, was sie sagte.

Es tat weh und schlimmer als jemals zuvor, überfiel sie die Traurigkeit. Der Schmerz der Eifersucht, wenn sie die fünf Mädchen zusammen kichern sah, ihre Gemeinschaft spürte, und wusste, sie würde niemals so sein wie sie, zerschnitt ihr Herz.

Als sie dann noch auf Simones Geburtstag erschienen und sie die Mädchen auf Monis Bett tuschelnd erwischte, wusste sie nicht, wohin mit ihrer Wut.

Sie liebte Simone, so wie Simone Fridolin liebte. Es war nicht leicht, es vor allen zu verbergen, aber es gelang ihr. Im Gegensatz zu dem zornigen Gefühl, welches immer stärker drohte, aus ihr herauszubrechen. Sie brauchte ein Ventil, etwas, das Simone genauso verletzen würde, wie sie, und Olivia wusste auch schon, welches es sein sollte.

Als alle anderen beim Kuchenessen waren, schlich sie sich in Simones Zimmer. Zielsicher steuerte sie auf Monis Bett, das ihrem gegenüberstand, zu. Grell leuchtete ihr das Rot der Blumen auf ihrer Bettwäsche entgegen und Fridolin mit seinem grauen Fell und schwarzen Flügeln hob sich stark davon ab. Er lag da, als würde er auf sie warten. Als ob er lebendig wäre und sie lächelnd begrüßte.

Sekundenlang hatte sie das Stofftier in den Händen gehalten und ja, wirklich gegen das Verlangen, es zu zerstören, angekämpft. Sie hatte gezögert, weil sie wusste, es war verkehrt, sie durfte das nicht tun. Es würde nichts verändern, nichts besser, eher schlechter machen. Und sie wusste, wie sehr Simone darunter leiden würde, wenn Fridolin nicht mehr bei ihr war. Schmerzen, wie sie, Olivia, fühlen und aushalten müssen, weil man das, was man liebte, verloren hatte.

Ja, ihre Freundin würde unter dem Verlust leiden sowie Olivia litt, wenn sie Simone mit den anderen zusammen sah. Wenn sie ihr zuhörte, wie sie ihnen von diesem Idioten Peter Fischer vorschwärmte. Sie würde leiden wie Olivia, wenn sie lächelnd nickte und so tat, als ob sie das alles interessierte, obwohl sie sie am liebsten angeschrien hätte, sie solle endlich ihren Mund halten. Sie sollte endlich wieder ihre Moni sein. Aber das würde sie niemals wieder werden- ihre beste und einzige Freundin.

Ein letzter Blick auf Fridolin, ein letztes gezischtes Flüstern: „Schlampe, du kleines Miststück sollst leiden", welches aus Olivias Mund drang. Sie schloss die Augen und stellte sich vor, Fridolin wäre lebendig. Würde spüren, wie sein Körper auseinandergerissen wurde. Es allein Simones Schuld war, dass sie ihm dies antat. Und mit diesen Gedanken zerriss sie Fridolin. Zerfetzte ihn regelrecht und es fühlte sich gut an, verdammt gut.

Außer Atem setzte sie sich auf Simones Bett und genoss das erregende Gefühl von Macht, welches sie jetzt durchflutete. Sie fühlte sich lebendig, nicht so leer wie sonst.

Es war anders als damals, als sie die Katze tötete oder Mutter die Treppe runterfiel, aber dennoch, es wirkte befreiend.

Doch es hielt nur kurz an, dann wurde das Hochgefühl durch Scham ersetzt. Und Angst…wahnsinnige Angst, alles zu verlieren. Sie stellte sich vor, wie Simone und ihre Mutter es herausbekamen. Wie die beiden sie voller Abscheu anschauten - und sie sah das triumphierende Gesicht von Herrn Fischer. Er wäre froh, sie los zu werden und sie, Olivia, hatte ihm jetzt den Grund dazu geliefert.

Sie war so dumm gewesen. Doch noch konnte sie dafür sorgen, dass es niemals herauskommen würde. „Ganz ruhig

Olli, denk nach", flüsternd geführte Selbstgespräche zeigten ihr, was zu tun sei.

Leise stahl sie sich aus dem Zimmer und schlich die Treppe runter nach unten. Fridolin hielt sie dabei unter ihrem Shirt verborgen. Nicht wirklich hilfreich und unsichtbar. Wer genauer hinsah, dem fiel die Ausbeulung natürlich auf.

Aber das Schicksal schien auf ihrer Seite zu sein, denn niemand begegnete ihr auf der Treppe oder unten im Flur. Zum Glück brauchte sie nicht an den anderen Geburtstagsgästen vorbei. Die aßen immer noch Kuchen im Wohnzimmer und das lag weit genug von der Küche entfernt, so dass sie durch die Terrassentür in den Garten schlüpfen konnte.

Schnell lief sie rüber zu der hinteren Grundstücksabgrenzung, die aus hässlichen Büschen, welche Fischers Rasen von dem des Nachbarn trennten, bestand. Olivia quälte sich durch das Gehölz der Hecke und warf Fridolin auf den Rasen des Nachbarn. Sie war sich sicher, hier würde keiner nachschauen.

Der Nachbar kümmerte sich kaum um sein Grundstück und eigentlich nutzte er die Grünfläche nur, um seinen Hund dort sein Geschäft machen zu lassen. Mit etwas Glück würde dieser Fridolin finden und ihn als sein neues Spielzeug betrachten. Sollte dem so sein, würde es sehr bald nicht einen kleinen Wattebausch mehr von der Fledermaus geben.

Ohne dass irgendwer auch nur ahnte, was sie getan hatte, gesellte Olivia sich wieder zu den anderen und aß, genau wie sie, ihren Kuchen. Sie lachte an den, wie sie meinte, passenden Stellen oder wirkte so gelöst, wie schon lange nicht mehr.

In der Zeit, als Simone ihr Kuscheltier suchte, stand sie ihr zur Seite. Tröstete und half, bis es ihr irgendwann zu viel wurde. Ein Streit war entbrannt, nur ein kleiner Ausrutscher ihrerseits, den sie erfolgreich bekämpfte und sehr bald wieder die Fassade der besorgten Freundin zur Schau trug.

Das Theater funktionierte bestens. Sie beherrschte ihre Rolle meisterhaft und alles schien gut zu laufen. Olivia schwor sich, alles dafür zu tun, dass es auch auf Dauer so bleiben würde.

-22-

Irgendwie flogen die Jahre meiner Kindheit nur so dahin. Gerade noch dreizehn, feierte ich sehr bald meinen vierzehnten Geburtstag, dann meinen fünfzehnten.

Dieses Jahr war es nun endlich soweit: Ich wurde „Sweet Sixteen"! Der Tag, auf den ich mich seit ewigen Zeiten freute. Natürlich wollte ich groß feiern und es sollte „die" Nacht werden, die ich nie vergessen würde. *Oh ja* - und sie wurde legendär!

Im Gegensatz zu einer anderen, vorherigen, an die ich bestimmt nicht gerne und mit einem Lächeln zurückdachte!

Wie bei den meisten anderen Teenagern sorgte auch bei mir die Pubertät öfters mal dafür, dass ich zum Schreckensmonster meiner Eltern mutierte. Dramen lösten sich mit Kleinmädchengekicher ab, welches wiederum in lautem Weinen endete.

An einem Tag packte ich meine Stofftiere und meine Puppen in Kartons, schleppte sie auf den Dachboden, um sie dann am nächsten wieder runter zu holen und auszupacken. Morgens konnte man noch die Welt umarmen, aber spätestens mittags glaubte ich, die Apokalypse stünde bevor. Naja, in meinem Hormonhaushalt war es auch sicherlich öfters mal so.

Auch meine Freundschaft mit Olivia veränderte sich. Vielleicht auch dadurch, dass sie jetzt ja so was wie meine Schwester war. Wir kamen miteinander klar, aber mehr auch nicht. Waren wir noch in der ersten Zeit gute Freundinnen gewesen, hatte sich das mittlerweile in ein „Wir akzeptieren uns" geändert. Jede von uns ging irgendwann ihren eigenen Weg und hatte auch nicht das Bedürfnis, das zu ändern. Nicht verwunderlich, wenn man uns so anschaute.

Olli liebte dunkle Dinge und war mit fünfzehn ein, wie wir es nannten „Möchtegern Grufti" geworden. Alles an ihr und um sie herum war düster. Bands, die davon sangen, dass Gott tot sei; oder von irgendwelchen Todgeweihten, tönten laut aus den Kopfhörern ihres Handys und aus den Boxen ihres Computers. Poster, auf denen Skelette, Fledermäuse oder böse dreinschauende Vampire zu sehen waren, hingen überall an den Wänden ihres Zimmers. Zugezogene Vorhänge auch am Tage, Möbel aus dunklem Holz, eine Welt in schwarz getaucht, das war ihr Geschmack.

Sie selber färbte sich die Haare schwarz und verbrachte Stunden damit, sie zu glätten, so dass nicht eine einzige Locke zu sehen war. Der lange Pony, der ihr über die Augen, die dick mit schwarzem *(welche Farbe auch sonst!)* Kajal umrahmt waren, wie ein Vorhang ins Gesicht fiel. Schwarz gemalte Lippen hoben sich stark von der ansonsten weißgeschminkten Haut ab.

Ketten hingen an ihren Stiefeln, die bis an die Knie zu schnüren waren. Ein Ledermantel, der über den Boden schleifte, schwarze Jeans und Shirts mit mystischen Aufdrucken wie Pentagramme oder ähnlichem, rundeten das Gesamtbild Olivia ab. Selten sah man sie lächeln und wenn, wirkte es arrogant oder zynisch.

Sie war sehr schlank und ich müsste lügen, würde ich sagen, sie wäre hässlich. Ganz im Gegenteil. Olivia sah verdammt gut aus. Der Look stand ihr und machte sie zum echten Hingucker. Aber gleichermaßen wurde sie dadurch noch mehr zum Außenseiter, wenn das überhaupt noch möglich war. Niemand in unserer Schule kleidete sich so, außer eben Olli.

Natürlich waren meine Eltern nicht gerade begeistert darüber, aber sie ließen ihr, wie in allem anderen, ihren Willen. Nebenbei bemerkt hielten sie ihr, wie man bei uns so schön sagte, ständig die Hand vor den Arsch.

Sie beherrschte es meisterhaft, die Rolle des Opfers zu nutzen, um insbesondere meine Mutter, zu manipulieren. Es kotzte mich an, wie Mama zu allem *Ja und Amen* sagten.

Ich weiß, wahrscheinlich ist es nicht normal, aber es gab Momente, in denen ich sie um ihre Vergangenheit beneidete. Selten, dass sie mal ein *Nein* von meinen Eltern zu hören bekam. Im Gegensatz zu meiner Person.

Ich, die Brave, nett Anzusehende, die immer versuchte, es ihnen recht zu machen, durfte rein gar nichts. Wurde ich auf angesagte Partys eingeladen, war ich die erste, die nach Hause musste. Natürlich holten meine Eltern mich ab. Es war so peinlich, vor meinen Freunden wie ein kleines Kind behandelt zu werden.

Doch damit nicht genug, nein, das reichte bei weitem nicht aus, um mein Leben zu einem Sammelsurium der gefühlten Freiheitsberaubungen zu machen.

Fragte ich meine Eltern, ob sie mir ein minikleines Tattoo am Fußgelenk erlaubten, kam (*wer hätte es auch anders erwartet*) natürlich ein *Nein*. Der Versuch, mir heimlich das Piercing im Ohrläppchen mit einem Tunnel zu weiten, scheiterte in dem Moment, als mein Vater entdeckte, was ich da versuchte zu fabrizieren.

Schlussendlich brachte es mir nicht nur die erzwungene Entfernung des Tunnels ein. Als „Zusatzgeschenk" gab es obendrein noch zwei Wochen Hausarrest dazu.

Übrigens konnte ich mich dafür auch bei meiner lieben Pflegeschwester bedanken.

Wahrscheinlich wäre es niemandem aufgefallen, wenn Olivia sich nicht beim Abendbrot hinter mich gestellt, meine Haare genommen und im Nacken zu einem Pferdeschwanz zusammengehalten hätte.

Meine Versuche, mich aus ihren Händen zu befreien, scheiterten kläglich. Einerseits durfte ich es nicht zu auffällig machen, andererseits wäre es unmöglich gewesen, dank ihres erbarmungslosen Griffes, mit dem sie meine Haare festhielt. Leise zischte ich ihr, in der Hoffnung, dass meine Eltern es nicht mitbekamen: „Was soll das? Lass mich sofort los!" zu. Vertane Liebesmüh!

Ohne sie dabei anschauen zu müssen, hörte ich das Lächeln in ihrem Gesicht, während sie mit sanfter liebevoller Stimme sagte: „Stehen ihr echt gut, die Tunnel, oder?"

Mein Vater schaute hoch und meine Mutter stand sogar auf und lief zu mir hin, um sich meine Ohren genauer anzuschauen. Das war es dann für mich und der Freiheit, mein Äußerliches selbst zu gestalten. Ab jetzt musterte meine Mutter mich jeden Tag genau, damit ihr auch ja keine noch so klitzekleine Veränderung an mir entging. Wieder einmal hasste ich meine Welt und immer öfter hasste ich auch Olli, die an meiner Seite in dieser lebte.

Dagegen ging ich mittlerweile sehr gerne zur Schule. Ich genoss regelrecht die Zeit, die ich dort verbrachte.

Klar waren es nicht die Unterrichtsstunden, sondern die Pausen, auf die ich mich tagtäglich freute. Wenige Minuten, in denen ich meine Zeit ohne Olivia verbrachte, die mir manchmal wie eine an mir klebende Zecke vorkam. Immer schien sie dort zu sein, wo ich war. Zuhause, auf dem Heimweg, im Klassenraum oder wo auch immer. Nur nicht in den Pausen.

Verbrachten wir diese früher stets gemeinsam, änderte sich das zum Glück in dem Moment, als ich neue Freunde, hippe, angesagte, fand. Solche, die Olivia nicht mochte und sich sehr schnell von mir und meiner Clique fernhielt. Ich muss sagen, ich war nicht traurig deswegen.

Wir waren eine Gruppe von Mädchen zu der jede Schülerin gerne gehören wollte. Schon niedlich, wie andere Mädchen uns mit bewundernden Blicken folgten und sich manchmal regelrecht überschlugen, um unsere Aufmerksamkeit auf sich zu lenken. Wir, das waren Diana, Marlies, Antje, und mittlerweile auch Kathryn und Michaela. Ja, genau. Ausgerechnet die Michaela, die mir in der Grundschule mehr als verhasst war.

Nach einer Schlägerei auf dem Pausenhof hatten wir beide vor dem Zimmer der Direktorin warten müssen und es schien ewig zu dauern. Ich weiß nicht mehr, wer von uns beiden als erstes zu reden begann, aber eigentlich war das egal. Je länger wir miteinander redeten, umso mehr entdeckten wir, dass uns einiges verband. Wir viele Gemeinsamkeiten hatten und unser gegenseitiges Verhalten völlig bescheuert war.

Als wir endlich von der Direktorin aufgerufen wurden, betraten wir ihr Büro nicht mehr als zwei verfeindete Mädchen, sondern als solche, die dabei waren, sich kennen zu lernen. Ab diesem Zeitpunkt gab es uns beide meistens nur noch im Doppelpack zu sehen. Michaela war zu meiner allerbesten Freundin geworden.

Das Schönste aber in meinem Leben war, das Peter mir seit einigen Monaten in der Schule immer mehr Beachtung schenkte. Meine Freudinnen meinten, es würde zwischen uns knistern. Etwas, was eine bis über beide Ohren verliebte 15-jährige gerne hörte. Da bildete auch ich keine Ausnahme. War doch aus dem niedlichen, doch recht kindlichen Schwärmen meinerseits, ein ganzer Schwarm Schmetterlinge im Bauch geworden, wann immer er sich in meiner Nähe befand. Da das in letzter Zeit sehr häufig vorkam, schwelgte ich im Glück.

Dies und einiges mehr waren die Gründe, warum ich mich immer mehr von Olivia entfernte und sie für mich nur noch ein Klotz am Bein darstellte, den ich versuchte, los zu werden. Ich schämte mich sogar öfter ihretwegen.

Dabei ging es nicht allein um meine neuen Freunde, zu denen sie nun wirklich nicht passte. Sie selber hatte mit ihrem kranken Verhalten dafür gesorgt, dass ich sie kaum noch ertragen und um mich haben konnte.

Ein peinlicher Vorfall bei unserer letzten Klassenfahrt nach Berlin hatte dafür gesorgt.

Ich verstehe bis heute nicht, warum sie es tat. Wie konnte sie mit fünfzehn Jahren so blöd sein anzunehmen, jemand wie ich würde so etwas von einem anderen Mädchen wollen. Sie kannte mich doch schon so lange und hätte es eigentlich besser wissen müssen.

Aber vielleicht hatte ich sie, ohne es zu merken, dazu ermutigt. Zeichen gegeben, die sie missverstand und glaubte, ich wäre einverstanden.

Ein fataler Irrtum, mit dem sie mir fast alles, was ich mir bis dahin in der Klasse aufgebaut hatte, zerstörte. Nach dieser Nacht beendete ich unsere Freundschaft und mied so gut wie möglich ihre Gesellschaft. Sie tat mir leid, denn natürlich sah ich die Traurigkeit in ihren Augen, spürte, wie sehr ich sie verletzte, aber dennoch blieb mir keine andere Wahl.

Mir waren die anderen Klassenkameraden lieber und es war mir wichtig, was und wie sie über mich dachten. Es waren Freunde, mit denen ich lachen konnte und nicht vor Scham im Boden versank, wenn ich mich mit ihnen zeigte.

-23-

Gedankenversunken lehnte Olivia an der weißen Aulawand. Neben ihr hing das mit Zetteln vollbeladene obligatorische schwarze Brett, welches in jeder Schule zu finden war. Auf diesem bunten Wirrwarr aus Papier fand man Informationen darüber, wer-was-wo suchte, irgendwelche Veranstaltungen und sonstigem Blödsinn, der die meisten Schüler kein Stück interessierte.

Am wenigsten von allen Olivia. Dennoch kannte sie mittlerweile bald jeden einzelnen Schnipsel auswendig. Nicht, dass sie dem, was darauf geschrieben stand, wirkliche Beachtung schenkte, aber es war besser so zu tun, als ob. Die Pausen zogen sich schleppend dahin und es war ein mieses

Gefühl, ein Außenseiter zu sein und zu niemandem dazuzugehören, während alle anderen Schüler mächtig Spaß zu haben schienen. Sie wollte keinesfalls, dass jemand merkte, wie viel es ihr in Wahrheit ausmachte, nicht beachtet zu werden. Also tat sie so, als sei sie in den Pausen mit dem Lesen der Flyer beschäftigt.

Wenn es nicht die neusten Nachrichten am schwarzen Brett waren, dann nutzte sie ihr Handy, welches ihr eine gute Vortäuschung falscher Tatsachen verschaffte. Auch jetzt hielt sie es in der Hand und starrte auf das Display. So, als wäre das Video auf „YouTube", welches gerade lief, das interessanteste, was es auf der Welt zu sehen gab. Dabei kannte sie noch nicht mal die Gruppe, geschweige denn, mochte deren Musik. Olivia hatte sogar den Ton, im Gegensatz zu sonst, leise gestellt. Die Kopfhörer waren nur Tarnung damit man sie in Ruhe ließ und niemand sie dumm anquatschte.

Auch wenn es kein schönes Gefühl war, alleine rumzustehen und Simone, die gegenüber auf den Bänken über den Heizungen, vor dem großen Aula Fenster saß, zuzusehen, wie sie über etwas, was die blöde Michaela sagte, lachte.

Durch die Haare ihres langen Ponys, der ihr wie immer ins Gesicht fiel, blinzelnd, beobachtete sie die Mädchen und verzog dabei hämisch grinsend ihren Mund. Das Theaterspiel, wie sich jede einzelne von ihnen zur Schau stellte, kotzte sie an. Insbesondere das Getue ihrer Möchtegern Schwester, die sich anscheinend mal wieder für den Mittelpunkt der Welt hielt.

Gut, sie hatte sich zum Liebling der meisten hochgearbeitet, war eine von diesen Schulgöttinnen geworden (jedenfalls schienen sich diese dummen Fotzen für solche zu halten), zu denen andere Mädchen hochschauten.

Olivia erfüllten diese Schlampen, die sich für besonders hielten, mit Abscheu. So auch Simone.

Die Freundin von einst, der sie vertraute, existierte schon seit einem Jahr nicht mehr. Obwohl, manchmal fragte sie sich, ob es sie eigentlich jemals gegeben hatte.

Je länger sie darüber nachdachte, umso mehr kam sie zu der Überzeugung, dass Simone schon immer ein verlogenes (wie Mutter sie nennen würde) Miststück war, das jetzt langsam aber sicher zu einer Hure wurde.

Armselig, wie sie mit den Wimpern klimperte, die Brust rausstreckte und mit den Händen in ihren langen braunen Haaren spielte, wann immer dieser Idiot von Peter in der Nähe auftauchte.

Krausie, die eigentlich Denise Kraus hieß, und die wegen ihres Nachnamens, der super zu ihren krausen Haaren passte, so genannt wurde, würde Simone notgeil nennen und Sprüche wie *„Deren Schlüpper ist bestimmt schon feucht"* bringen. Sie war eine ihrer wenigen Freunde. Schade, dass sie nicht eine ihrer Mitschülerinnen war und Olivia half, die Pausen zu überstehen. Dank dieser blöden Kuh hatte sie sich auf der Klassenfahrt im letzten Jahr zum Idioten gemacht und war vom Außenseiter zur Aussätzigen geworden.

Olivia wandte den Blick von Simone ab als sie sah, wie Peter den Arm um deren Taille legte. Ein Anblick, den sie nicht länger ertragen konnte.

Scheiß drauf, warum stehe ich hier eigentlich noch rum und schau mir das an, dachte sie und tastete mit der rechten Hand die Tasche ihres schwarzen Ledermantels ab, bis sie fand, was sie suchte. Die Zigaretten von Nadine, die sie sich heute Morgen aus deren Versteck genommen hatte. Ihre Pflegemutter war einer der wenigen Menschen, die ihr noch was bedeuteten. Zumindest ein wenig. Obwohl, auch ihr Verhalten fand Olivia in den letzten Monaten lächerlich. Warum versteckte eine erwachsene Frau vor ihrem Ehemann (der sie sowieso betrog, Nadine war nur zu blöd, das zu begreifen) ihre Zigaretten. Wie bescheuert war das denn bitte. Aber nun ja, es hatte ja auch den Vorteil, dass sie sich immer mal einige davon mopsen konnte, ohne dass die Alte etwas sagte.

Sich die Zigarette in den linken Mundwinkel steckend, schaute sie sich um, ob sich einer der Lehrer in ihrer Nähe befand. Rauchen war natürlich an der Schule verboten. Aber auch das war ihr scheißegal. Sollten die Lehrer doch meckern, wen interessierte das schon. Sie hatte sie ja nicht angezündet, also konnten sie auch nicht mehr tun, als sie aufzufordern, die Zigarette wegzuwerfen.

Olivia hatte nur gerade in diesem Moment keinen Nerv auf eine Diskussion, die stets das gleiche Resultat brachte. Der ersten Aufforderung würde sie auf keinen Fall folgen, der zweiten mit Sicherheit erst recht nicht! Was sollte ihr schon großartig passieren? Was, das schlimmer sein könnte, als das, was sie in ihrer Vergangenheit erlebt hatte? Was wollten sie ihr schon großartig antun? Das ach so böse Mädchen von der Schule werfen? Bei dem Gedanken daran grinste sie. Hoffentlich, denn dann könnte sie mit ihren Freunden auf dem Friedhof abhängen und müsste nicht mehr ihre Zeit mit den Idioten hier an der Schule verschwenden.

Das Handy in die Gesäßtasche ihrer Jeans steckend, machte sie sich auf den Weg zur inoffiziellen Raucherecke. Inoffiziell deswegen, weil es diese eigentlich nicht geben durfte. Aber sie existierte trotzdem direkt neben den Sportplatz hinterm Schulhof.

Jede Pause kam irgendeiner der Lehrer angelatscht, schrieb die Namen der Raucher auf und scheuchte sie zurück zum Pausenhof. Im schlimmsten Fall mussten die Schüler zum Direktor und es gab ein Schreiben nach Hause. Olivia hatte bislang immer Glück gehabt und sich früh genug verziehen können. Es war ihr egal, ob Simones Eltern davon erfuhren. *Egal, egal, egal* - es war ihr seit langem alles scheißegal.

Während sie den Flur entlanglief, kamen die Erinnerungen an die Klassenfahrt wieder einmal zurück. Eigentlich taten sie das ja täglich, immer schön abwechselnd mit denen an ihre Mutter. Während die Gedanken an sie Olivia immer mehr kalt ließen, kochte hingehend bei denen an Simone in ihr die Wut hoch. Es hatte so verdammt wehgetan. Wieder einmal, dass etwas auf das sie sich gefreut hatte, zu einem Schlag ins Gesicht wurde.

Sie sah sich, das Mädchen, welches sich auf die Klassenfahrt freute, wie es mit strahlendem Gesicht in den Bus stieg, der sie und ihre Mitschüler nach Berlin fuhr.

Losgelöst und unverkrampft genoss Olivia zunächst jede Stunde weit weg von Zuhause. Ohne prüfende Blicke, die ihr ständig folgten.

Allein um Simone zu gefallen, hatte sie sich schon länger bemüht, wie eine von ihren neuen Freundinnen zu sein. Wenn Jungs in der Nähe waren albern gekichert, obwohl sie sich doof dabei vorkam. Sie zog sich bunt an und schminkte ihr Gesicht mit grellem Makeup.

In Simones Beisein tat sie, als ob auch sie Peter und die anderen Jungs cool fand. Als die Mädchen mit Jungen aus anderen in der Jugendherberge anwesenden Klassen aufs Zimmer verschwanden, ging auch Olivia mit. Ihr wurde immer noch übel, wenn sie an diesen schwabbeligen, ekeligen, sabbernden Jungen dachte.

Sie waren beide übriggeblieben. Zwei Loser, die sich zusammentaten, weil kein anderer sie wollte. Der Junge stellte sich so was von dämlich an. Während sie seine schwammigen Hände spürte, die ihre Brust betatschten, stellte sie sich vor, es wäre jemand anders, der sie berührte. Sie ließ ihn gewähren, während ihre Fantasy sein Gesicht verdrängte. Es waren nicht mehr seine Hände, sondern die von Simone, die jetzt ihren BH öffneten. Nicht so grob, sondern vorsichtig, Olivia zart und sanft dabei streichelnd.

Als dieser Blödmann sie abknutschte und ihr seine Spuke die Kehle herunterrann, wünschte sie sich hin zu Simone, die neben ihr auf dem Nachbarbett mit einem stöhnenden Jungen zugange war.

In dem Augenblick, als er seine Finger in ihre Hose gleiten ließ, gelang es ihr fast, sich von ihrem Körper zu lösen. Wie damals nichts von all dem Ekel zu spüren. Die Empfindungen, während sie an Simone dachte, fingen sie auf und umarmten Olivia. Wie eine Droge trugen ihre Gefühle sie auf einer rosaroten Wolke fort. Nichts war mehr wichtig, nur Simone und sie. Eine Zeitlang fühlte es sich wunderbar an, solange, bis Mutters Gesicht sich dazwischenschob. Sie hörte Ihre Stimme, nahm ihren Geruch wahr, der Simones sanftes hübsches Gesicht verdrängte und Olivia wieder in die Realität zurückholte.

Schreiend, den verdutzt dreinschauenden Jungen von sich stoßend, war sie aus dem Zimmer geflüchtet.

Lautes Lachen hatte Olivia, während sie den Flur zu den Toiletten hochrannte und sich dort einschloss, verfolgt.

Mutter - nie würde sie zulassen, dass Olivia diesen Ekel vor ihr und vor sich selbst abstreifen konnte.

Immer wieder, wenn sie versuchte, ein ganz normales Mädchen zu sein, eine von denen, die sich in dem Zimmer jetzt an die Jungs pressten, ihre Berührungen genossen, holte das Monster sie ein. Obwohl Mutter schon lange tot war, schaffte sie es, alles zu zerstören. Nie würde sie wirklich frei sein und das Leben genießen können.

Sie hatte schluchzend auf dem Toilettensitz gesessen und die Tränen schienen nicht aufhören zu wollen, zu fließen. Der Rotz lief ihr aus der Nase und tropfte auf ihre Jeans. Sie fühlte sich dreckig und beschmutzt.

Plötzlich klopfte es zaghaft an die Tür und Simones Stimme erklang, die sie leise bat, aufzumachen.

Olivia zögerte kurz, doch dann erhob sie sich und ließ die Freundin herein. Ihr Duft und ihre Nähe, als sie Olivia in die Arme nahm, und die Worte von ihr: „Komm Olli, mach dir nichts draus. Der Typ war eh ein Idiot. Für den bist du viel zu schade und die anderen Mädchen, pah, glaubst du, die finden das alle so toll? Komm, wir gehen nach unten zum Kiosk und holen uns ein Eis. Eis hilft immer, oder? Nun zeig mir schon dein hübsches Lächeln und vergiss den Schwabbelbabbel", nahmen ihr den Atem. Simone lachte nicht über sie, nein, sie war gekommen, um Olli zu trösten.

Als Olivia immer noch schwieg, zwickte Simone sie in der Taille und sang mit verstellter Stimme: „Schwipp-Schwapp Schwubbidu…such dir doch ne andere blöde Kuh …"

Ob sie es nun wollte oder nicht, sie musste lächeln, und als Simone sich auch noch umdrehte und mit ihrem Hintern wackelte, kicherte sie laut.

Alles schien wieder gut, das Leben sogar schön zu sein. Insbesondere, als sie später gemeinsam nebeneinander, Schulter an Schulter auf Monis Bett saßen. Die Kopfhörer von Olivias Handy teilten, beide laut mitsangen und im gleichen Takt bei dem Lied von Tiffany „I Think We're Alone Now" mit den Füßen wippten.

Es waren die letzten Stunden gewesen, in denen Simone ihr noch nahe war. Momente, ohne diese unwirkliche Leere, die sie so oft empfand.

Sie hatte geglaubt, etwas in Monis Augen zu sehen, ein Versprechen in ihrer Stimme zu hören. Eine eingebildete Aufforderung, die sie den Fehler ihres Lebens begehen ließ.

Sie hatte kaum abwarten können, bis es Nacht wurde. Obwohl sie sich zu sechst ein Zimmer teilten, störte sie das nicht. Die anderen existierten einfach nicht für sie.

Bis auf Simone nahm sie jeden nur am Rande wahr. Solange sie sie in Ruhe ließen, zogen ihre Gesichter wie Geister an Olivia vorbei. Nur in Situation, wie die mit dem Jungen, schoben sie sich in den Vordergrund und wurden sichtbar. Aber in dieser Nacht würden sie mit Sicherheit zu keinem Problem werden.

Nachdem das Licht gelöscht wurde, hatte sie still gewartet, dass das Flüstern und Kichern im Zimmer verstummte. Solange angestrengt gehorcht, bis sie das tiefe Atmen der anderen vernahm und sie sich sicher sein konnte, dass alle Mädchen schliefen. Erst dann hatte sie sich getraut, aus ihrem Bett zu schlüpfen.

Sie würde nie ihr klopfendes Herz, das laut in ihrer Brust schlug, vergessen. Die Hitze, die vor Aufregung in ihr aufstieg und im krassen Gegensatz zu der Kühle der grauen Fliesen, welche sie unter ihren Füßen spürte, stand. Wie sie sich an dem kalten Metall der Etagenbetten vorantastete und jedes sonst so unwichtige Detail einen für immerwährenden Stellenwert in ihrer Erinnerung einnahm. Ebenso wie das Kratzen der rauen Bettwäsche an ihren nackten Beinen, als sie zu Simone ins Bett schlüpfte. Nie fühlte sich etwas schöner an.

Und dann dieses Glücksgefühl, als sie Simones nackte Haut neben der eigenen spürte. Wärme, die von ihr ausging, als sie nahe an sie heranrückte und Olivia das Flüstern aus ihrem eigenen Mund kommen hörte. Wie sie ihren Namen aussprach und die Hand nach ihr austreckte, um sie so zu berühren, wie Mutter es ihr damals zeigte.

Ein Seufzen drang an ihr Ohr, während sie sich über Moni beugte, ihr Nachthemd langsam und vorsichtig nach oben schob und sie die Lippen um die kleinen Brustwarzen schloss. Wie gut Simone schmeckte. Als sie sanft begann, an ihnen zu saugen, stöhnte Simone leise auf und eine Gänsehaut lief über Ollis Körper. Es gefiel ihr, oh ja, es musste so sein … Moni würde ihr dankbar sein für das, was sie für sie tat. Sie würde sie so lieben, wie Olivia sie liebte.

Plötzlich flammte grell das Licht im Zimmer auf und blendete sie. Im ersten Moment wusste sie nicht, was geschehen war. Verstand nicht, woher die Stimme, die jetzt völlig überrascht: „Was geht denn hier ab, neee, ich fasse es nicht, zwei Lesben…, echt jetzt?", rief. Es dauerte, bis Olivia kapierte, was vor sich ging und dass diese Stimme Peter gehörte. Im Gegensatz zu Simone, die mittlerweile aufgewacht war und sie mit einem Schrei von sich wegstieß.

Sie sah den Zorn in Simones feuerrotem Gesicht aufflackern und glaubte, mit der Wahrheit, indem sie ihr sagte „Ich liebe dich", alles retten zu können. Ein Fehlglaube, wie sie schmerzhaft, als Monis Hand klatschend auf ihrer Wange landete, feststellen musste.

Es war vorbei, alles war zerstört. Es gab nichts mehr, was noch lebenswert für Olivia sein konnte.

Ihr wurde kalt, so kalt und alles wurde wieder schemenhaft. Geister umschwirrten sie. Peter *(was hatte er eigentlich hier in ihrem Zimmer zu suchen)*, Michaela, Diana, Marlies, Antje, und auch Simone, wurden zu Gespenstern. Selbst Kathryn *(wo kam sie her?)*. Die Einzige, die ihr einen nicht mit Abscheu getränkten Blick schenkte und die so etwas wie Mitleid für sie zu empfinden schien. Langsam drehte sie sich um und lief raus aus dem Zimmer. Getrieben von dem Gedanken, weg zu kommen -einfach nur weg von dieser Fäulnis der Falschheit, rannte sie den Flur entlang.

Sie weinte nicht, sie fror nicht einmal mehr, als sie sich außer Atem und keuchend auf die Treppe setzte wo sie blieb, bis eine der Lehrerinnen sie holte und zurückbrachte ins Zimmer.

Danach begann die Zeit der gegenseitigen Verachtung.

Die Mitschüler verachteten sie, weil sie ja die ach so holde Simone angetatscht hatte und Olivia verachtete alle anderen, weil sie nur Dreck, Huren, verlogene Schlampen und Idioten waren.

Sie redete nur noch das Notwendigste mit Simone und bemühte sich auch in keiner Weise mehr, die Fassade von der lieben Olivia aufrecht zu erhalten. Höchstens wenn ihre Pflegeeltern in der Nähe waren, schenkte sie ihr ab und zu ein Lächeln.

An ihrem Ziel angekommen, zündete sie die Zigarette an und stellte sich allein an den Rand der Raucherecke, die eigentlich nur aus einem kleinen Stück Wiese mit ein paar Bäumen drum herum bestand.

Tief sog sie den Rauch ein und legte dabei den Kopf in den Nacken. Während sie Ringe in die Luft blies, hörte sie

Stimmen, die näher zu kommen schienen. Sie kamen ihr bekannt vor, jedenfalls eine davon. Sie senkte den Kopf und schaute Peter lächelnd entgegen.

-24-

Zärtlich strichen ihre Hände über seinen Körper, erkundeten jedes noch so kleine Detail und malten unsichtbare Linien auf seine Haut. Fasziniert beobachtete Peter sie dabei. Die Faszination kam nicht von ungefähr. Da war das Lächeln auf ihren Lippen, welches ihn fesselte. Es war anders, ehrlich und von Herzen kommend. Nicht so, wie ihr sonstiges aufgesetzte Lachen, wann immer sie beide sich trafen.
Er hatte akzeptiert, dass sie ihm etwas vorspielte. Schließlich bekam er von ihr das, was er begehrte. Aber dieses Strahlen in ihrem Gesicht machte ihn stolz. Endlich war sie ihm nahe. Nicht nur körperlich! Jetzt gehörte sie ihm.

Der Sex war heute Nacht nicht einfach nur eine einseitige, seine, Befriedigung. Heute Nacht waren aus ihrer beider Körper, einer geworden.
Einerseits fand er diesen Gedanken, dieses Gefühl der Nähe zu ihr, wunderschön, andererseits bedauerte er es. Bislang waren ihre Treffen etwas Besonderes, ihn animierend, sich noch mehr um sie zu bemühen, gewesen. Ein Reiz, der ihn vorwärtstrieb und mit Spannung erfüllte.
Das war nun leider vorbei. Peter hatte sein Ziel erreicht. Dieses Mädchen, das ihn jetzt mit verklärtem Blick ansah, liebte ihn mit Haut und Haaren. Sie war zu seiner Marionette geworden. Ihr Körper, ihre Mimik und ihre liebevollen Gesten zeigten ihm das. Wirklich schade, dass auch sie nicht anders als alle anderen seiner Betthäschen war.
Dabei hatte Peter sehr lange, wann immer er ihr in den letzten Wochen begegnete, gedacht, sie sei einzigartig. Der helle

Wahnsinn eben und nicht nur eine der zahlreichen Versuchungen, die mehr versprachen als sie hielten.

Niemand durfte etwas davon erfahren und sie beide waren gut darin, dafür zu sorgen, dass keiner nur im Geringsten ahnte, dass sie mehr als nur Schulkameraden waren. Sie sorgte für Spannung in seinem ansonsten eintönigen Leben. Sie und das Geheimnis ihrer nicht standesgemäßen Beziehung.

Peter lächelte müde, während er darauf wartete, was sie als nächstes tun würde. Er hatte es geahnt und die Hoffnung, dass er sich irrte, verließ ihn schlagartig. Statt ihrer machte sich Langeweile in ihm breit, als sie mit ihren Fingern und einem dämlichen Grinsen auf den Lippen (*sollte wohl hingebungsvoll und zärtlich aussehen*) die Konturen seines Gesichts nachzeichnete. Nichts Neues, sondern etwas, was jede seiner kleinen Huren tat. Er wusste, was als nächstes kommen würde-die eine typische Geste - wie immer, wie jedes Mal.
Irgendwann mussten wohl alle Mädchen, die mit ihm ins Bett stiegen, das in einem Film gesehen haben.
Wahrscheinlich hatten sie vor Rührung über so viel Zärtlichkeit, schluchzend vor dem Fernseher gesessen und es für das Romantischste überhaupt gehalten. Ab diesem Zeitpunkt ahmten sie es bei jedem Jungen nach und langweilten diesen damit zu Tode.
Und auch sie strich jetzt mit dem Zeigefinger über seine Wange und wanderte zu seinen Lippen. *Oh mein Gott,* jetzt formte sie ihre auch noch zu einem Kussmund, während sie sanft über seinen Mund strich.
Das alte verhasste Gefühl verscheuchte das neue geliebte, bis vor Kurzem da gewesene.
Dabei war vor einigen Stunden noch alles so wahnsinnig aufregend gewesen. Verrückt und speziell, so wie sie.
Seit sie sich eine Rolle in seinem Leben erkämpfte, glichen die Pausen in der Schule einem Thriller. Die Angst, jemand

könnte mitbekommen, was zwischen ihnen beiden lief, begleitete ihn ständig, wann immer er sie heimlich beobachtete und ihre Nähe suchte. Wenn er an ihr vorbeilief, dabei natürlich ganz aus Versehen ihren Körper streifte und daran dachte, wozu dieser fähig war. Gerade die Gefahr, erwischt zu werden, war es, was ihn aufs Äußerste erregte.

Häufig gestalteten sich diese kleinen Spiele als ein schwieriges Unterfangen. Ganz besonders, wenn sie sich in der Raucherecke begegneten. Meistens sah er sie schon von Weitem, wenn er den Weg vom Sportplatz zu der kleinen Wiese hochlief. Sie sorgte ja auch mit ihrem Outfit dafür, dass niemand sie übersah.

Es war schwierig, cool zu bleiben, während er den unebenen Trampelpfad, der neben kleinen Hügeln, tiefe Kaninchenlöcher und Brennnesseln zu bieten hatte, hochlief. Es grenzte an eine Meisterleistung, sie dabei aus dem Augenwinkel zu beobachten, ohne hinzufallen. Aber sie, oder besser gesagt, das, was er mit ihr tun durfte, war es wert gewesen, das Risiko einzugehen.

Vor ihr gab es wenig, womit ein Mädchen ihn noch überraschen konnte. Er glaubte alles, was den Sex betraf, schon erlebt zu haben. Ein Irrglaube, wie er feststellte, denn sie hatte mehr als nur eine Überraschung auf Lager.

Wann immer sie ihn berührte konnte er kaum glauben, dass das einst hässliche Entlein diese Gier nach ihr in ihm entfachte. Von dem, was sie mit ihrem Mund anstellte, ganz zu schweigen.

Diese kleine wilde Schlampe sollte eine Lesbe sein? Jeder auf der Schule war davon überzeugt. Sie hatte keinen Freund und schien sich auch sonst nicht für Jungs zu interessieren. Aber anscheinend hatten sich alle, auch er, darin geirrt.

Oder hatte sie sich erst durch ihn so verändert? Mal ehrlich, dass Frauen es miteinander trieben und keinen Mann an sich ran ließen, war in seinen Augen unnatürlich und irgendwie krank. Doch die Vorstellung, er wäre der einzige, der mit ihr schlief, törnte ihn an.

Der Gedanke, dass sie auch auf Frauen stand, war auf einmal kein Problem mehr für Peter. Er und zwei Mädels gemeinsam im Bett- nicht schlecht die Vorstellung. Er würde es beiden schon richtig besorgen.

Jahrelang würdigte er ihr keines Blickes. Warum sollte er es auch? Es gab nichts an ihr, was Peter anzog und außerdem, mit ihresgleichen gab sich jemand wie er nicht ab. Sein Umfeld nannte Menschen, wie sie, mit ihrer Abstammung, asozial! Man blieb besser bei seinesgleichen und ließ die Finger von dem Dreck der Unterschicht. Ein ungeschriebenes Gesetz in seiner Familie, welches er sehr lange, ohne es anzuzweifeln, befolgte.

Vielleicht wäre es so für alle Zeit geblieben, wenn nicht ein Missgeschick ihrerseits dafür gesorgt hätte, dass er gar nicht anders konnte, als ihr Beachtung zu schenken

Vor zwei Monaten stolperte sie, als er in Gedanken versunken den Schulhof überquerte, einfach so in ihn hinein. Reflexartig fing er sie auf, ohne im ersten Moment zu verstehen, wen er da eigentlich aufgefangen hatte. Aber während er sie in seinen Armen hielt, kam sie ihm so nahe, dass sich ihre beiden Gesichter berührten und Peter ihr dabei tief in die Augen schaute. Niemals zuvor hatte ihn etwas so fasziniert, wie dieser Blick. Da war dieser besondere Glanz, vereint mit einer gleichzeitigen Tiefe in ihren Augen, der ihn anzog, gefangen nahm. Schön und beängstigend zugleich.
„Ähm, du kannst mich jetzt wieder loslassen!"
Ihr Lächeln und der leicht sarkastische Unterton in ihrer Stimme, holte ihn zurück in die Realität.
Peinlich berührt über sich selbst, ließ er sie so schnell los, dass sie erneut rückwärts stolperte. Diesmal allerdings griff er nicht nach ihr, um sie aufzufangen und sekundenlang sah es aus, als ob sie dieses Mal wirklich hinfiel. Mit Ach und

Krach schaffte sie es jedoch, das Gleichgewicht wieder zu erlangen. Mit einem fragenden Gesichtsausdruck blieb sie abwartend vor ihm stehen.

Mittlerweile war sich Peter bewusst darüber, dass er einer der eigentlich langweiligsten Schlampen in der Schule geholfen hatte. Natürlich zog er damit die Aufmerksamkeit auf sich und spürte die Blicke der anderen Schüler und wie sie darauf warteten, was er als nächstes tat.

Sicher, sie war die kleine Fotze, die niemand anfasste und sicher war es das Beste, auch er würde ihr keine weitere Beachtung schenken und doch war es, als ob er plötzlich einer völlig Fremden gegenüberstand. Jemandem, der ihm heute zum ersten Mal begegnete und nicht das Mädchen, über das er seit der Grundschule gelacht und sich lustig gemacht hatte.

Sie sah bei genauerer Betrachtung heiß aus und nur mit Mühe gelang es ihm, den Blick von ihr zu lösen. Nur das Wissen, das die anderen jede seiner Bewegung beobachteten brachten ihn dazu, ihr den Rücken zuzudrehen und sie ohne ein weiteres Wort stehen zu lassen. Er wusste, dass man das von ihm erwartete und jede andere nette Geste ihn zum Idioten abstempelte. Keiner von seinen Freunden hätte verstanden, was er in dem Moment für sie empfand, als er ihren Körper in seinen Armen hielt. Wie gut sie sich anfühlte, als seine Hände, die sie in der Taille festhielten, das weite Oberteil stramm nach unten zogen. Ihre Figur dadurch gut sichtbar, die schmale Taille und ihre Titten waren, weiß Gott, wirklich nicht zu verachten. Es konnte interessant werden herauszufinden, was sich sonst noch unter der Kleidung verbarg.

Er entschied, er könne ihr zumindest ein wenig seiner kostbaren Zeit widmen, um das herauszufinden. Dann, wenn die anderen nichts davon mitbekamen.

Und so begann er sein kleines, aber äußerst reizvolles Spielchen, das die Langeweile aus seinem Leben vertrieb.

Ab und zu lächelte er sie an, wenn sie sich auf dem Schulhof oder in der Aula begegneten. Nur um zu testen, ob sie, wie alle anderen, darauf ansprang. Und siehe da, natürlich konnte sie ihm nicht widerstehen, jedenfalls ging Peter davon aus. Aber wie immer wurde aus dem Reiz schnell Langeweile und ihn verließ die Lust, weitere Energie an sie zu verschwenden. Andere kleine Schlampen, die schneller auf ihn eingingen und bei denen seine ihnen entgegengebrachte Aufmerksamkeit von Erfolg gekrönt war, warteten auf Peter. Sehr bald lief er an ihr vorbei, ohne sie auch nur anzuschauen. Alles schien vorbei bevor es zwischen ihnen beiden überhaupt jemals wirklich begonnen hatte.

Mit Beginn der Sommerferien änderte sich das allerdings schlagartig. Ausgerechnet am Badesee kamen sie sich erneut näher. Ein Ort, an dem er sie vorher noch nie gesehen hatte. Der Trubel, der dort in den Sommermonaten herrschte, widersprach vollkommen ihren angeblichen Vorlieben. Viel zu lebendig und zu gut besucht, als dass jemand ihresgleichen sich dort aufhielt.

Die vielen Leute, die sich dort tummelten sobald der erste Sonnenstrahl durch die Wolken brach, waren keinesfalls solche, mit denen sie sich traf. Hier tobte das Leben. Es wurde gegrillt, gefeiert und Kinder plantschten unter den wachsamen Augen ihrer Eltern ausgelassen im Wasser.

Von überall her tönte Musik, gemischt mit Gelächter und Hundegebell. Jeder aus der näheren Umgebung verbrachte seine Zeit hier außer den Grufties, zu denen sie zählte und die lieber auf dem Friedhof abhingen.

25

Die Nacht war verdammt heiß gewesen und schlaflos hatte sich Peter schwitzend im Bett herumgewälzt. All seine Bemühungen, einzuschlafen, scheiterten, so dass er letztendlich aufstand. Er dachte, ein oder zwei Runden zu schwimmen, würden ihm guttun und hoffte dabei, dass auch einige seiner Freunde am See sein würden. In den Sommernächten trafen sich dort die Angler, Nacktschwimmer oder eben Jugendliche, wie er und seine Freunde, die noch zusammen ein Bier trinken und ein wenig feiern wollten. Das war auf jeden Fall besser, als allein schlaflos im Zimmer zu hocken und darauf zu warten, dass es Morgen werden würde. Er zog sich an und lief auf Zehenspitzen die Treppe herunter. Das Letzte, worauf er jetzt gerade Lust hatte war, dass seine Eltern aufwachten und wieder einmal die elendige Diskussion über sein Verhalten losgehen würde. Diese Debatten hatte er mit ihnen schon am Tage oft genug.
Seinen Rucksack von der Flurgarderobe schnappend, machte er sich auf den Weg zum Fahrradschuppen. Dabei stoppte er kurz beim Vorratsraum und griff sich einige Flaschen Bier. Nachdem er diese verstaut hatte, schwang er sich aufs Fahrrad und fuhr zum Badesee.

Es herrschte absolute Stille, als er den Weg zum See hochfuhr. Im Gegensatz zu der sonstigen Geräuschkulisse, die einem entgegenschlug, sobald man nur in die Nähe des Sees kam, war nicht einmal ein gedämpftes Murmeln zu hören. Einsamkeit empfing ihn, als er zu ihrem sonstigen Treffpunkt kam. Niemand hielt sich dort auf. Niemand außer ihr! Während er darüber nachdachte, umzudrehen und wieder zurück nach Hause zu fahren, tauchte sie plötzlich und unerwartet wie aus dem Nichts vor ihm auf. Fast so, als ob sie ihn erwartete. Verdutzt hielt er den Lenker seines Fahrrades krampfhaft umklammert. Mit ihr hatte Peter nun wirklich nicht gerechnet und wusste absolut nicht, wie er sich verhalten sollte. Kein cooler Spruch, nichts Schlagfertiges, was er zu ihr sagen könnte, fiel ihm ein und wie ein kleiner Junge nagte er unsicher an seinen Lippen. Sie hingegen schaute ihn lächelnd an. Irgendwie schienen sie ihre Rollen vertauscht zu haben, denn ihr war kein bisschen Unsicherheit anzumerken. Frech zwinkerte sie ihm zu, drehte sich um, lief zum See und ließ ihn ohne irgendein Wort zu sagen stehen.

Die ganze Szenerie, wie sie in das Wasser lief und dabei ihre Kleidung Stück für Stück ans Ufer warf, wirkte beinahe schon ein wenig kitschig und doch empfand er diesen Augenblick als wunderschön und sehr reizvoll. Er würde niemals vergessen, wie der Vollmond sich im Wasser spiegelte und gleichzeitig mit seinem Licht ihren nackten Körper umschmeichelte.

Sie besaß einen perfekten, sehr weiblichen Körper, dessen helle Haut im krassen Gegensatz zu den dunklen Haaren, welche über ihre Schultern fielen, stand. Wie ein Depp hatte er ihr mit offenem Mund hinterhergestarrt und dabei jede Einzelheit ihres Anblickes in sich aufgesogen.

Mein Gott, ist sie schön, war der einzige Gedanke, der ihm im Kopf herumspukte, als sie ihm ihre Hände entgegenstreckte. Er ließ das Fahrrad los und ohne auf das Klirren der zerbrechenden Bierflaschen im Rucksack zu achten, zog er sich nackt aus und folgte ihrer Aufforderung.

Niemand bekam mit, was in dieser Nacht am See passierte. Einzig das Grillenzirpen, das leise Plätschern des Sees und ihr gemeinsames Stöhnen, als Peter in sie eindrang, durchbrachen die Stille.

Weiß Gott, sie war bei weitem nicht das erste Mädchen, mit dem er Sex hatte. Ein Kostverächter war Peter niemals gewesen. Eher nahm er alles mit, was wenigstens einigermaßen seinem Geschmack entsprach. Ihm machte es Spaß, die Herzen der Mädchen zu erobern, sie flachzulegen und dann weiter zur nächsten zu ziehen Er liebte es, wie er es ausdrückte, auf Beutezug zu gehen. Meistens musste er sich noch nicht einmal anstrengen, damit die Weiber die Beine für ihn breit machten.

Seine Freunde beneideten ihn darum, wie die Mädchen ihn anschmachteten. Aber für Peter war es schon lange nichts Besonderes mehr.

Sein erstes Mal erlebte er mit vierzehn Jahren. Seitdem gehörte das Abschleppen der dummen Zicken zu einer seiner leichtesten Übungen. Er lebte frei nach der Devise *Tobe dich aus, solange du es noch kannst.*

Er sah Sex als ein Hobby, eine Freizeitbeschäftigung an, nett, damit zu protzen, und solange es ihm möglich war, wollte er so weiter machen und seinen Spaß haben. Jedenfalls bis er die Schule beendete, denn dann würde Peter damit aufhören müssen.

Seine Zukunft war, dank seiner Eltern, bis ins kleinste Detail geplant und der Stuhl in der Chefetage ihrer Firma wartete schon auf ihn. Er musste dafür nur die Voraussetzungen, die sie an ihren Sohn stellten, erfüllen und schon würde ein Leben im Luxus seines sein. Neben dem mit *sehr gut* abgeschlossenem Studium, gehörte auch die passende Frau, eine aus ihrer Gesellschaftsschicht, dazu.

Dabei stand eines fest: Von den Mädels, die auf seiner Liste der bislang flachgelegten standen, passte keine in dieses Schema.

Natürlich wusste er, dass sich die meisten, wenn sie sich mit ihm einließen, mehr als nur einen One - Night - Stand erhofften. Sie schliefen mit Peter mit dem Ziel, seine Freundin, die zur Verlobten und Schluss endlich zur Ehefrau wird, zu sein. Klar lockten sie das Prestige und sein Lebensstil. Er konnte sich Dinge leisten, von denen die meisten nur träumen konnten. So naiv und an ihre wahre Liebe zu ihm glaubend, war er bestimmt nicht

Bis vor einigen Monaten ließ ihn das, und jede einzelne von ihnen, vollkommen kalt. Sie waren Peter scheißegal. Sie alle besaßen hübsche Gesichter, nett anzusehende Körper (*jedenfalls die meisten, wenn er nicht auf irgendeiner Party zu viel getrunken hatte*) und ein Loch, in das er seinen Schwanz stecken konnte. Sie dienten als Mittel zum Zweck, ihn zu befriedigen. Und ehrlich, mehr hatten 99%von ihnen auch nicht zu bieten.

Dumm fickt gut. Dieser Satz passte zu jeder von ihnen. Jeder, außer zu ihr.

Dieses Mädchen, welches ihn jetzt anlächelte, war anders, keine hübsche inhaltlose Hülle. Sie hatte alles richtig gemacht, um seine Aufmerksamkeit für sehr lange Zeit zu behalten! Allein diese krassen wahnsinnig schönen Augen, die Peter, wann immer sie ihn anschaute, mit den Blicken zu durchdringen schienen. Die Frau war der Hammer und ließ ihn alles andere nur eines nicht - kalt.

Zu gerne hätte er seinen Freunden erzählt, was sie mit ihm anstellte. Sie schien keine Grenze, kein Tabu zu kennen. Sie übernahm die Führung, sagte ihm an, was er zu tun hatte und machte ihn zu ihrem Werkzeug. Etwas Neues, völlig Fremdes für Peter, aber er genoss es. Fast könnte man sagen, er liebte sie ein wenig dafür.

Mit ihr war Sex nicht dieses eintönige, immerwährende gleiche, Rein und Raus. Nein, das war absolut nicht ihr Ding. Sie liebte Spiele, schmutzige, hurenhafte, wie es seine Mutter betiteln würde. Ja, sie war sich nicht dazu zu schade, ihm einen zu blasen oder sich von hinten nehmen zu lassen. Nein, sie machte alles und Vieles, was er kaum mit Worten beschreiben konnte.

Praktiken, die er sich sonst nur in Hardcorepornos auf verbotenen Seiten anschaute, gehörten dank ihr jetzt zu Peters Realität. Sie war zur perfekten Hauptdarstellerin in seinen wahrgewordenen Sexfantasien geworden.

Natürlich konnte er sie niemandem als seine Freundin vorstellen und ganz bestimmt nicht seinen Eltern als die zukünftige Frau Fischer. Als Abschaum, guter Sex hin oder her, würde sie nie einen wirklich festen Platz, der über das Ficken hinausging, bekommen.

Er verlor kein Wort über sie oder darüber, was er und sie miteinander trieben, wenn sie sich heimlich trafen. Nee, das und sie waren etwas, was er lieber als sein kleines besonderes schmutziges Privatvergnügen für sich behielt.

Wie gut, dass ihr das absolut nichts ausmachte. Im Gegenteil. Sie hatte Peter sogar darum gebeten, es keinem zu sagen. Die Hure gehörte ihm ganz allein und niemand ahnte auch nur im Entferntesten etwas davon.

Wie schön das Leben doch sein konnte. Manchmal sogar nahezu perfekt. Wenn sie beide zusammen waren, überraschte sie ihn immer wieder. Mal gab sie sich kalt, unnahbar, dann wieder sanft und zärtlich. Sie konnte laut aber auch leise sein. Manchmal fiel sie regelrecht über ihn her, was ihm am besten gefiel, dann wiederum stieß sie ihn von sich.

Sie hatte ihn sogar einmal geschlagen als er, während sie in seinen Armen döste, die Narben an den Innenseiten ihrer Oberschenkel streichelte. Statt seine Zärtlichkeit zu genießen, war sie wie eine Furie aufgesprungen. Schreiend hatte sie auf ihn mit den Fäusten eingeprügelt, ihn als eine Dreckssau beschimpft und ohne, dass er etwas dagegen tun konnte, zog sie sich an und ließ ihn völlig verwirrt zurück.

Tagelang hörte er nichts von ihr. Keine WhatsApp- oder Messenger Mitteilungen. Keine kleinen Zettel, die sie heimlich in seiner Jacke versteckte. Er liebte diese Überraschung, wenn er in die Taschen griff und ihre Nachrichten fand. Mehr noch, als die auf seinem Handy.

Und jetzt herrschte absolute Funkstille. Er musste zugeben, dass er sie vermisste. Ein Gefühl, das Peter verunsicherte.

Kurz davor aufzugeben, etwas, was er sonst noch nie getan hatte, kam endlich eine Reaktion von ihr, die ihn aufatmen ließ. *Ich muss dich unbedingt sehen. Mein Verhalten vom letzten Mal tut mir wirklich leid. Ich weiß auch nicht, was da mit mir los war. Lass mich das wieder gutmachen*, stand da und *Bitte wähle du dieses Mal unseren Treff- und Zeitpunkt, ja? Und bitte überlege du dir, was wir beide spielen könnten, ja? Gib mir vorher nur einige Tipps, dass ich mich darauf einstellen kann, was auf mich zukommt. Ich möchte es genießen können mit dir zusammen zu sein. Melde dich bald, deine Süße.*

Ungläubig hatte Peter die Nachricht mehrmals hintereinander gelesen. Normalerweise gab sie den Ton an, diese sanften Worte, und dass sie ihm sämtliche Entscheidungen überließ, waren etwas absolut Neues und wirklich überraschend für ihn. Aber genau das war das Schöne an ihrer Beziehung, er wusste nie, wie und mit was für neuen Einfällen sie ihn erwartete.

Es war Montag gewesen, als er ihre Nachricht bekam, also hatte er genug Zeit gehabt, sich etwas Nettes für sie beide zu überlegen

Über den Ort musste er nicht lange nachdenken. Seine Eltern waren im Urlaub und somit hatte er das Haus ganz für sich allein. Er würde ihnen zwar folgen, aber sein Flug auf die Bahamas ging erst Freitagnachmittag. Zeit genug, um alles zu planen und das, was er benötigte, zu besorgen. Peter erinnerte sich daran, dass sie irgendwann mal zu ihm gesagt hatte, dass sie den Film *Neuneinhalb Wochen* geil fand. Also warum nicht eine der Szenen nachspielen? Er mochte diesen Film auch und fand die Idee mehr als passend. Insbesondere diese eine ganz bestimmte Szene, die mit dem Kühlschrank, die ihr mit Sicherheit auch gefiel.

Detailliert überlegte er sich den Ablauf des Abends, denn alles sollte hundertprozentig stimmig sein. Zuerst würden sie sich den Film in aller Ruhe anschauen, um dann zum Spiel überzugehen. Dafür brauchten sie nur einen gut gefüllten Kühlschrank.

Ja, das war genau das Richtige und würde ihr gefallen.

Dienstag schickte er ihr die Nachricht und wartete nervös auf ihre Reaktion, hoffend, alles richtig gemacht zu haben.

Es sollte keine fünf Minuten dauern, dass er einen grinsenden Emoji als Antwort erhielt.

Den Kühlschrank hatte er mit allem, was man zu einem richtig geilen Sexspiel *alla Neuneineinhalb Wochen* brauchte, bestückt. Von Erdbeeren bis Kaviar war alles darin zu finden, was das Herz begehrte. Er hatte sich wirklich Mühe gegeben und wurde zuerst auch dafür von ihr belohnt.
Verdammt war der Striptease, den sie für ihn tanzte, heiß. Er hatte auf einem Stuhl gesessen und ihr dabei zugeschaut. Lasziv zog sie jedes einzelne Kleidungsstück aus und machte ihn mit ihren geschmeidigen Bewegungen beinahe verrückt. Nackt ließ sie Honig zwischen ihren Brüsten herunterlaufen und beugte sich vor zu ihm. Auffordernd hatte sie sein Gesicht zu sich gezogen und er ließ sich nicht zweimal darum bitten, diesen von ihrem Körper zu schlecken.
Wie immer übernahm sie die Hauptrolle und ging zu dem nächsten Part über, indem sie sein bestes Stück mit Schlagsahne einsprühte. Mit Sicherheit gab er einen schlechten Mickey Rourke ab, wie er hilflos alles mit sich geschehen ließ. Aber Himmel, warum sollte er auch die Regeln verändern, wenn sie doch genau wusste, wie sie ihn am angenehmsten wieder von der Schlagsahne befreite.
Peter hatte schon Vieles mit ihr erlebt, aber in dieser Nacht trieb ihn seine Lust soweit, dass er sich ein Leben ohne sie nicht mehr vorstellen wollte. Das, was zwischen ihnen beiden ablief, darauf wollte er nie mehr verzichten.
Scheiß auf Geld, scheiß auf Luxus und einen Platz in der Firma. In den ersten Stunden des Abends war dies der Gedanke, der ihn begleitete. Sie war der Hauptgewinn und nichts anderes konnte diesen noch toppen.
Aber dann fing sie mit diesem romantischen Scheiß an und zerstörte damit alles. Als ob das nervige Streicheln seines Gesichtes allein nicht ausreichte, griff sie zu dieser Schüssel mit ihrem Möchtegern - Tzatziki. Sie hielt ihm das nach Knoblauch stinkende Zeug unter die Nase. Mit einem

Lächeln flötete sie: „Schatz (*oh bitte, nenn mich nicht Schatz*) komm, tu mir den Gefallen, nur ein paar Happs(*was war aus seiner Traumfrau geworden? Wieso quatschte sie auf einmal genauso dämlich, wie alle anderen bitches*)....biiiiiittttte, tu es für mich. Peter, ich hab mir so viel Mühe gegeben, dir diesen besonderen Dip (*ja, der wie Scheiße schmeckte*) zu machen. Es sind doch nur noch wenige Häppchen ..."

Nicht nur ihre Art war eine völlig andere wie sonst. Auch ihre Stimme klang höher, piepsig, und das Klimpern mit den Augen ...bitte, was sollte das darstellen? Ein süßer Gesichtsausdruck? Eher lächerlich, einer dämlich dreinschauenden Mickey Maus ähnlich.

Dennoch öffnete er bereitwillig den Mund und ließ sich mit dem Löffel von ihr füttern. Es war ja wirklich nicht viel in der Schüssel. Besser, er tat ihr diesen kleinen Gefallen. Wer wusste schon, wie sie reagierte, wenn er sich weigerte. Der Geschmack war ekelig und zum Glück hatte sie nicht mitbekommen, wie er angewidert das Gesicht verzog. So müde wie Peter war, hatte er absolut keine Lust auf Streit und dem damit verbundenen Stress. Der würde noch früh genug kommen. Spätestens dann, wenn er aus dem Urlaub zurückkam und mit ihr Schluss machte.

Dennoch schliefen sie noch einmal miteinander und sie schien es mehr als zu genießen. Ihre Fingernägel krallten sich in seinen Rücken und er spürte, wie diese tiefe Kratzer auf seiner Haut hinterließen. Flüstern, Stöhnen, Schreie wechselten sich ab und sie wirkte völlig verändert. Während er heute den Sex mit ihr eher als unangenehm empfand, beobachtete er sie dabei, wie sie wohl zum ersten Mal wirklich mit ihm einen Orgasmus erlebte.

26

Ich werde nie vergessen, wie glücklich ich an dem Tag, als ich mit Peter zusammenkam, war. Wie lange kämpfte ich darum, *das eine* Mädchen an seiner Seite zu werden und tat alles, um ihm zu gefallen.

Jeder Morgen begann damit, dass ich mich fragte, ob das, was ich anzog, ihm gefallen würde. Ob mein Makeup nicht zu viel oder zu wenig war und seinem Geschmack entsprach. Immer wieder zweifelte ich an mir selbst und an meinem Äußeren. Fühlte mich zu dick, zu klein, zu langweilig, eben nicht hübsch genug für Peter. Beachtete er mich, ging es mir gut. Tat er es nicht und schenkte einem anderen Mädchen seine Aufmerksamkeit, fühlte ich mich zum Kotzen. Ein ständiges Auf und Ab der Gefühle, das wirklich zermürbend war. Jetzt aber war aus meinem Wunsch Realität geworden und ich hätte die ganze Welt umarmen können.

Eigentlich hatte jeder (außer mir selbst) schon länger damit gerechnet, dass wir ein Paar wurden.

Wenn man Michaelas und Marlies Worten glauben konnte, war es offensichtlich und nur eine Frage der Zeit gewesen. Allein schon die rein zufälligen Zusammentreffen. Meine Freundinnen bezeichneten diese als Dates. Obwohl, ich selbst fand es übertrieben, die mit ihm zusammen verbrachten Unterrichtspausen so zu nennen. Dennoch sorgten sie dafür, dass meine Hoffnung wuchs. Als Peter anfing, sich immer öfter am Badesee oder im Jugendcenter mit mir zu treffen, glaubte selbst ich daran, endlich eine reale Chance, sein Mädchen zu werden, zu haben.

Immer häufiger unternahmen wir etwas gemeinsam und auf den angesagten Partys hielt sich Peter ständig in meiner Nähe auf. Dieses Herzklopfen, als er mich bei der Party meines sechzehnten Geburtstages umarmte und zärtlich küsste. Peter, der McDreamy aller Mädchen unserer Schule, demonstrierte seine Liebe zur mir vor all unseren Freunden.

Etwas, was es so auch noch nie gegeben hatte. Er wich überhaupt nicht mehr von meiner Seite und es kam wie es (*laut meiner Mädels*) kommen musste. Offiziell und für alle deutlich sichtbar, waren wir nun das neue Traumpärchen an der Schule.

Selbstverständlich kannte ich seinen Ruf, dass er jedes Mädchen, welches nicht bei drei auf den Bäumen war, flachlegte, aber es machte mir nichts aus. Sie waren nur ein Spielzeug für ihn gewesen, mehr nicht, aber ich war seine Freundin. Das Mädchen, das an seiner Seite über den Pausenhof lief. Ich war Diejenige, die ihn auf Partys begleitete.

Klar gab es welche, die mich vor ihm warnten, die mir mein Glück madig machen wollten. Aber ich sah es als Neid der anderen Mädchen an und gab keinen Pfifferling auf deren Geschwätz. Ich besaß, was sie haben wollten.

Und er hatte sich ja auch wirklich geändert. Reumütig und ehrlich berichtete er mir von seinen Bettgeschichten und beichtete mir alles aus seiner Vergangenheit. Wie sollte ich dann noch an ihm und seiner Liebe zu mir zweifeln?

Ich glaubte ihm, dass sie alle eben nur Ausrutscher auf der Suche nach einem Mädchen wie mir gewesen waren.

Meine Angst, er könne auch von mir nur das Eine wollen, legte sich rasch. Ich hatte einen wunderbaren Freund, der eben nur einige wenige kleine Fehler, die er mittlerweile zutiefst bereute, beging. Ich war die eine Auserwählte, die er sein Leben lang gesucht hatte. *Sein Baby* (wie er mich liebevoll nannte), mit dem er sich zeigte und das er in seinen Armen hielt.

Lieb und rücksichtsvoll ging er beim Kuscheln nie weiter, als ich es ihm erlaubte. Oder bedrängte mich, etwas zu tun, zu dem ich mich noch nicht bereit fühlte. Ein bisschen Petting reichte ihm aus. Sobald er auch nur den leisesten Verdacht hatte, dass mir etwas von dem, was er tat, missfiel, hörte er auf und entschuldigte sich sofort dafür. Mir war vollkommen klar, dass es von einem Jungen wie Peter, der immer das, was er wollte, von einem Mädchen bekommen hatte, äußerste Willenskraft forderte. Umso mehr genoss ich seine Vorsicht.

Diana, der ich davon erzählte, konnte es kaum glauben und runzelte skeptisch die Stirn. „Da stimmt doch irgendetwas nicht. Meinst du nicht, dass er dir nur eine großartige Show liefert? Der hat doch hundert Prozent eine Andere!", war ihre Reaktion zu meinen glückseligen Erzählungen. Dabei klang ihre Stimme spöttisch und abwertend. Ich fühlte mich in diesem Moment wie ein dummes naives Huhn, das Peter auf den Leim ging. Doch zum Glück hielt dieses Gefühl nicht lange an, denn ich erkannte die Falschheit, die sich hinter Dianas Worten versteckte.

In den letzten Monaten war etwas geschehen, was dafür sorgte, dass unsere Verbindung, trotz unserer langjährigen Freundschaft, langsam aber sicher zerbrach. Natürlich wollte ich das zunächst nicht wahrhaben, schließlich war sie eine meiner besten Freundinnen, aber es ließ sich nicht mehr verleugnen. Diana war nicht mehr *meine Diana*, das Mädchen, welches ich gerne um mich hatte und dem ich blind vertraute.

Sie hatte sich so verändert und ich fand, sie passte nicht mehr wirklich in die Clique. Das ging nicht nur mir so, sondern auch den anderen Mädchen aus unserem gemeinsamen Freundeskreis. Zumal man auch im Ort schlecht über sie redete. Von Drogen und Bettgeschichten mit älteren verheirateten Männern war die Rede. Es wurde immer unangenehmer, sich mit ihr zu zeigen.

Im Supermarkt bekam ich mit, wie bei einem Gespräch zweier Frauen ihr Name in Verbindung mit „Kleine Schlampe" fiel. Mein Gott, war mir das peinlich zumal eine davon Peters Tante, Frau Philipp, war. Er mochte sie wirklich gerne und nannte sie immer Jeanine, statt Tante. Außergewöhnlich, wo doch sonst in seiner Familie auf die Bezeichnungen der Verwandtschaftsgrade bestanden wurde. Hoffentlich dachten sie nicht von mir, dass ich *so eine* wäre.

Die Leute im Ort scherten einen schnell über einen Kamm und machten keinen Unterschied. Sie ließen ihre Denkweise über dich von Äußerlichkeiten leiten, egal ob es zutraf oder nicht.

Diana sah nun wirklich nicht gerade aus wie das brave Mädel von nebenan und tat obendrein auch alles dafür, dass die Leute sich das Maul über sie zerrissen. Allein schon ihr Profilbild auf Facebook! Immer schön offenherzig, mit tiefem Ausschnitt in Lack und Leder. Die Lippen zu einem Duck Face verzogen, schaute sie in die Kamera und hielt sich dabei wohl auch noch für sexy. Auch ihre Kommentare waren unterirdisch. Manchmal war es regelrecht peinlich, was sie so postete. Allein ihre Selbstdarstellung in meiner Lieblingsgruppe „Die Thrillerspoilerbande" . Ganz schlimm! Und dass, obwohl alle angesagten Schüler dort regelmäßig aktiv teilnahmen. So armselig, dass ich immer hoffte, niemand würde das, was sie schrieb, lesen.

Ja, ich konnte die Frauen schon verstehen, und dabei war Diana mal eine meiner besten Freundinnen gewesen.

In meinen Augen war es der pure Neid, welcher aus ihr sprach, so wie bei vielen anderen Mädchen. Mit diesem Gedanken beruhigte ich mich und schob jeden Zweifel an Peters Liebe zu mir beiseite.

Es fiel mir dank Peter auch nicht schwer, denn er war Derjenige, der darauf bestand, dass wir uns mit unserem ersten Mal Zeit ließen. Ich sollte entscheiden, wann ich bereit dazu war. Er wollte, dass es für mich zu etwas ganz Besonderem wurde, an das ich noch Jahre später glücklich zurückdachte. Alles zwischen uns beiden war wundervoll und es konnte kaum noch schöner werden.

Es gab nur eine klitzekleine Sache, die zu meinem vollkommenen Glück fehlte. Ich wünschte mir von ganzem Herzen, dass er mich seinen Eltern vorstellte. Das, und nur das, stellte mich nicht mehr mit den anderen Mädchen auf ein Level. Aber immer, wenn ich ihn fragte, wann es denn nun endlich soweit wäre, wich er mir aus und redete über irgendetwas anderes.

Ich konnte sein Verhalten nicht verstehen. Eines Tages hielt ich es nicht mehr aus. Regelrecht hysterisch schrie ich, ob es sein könnte, dass ich seiner Meinung nach nicht gut genug für seine Familie wäre. Ihm eventuell sogar peinlich? Dann solle er sich doch wieder eine der anderen Schlampen suchen und mich in Ruhe lassen.

Peter war so süß, wie er mich in die Arme nahm und dabei beteuerte, ich wäre das Beste in seinem ganzen bisherigen Leben. Wie er mich beruhigte und meine Ängste und Selbstzweifel zerstreute, sowas konnte kein Lügner.

Nicht ich wäre das Problem, sondern seine Eltern. Er erzählte mir mit Tränen in den Augen, wie schlecht sie ihn behandelten und ständig unter Druck setzten.

Ich verstand, dass er noch Zeit brauchte, um mit der Situation umzugehen. Zumal er noch abhängig von ihnen war. Aber das würde in einem Jahr anders aussehen, wenn er achtzehn Jahre alt wurde. Dann würden sie ihm keine Vorschriften mehr machen können. Falls wir immer noch ein Paar waren, was ich keinesfalls anzweifelte, blieb ihnen nichts anderes übrig, als mich zu akzeptieren. Dafür würde Peter schon sorgen.

Ich glaubte ihm seine Worte und erklärte mich bereit, Geduld zu haben. Umso erstaunter war ich, als Peter vor wenigen Wochen andeutete, dass er mich endlich seinen Eltern vorstellen wolle. Kein Mädchen hatte jemals außerhalb der Partys die heiligen Hallen des Hauses, des Großkonzerns Fischer, in Anwesenheit seiner Eltern betreten. Ich wusste, was das bedeutete. Das letzte Hindernis war aus dem Wege geräumt und es wurde wirklich ernst zwischen uns beiden.

Peter tat alles, um mir zu beweisen, wie ernst er unsere Beziehung nahm und wie viel er für mich empfand. Alles zwischen uns war echt. So entschied ich mich, dass ich bereit war, mit ihm zu schlafen. Er hatte es verdient, für mich der Erste zu sein.

Wie schön war es gewesen, ihm zum ersten Mal nahe zu sein. So romantisch, mit einem Ambiente aus Kerzenlicht, Wein und leiser Musik. Peter hatte sich wirklich Mühe gegeben, alles richtig zu machen. Mich gestreichelt, geküsst und dabei liebevoll Baby genannt. Immer wieder beteuert, dass ich seine Traumfrau sei und wie sehr er mich liebe.
Es tat nicht weh, als er in mich eindrang. Naja, viel gefühlt habe ich allerdings auch nicht. Der berühmte kleine Tod oder das Feuerwerk aus meiner Fantasie, blieb aus. Aber das war nicht schlimm, denn ich war mir sicher, dass sich das im Laufe der Zeit bestimmt ändern würde.
Hinterher lag ich in seinen Armen und wir planten unsere gemeinsame Zukunft.

Meine Eltern mochten Peter und hatten kein Problem damit, dass er manchmal bei mir übernachtete. Sie verstanden sich prima, nur mit Olivia hatte er, so wie viele andere, ein Problem.
Er ging ihr aus dem Weg und es war nicht zu übersehen, dass sie ihm suspekt war. Definitiv wollte er nichts von ihr wissen. Ich fragte ihn nie nach dem Warum. Schließlich wollte ich unsere Liebe nicht mit Gesprächen über meine Pflegeschwester gefährden.
Olli war eben nicht seine Welt. Ich beließ es dabei. Peter sollte sich bei und mit mir wohlfühlen. Wenn das bedeutete, nicht einmal mehr Olivias Namen auszusprechen, dann sollte es eben so sein. Ein echtes Problem hatte ich damit ehrlich gesagt nicht.
Mein Glück hieß Peter, meine Lebensfreude waren meine Freunde. Ich lebte auf der Sonnenseite des Lebens. Das einzige Übel darin trug den Namen Olivia. Warum also soll-

te ich darum kämpfen, dass sie irgendjemandem wichtig
war?

27

Er war so dumm. Für nichts zu gebrauchen, nicht mal zum
Ficken lohnte es sich ihrer Meinung nach, seine Gegenwart
zu ertragen und die Zeit an ihn zu verschwenden. Sie fragte
sich, was die Mädchen so toll an diesem Kerl fanden. Warum sie ihn, wie aufgeschreckte Motten das Licht, umschwirrten. Kichernd machten sie sich zu Idioten, sobald er
in ihre Nähe kam. Als ob sie nicht mehr alle Sinne beisam-
men hatten. Simone machte da keine Ausnahme. Klar, die
Hellste war sie eh nie gewesen, aber ein wenig mehr Grips
hatte sie ihr schon zugetraut. Was auch immer sie in Peter
sah, blieb ihr verborgen. Aber die blöde Kuh war unübersehbar glücklich. Schließlich hatte sie ja auch mit ihm das,
was sie begehrte, bekommen. Wie immer! Simone war mal
wieder die Gewinnerin. Die Prinzessin, der man alle Wünsche von den Augen ablas und ihr erfüllte. Etwas, das sie
wirklich nicht verdient hatte. Ihr Leben war immer leicht
gewesen, im Gegensatz zu ihrem. Wenn jemand etwas
Glück verdient hatte, dann ja wohl sie selber. Aber das
Schicksal war eine Schlampe und verteilte nie gerecht. Nicht
verwunderlich, dass es jetzt die beiden zum Traumpaar der
Schule gemacht hatte.

Sie hätte am liebsten gekotzt, wann immer sie Peter und
Simone zusammen sah. Wie sich das kleine Miststück in
ihrem armseligen Ruhm, die Freundin von Peter zu sein,
sonnte. Es genoss, dass die anderen zu ihr hoch schauten
und dabei selber an seinen Lippen hing. Dabei glaubte dieses kleine dumme Schweinchen wahrhaftig, die Einzige für
ihn zu sein. Jeder wusste doch, dass Peter alles fickte, was
ihm begegnete. Und jetzt kam Simone daher und dachte, er

150

würde plötzlich damit aufhören? Glaubte, ihn verändert zu haben und deshalb etwas Besonderes darzustellen - lachhaft! Sie freute sich jetzt schon darauf, wenn die Wahrheit ans Licht kam. Denn sie hasste Simone, wann immer sie die beiden zusammen sah. Hasste ihr Lächeln und verabscheute ihr glückliches verliebtes Getue.

Dass Peter nur mit dem Schwanz dachte und sich davon leiten ließ, machte es ihr einfach, den perfekten Plan auszuklügeln.

Es hatte sie sehr viel Geduld und auch Überwindung gekostet. Das, was sie vorhatte, bedeutete, eine Grenze in sich selbst zu überwinden. Sie musste etwas tun, von dem sie dachte, dass sie es niemals könnte. Aber als der Zeitpunkt kam, stellte sie fest, dass alles, was mit Rache zu tun hatte, sehr wohl möglich, und sie eine richtig gute Schauspielerin war. Hinterher hatte sie sich selber schmunzelnd gefragt, ob es nicht eine gute Idee sein könnte, eines Tages nach Hollywood zu gehen. Talent besaß sie mehr als genug, um dort berühmt zu werden. Das hatte sie ja gerade zur Genüge bewiesen.

Wie sie das schüchterne kleine Mädchen, das ihn anschmachtete, spielte. Wie sie in ihn reinstolperte, ohne dass er merkte, dass alles nur eine großartige Show war. Es war so lächerlich, wie er, von sich überzeugt, ihr ein Lächeln schenkte und glaubte, sie wäre darüber glücklich. Idiot!

Dann kamen einige Wochen, in denen es einfach nicht voranzugehen schien. Sie beschloss, härtere Geschütze aufzufahren. Sie schlich ihm hinterher, war immer in seiner Nähe, ohne dass er auch nur ein Fünkchen Ahnung davon hatte.

Manchmal versteckte sie sich im Garten vor seinem Elternhaus. Niemand sah sie, aber sie beobachtete alles, was in Peters Zimmer vor sich ging. Sie war gelenkig und es war für sie ein leichtes, die Eiche, die nicht weit entfernt von seinem Fenster stand, hochzuklettern. In aller Ruhe verfolgte sie, während sie bequem versteckt in der Baumkrone hockte, was er und Simone so trieben. Erlebte so auch die erste Sexnacht von Peter und Simone mit. Die beiden dachten nicht daran, den Vorhang, geschweige denn, die Jalousien, zu schließen.

Sie hatte ins Zimmer gestarrt und gesehen, wie schüchtern und verkrampft Simone sich die Kleidung auszog und schnell unter die Bettdecke schlüpfte. Auch Peters Reaktion, der gelangweilte Blick, als er sie dabei anschaute, entging ihr nicht! Wie armselig doch die beiden ihr kleines Abenteuer gestalteten.

Schlimmer als jeder Kitschfilm, insbesondere, als Peter die Kerzen anzündete, schnulzige Musik anmachte und sich dann zu Simone unter die Bettdecke legte.

Keine fünfzehn Minuten später schien der Spuk vorbei zu sein, denn das Licht flammte auf und Simones knallrotes Gesicht erschien am Fenster. Das sollte erfüllender Sex sein und einen Typ wie Peter verrückt machen? Süchtig nach der einen Frau? Lächerlich!

Dass sie das weitaus besser konnte, bewies sie ihm einige Tage später. Der kleine Loser war auf ihr rumgehoppelt und hatte endlich mal richtig Spaß gehabt. Außer Stöhnen und Worten, die nur noch aus *Oh mein Gott, Frau, du bist der Wahnsinn, verdammt ist das geil* zu bestehen schienen, brachte er nichts über die Lippen. Hilflos tappte er in ihr Netz und wie das Opfer einer Spinne, geriet Peter in ihre Fänge. Langsam aber sicher wurde er ihr Spielzeug, ohne es zu merken.

Der Idiot glaubte dabei immer noch, das Ruder in der Hand zu halten. Er hatte keine Ahnung, wozu sie fähig war. Vor allem hatte er keinen blassen Schimmer, dass er nur das Werkzeug für ihre Rache war. Durch ihn und mit ihm würde sie Simones kleine Welt der Glückseligkeit zerstören.

Natürlich hatte sie keine Freude an den Dingen, die sie mit Peter tat. Auch das heimliche Anschauen der Pornos im

Internet, machte ihr keinen Spaß. Aber sie schaffte es, den Ekel abzuschalten und einfach nur zu funktionieren.

Während sie ihm bestätigte, was für ein toller Hengst er doch sei, entstand bereits der nächste Punkt ihres Plans.

Der, mit dem sie heute Nacht endlich das Theaterstück, welchem sie den Namen „*Der Lügnerin Schuld*" gegeben hatte, seinen Anfang fand.

Aber bevor sie sich auf den Weg zu ihm machte, besuchte sie noch den wunderschönen Garten der Fischers, Simones Zuhause. Es gab dort Bäume, die prachtvoll in den Sommermonaten blühten. Genau solche, die sie brauchte. Aus deren Blüten Schoten wurden, die sich wunderbar zu einem Pulver mahlen ließen.

Wie der Goldregen, das gefährlich giftige Biest, das seine Gefahr - wie sie - in seinem wunderschönen Äußeren verbarg. Der anlockte, wie sie es bei Peter tat.

Man musste nur ein wenig von seinen Kapseln naschen, um die naiven Idioten in die Ewigkeit der Dunkelheit zu schicken. Der Baum war ein Geschöpf der Natur, das, wie sie selbst, unterschätzt wurde. Er war ihr Freund, vielleicht der einzig wahre, den sie jemals haben würde, und zu diesem führte sie ihr Weg.

-28-

Peter atmete erleichtert auf, als das Mädchen durch die Tür aus seinem Zimmer verschwand. Endlich war sie fort und er konnte in Ruhe schlafen gehen.

Natürlich hatte er ihr noch angeboten, sie nach Hause zu fahren, war aber froh, als sie sein Angebot ablehnte. Die letzten beiden gemeinsamen Stunden waren wirklich anstrengend gewesen und von Minute zu Minute fiel es ihm immer schwerer, das aufgesetzte künstliche Lächeln in seinem Gesicht zu bewahren. Im Auto zu sitzen und sich weiter in ihrer Nähe aufzuhalten, nicht unbedingt etwas, was er sich als angenehm vorstellte.

Er wunderte sich wie es sein konnte, dass ein Abend so mies endete, wo er doch so gut und vielversprechend begonnen hatte?

Ab dem Zeitpunkt, als sie ihn mit ihrem widerwärtigen Dip fütterte, begann sie sich, und somit auch die Atmosphäre, zum Negativen zu verändern.

Gedankenversunken und sich fragend, woran es gelegen haben könnte, setzte Peter sich auf das Bett. Aber so sehr er sich auch bemühte, er fand keine Gründe, die ihr seltsames Verhalten rechtfertigten. Eines jedoch wusste er mit Sicherheit- an ihm hatte es bestimmt nicht gelegen.

Peter war sein Aussehen enorm wichtig. Nicht umsonst liefen ihm die Mädels reihenweise nach. Jedes Detail an ihm musste stimmen, bevor er sich überhaupt aus dem Hause wagte oder Besuch empfing.

Die Kleidung in seinem Schrank bestand aus den teuersten Markenklamotten. Natürlich waren sie der neusten amerikanischen Hip-Hopper Mode angepasst. Dabei achtete er beim Kauf peinlich genau darauf, dass jede Hose und jedes Shirt seinen Körper vorteilhaft in Szene setzte.

An der Schule galt er als der Influencer für die männlichen Schüler. Aber nicht nur dort kannte man Peter. Seine Lieblingsbeschäftigung, Selfies auf Instagram und Facebook zu posten, hatte auch in den Sozialen Medien für eine mittlerweile beachtliche Anhängerschar gesorgt. Die Anzahl seiner sogenannten Freunde bzw. Follower wuchs stetig und der Aufwand, den er betrieb, damit das auch so blieb, ebenso.

Peters derzeitige Frisur bestand aus einem schwarz gefärbten Undercut, über den sein blondes Deckhaar im Seitenscheitel fiel. Den bis zum Kinn reichenden Pony kämmte er mit Hilfe von Haarwachs nach vorne über das linke Auge.

Die restlichen Haare verwuschelte er so mit den Händen, dass es aussah, als ob er gerade aus dem Bett aufgestanden wäre. Ein neuer Trend aus Amerika, den er aus dem Urlaub nach den Ferien mit an seine Schule brachte. Es hatte nicht lange gedauert, dass er massenhaft Nachahmer fand.

Peter war kein Muskelpaket, aber er sorgte dafür, dass sein Körper durchtrainiert aussah. Sein Personaltrainer, der jeden zweiten Tag zu ihm nach Hause kam, galt als einer der Besten seines Fachs. Ein Sixpack gehörte seiner Meinung nach zu den *Must - Haves* dieser Generation und er sorgte dafür, dass Peter genau dieses, wenn er sich auszog, seiner Zuschauerin präsentierte.

Wie immer hatte er sich auch heute alle erdenkliche Mühe gegeben, dass ihr das, was sie sah, gefiel.

Den kompletten Nachmittag verbrachte er im Badezimmer. Die Musik laut gedreht, duschte er, rasierte und cremte seinen Körper sorgfältig ein. Eine geschlagene Stunde stand er nur vor seinem Kleiderschrank, um das passende Outfit herauszusuchen und sich zu guter Letzt, doch anders zu entscheiden.

Während er mühevoll jede einzelne Strähne seiner Haare in Form brachte, stellte Peter sich vor, wie der Abend werden würde. Dabei glich seine Fantasie dem des heißesten Pornos auf dem Laptop seines Vaters und er konnte es kaum abwarten, dass es klingelte und sie vor der Tür stand.

Seine Geduld wurde nicht mehr lange strapaziert. Auf dem Weg zur Tür, um sie zu öffnen, warf er einen letzten Blick in den Garderobenspiegel im Flur. Das Resultat, welches ihm dort entgegenlächelte, war seiner Meinung nach wie immer ein Erfolg.

Er sah perfekt aus, roch verdammt gut und war mit Sicherheit der feuchte Traum aller Mädchen (vielleicht auch der eines Jungen?). Warum sollte es bei ihr anders sein?

Aber er musste zugeben, auch ihr Körper war nicht von schlechten Eltern. Nett anzusehen, sobald sie die Klamotten abgestreift hatte. Schlank, aber nicht klapperdürr, sondern mit den richtigen Proportionen an den wichtigen Stellen ausgestattet.

Er konnte nicht genug von ihrer weißen Haut mit den kleinen Muttermalen, die herzförmig auf ihrer linken Pohälfte angeordnet waren, bekommen. Zum Anbeißen!

Alles sehr reizvoll. Allerdings hatte sie weitaus mehr zu bieten, als eine schöne Figur. Etwas, was sie von ihren Altersgenossinnen, die sonst in seinem Bett landeten, unterschied. Von ihr musste Peter kein albernes Gekicher und Dumpfbackengequatsche aushalten. Sie war intelligent und ihr Wissen machte sie noch interessanter. Er genoss ihre seltenen gemeinsamen Gespräche über das allgemeine Weltgeschehen. Endlich mal ein Mädchen, deren Wissen über irgendwelche Mode Styles, Prominente oder Kinofilme hinausging.

Dennoch musste er zugeben, dass sie ihn manchmal verunsicherte. Immer dann, wenn sie sich unbeobachtet zu fühlen schien, sah er diesen bestimmten Ausdruck in ihrem Gesicht. Spöttisch, fast schon arrogant und so, als ob sie sich in Wahrheit über ihn lustig machte.

Die linke Augenbraue leicht hoch und die Mundwinkel nach unten gezogen, sah sie ihn an. Wenn sie das tat, kam er sich wie ein kleiner dummer Junge vor.

Zum Glück geschah das so selten, dass er sich jedes Mal fragte, ob es sich nicht um ein Produkt seiner Einbildung handelte. Es musste so sein, anders ließ sich ihre sonstige Anhimmelei ihm gegenüber nicht erklären.

Bis zum heutigen Abend fand Peter die Vorstellung, ihre Beziehung noch einige Jahre fortzuführen, verlockend.

Klar würde er sich niemals öffentlich mit ihr zeigen, aber einige heimliche Dates passten schon gut in sein Zukunftsbild.

Und dann lag auf einmal dieses *Ding,* für das ihm jegliche Worte fehlten, neben ihm im Bett. Alles an ihr schien auf einmal grell und sprunghaft zu sein. Viel zu affektiert, zu effektheischend und dann wieder düster und undurchsichtig.
Wie ausgewechselt und irgendwie beängstigend!
Gerade noch ihn selig anlächelnd, funkelte in ihren Augen ein Licht. Ein irrsinniges Glitzern, keinesfalls so, wie er es sich wünschte. Nicht dieses Leuchten, von dem er glaubte, es würde ihm zeigen, dass sie den Sex mit ihm genoss. Dieses erinnerte ihn an die Psychopathen in den Thrillern, welche er gern und häufig schaute. Man konnte es in den Augen der Mörder, kurz bevor sie bereit waren, ihr Opfer umzubringen, sehen. Wie sich ihr Gesicht mit diesem verkrampften Lächeln, das nichts Schönes an sich hatte, sondern eher der Fratze eines Verrückten ähnelte, veränderte. Ganz genau wie bei ihr!
Obwohl jetzt und mit einigem Abstand, erschien ihm schon allein der Gedanke paranoid und er erklärte sich innerlich selbst für bescheuert. Einen Vergleich von ihr mit den Mördern anzustellen, völlig absurd.
Nächstes Mal sollte ich mir die Drogen von einem anderen Dealer besorgen!
Er bemühte sich, an etwas anderes zu denken und die idiotische Vorstellung, mit einer Soziopathin geschlafen zu haben, aus seinem Kopf zu bekommen. Aber es misslang ihm. Ihr in kurzen Abständen aufblitzendes bösartiges Lächeln, welches sich immer wieder in den Vordergrund seiner Erinnerungen schob, machte es Peter unmöglich.

Während er den Abend Revue passieren ließ, fielen ihm immer mehr Dinge auf, die sie tat oder sagte und die absonderlich, verrückt, gewesen waren. In keiner Weise ähnelte sie mehr dem Mädchen, welchem er am frühen Abend die Haustür öffnete und bat, hereinzukommen.

Psychopathische Verhaltensmuster würden es die Profiler in seiner Lieblingsserie *Criminal Minds* nennen.

Diese Menschen waren besonders gefährlich, weil sie nur dann Lust verspürten, wenn sie ihre Opfer quälten. Im schlimmsten Fall nicht davor zurückschraken, einen grausamen Mord zu begehen, um ihre Befriedigung zu bekommen. Sie waren irrsinnig gut, ihren Trieb sehr lange zu verbergen und im Geheimen auszuleben. Keiner bemerkte, dass bei ihnen im Gehirn nicht alles richtig funktionierte, bis er selber als Opfer diente.

Er spürte es deutlich, dennoch weigerte Peter sich, seine Gedanken als eine reale Warnung seines Verstandes zu sehen und verdrängte das mulmige Gefühl. Dennoch, alles an ihr deutete darauf hin, dass irgendetwas mit ihr ganz und gar nicht stimmte.

Nur eine Einbildung, nicht mehr und nicht weniger!

Müdigkeit, Drogen oder auch der Alkohol, den sie beide immer reichlich zusammen konsumierten, waren ausreichende Erklärungen. Schließlich war doch nichts passiert, was eine andere Schlussfolgerung zuließ - sie hatte ihm doch nichts getan. Oder?

Es lag definitiv an ihm. Der Gier nach allem, was ganz bestimmt nicht gut für ihn war, aber von dem er die Nase nicht vollkriegen konnte. Vielleicht drehte die letzte Pappe, das LSD vom Wochenende, immer noch an den Schrauben in seinem Verstand herum.

Tja, Peter, da bist du wohl ein wenig in den bunten Filmchen, die du auf Franks Party am Samstag am laufen gehabt hast, hängen geblieben, oder?

Vielleicht waren es aber auch die Nebenwirkungen der Medikamente für sein Herz, die der Kardiologe ihm im letzten Monat verschrieben hatte. Bestimmt stand in dem Roman von Beipackzettel etwas von gelegentlicher Paranoia, oder so. Durchgelesen hatte er ihn sich ja nicht.

Wäre besser gewesen, es zu tun. Vielleicht sollte er das jetzt nachholen?

Aber die Tabletten lagen in der Küche und er war zu faul, die Treppe herunter zu laufen. Außerdem hatte er sich mittlerweile so weit beruhigt, dass er es für ausreichend ansah, dies am Morgen nachzuholen.

Seine Befürchtungen wären wahrscheinlich komplett bei all seinen anderen Hirngespinsten der letzten Jahre auf Nimmerwiedersehen gelandet. Wenn nur nicht ihre Augen, das Lächeln und die zynisch klingenden Worte:

Schätzelein, was macht das kleine Herz in deiner Brust denn so?

Macht es fein das wichtige Bum Badi Bum, regelmäßig und im Takt?

Klopft es noch schön laut oder schwächelt es?

die aus ihrem Mund, zischend, wie von einer Schlange, kamen!

Alles eine Illusion, ein Rest vom LSD Trip, mehr nicht.

So was kam ja hin und wieder vor. Also warum sollte es nicht auch ihm passieren?

Herzhaft gähnend reckte er die Arme in die Höhe und streckte sich. Es wurde Zeit, dass er endlich eine Mütze voll Schlaf bekam!

Schluss jetzt mit dem Quatsch!

Als ob er damit die Gedanken und den Rest der damit verbundenen Angst loswerden könnte, schüttelte er seinen Kopf.

Blödsinn zu glauben, die Kleine wäre gefährlich. Lächerlich!

Selbst wenn sie die Frage tatsächlich gestellt hatte, steckte bestimmt nichts dahinter.

Letztendlich - sie ging, ohne ihm auch nur das kleinste Härchen zu krümmen. Somit war alles gut! Ihm fehlte nur ein wenig Ruhe, um seine Welt wieder ins richtige Lot zu rücken.

Erschöpft legte er sich ins Bett und deckte sich zu. In sein Bettzeug eingemummelt, schloss er die Augen. Doch trotz seiner Müdigkeit fand er keinen Schlaf.

Das Gedankenkarussel in seinem Kopf hörte einfach nicht auf, sich um sie zu drehen. Immer wieder tauchten Erinnerung wie kleine Fetzen vor Peters Augen auf. Längst nicht mehr so deutlich wie am Anfang, sondern eher verzerrt und in Watte getaucht. Aber sie waren, sobald er die Augen zu hatte, trotzdem da. Er meinte sich daran zu erinnern, wie sie ihn fragte:

Was sagtest du auch noch, wann erwarten dich deine Eltern eigentlich auf den Bahamas?

Morgen oder erst in ein oder zwei Tagen?

Ab wann würden sie sich wundern, sich Sorgen darüber machen, dass du nicht kommst?

Oder ist die Unzuverlässigkeit ihres Sohnes völlig normal für deine Eltern?

Realität oder Einbildung?

Hatte er nicht sogar gelacht?

Was, und ob er ihr überhaupt geantwortet hatte, wollte ihm partout nicht mit Sicherheit einfallen.

Aber war es nicht irgendetwas wie:

Scheiß auf meine Alten! Ich flieg dann, wann es mir passt! Das ist nix Neues für die beiden. Sind wahrscheinlich noch froh, wenn ich etwas später auf den Bahamas lande.

Glaub mir, die hab ich mir schon zurechtgebogen - die lassen mich bis dahin schön in Ruhe!

Mit Schwung drehte er sich auf die andere Seite und kniff die Augen zu.

Lass es, Peter, du fängst schon wieder mit dem Scheiß an!

Egal, ob es sich wirklich so abgespielt hatte oder nicht. Was er mit Sicherheit wusste, er würde ihr keine zweite Chance geben. Das hatte sie sich selber zuzuschreiben und ihrem blöden Scherz, mit dem sie sich verabschiedete:

Ach ja, bevor ich es vergesse: Du warst scheiße im Bett und ich bin froh, dich nicht mehr ertragen zu müssen.

Also, Peter, bis dann auf Nimmerwiedersehen, oder vielleicht doch nicht?

würde er ihr nicht vergeben.

Sie hatte dabei gelacht und ihm zugezwinkert. Wohl, um die Wirkung ihrer Worte abzuschwächen. Er stimmte in ihr Lachen ein, denn niemals hätte Peter sich die Blöße gegeben, ihr seine wahren Gefühle zu zeigen.

Dass ihn die Worte verletzten, überspielte er dank der Line Koks, die er sich kurz vorher mit ihr auf der Toilette gezogen hatte, fantastisch. In seinen Ohren klang sein Lachen echt und überzeugend, genau wie ihres. Jetzt, wo die Wirkung kaum noch spürbar war, fragte er sich, was sollte bitte an ihren Worten lustig gewesen sein.

Waren sie überhaupt ein dämlicher Scherz?

Es war doch alles gut gewesen, oder hatte sie es tatsächlich ernst gemeint?

Dann dieses verrückte Lachen, während sie die Treppe in den Flur hinunter lief. Es klang grausam und war so laut, dass er es selbst draußen, nachdem sie die Haustür bereits hinter sich zugeknallt hatte, hörte.

War alles wirklich eine Nebenwirkung der Drogen?
Der Medikamente?

Dass sie sich immer mal wieder irgendwie verrückt verhielt, hatte ihn bislang nie gestört. Im Gegenteil, das machte sie für ihn noch interessanter. Dieses Spiel mit der Gefahr erwies sich, sobald es begonnen hatte, für Peter als äußerst aufregend und belebend. Jedenfalls bis zum heutigen Tag, denn jetzt hatte es einen bitteren Beigeschmack bekommen.

Im Dunkeln die Stirn runzelnd, fragte er sich, ob er nicht einen Fehler beging, als er sich auf sie einließ. War er blind gewesen, sah nicht, dass die Gefahr weitaus größer war, als er annahm? Sein ach so geliebtes Spiel jetzt zum blutigen Ernst wurde?

Peter öffnete die Augen und starrte in die Dunkelheit.

Was, wenn sie wirklich eine Psychopathin war? Wenn sie mit der Absicht zurückkam, das, was bislang in ihrem Kopf nur als Fantasie existierte, nun in die Realität umzusetzen? Sie wohnten einsam an einem Waldrand, weit weg von der nächsten Siedlung. Er war allein und keiner würde seine Schreie hören, ihm zu Hilfe eilen, wenn sie ihm langsam die Kehle aufschlitzte und ...

Moment, was tat er da gerade? Wieder schüttelte Peter den Kopf als er merkte, wie er sich erneut in die Angst hineinsteigerte.

Junge, beruhige dich, du stellst dich ja an, wie der letzte verängstigte Loser.

Am besten schreist du ab heute das ganze Haus wegen jeder winzigen Spinne zusammen.

Hallo, komm mal klar - du bist Peter Fischer -; der Peter Fischer!

Mach dir nicht in die Hose wegen ihr.

Wahrscheinlich war das wieder so ein neues dämliches Spiel gewesen.

In einer Stunde würde sie ihm eine WhatsApp mit einem dicken fetten Smiley schicken.

Kein Zweifel, ja, genau das würde sie tun.

Vielleicht war die Situation gar nicht mal so übel. Damit hatte sie ihm einen Grund gegeben, ihr Spiel zu beenden, ohne dass er als Arschloch dastand.

Er lächelte. Aus einer anderen Perspektive, ohne seine blöde Paranoia, passte es ihm richtig gut in den Kram. Er konnte sie loswerden, einfach so, und sie war obendrein die Schuldige.

Mal ehrlich, Peter, was willst du noch mehr?

Zeit, sich eine andere Schlampe zu suchen, ohne dass sie ihm dabei im Wege stand!

Beruhigt und zufrieden mit sich selbst schloss er die Augen und es dauerte nur wenige Minuten, bis Peter tief und fest schlief.

29

Aber selbst im Schlaf fand er keine Ruhe. Sie begleitete ihn in seinen Träumen und sorgte dafür, dass er ihren Namen im Schlaf murmelte.

Was war das?

Erschrocken riss Peter die Augen auf. Panisch starrte er in die Dunkelheit. Er meinte, irgendetwas gehört zu haben. Irgendein Geräusch, das nicht in die sonstige Ruhe im Haus passte. Eine Tür, Schritte, als ob jemand die Treppe heraufkam?

Angestrengt horchte er in die ihn umgebende Finsternis und hielt dabei, ohne es zu merken, die Luft an. Doch da war nichts, nur das Ticken seines Weckers, und erleichtert atmete er aus.

Wieder eine Einbildung!

Paranoia!

Drogen!

Der Alptraum!

Sie!

Völlig unvorbereitet blitzten Bilder von ihr vor seinen Augen auf. Sie waren ihm aus seinem Alptraum in die Realität gefolgt und sorgten dafür, dass der Versuch, eine entspannende, akzeptable Erklärung für die Geräusche zu finden, kläglich scheiterte. Mit jeder einzelnen Erinnerung schlug sein Herz schneller. Sein Körper begann zu zittern, nein, nicht nur zu zittern, er bebte regelrecht.

Blut, da war Blut, soviel weil sie ...

Nur ein Alptraum.

Krank und abartig.

Aber eben nur ein Traum.

Hatte sie wirklich die Finger in sein Blut getaucht?

Sie genießerisch abgeleckt?

Alles schien real und es fühlte sich echt an, so, als ob er alles wirklich gesehen hatte. Als ob er es jetzt hier noch einmal erlebte. Zuschaute, wie sie ihm den Unterleib aufschnitt, seine Haut aufklappte, um an das rohe Fleisch zu kommen. Ihre Hände, wie sie darin herumwühlten und das Blut an ihnen heruntertropfte. Ihn mit diesem irrsinnigen Glitzern in den Augen lächelnd ansah, während sie sich den blutgetränkten Finger in den Mund steckte und ...

Sein Schweiß brach aus allen Poren und Peter wurde schlecht. Sein Magen begann sich zu verkrampfen und wenn er nicht sofort aufstand und sich beeilte, das Badezimmer zu erreichen, würde er mit Sicherheit das Bett vollkotzen.

Licht! Er brauchte Licht! Hastig tastete er nach der Nachttischlampe, aber seine Hände schienen ihrem eigenen Willen zu folgen und gehorchten dem Befehl nicht. Fahrig strichen sie über den Nachttisch, ohne das von ihm angestrebte Ziel zu finden und stießen das Glas mit dem restlichen Whiskey um. Es fiel mit einem lauten Krachen auf den Boden und der Alkoholgeruch, vorher nicht von ihm wahrgenommen, stieg ihm in Sekundenschnelle in seine Nase. Beißend hüllte der Gestank ihn ein und sorgte dafür, dass die Übelkeit die nächste Stufe erreichte.

Würgend hielt er sich die Hand vor den Mund. Gerade noch schnell genug, um zu verhindern, dass die ersten Brocken auf der Bettwäsche landeten. Ein ekeliger säuerlicher Geschmack machte sich in seinem Mund breit und nur mit Mühe schluckte er die Kotze wieder herunter.

Endlich fand seine rechte Hand den Schalter der Nachttischlampe und es kostete ihn enorme Willenskraft, diesen auch zu drücken.

Nichts, kein Licht flammte auf. Nur Dunkelheit.

Das konnte doch nicht sein.

Sie musste funktionieren.

Sie musste einfach ...

Hektisch drückte er weiter auf dem Schalter herum. Ein sinnloses Unterfangen. Denn so sehr er sich auch anstrengte, die Lampe funktionierte nicht.

Was sollte er tun?

Panik schnürte ihm die Kehle zu und das Gefühl, keine Luft bekommen zu können, nahm von ihm Besitz. Hektisch stieß er den Atem aus und fühlte, wie ihm der kalte Schweiß die Stirn herunterlief und brennend in die Augen tropfte. Er musste raus aus diesem Zimmer, raus aus der Dunkelheit. Irgendwie ...

Reiß dich zusammen, Peter.

Nur ein Traum

Nicht real

Langsam drehte er sich zur Seite und hob die Beine über die Bettkante auf den Boden. Stöhnend nahm er den Schmerz wahr, als sich ein Glassplitter in seinen Fuß bohrte. Doch er probierte erst gar nicht, diesen zu entfernen, sondern stand zitternd auf.

Alles drehte sich und er rechnete damit, jeden Moment umzukippen. Die wenigen im Mondschein sichtbaren Dinge im Zimmer gaben ihm das Gefühl, in einem sich schnell drehenden Karussell zu sitzen. Sie umwirbelten ihn während er versuchte, sich an ihnen zu orientieren.

Sich mit der rechten Hand am Bettrahmen abstützend, kämpfte Peter darum, das Gleichgewicht zu behalten.

Warten.

Nur kurz ausruhen.

Versuchen, klarzukommen.

Dann wird es schon gehen.

Und tatsächlich schien es so, als ob diese Gedanken seinen Körper beruhigten, ihm neue Energie gaben. Das Karussell hielt an und auch das Würgen hörte auf.

Vorsichtig begann er, einen Fuß vor den anderen in Richtung Tür zu setzen. Schleichend langsam bewegte er sich vom Bett weg und schleppte sich wie ein alter Mann vorwärts.

Weiter.

Geh weiter.

Dein Handy liegt unten auf dem Flurschrank.

Du musst es …

Er hatte ungefähr die Mitte des Zimmers erreicht und die Tür rückte in greifbare Nähe, als er erneut würgen musste. Auch das Schwindelgefühl kam schlagartig zurück. Weitaus schlimmer als zuvor. Dieses Mal sorgte es dafür, dass er sich nicht mehr auf den Beinen halten konnte.

Kraftlos sackte er zusammen und schrie auf, als der Schmerz ihn ereilte.

Ein Schmerz, so grausam, dass es hierfür keine Worte gab. Wie ein Messer durchstieß er sein Herz und Peter krümmte sich weinend auf dem Boden zusammen.

Er wusste, er war keine Einbildung …

Real!

Dass dies keine kleine Magenverstimmung, kein Virus war.

Ich werde sterben!

Jemand musste ihm helfen.

Sie …

Er musste so schnell wie möglich ins Krankenhaus.

Gift …

Aber statt zu versuchen, wieder auf die Beine zu kommen oder kriechend die Tür zu erreichen, blieb er liegen und schloss die Augen.

Nur ein wenig ausruhen …

Nur ein wenig schlafen …

Wie ein Freund umarmte ihn die Gnade der Ohnmacht, die ihn mit in einen traumlosen Schlaf nahm und erlöste.

30

Die Dunkelheit und das irritierende Gefühl, an einem fremden Ort zu sein, empfingen ihn, als er wieder seine Augen öffnete. Nur der schemenhafte Lichtschein des Mondes erhellte den Raum. Nicht wirklich beruhigend und hilfreich bei seinem Versuch, etwas zu erkennen.

Die Schatten der Möbel wirkten geisterhaft, wie in Nebel getaucht, und die komplette Umgebung hatte etwas sonderbar Irreales. Unbekannte Plätze empfingen ihre Besucher so und genauso fremdartig wie diese, war auch die fühlbare Atmosphäre des Raumes. So, als ob er sich an einem ihm völlig unbekannten Ort aufhielt. Aber das war unmöglich, er musste definitiv in seinem Zimmer sein.

Krampfhaft versuchte er, sich zu konzentrieren und sich daran zu erinnern, was er als Letztes getan hatte.

Er hatte sich …

Ist dies wirklich mein Zimmer?

in sein Bett gelegt.

Liege ich überhaupt in einem Bett?

Irgendwie fühlte sich der Untergrund, auf dem er lag, viel zu hart an. Vorsichtig strich er mit den Fingern über die vermeintliche Matratze. Doch sie ertasteten keinen weichen Stoff eines Lakens, sondern die raue Struktur von Laminat, als sie über die Oberfläche strichen. Er ballte seine linke Hand zu einer Faust und hieb mehrmals hintereinander auf die Liegefläche ein. Hohl und dumpf hallte das Klopfen wieder und bestätigte damit endgültig seine Befürchtungen. Das unter ihm war nicht sein Bett, sondern der Fußboden. Wie war er dort hingekommen? Hatte er überhaupt geschlafen?

Die Stimme … Das Lachen …

Er war doch alleine, oder?

ich kenne beides zu gut …

Sie ging nach Hause

ich habe gehört, wie die Tür hinter ihr zuschlug …

Aber wieso kroch sie jetzt mit verzerrtem Gesicht und mit den Händen nach ihm greifend, vollkommen nackt auf ihn zu?

Panik, breitete sich in Peter. Das Unbegreifliche, das Nichtverstehen, was mit ihm geschah, schürte seine Angst.

Weg, ich muss weg hier ...

Peter wollte aufstehen, davonlaufen, aber es gelang ihm nicht einmal, den Kopf anzuheben. Ein Schrei löste sich aus seiner Kehle, aber die Laute, welche über seine Lippen kamen, ähnelten eher einem Krächzen, als einem gesprochenen Wort.

Ich habe doch eben noch meine Hand bewegt ...

Warum weigerte sich jetzt sein Körper, ihm zu gehorchen.

und habe den Boden abgetastet ...

Es gab nur eine Erklärung dafür. Er schlief immer noch und ein Alptraum quälte ihn!

Er schaute ihr nicht dabei zu, wie sie seinen Schwanz in ihren Mund nahm, ein Stück davon abbiss, und wie das Blut aus ihrem Mundwinkel lief. In Wahrheit beobachtete er sie nicht dabei, wie sie lächelnd und äußerst genießerisch auf seinem Fleisch herumkaute. Er erlebte das nicht! Alles war nur das Produkt seines Unterbewusstseins, versuchte Peter sich zu beruhigen.

Warum wiederholte sich alles?

Drogen, LSD, schlechter Trip ...

Es musste so sein.

Verdammt mieser Trip!

Eine andere logische Erklärung gab es nicht!

Kein Wunder, wenn ich so einen Scheiß träume ...

Wie sollte es sonst möglich sein, dass er keinerlei Schmerzen in seinem Unterleib verspürte. Nicht mal ein kleines bisschen. Wenn das, was er vermeinte, zu erleben, die Realität wäre, müsste er doch verrückt werden vor Schmerzen, oder? Kurzzeitig verzog sich die Angst in die hinteren Ecken seines Verstandes. Sie gönnte Peter einen Moment der Erholung, um dann erneut, noch stärker als zuvor, wie-

168

der zuzuschlagen. Sie machte ihm mit einem schmerzhaften Brennen in seinem Mund klar, dass er nicht schlief. Kochend heiß, so als ob flüssige Lava statt Spucke seine Kehle herunterlief, verjagte sie seine Hoffnung, alles nur zu träumen. Intensiv machte sie ihm bewusst, dass er das, was sie gerade mit ihm tat, wirklich erlebte.

Das konnte nicht sein, sie …

Moment, wo war sie auf einmal?

Sie kauerte doch eben noch über ihm.

Peter riss die Augen auf und starrte angestrengt nach oben. Nichts. Von einem Augenblick auf den anderen, schien sie sich in Luft aufgelöst zu haben. War er wieder eingeschlafen? Hatte sie sein Zimmer, *wenn es denn seines war,* verlassen, ohne dass er etwas davon mitbekommen hatte? Aber nein, er spürte die Anwesenheit einer weiteren Person. Keuchend stieß er den Atem aus. Ja, bestimmt versteckte sie sich und hatte ihren Spaß daran, ihn zu beobachten. Er stellte sich vor, wie sie grinsend hinter ihm hockte, ein Messer in der Hand, abwartend, bis er sich in Sicherheit wiegte, um dann loszuspringen und ihr begonnenes Werk beendete.

Reiß dich zusammen, Peter. Den Spaß würde er ihr auf keinen Fall gönnen. Die Schlampe sollte ihn kennenlernen. Noch gab er nicht auf, nein, noch nicht. Er musste sich nur konzentrieren, sich zusammenreißen, aufhören, ihr das Spiel zu überlassen.

„Wuu beirst dull, Miiischstörk?", lallte Peter. Verzweifelt versuchte er erneut, sich zu bewegen und den Kopf zur Seite zu drehen. Aber trotz Aufbietung all seiner Willenskraft, bewegte er sich nicht, sondern lag starr auf dem Boden. Alles, was ihm blieb, war weiter durch einen Schleier von Tränen nach oben an die vermeintliche Decke zu starren.

Dabei lief ihm unkontrolliert Spucke seitlich aus dem Mund und an seinem Hals herunter. Unangenehm klebrig kalt, und er fühlte es intensiver, als jemals zuvor etwas in seinem Leben. Jeder Nerv unter seiner Haut schien in Alarmbereitschaft zu sein und auf den kleinsten von außen kommenden Impuls zu reagieren.

Sein Verstand schrie den Befehl, sich zu bewegen, nur so heraus, aber er konnte es nicht.

Peter erlebte die stetige perfide Fortsetzung seines Alptraumes, in dem er wie eine Marionette darauf wartete, dass sie an den Fäden zog und ihre Macht über ihn auskostete. Peter Fischer gab es nicht mehr, nur noch ein jämmerlich weinendes Opfer, das ihr gehörte.

Waren das, was er jetzt hörte, schnelle, näherkommende Schritte?

Paranoia ... Ein Schatten dort ...

Er hatte doch keine Schmerzen gespürt.

Sie war nicht hier ... Konnte nicht hier sein ...

LSD ...Verrückt ... Halluzinationen

Während sich Peters Gedanken überschlugen und er jegliche Antworten gleich wieder in Frage stellte, tasteten seine Augen jeden Zentimeter der Umgebung ab. Unruhig bewegten sie sich in den Augenhöhlen hin und her, bemüht, rechtzeitig eine Bewegung wahrzunehmen.

Blut, da war doch Blut, oder?

Er hatte definitiv sein eigenes Blut gesehen...

Aber es war doch dunkel und unmöglich mit Sicherheit zu sagen, was er gesehen hatte.

Dunkelrot verteilte es sich auf dem Zimmerboden.

Lief warm über seinen nackten Beinen entlang.

Es roch beißend. So wie Pisse. Aber Blut roch nicht so, eher wie Metall.

Weil es kein Blut ist, Peter, du pinkelst dich gerade ein. Du armes Würstchen machst Pipi wie ein kleiner Junge ... Hast Angst vor einer Illusion, denn hier ist doch niemand. Weißt du, was mit dir los ist? DU WIRST WAHNSINNIG UND BIST REIF FÜR DIE KLAPSE!

31

„*Kchkchkch*" hatte er gerade gekichert oder gehörte die Stimme jemand anderem? Vielleicht befand er sich schon lange in der Psychiatrie und das, was er für Erlebnisse der letzten Monate hielt, war niemals so passiert.

Nein, hier war kein Mädchen.

Niemand würde versuchen, ihn umzubringen.

Er war nur ein Geisteskranker.

Kein Opfer …

Nur verrückt…

Aber was war schlimmer?

Kchkchkchkch

„HÖRRRRR AAUUUFFF." Diesmal hallte sein Schrei laut und weitaus deutlicher durch das Zimmer. Auch gelang es Peter, den Kopf anzuheben und zur Seite zu drehen. Erleichtert ließ er den Blick durch das Zimmer schweifen, und wenn er auch nicht viel erkannte, zumindest war er sich relativ sicher, dass sie sich nicht mehr in seiner Nähe aufhielt.

Ob sie sich allerdings dort in der hintersten Ecke bei dem Regal versteckte, blieb fraglich und darüber wollte er nicht nachdenken. Sein Körper schien sich zu erholen und das deutete auf eine wirkliche Verbesserung seiner Lage hin. Etwas, worauf er aufbauen konnte und das ihm half, wieder Hoffnung zu schöpfen. Es war wichtiger, seine Kraft nicht zu verschwenden und stattdessen einen Fluchtplan zu schmieden.

Es wird alles gut, Peter, flüsterte er, *du bist zuhause, in deinem Zimmer und bald wirst du aufstehen und einfach rauslaufen. Du wirst die Treppe runtergehen in den Flur, dir dein Handy schnappen und den Krankenwagen rufen. Du musst nur ein wenig Geduld haben und deinem Körper die Zeit geben, die er braucht.*

Einige wenige Minuten verharrte Peter, dann probierte er, den rechten Arm zu heben und gleichzeitig auch seine Beine zu bewegen. Als auch das klappte, lachte er leise auf. Die

Wirkung von dem, was auch immer für die Lähmung gesorgt hatte,
Keine Drogen, sondern Gift,
ließ offensichtlich langsam nach. Bald würde es ihm wieder
gut gehen!
Vielleicht musste er einige Tage im Krankenhaus bleiben,
aber danach würde er wieder ganz der alte sein.
Glaubst du das wirklich?
Tief einatmend beschloss Peter, dass es nun Zeit war, den
nächsten Schritt zu wagen. Alle Kraft zusammennehmend,
presste er die Lippen aufeinander und versuchte, sich hin-
zuknien. Wackelig hockte er auf allen Vieren und sah auf
den Boden unter sich. Dennoch freute er sich wie ein kleines Kind.
*Ich schaff das, ich muss nur vorwärts kriechen zur Tür und mich dort
an der Klinke hochziehen. Wenn ich erst mal aus dem Zimmer bin, ist
es ein Leichtes, die Treppe zu erreichen und sich am Geländer runter-
zuhangeln.*
Er hatte Zeit, sie war nicht hier. Sonst hätte sie mit Sicherheit schon reagiert. Die Schlampe würde ihn nicht davon
abhalten, zu telefonieren und Hilfe zu rufen. Er …
Nur wenige Zentimeter schaffte er es, sich mit den Armen
über den Boden vorwärts zu ziehen. Ein kaum sichtbarer
Erfolg und nichts, was ihm der ersehnten Tür näherbrachte,
bevor er mit einem lauten Knall zurück auf den Boden
krachte. Er schaffte es nicht, sein Gesicht zur Seite zu drehen und es fiel mit voller Wucht auf das Laminat. Die Luft
blieb ihm weg, als er mit der Nase aufprallte und diese ihm
mit einem Knacken mitteilte, dass sie in diesem Augenblick
brach. Ein blubberndes Geräusch erklang, als er das aus ihr
strömende Blut durch den weitaufgerissenen Mund einat-
mete, während er verzweifelt nach Luft schnappte. Aber
kein Sauerstoff gelangte in seine Lungen und Peter spürte,
wie er hier am Boden liegend und an die Decke starrend, an
seinem eigenen Blut erstickte.

Aber wieso schaute er nach oben? Er hatte doch mit dem Gesicht nach unten auf dem Boden gelegen. Da war kein Blut in seinem Mund und er würde auch nicht daran ersticken. Alles war wieder wie vorher. Kein Arm, kein einziger Zeh gehorchte seinem Befehl. Peter lag immer noch gelähmt auf dem Fußboden. Dass es ihm besser ging, er sich bewegen konnte, war eine Halluzination gewesen, die ihm sein Verstand vorgegaukelt hatte. Die Starre der Bewegungslosigkeit, seine Hilflosigkeit, das war die Realität, die ihn immer noch in ihren Klauen gefangen hielt.

„Hiiimffffe, himf mir dorrrch", leise verhallten seine Rufe ungehört. Eine reine Reflexhandlung, verbunden mit dem gleichzeitigen Bewusstsein der Hoffnungslosigkeit eines Opfers. Niemand hörte ihn.

Aber du irrst dich!

Sie tat es!

Sie kennt dein Geheimnis

Sie brauchte nur zu warten.

-32-

Er hatte einen Fehler begangen und ihr sein Geheimnis erzählt. Wie blöd man sein konnte, hatte er mit der kompletten Naivität eines Vollidioten damit bewiesen. Einer Schlampe, einer Hure, erzählte er alles, jedes noch so kleine Detail. Dass er krank, sogar sehr krank war.

Vor einem halben Jahr wachte er nach einem durchzechten Wochenende mitten in der Nacht auf und es ging ihm verdammt beschissen. Das Herz hämmerte in seiner Brust. Raste wie verrückt, stolperte, um plötzlich auszusetzen. Eine Millisekunde schien es für immer stehenzubleiben, doch zum Glück war dem nicht so. Als sei nichts gewesen, schlug es danach wieder völlig normal und Peter tat es als einmaliges negatives Erlebnis ab.

Aber der Versuch, nichts darauf zu geben, sich einzureden, alles wäre okay, scheiterte. Wenige Tage später passierte das Gleiche wieder und wiederholte sich dann in immer kürzer werdenden Abständen. Peter fühlte sich schwach und ausgelaugt und ein Besuch beim Arzt war unumgänglich. Die Diagnose „Systolische Herzinsuffizienz" bestätigte seine und seiner Eltern Befürchtungen. Peter hatte ernsthafte gesundheitliche Probleme.

Der Kardiologe verschrieb ihm Medikamente, riet ihm dringend, kürzer zu treten, die Finger vom Alkohol zu lassen und auf Partys zu verzichten.

Er, der großartige Peter Fischer, fühlte sich auf einmal wie ein Loser. Mit einem kaputten Herzen würde er mit Sicherheit in den Augen seiner Freunde kein ganzer Mann mehr sein. Seinen Status als angesagter Macher, jemand, den nichts so leicht umhauen konnte, würde er verlieren. Niemals würde er damit leben können. Also hieß es, wenn er wollte, dass alles so blieb wie bisher, durfte er niemandem auch nur ein Sterbenswörtchen verraten. Keine leicht zu bewältigende Aufgabe, aber die ersten Tage gelang es ihm, weiter zu lächeln und so zu tun, als wäre alles gut.

Doch irgendwann konnte er nicht mehr schweigen und die ihn erdrückende Angst sorgte dafür, dass eines Abends die Wahrheit aus ihm herausbrach. Seine Zuhörerin und Trösterin in dieser schwachen Stunde war ausgerechnet sie gewesen. Zu gerne hatte er ihr geglaubt, als sie ihm hoch und heilig versprach, sein Geheimnis für sich zu behalten. Allein schon um das mulmige Gefühl, eine Riesendummheit begangen zu haben, los zu werden.

Sie hielt Wort, jedenfalls nahm er das an, und wiegte sich in Sicherheit. Nicht mal ansatzweise rechnete er damit, dass ihm sein Geständnis eines Tages das Leben kosten könnte.

Er war ein Narr, der das Spiel wunderbar nach ihren Regeln spielte. Ihr die Karten mit dem Wissen, dass sein Herz schwach war, zuwarf.

Das, ihr letztes Geschenk, der Tzatziki-Dip, ihn schneller umbrachte, als einen gesunden Menschen. Ein schmerzhafter Stich und das gleichzeitige Gefühl von Enge, ließen ihn nach Luft ringen. Ein qualvolles Würgen stieg seine Kehle hoch, aber keins, das ihm half, das Gift, welches sich munter in seinen Blutbahnen tummelte, loszuwerden.

Grelle Blitze zuckten vor seinen Augen und sein Herz beruhigte sich. Zu sehr, es setzte aus und blieb stehen. Ihm war kalt.

Ich werde heute hier sterben, sie hat mich zum Tode verurteilt.

Zu müde, weiter gegen den Tod anzukämpfen und eh der Verlierer zu sein, schloss er die Augen. Es war okay, vielleicht verdiente er das hier, vielleicht auch nicht. Er konnte sich die Frage danach sparen Niemand würde sie ihm beantworten. Ebenso wenig wie die nach dem *Warum.*

Aber es war okay, es war …

Licht, schmerzhaft hell, durchbrach seine geschlossenen Lider.

Sie ist wieder da, oder nicht?

Er versuchte krampfhaft, die Augen geschlossen zu halten. Umsonst …

Auf beiden Beinen hüpfend bewegte sie sich vorwärts, bis ihr bauschiger bunter Rock über sein Gesicht fiel und es verdeckte. Lange schlanke Beine nahmen seinen Kopf von beiden Seiten gefangen. Sie trug keinen Slip und ihre Fotze schwebte direkt über seinem Mund …

Kinder sagen Mummu und nicht dieses böse Wort. Fotze sagt man nicht, hatte seine Nanny mal zu ihm gesagt und ihm eine Ohrfeige gegeben, als er es dennoch tat …

Eine Flüssigkeit tropfte jetzt auf ihn herunter und benetzte seine Lippen. Warm und säuerlich riechend versuchte sie, in seinen Mund zu gelangen. Aus den Tropfen wurde ein Schwall, der ihm brennend in die Augen und Nase lief.

„Kleiner, mach den Mund auf und trink das, was ich dir schenke. Du solltest auf mich hören, denn es wird für lange Zeit das letzte sein, was du an Flüssigkeit von mir bekommst. Komm mein Süßer, öffne endlich deine Lippen für meinen goldenen Schauer. Stell dich nicht so kindisch an. Manchmal muss man über seinen Schatten springen und Pisse saufen, um zu überleben."

Hustend rang er nach Luft und etwas von der Flüssigkeit gelangte in seinen Mund. Er wollte es ausspuken, aber auch diesen Dienst versagte ihm sein Körper. Willenlos schmeckte er ihren Urin auf seiner Zunge und fühlte, wie dieser seine Kehle herunterlief.

Laut dröhnte ihr irrsinniges Kichern in seinen Ohren. Sie schien sichtlich Spaß zu haben und würde diesen mit Sicherheit noch weiter auskosten. Er ahnte, dass sein Tod noch lange auf sich warten ließ und fragte sich, was sie als nächstes mit ihm anstellen würde.

Schlagartig hörte der Sturzbach, der auf ihn heruntergeprasselt war, auf. Peter zögerte, die Augen zu öffnen.

Dass er sich alles nur eingebildet hatte, daran glaubte er jetzt nicht mehr. Der Gestank nach Pisse hing immer noch intensiv in der Luft und auch der Geschmack in seinem Mund beseitigte den letzten Zweifel. Aber sie war ein Mensch und manchmal zeigten selbst die Schlimmsten unter ihresgleichen Erbarmen. Es konnte doch sein, dass auch sie …

Nur wenige Sekunden später wurde Peter eines Besseren belehrt. Sie hatte nicht im Traum daran gedacht, ihn in Ruhe zu lassen. Wahrscheinlich war das, was er für Erbarmen gehalten hatte, nur eine Auszeit, die sie sich selber gönnte, gewesen.

Aus der Dunkelheit griffen Hände nach ihm und legten sich um seinen Hals. Fingernägel bohrten sich in seine Haut und drückten zu. Minimal, und nur mit weitaufgerissenem Mund, bekam Peter noch Luft.

„Sag, es tut dir leid. Sag es, Peter. Vielleicht lasse ich dich dann gehen." Ihr Gesicht schwebte über seinem und ein Lächeln lag auf ihren Lippen. Aber es war weder freundlich noch warmherzig, im Gegenteil, es strahlte alles an bösartigem Irrsinn aus, den ein Mensch in sich beherbergen konnte. Dennoch versuchte er, etwas zu sagen, sich bei ihr zu entschuldigen, aber es kamen nur gurgelnde Laute aus seinem Mund. Aufmerksam, als sei er ein seltenes Versuchsobjekt, beobachtete sie die verzweifelten Versuche. Endlich bekam er wieder Luft, als sie eine Hand von seinem Hals nahm. Ein Finger auf seine Lippen legend, beugte sie sich vor und zischte „Pst" in sein Ohr. Danach wanderte sie mit der Zunge über sein Gesicht. „Ich schmecke echt nicht schlecht," murmelte sie dabei und küsste ihn dann auf den Mund. Nass, ekelig nass lag ihr Speichel auf seinen Lippen und er hasste sie so sehr in diesem Moment.

Aber noch mehr hasste er sich selbst. Für seine Dummheit und seine Schwäche, als er jämmerlich zu weinen begann, während sie zusah.

Lachend stupste sie seine Nase mit dem Finger an. „Kleines Schweinchen, läufst du aus? Hmm, vielleicht brauchst du noch ein wenig Flüssigkeit? Hast du schon wieder Durst? Ach ist das niedlich, wie du nach mehr von mir schnappst. Peter, du armes Würstchen. Hast du dir so diese Nacht vorgestellt? Ist nicht so schön, oder? Aber glaub mir, deinen Schwanz in meinem Mund zu haben, war auch nicht schön, kkkkk." Sie kicherte wie ein kleines Mädchen. Rotze lief ihr dabei aus der Nase, aber es interessierte sie kein bisschen und sie sprach, ohne sie wegzuwischen, weiter. „Ach, dieser kleine Wurm, den du für das Glück aller Frauen hältst. Hihi, dachtest du etwa, du schenkst mir damit den kleinen Tod? Du bist so amüsant, Peter!"

Fast nachdenklich schaute sie ihm in die Augen und ihre Hand glitt langsam nach unten zwischen seine Beine. „Sag, hast du dir so deinen Tod, ich meine den Wahren, den Echten-du verstehst- vorgestellt? Nein, oder? Macht nichts … Es ändert eh nichts." Mit der linken Hand strich sie sanft, beinahe schon zärtlich, über seine Wange. „Glaubst du, das, was du bisher erlebt hast, war schlimm? Grauenvoll? Hihi, hattest du Angst vor dem Sterben? Das brauchst du nicht.

Der Tod ist dein Freund. Das, was davor geschieht, davor solltest du dich fürchten. Es wird schlimmer, als du es dir je vorgestellt hast. Weißt du, warum?" Wieder kicherte sie und kniff ihm mit den Fingern in die Wange. „Süßer, Überraschung!! Weil ich es so will. Du wirst sehr langsam sterben. Der Goldregen ist tödlich, aber das Gift braucht eine gewisse Zeit, um sich in deinem Blutkreislauf voll zu entfalten."

Sachte schüttelte sie ihren Kopf und lächelte. „Sehe ich da Hoffnung in deinen Augen aufblitzen? Aber nein, Peter, das ist doch völlig zwecklos und kein Grund zur Freude. Das bedeutet nicht, dass es für dich noch eine Chance gibt. Dass dich jemand rettet, indem er dich rechtzeitig findet. Nein, nein. Dafür habe ich schon gesorgt. Aber jetzt wird es Zeit, nach Hause zu gehen!"

Endlich ließ sie ihn los und erhob sich von seinem Körper. Was meinte sie mit zuhause? Er war doch in seinem Elternhaus. Wie in Watte getaucht beobachtete er, wie sie zu seinen Füßen lief, diese umfasste und ihn daran hinter sich herzog. Während sie ihn aus dem Zimmer und die Treppenstufen herunterzerrte, verlor er das Bewusstsein und die Dunkelheit trug ihn fort von ihr.

33

Ein muffiger Geruch weckte ihn auf. Er hatte unbändigen Durst und sein Magen zog sich in Krämpfen schmerzhaft zusammen. Farben tanzten vor seine Augen und sie waren das Einzige, was er sah, denn der Rest seiner Umgebung lag in völliger Dunkelheit.

Es fühlte sich für Peter so an, als ob er nur Minuten geschlafen hatte, aber er misstraute seinem Zeitgefühl. Wahrscheinlich war es Stunden her, dass er hierhergebracht wurde. Seitdem wechselten sich der Schlaf und das Wachsein in kurzen Abständen kontinuierlich ab, ebenso wie der Schmerz und Taubheit, die Kälte und die Hitze, die seinen

Körper peinigten. Sie, wie auch die Angst und das Wissen, waren zu seinen Gefährten geworden, die sich mit ihm die Zeit vertrieben. Sie zogen an den Fäden seiner Nervenenden, spielten mit Peter, und sie gab ihnen die Möglichkeit dazu.

Sie, die kleine Schnitte in seinen Leib mit einem Messer ritzte. Sie, die freudig lachte, wenn er schrie und sie, die ihn allein zurückgelassen hatte. Er wusste nicht, ob er froh darüber sein sollte, dass sie fort war. Oder ob es nicht besser für ihn gewesen wäre, sie würde weiter Spaß an der Grausamkeit ihre Folter empfinden.

Wie lange lag er schon hier auf dem kalten Boden, umgeben von seinem eigenen Blut, seinem Urin, seiner Kotze und seinem Kot? Sie hatte dafür gesorgt, dass nichts von dem Jungen, der einmal Peter Fischer hieß, übrig blieb. Ihn erniedrigt und gedemütigt. Bevor sie ging, hatte sie noch Fotos mit ihrem Handy von ihm gemacht und voller Begeisterung erzählt, was auf diesen zu sehen war.

Am Anfang hatte er sich geschämt, doch das ging irgendwann vorbei. Jetzt ließ ihn das völlig kalt, denn seine Scham verwandelte sich mehr und mehr in panische Furcht, hier nie wieder herauszukommen.

Wann hatte er das letzte Mal etwas getrunken oder gegessen? Noch ließ ihn der Hunger in Ruhe, aber der Durst verdrängte jeden anderen Schmerz.

Wie lange war sie schon fort? Minuten, Stunden, Tage? Nur einen Tropfen Wasser, oder was auch immer sie ihm zum Trinken geben würde, er wäre ihr dankbar dafür. Peter begann zu weinen und wie ein Kind, das nach seiner Mama schrie, schluchzte er: „Komm zurück, bitte, komm zurück. Ich werde alles tun, was du willst, aber lass mich hier nicht allein!"

Stille. Und dann hörte er einen Tropfen auf den Boden fallen. Wie von Wasser, das die Wand herunterlief und auf einem Steinboden landete. Kostbares Wasser. Reflexartig streckte er die Zunge aus, doch nichts befeuchtete sie. Kein

Wasser, nichts, was seinen Durst löschen würde, denn das, was er ersehnte, war zu weit entfernt. Sein Körper, dessen Muskeln ihm nicht gehorchten, würde nie auch nur in die Nähe des Tropfens kommen.

Verzweifelt versuchte er, wenigstens die Hand zu bewegen. *Mach, verdammt nochmal mach*...Zwecklos, nicht einmal der kleinste Finger zuckte. Sie hatte ihren Job gut gemacht und das Spiel als Gewinnerin verlassen.

Er würde hier liegen bleiben, denken können und fühlen. Er konnte, wenn er wollte, nach Hilfe rufen und dabei wusste er doch mittlerweile, dass keiner ihn hörte und seine Schreie sehr bald zum Flüstern werden würden. Als sie ihn verließ, den Schlüssel drehte und ihre letzten Schritte verhallten, gab es nur noch ihn und die Stille in seinem Gefängnis.

Er lauschte seinem eigenen Atmen, ab und an dem Trippeln von kleinen Pfoten. Nagetiere, die sich schon lange im Mauerwerk versteckt hielten und dort ihr Zuhause gefunden hatten. Die seine Anwesenheit herauslockte und die sich langsam aber sicher näher an ihn herantrauten.

Wahrscheinlich waren es Ratten. Nein, nicht nur wahrscheinlich, mit Sicherheit, auch wenn er sie in der Dunkelheit nicht erkennen konnte. Mäuse bissen nicht zu oder nagten genüsslich an seinem Fleisch. Zupften sich Stück für Stück ab und rannten damit fort, um ihre restliche Brut zu füttern. Aber vielleicht war auch das eine Halluzination. Peter wusste es nicht und es war ihm auch gleichgültig. Aber er wusste, dass dies hier sein Grab werde würde.

Erwachsen

Bist du erst groß, dann siehst du ein, wie schön es war ein
Kind zu sein.
Unbekannt

Unser Erwachsensein, das ist jener kalte Zement,
unter dem wir die Wiesen unserer Glückseligkeit erstickten!
© Thomas S. Lutter (*1962), Lyriker und Musiker

Die Erinnerung ist das erste Opfer des Älterwerdens, wenn
ich mich recht erinnere.
Candice Bergen

... und in dem Moment als ich begriff, dass nicht jeder
Erwachsene gut ist, verlor ich den Zauber meiner Kindheit
Verena Grüneweg

34

Ich weiß nicht, wann es begann und der Zeitpunkt kam, an dem ich ahnte, dass etwas nicht stimmte. Dass sich mein bisheriges glückliches Leben zum Negativen veränderte. Dass ich alles verlor, was mir bis dahin wichtig erschien und ich nie wieder dieselbe sein würde, wie noch vor einigen Stunden.

Jedenfalls redete ich mir das selber sehr lange ein. Mein eigenes schlechtes Gewissen beruhigte, indem ich die leise Stimme, die mir schon lange riet, wach zu werden und zu begreifen, dass etwas ganz und gar nicht stimmte, verleugnete. Die mich hunderte Male beschwor, zu sehen, und vor allem zu verstehen, dass die Welt, welche für mich bis dato aus glücklichem Verliebt sein bestand, ein einziger Betrug war.

Ich denke, ich wollte blind sein und fuhr weiter fort, mir einzureden, alles wäre okay. Ich müsste nur ein wenig Geduld haben und meine Sorgen würden sich in Luft auflösen. Alles würde wieder gut werden. Ich weigerte mich einfach zu sehen, dass mein Kartenhaus, welches ich mir lange mühsam erbaut hatte, zusammenstürzte und sich zu einem Schutthaufen aus Schmerz und bodenlosem Fallen veränderte.

Es war ja auch so viel leichter, die Augen zu verschließen. Die innerliche Unruhe und das mulmige Gefühl, dass etwas Schlimmes auf mich zukommt, zu verdrängen. Wie viele andere Menschen auch, sagte ich mir, dass ich mir etwas einredete. Dass alles Blödsinn, und das Gerede vom sechsten Sinn, der einen warnte, totaler Unfug war.

Es war so leicht, weiter zu hoffen, statt der Angst in mir nachzugeben.

Als Kind glaubte ich an Magie und an wirklich verrückte Dinge. Nicht alles musste für mich erklärbar sein! Aber dann, als ich erwachsen wurde, begann ich daran zu zweifeln, was vorher für mich außer Frage stand. Hexen und Zauberer waren Geschöpfe meiner Kindheit und so etwas wie Vorahnungen nur Bestandteile aus Horrorfilmen, die ich mir jetzt anschaute. Nichts, was wirklich der Realität entsprach und kaum etwas, an das ich jetzt, wo ich mich als erwachsen ansah, glauben wollte. Geschweige denn gegenüber meinen Freunden zugeben würde, dass all diese Dinge immer noch einen Platz in meinem Verstand einnahmen. Zu lange hatte ich dafür gekämpft, einen hohen Platz in der Rangordnung unter den Mitschülern an meiner Schule einzunehmen. Das Letzte, was ich wollte war, dass sie mich für eine Verrückte hielten. Lieber lebte ich tagtäglich damit, meine Furcht vor dem, was womöglich auf uns alle zukam, zu verdrängen.

Ich wollte keine Angst haben vor etwas, was ich mir selber nicht erklären konnte. Ich wollte doch einfach nur, dass das Schicksal mir ein glückliches Leben schenkte. Nur das - mehr nicht! Das Böse durfte es nicht geben. Meine Welt sollte rein und vor allem schön sein. Übrig geblieben ist mir von meinem Wunsch nur der Schmerz.

Es begann am ersten Tag der Herbstschulferien. Alle Schüler hatten sich auf zwei Wochen ohne Zensuren und Leistungsdruck gefreut. Ausschlafen zu können, auf Partys zu gehen und einfach das Leben zu genießen. Peter und ich bildeten da normalerweise keine Ausnahme. Doch dieses Mal hielt sich meine Vorfreude in Grenzen. Aus gutem Grund, denn die kommenden zwei Wochen mussten wir getrennt verbringen. Peter flog am zweiten Ferientag auf die Bahamas. Er würde dort seinen Urlaub gemeinsam mit seinen Eltern, die dort bereits auf ihn warteten, verbringen.
Uns blieb nicht einmal ein kompletter Tag, geschweige denn Abend, um uns ausgiebig voneinander zu verabschieden. Zu vieles musste mein Freund noch erledigen, bevor sein Flug am nächsten Morgen Deutschland verließ.

Wie immer hatte Peter alles auf den letzten Drücker verschoben und somit wartete sein ungepackter Koffer noch auf ihn. Auch wollte er zeitig schlafen gehen, da sein Zug nach Bremen früh fuhr. Alles in allem blieb uns beiden nur der Vormittag, um wenigstens noch ein wenig Zeit miteinander verbringen zu können. Natürlich war ich traurig, wenn ich daran dachte, dass ich die kommenden vierzehn Tage ohne meinen Freund verbringen musste, sah aber auch ein, dass es sich nun mal nicht ändern ließ. Ich tröstete mich damit, dass, wenn Peter im nächsten Jahr endlich achtzehn wurde, wir jede Ferien als Paar verbringen würden.

Unseren ersten gemeinsamen Urlaub, bei dem das Ziel die Malediven hieß, hatten wir bereits ausgiebig geplant. Wie oft malten wir uns aus, wie Peter und ich am Strand spazieren gingen und uns in den Lagunen liebten. Wir würden dort so viele romantische Stunden, in denen seine Eltern bestimmt nicht anwesend waren, verbringen. Mit dieser wunderbaren Zukunftsaussicht fiel es mir nicht so schwer, damit umzugehen, für einige wenige Tage allein zu sein. Somit akzeptierte ich Peters Entscheidung, nur den Vormittag gemeinsam zu verbringen, ohne zu murren.

Wenn ich doch damals nur geahnt hätte, dass es unsere letzten gemeinsamen Stunden sein würden. Alles hätte ich anders gemacht! Jede Minute mit Peter ausgekostet. Vielleicht sogar versucht, ihn zu überreden, bei mir zu bleiben. Aber nein, ich tat all diese Dinge nicht, denn wie er, glaubte ich, dass es nur ein kurzer Abschied für uns sein würde.

Ich rechnete eigentlich damit, dass wir uns bei ihm zuhause treffen würden. Ein wenig kuscheln und vielleicht ein letztes Mal miteinander schlafen. Peters Pläne waren für diesen Tag dagegen völlig andere, die er mir aber erst verriet, als er mich abholte. Ich muss sagen, meine Begeisterung darüber hielt sich ehrlich gesagt in Grenzen. Ein Einkauf im Supermarkt war alles andere, als ein romantischer Abschied, so wie ich ihn mir ausmalte. Wofür sollten jetzt die neuen schicken Dessous, welche ich mir von meinem wenigen mühsam ersparten Geld gekauft hatte, gut sein? Und warum war ich in aller Herrgottsfrühe aufgestanden, um mich stundenlang zu schminken und hübsch für meinen Freund zu machen? Bestimmt nicht für die Verkäuferin an der Käsetheke im Supermarkt!

Natürlich war ich enttäuscht, oder besser gesagt sogar wütend auf ihn, dass er mir so einen Blödsinn vorschlug. Doch einen Streit vor unserer Trennung wollte ich nicht riskieren. Also lächelte ich Peter an und stimmte seinem Vorschlag zu, auch wenn es mir wirklich schwerfiel.

Meine Enttäuschung verflog wenige Sekunden später denn Peter schaffte es wie immer, mich mit seinem Charme einzuwickeln. Ich musste ihn nur ansehen, wie er sich lässig, mit einer Hand am Türrahmen abstützend, anlehnte. Wie er sich den Pony aus den Augen blies, mich anlächelte und sagte: „Baby, ich wollte doch nur lieb zu dir sein. Eigentlich sollte es ja eine Überraschung werde (*ja, wie die Dessous, die ich unter meinem Shirt trug und die nicht gerade bequem waren*). Ich wollte für dich etwas kaufen, damit du an mich denkst und mich nicht vergisst. Ich weiß doch, wie viele Jungs auf mein Baby abfahren und nur darauf warten, dich alleine anzutreffen. Ich dachte, dass so ein kleiner Teddy, dem du meinen Namen gibst, helfen könnte, dass du mir treu bleibst. Aber du hast Recht, war wohl nee blöde Idee! Also wenn du keinen Bock auf den Supermarkt hast, fahren wir stattdessen zu mir nach Haus." Ich fand das so süß von ihm. Dazu noch dieser treue Hundeblick, natürlich stimmte ich seinem Vorschlag zu.

Händchenhaltend fuhren wir nebeneinander auf unseren Rädern die Hauptstraße hoch zum Supermarkt. Autos hupten, weil wir ja etwas Verbotenes taten, aber das war mir egal. Sollten sich die Autofahrer ruhig aufregen und schimpfen, ich dachte nicht im Traum daran, Peters Hand loszulassen. Selbst als Frau Buede, die nach all den Jahren ihrer sogenannten Freundschaft mit meiner Mutter, immer noch darauf bestand, von mir mit dem Nachnamen und nicht mit ihrem Vornamen Annika angesprochen zu werden, kopfschüttelnd vorbeifuhr. Mit Sicherheit würde sie es meiner Mama postwendend auf die Nase binden und damit dafür sorgen, dass heute Abend eine Strafpredigt über Verkehrssicherheit auf mich wartete. *Aber scheiß drauf!* Dieser Moment mit Peter war mir wichtiger, als Ruhe vor Mamas Gemecker zu haben.

An unserem Ziel angekommen, stellten wir die Räder beim Jugendcenter, nicht weit vom Eingang des Discountladens entfernt, ab. Den Einkaufswagen schiebend, beide eine Hand auf der Stange liegend, betraten wir den Supermarkt. Einen Arm hatte Peter um mich gelegt und ich kuschelte mich ganz eng an ihn. Tief atmete ich seinen Geruch ein, denn ich wollte seinen Duft als Erinnerung für die nächsten zwei Wochen behalten. Wie ein verliebtes Ehepaar schlenderten wir durch die Gänge und Peters Nähe fühlte sich so gut an. Viele Augenpaare sahen uns hinterher, aber es waren in aller Regel nette Blicke. Einige ältere Menschen lächelten dabei verträumt. Sicherlich dachten sie bei unserem Anblick an ihre eigene Jugend zurück. Hausfrauen mit kleinen plärrenden Kindern im Wagen, hielten kurz an und schauten uns nach. Ich denke, auch sie schwelgten in der Vergangenheit, als sie noch keine gestressten Mütter waren. Viele schmunzelten über unsere Verliebtheit. Es war ihnen anzusehen, dass sie Peter und mir unser Glück gönnten.

Klar gab es auch neidvolle Blicke, insbesondere von Mitschülerinnen, die uns begegneten. Mir war das egal. Es machte mich nur noch stolzer, seine Freundin zu sein und das zu besitzen, was sie sich wünschten.

Rumalbernd und uns immer wieder dabei küssend, hielten wir bei den Regalen an, so dass Peter die Artikel, die er brauchte, in den Einkaufswagen legen konnte. Für mich waren viele davon überflüssig und nicht nachvollziehbar, was er damit wollte. Neben einem Teddy und Pralinen, kamen auch Honig, Schlagsahne und anderes Zeugs, wie Dips,

Cracker und sogar Kaviar dazu. Immer mehr Fressalien fanden ihren Platz neben den restlichen Waren. Der Einkauf ging weit über ein paar kleine Geschenke für mich hinaus. Ich fragte mich, wer das alles essen sollte, Peter war doch ab morgen im Urlaub.

Bis kurz vor der Kasse rechnete ich sogar damit, dass wir den vollen Wagen einfach stehen ließen und raus rannten. Vielleicht empfand Peter so etwas als lustig und dachte, er würde einen großartigen, für mich eher peinlichen und kindischen, Scherz machen. Zumindest würde das sein Kaufverhalten erklären.

Aber nichts dergleichen geschah. Peter legte jeden Artikel aufs Band, um ihn zu bezahlen. Während wir alles in Tüten packten, nahm ich mir vor, draußen zu fragen, was er mit all den Lebensmitteln wollte.

Doch als er mich beim Ausgang küsste, den Teddy, die Pralinen sowie eine Marzipanrose aus dem Einkaufswagen nahm und mir verlegen grinsend in die Arme legte, schwieg ich. Bestimmt gab es irgendeine plausible Erklärung. So wichtig, diese zu erfahren, war es ja auch wieder nicht. Eigentlich ging es mich ja kaum etwas an und ich wollte keinesfalls mit meiner Neugier die schöne Stimmung zerstören.

Die restlichen gemeinsamen Stunden vergingen viel zu schnell. Ein Kuss, ein letztes *Ich hab dich lieb* und schon schwang ich mich auf das Rad, um nach Hause zu fahren.

Unterwegs fielen mir unendlich viele Dinge ein, die ich noch gerne zu Peter gesagt hätte, aber es nicht getan hatte. Schon komisch, dass eine Trennung von nur vierzehn Tagen sich anfühlte, als ob es für die Ewigkeit wäre. Ich tat ja so, als ob ich meinen Freund nie wiedersehen würde. Ich schalt mich selbst eine dumme Kuh und Dramaqueen. Mein Gott, die paar Tage würde ich auch ohne ihn überstehen. Aber warum lief mir dabei eine Gänsehaut über die Arme und warum ließ mich dieses mulmige Gefühl nicht los?

Als ich zur Kreuzung kam und bei der Post anhielt, weil ein Fußgänger die Straße vor mir überquerte, zögerte ich kurz, bevor ich weiterfuhr. Unschlüssig stand ich da und fragte mich, was ich tun sollte. Vielleicht doch umdrehen? Oder lieber nicht? Ich könnte ja heute Nacht bei Peter bleiben. Warum auch nicht? Wenn ich ihn ganz lieb darum bat und ihm erklärte, warum ich es für das Beste hielt? Aber wirkte das nicht albern und übertrieben, sogar ein wenig verrückt? In Gedanken versunken überhörte ich das Klingeln einer anderen Fahrradglocke neben mir. Erst als ein „He, träumst du? Siehst du keinen mehr? Hallo, Erde an Simone" mich aufschreckte und zurück in die Realität holte, begriff ich wieder, was um mich herum vor sich ging.

Der Fußgänger war mittlerweile schon in weiter Ferne verschwunden, aber dafür stand Kathryn mit ihrem Fahrrad neben mir. Grinsend schaute sie mich, auf eine Antwort meinerseits wartend, an, aber außer ein gestottertes „Oh äh, hallo Kathrin, ich äh..." brachte ich nichts zustande. Statt einen vernünftigen Satz über die Lippen zu bekommen, bildete sich ein Kloß in meiner Kehle. Allzu viel fehlte nicht und ich würde losheulen.

Kathryn musste mitbekommen haben, wie nahe ich am Wasser gebaut war. „He, was ist los Moni, alles Okay mit dir?"

Mitfühlend legte sie ihre Hand auf meinen Arm und schaute mich an. Und wie das eben so ist, sobald jemand ein wenig Mitgefühl zeigt, öffnen sich fast bei jedem die Tränenschleusen. Ich bildete da keine Ausnahme.

Sie schob ihr Fahrrad langsam weiter, während ich ihr schluchzend mein Leid klagte. Ohne darauf zu achten, wohin wir liefen, folgte ich ihr und registrierte dabei kaum, wie wir die Ampel überquerten und die Klosterlohne hochliefen. Ich jammerte und jammerte und Kathryn hörte mir schweigend zu.

Es tat gut, ihr mein Herz auszuschütten und als wir bei ihr Zuhause angekommen waren, ging es mir viel besser. Ich fing sogar an, Scherze darüber zu machen, dass ich mich aufführte wie das Elend persönlich. Schließlich würde Peter ja nicht in den Krieg ziehen. „Ach komm, so schlimm bist du nicht. Ich kann dich verstehen, es ist wirklich blöd, dass ihr in den Ferien getrennt seid. Aber wenn du willst, können wir öfters was zusammen unternehmen. Ins Kino gehen oder in den Club, oder wozu du sonst Lust hast"

Kathryn stellte ihr Fahrrad ab und hob die Plastiktüten aus dem Gepäckträgerkorb. „Ja gerne", antwortete ich und meinte es in diesem Moment auch wirklich so. Wir beide hatten in letzter Zeit wenig gemeinsam unternommen, schon gar nicht ohne die anderen Mädels. Aber sie war mir in diesem Moment eine echte Freundin und warum sollten wir nicht zusammen weggehen? Was sprach dagegen? Ich nahm ihr eine der Tüten aus der Hand und half Kathryn, die Sachen zum Hauseingang zu tragen. Dort angekommen überlegte ich, ob ich mit reingehen sollte. Es wäre nett, noch ein wenig mit ihr zu reden, aber als Frau Heyna mit einem Ruck die Tür öffnete, änderte ich meinen Plan sofort. Laut wie immer, polterte sie heraus, riss mir die Tüte aus der Hand und knallte mir ein *Kind, was siehst du scheiße aus* an den Kopf, während sie zurück ins Haus abrauschte. So gern ich Kathryn hatte, ihre Mutter dagegen fand ich furchtbar.

Dabei ging es mir keinesfalls um ihr nicht gerade ansprechendes Äußere. Ihre dumme und plumpe Art war für mich kaum auszuhalten. Als eine der größten und verlogensten Tratschtanten im Ort bekannt, mieden viele, wie auch ich, ihre Gesellschaft. Neugierig würde sie wie immer ständig ins Zimmer hereinkommen oder (wir hatte sie alle schon dabei erwischt) lauschend an der Zimmertür stehen. Darum hatten ich und der Rest der Clique außerhalb der Schule selten Kontakt zu Kathryn. Wir trafen uns lieber bei Marlies oder Antje, wo die Mütter uns in Ruhe ließen. Auch heute hatte ich ganz bestimmt keinen Bedarf, am nächsten Tag durch irgendeine von ihr zusammen gebastelte Lügengeschichte das Stadtgespräch zu sein. Also sah ich zu, dass ich mich schnellstmöglich von meiner Freundin verabschiedete und wieder auf den Weg machte.

Zuhause angekommen, dröhnte mir bereits im Flur aus Olivias Zimmer laute und aggressive Musik entgegen. Irgendwas mit „Gott ist tot" oder so ähnlich. Eigentlich nichts Neues, aber heute nervte es mich besonders. Für mich klang ihre Musik wie Krach und reine Provokation. Ich stand mehr auf Jennifer Lopez, Mark Forster oder Casper. Lieder, zu denen man tanzen konnte oder die Texte hatten, die das Leben mit all seinen Problemen beschrieben. Das, was Olivia sich tagtäglich anhörte, machte nur aggressiv und besaß meiner Meinung nach absolut keinen Inhalt. Texte mussten Gefühle widerspiegeln, aufbauen, trösten oder Spaß machen und nicht über Tod und Co berichten.

Wie sehr wünschte ich mir, sie würde den Krach leiser stellen oder sich zumindest die Kopfhörer in die Ohren stopfen, aber aus langwieriger Erfahrung hatte ich gelernt, sie darum zu bitten war zwecklos. Im Gegenteil, sie würde die Musik, sobald ich aus ihrem Zimmer ging, nur noch lauter drehen. Olivia war es egal, was ich wollte. Nur wenn meine Mutter oder mein Dad ihr etwas sagten, tat sie, was die beiden von ihr verlangten.

Missmutig ging ich in mein Zimmer und warf mich aufs Bett. An die Decke starrend, malte ich mir aus, wie die kommenden Tage sein würden. Ich sah mich einsam und allein tagelang in meinem Zimmer hocken, während alle anderen ihren Spaß hatten. Klar wusste ich, dass das völliger Blödsinn war, ich hatte genug Freunde, die dafür sorgen würden, dass erst gar keine Langeweile bei mir aufkam. Aber irgendwie schaffte ich es nicht, mich aus diesem traurigen Szenario herauszuholen.

Dank Olivias Musik, die ihr Zimmer direkt neben meinem hatte, gesellten sich zu meiner trüben Stimmung auch noch Kopfschmerzen. Dumpf pochten sie im Takt der Musik in meinem Kopf. Ich schloss die Augen. Es würde mir gut tun, ein wenig zu schlafen. Meistens sah meine Welt danach gleich ein wenig besser aus.

-35-

Ein Blick auf die Uhr ihres Handys zeigte Olivia, dass es nicht mehr lange dauern würde, bis Simone nach Hause kam.

Es war wichtig, auf die Rückkehr ihrer Schwester vorbereitet zu sein. Um diese ja nicht zu verpassen, hatte sie sich hinter dem Vorhang versteckt und so, von außen nicht sichtbar, an das Fenster ihres Zimmers gestellt. Mit zusammengekniffenen Augen, um die sie blendenden Sonnenstrahlen abzuschwächen, beobachtete sie die Straße.

Normalerweise brauchte sie sich keine Sorgen machen, dass Simone an ihrer Zimmertür klopfte, um sich mit ihr zu unterhalten. Sie gingen sich aus dem Weg und jede machte einen weiten Bogen um die andere. Beide Mädchen interessierten sich kaum für die Probleme der anderen. Aber zurzeit konnte Olli sich nicht darauf verlassen, dass Simone sich „normal" verhielt.

Die kleine Schlampe war im Moment unberechenbar und somit das, was sie eventuell als Nächstes tat, schlecht vorhersehbar. Erst gestern Abend hatte sie sich lautstark bei Nadine darüber beschwert, wie wenig Zeit Peter und ihr blieb, bevor er für zwei Wochen auf die Bahamas flog. Ein einziger Vormittag für die arme Simone, mehr konnte er nicht erübrigen! Es gab zu viele Verpflichtungen, die der brave Junge noch vor seinem Flug erledigen musste! Viel zu wenige Stunden, um Moni ausgiebig über die kommende schmerzvolle Trennung hinwegzutrösten. Oder besser gesagt - um sie noch einmal richtig ranzunehmen. Obwohl, Simone und sich rannehmen lassen? Etwas, was sie sich von der braven Zicke kaum vorstellen konnte.

Peter und Verpflichtungen, die er erfüllte? Olivia grinste bei dem Gedanken daran, wie diese in Wahrheit aussahen. Mit Sicherheit bestanden sie für ihn nicht aus Koffer packen und frühem Schlafengehen.

Die blöde Kuh, kam in diesem Moment die Straße hochgefahren. Es war so weit, sie musste sich beeilen und endlich mit dem, was sie tat, fertig werden.

Am Zaun stieg Simone ab und schob das Fahrrad zur Garage. Selbst aus dieser Entfernung konnte Olivia ihr verheultes Gesicht erkennen. Typisch für sie, den Tag des großen Abschiedes der beiden Liebenden, so wie es sich für sie und die anderen blöden Gänse aus der Clique gehörte, tränenreich auszuleben. Wahrscheinlich hatte sie Peter mit Gejammer - untermalt von Rotz und Wasser - die letzten Stunden ausgiebig versaut. Man konnte fast Mitleid mit ihm haben.

Obwohl - nein! Ihr Mitgefühl hielt sich dann doch eher in Grenzen. Warum auch, sie wusste ja, sein Leiden war nur von kurzer Dauer. Olivia kannte da einige Dinge, die Peter sehr gut gefielen.

Vielleicht hätte sie ihr die netten kleinen Geschichten, die von Peters sexuellen Vorlieben handelten, gestern beim Abendessen erzählen sollen? Ein spöttisches Lachen erklang aus ihrem Mund. Das geschockte Gesicht von Simone zu sehen, oh ja, das wäre klasse gewesen. Aber Nadine hatte mit ihnen am Tisch gesessen und, wie so häufig in der letzten Zeit, mit traurigen Augen vor sich hingestarrt.

Den damit verbundenen Stress wollte sie ihr nicht zumuten. Wozu auch, Simone hätte Olivia sowieso nicht geglaubt. Jede Beteuerung, dass sie die Wahrheit sagte, selbst Fotos von der Schweinerei, die er hinter ihrem Rücken abzog, wären vertane Liebesmüh gewesen. Simones kleines Erbsengehirn weigerte sich der Tatsache, dass sie Peter allein nicht reichte, ins Auge zu sehen. Nein, er stellte für Moni den ehemaligen Sünder, welchen sie auf den Tugendpfad

zurückführte und so zu einem beinahe Heiligen machte, dar.
Also hielt Olli lieber den Mund.

Wie immer nahm sie Rücksicht auf ihre Pflegemutter. Sie
wusste, Nadine durchlitt in den letzten Wochen Höllenqualen. Im Gegensatz zu Simone, ihrer naiven Tochter, durchschaute sie die dreckige Show, die ihr jemand ganz Be-
stimmtes vorzuspielen versuchte.

Aber Simone sah das nicht. In ihrer eigenen Selbstgefällig-
keit badend, dachte sie nur an sich selbst und verschloss die
Augen gegenüber allem - auch dem, was ihre Mutter
durchmachte. Statt für Nadine da zu sein, hing sie ihr mit
ihren lächerlichen Kinderproblemen in den Ohren. Tagtäglich nervte sie jeden mit ihrem Geplärre darüber, wie schwer
doch das Leben einer Simone Fischer sei.

Das würde sich jetzt von Tag zu Tag, bis zur Rückkehr ihres
Herzallerliebsten, steigern. Schon jetzt sah sie, wie Moni in
Nadines Armen hing und tränenreich *ich vermisse Peter so sehr,
und ich bin so einsam, blablabla,* schluchzte. Nadine würde ihr
wieder einmal zuhören, sie trösten, und zu guter Letzt Eis
aus der Gefriertruhe holen. Eis half ihrer Meinung nach bei
jedem Kummer, insbesondere bei Liebeskummer. Gemeinsam würden sich Mutter und ihre *echte, einzig wahre* Tochter
damit vollstopfen und Olivia wäre mal wieder außen vor.

Sie kotzte dieses scheinheilige Getue ihrer Pflegemutter an.
Um Simone zu trösten und ihrer Verpflichtung gerecht zu
werden, schlüpfte Nadine in die Rolle der perfekten verständnisvollen Mutter. Verbarg ihr wahres Ich und unter-
drückte das, was sie in Wahrheit fühlte.

Es war grausam von ihrer Tochter, sie in diese Lage zu
zwingen und ganz bestimmt kein liebevolles Verhalten.

Sie hasste Simone dafür.

Immer, wenn sie die beiden beobachtete, dachte sie, dass
Simone niemals hätte geboren werden dürfen. Nadine und
sie waren sich so ähnlich, verstanden sich ohne Worte. Wäre das Schicksal gerecht, hätte es dafür gesorgt, dass sie,
Olivia, als Tochter dieser wunderbaren Frau das Licht der

Welt erblickt hätte und nicht aus dem Schoss eines dreckigen Monsters hervorgekrochen wäre.

Olivia zweifelte nicht im Geringsten daran, dass auch Nadine ihre Tochter armselig und dumm fand. Es musste so sein! Ihre Pflegemutter war die einzige Person in dieser Familie, die einen schlauen Verstand besaß und nicht nur stupide ihr Dasein fristete. Die Olli mit all ihren kaputten Gefühlen und Gedanken verstand und die ahnte, wie es war, diese Leere in sich zu tragen. Ertrugen sie doch beide Wunden aus der Vergangenheit. Olivia glaubte, sie in Nadines Gesicht zu sehen, las es zwischen den Zeilen, wenn Nadine etwas von ihrer Kindheit erzählte.

Der letzte Rest Liebe in ihr gehörte ihrer Pflegemutter und sie hatte sich geschworen, niemals zuzulassen, dass man ihr weh tat. Immer für sie da zu sein und sie zu beschützen, so gut sie es eben konnte.

Doch heute und auch die nächsten Tage würde Nadine keine Zeit für Olivia haben und ihre ganze Aufmerksamkeit Simone widmen. Vielleicht, wenn sie ihr von dem Plan, was sie für Nadine tun wollte, erzählte …

Aber nein, nicht heute, nicht morgen. Keiner dieser Tage war der perfekte. Der Moment, sie damit zu überraschen, musste warten. Sie musste geduldig sein und vorher eins nach dem anderen erledigen. *Gut Ding will Weile haben* - das sagte man doch so, oder?

Ihr Gesichtsausdruck erstarrte, als sie die Rasierklinge auf ihrem Oberschenkel ansetzte, ohne Eile in das Fleisch drückte und danach diese Zentimeter für Zentimeter nach unten zog. Ausdruckslos beobachtete sie, wie das Blut hervorquoll und in einem Rinnsal ihr Bein herunterlief.

Zuerst spürte sie nichts, doch dann setzte das Brennen, welches zu einem heftigen Schmerz wurde, ein. Voller Vorfreude wartete sie auf das ersehnte Gefühl, aber die Verletzung reichte nicht, damit sie spürte, dass sie, Olivia, lebte und nicht nur eine Hülle ohne Inhalt war. Dieser Schmerz war nur der Vorbote auf den nächsten Schnitt. Den kommenden, bei dem sie den Druck ihrer Hand noch mehr steigerte und die Klinge gefährlich tief in ihrer Haut versank.

Sie hielt den Atem an und ließ die Klinge ihre Wünsche erfüllen. Ihre Hand war nur das Werkzeug, welches diese führte. Ja, so war es gut und sie liebte es zuzuschauen, wie immer mehr Blut heruntertropfte und die Schneide regelrecht in den Hautschichten verschwand.

Sie musste aufpassen, es war zu tief und der Schmerz kaum noch auszuhalten. Aber, oh ja, er war perfekt. Sie atmete immer schneller und flüsterte dabei *hör auf, Olivia, hör auf.* Aber sie wusste, ihre Worte waren eine einzige Farce. Sie machte sich selber etwas vor, denn noch war der ersehnte Punkt nicht erreicht. Und um das zu bestätigen, zog sie die Klinge aus der Wunde heraus, schloss die Augen und setzte sie erneut an. Den letzten Schnitt führte sie zügig und kurz aus. Dieses Mal reichte die neu entstandene Wunde aus, mehr brauchte sie nicht.

Leben. Sie, Olivia, existierte und endlich fühlte sie auch ihren Körper. Ein letztes leises Stöhnen kam über ihre Lippen. Mit einem zufriedenen Lächeln öffnete sie ihre Augen und sah sich die Wunden an. Oder besser gesagt das, was sie trotz ihres Blutes erkennen konnte.

Ihr Bein sah wirklich schlimm aus. Die Wunden mussten dieses Mal tiefer als sonst sein. Sie hatte nicht aufgepasst und wieder einmal die Kontrolle über sich selbst verloren. Irgendwann würde sie im Krankenhaus landen und das, was sie tat, jedes noch so kleine Detail ihres Geheimnisses, offenbart werden.

Aber manchmal reichte das schnelle Ritzen, das nicht mehr als einen dünnen Kratzer hinterließ, einfach nicht aus, um diesen Druck loszuwerden. Es gab Momente, in denen ihr Körper, selbst wenn sie ihn mit dem intensivsten Schmerz fütterte, das, was sie begehrte, verweigerte.

Die quälende Unruhe trieb sie ständig dazu, etwas zu tun, was sie eigentlich nicht wollte. Etwas, das dafür sorgte, dass sie sich einige Tage lang nicht mehr im Spiegel betrachten konnte. Allerdings hielt das schlechte Gewissen nie lange genug an, um sie davon abzuhalten, es immer wieder zu tun, obwohl Olivia wusste, dass es falsch war. Dass die Gefahr, dass jemand ihr dreckiges Geheimnis lüftete, immer größer wurde. Sie hatte Angst davor, war aber auch mittlerweile zu einer Meisterin der Tarnung und des Verbergens geworden. Genau wie der Mann in dieser Familie. Auch er beherrschte diese Fähigkeiten perfekt.

Durch einen Zufall hatte sie vor einigen Wochen zum ersten Mal gesehen, wie die beiden sich trafen. Spät abends war Olivia dem Schwein hinterhergeschlichen, denn schon lange glaubte sie ihm seine Lügen nicht mehr.

Angeblich wollte er spätabends noch zum Fitnesscenter, aber stattdessen fuhr er mit dem Fahrrad zum Badesee.

Sie hatte mit Schwierigkeiten gerechnet, befürchtet, von ihrem Pflegevater entdeckt zu werden. Aber er schien so voller Vorfreude auf das Miststück, welches ihn erwartete, zu sein, dass er der Umgebung, und ob ihm jemand folgte, keine Beachtung schenkte. So war es ein Leichtes, ihm hinterherzufahren und sich im Gebüsch am Ufer in der Dunkelheit zu verstecken. Heimlich zu beobachten, wie er sie, die dort auf ihn wartete, begrüßte.

Danach war sie den beiden zu dem kleinen Haus im Ferienpark gefolgt. Es lag direkt am Wald in der Kastanienallee und war eines der ersten, die dort gebaut worden waren. Mittlerweile sah man dem Gebäude das Alter an und es wirkte verwahrlost, dem Abriss nahe. Somit wurde es kaum noch an Feriengäste vermietet und stand die meiste Zeit leer.

Aber genau aus diesem Grund waren die alten Häuser billig für eine Nacht zu mieten. So entwickelten sie sich mit der Zeit vom Ferienhaus zum Stundenhotel. Um sich dort gegenseitig das Hirn wegzuvögeln, reichte der Komfort, welchen sie dem Besucher boten, vollkommen aus.

Ein weiterer Pluspunkt war, dass sich dorthin kaum noch jemand, der nichts zu verbergen hatte, verirrte. Der optimale Treffpunkt, um heimlich ein Schäferstündchen abzuhalten, oder auch jemanden umzubringen.

Die beiden waren sich so sicher, dass sie, kaum im Haus verschwunden, übereinander herfielen. Olivia stand auf der Auffahrt zur Garage und konnte ohne Problem beobachten, was in den Zimmern vor sich ging.

Was sie taten, ließ sie kalt, völlig gleichgültig. Keinerlei Gefühlsregung, nicht einmal Wut, ergriff Besitz von ihr. Sie empfand nur Ekel, dass er, ohne mit der Wimper zu zucken, später ins Bett kriechen und Nadine Liebe vorheucheln würde. Einer musste etwas dagegen tun! Die beste Gelegenheit, ihrer Pflegemutter ein wenig von dem, was sie für Olli getan hatte, zurückzugeben. Sie hatte es verdient!

Olivia blieb ihm auf den Fersen, wenn er zu der Schlampe, der angeblichen Freundin von Simone, eilte. War es nicht das Haus oder der Wagen, dann trafen sie sich im Wald, wo er sie auf dem dreckigen Boden nahm. Vögeln schien ihrer beider Lebensinhalt zu sein.

Das Naivchen Simone hatte keine Ahnung davon, was ihr Vater in seiner Freizeit so trieb. Nichts, was Olivia interessierte, aber es störte sie, dass ihre Pflegemutter litt. Fast jeden Abend wartete diese immer wieder auf die Wanduhr starrend darauf, dass ihr Scheißkerl von Ehemann nach Hause kam. Der hilflose Gesichtsausdruck zeigte, wie schlecht es ihr dabei ging. Wie einsam sie sich fühlte. Aber sobald Nadine mitbekam, dass Olivia sie heimlich beobachtete, lächelte ihre Pflegemutter sie an, bemüht, die Fassade einer glücklichen Familie aufrechtzuerhalten. Eine starke Frau wie sie behielt eben die Fassung.

Wirklich eine Ironie des Schicksals. Sowohl Simones Vater, wie auch deren Freund, waren von der Sorte Männer, die niemals die Finger von anderen Weibern lassen würden. Peter war wie Werner. Vielleicht, wenn sie dazu in der Lage wäre, hätte Olli mit Moni sogar Mitleid gehabt.

Ein weiterer letzter kleiner Schnitt, schnell und präzise ausgeführt, aber nicht wirklich effektiv, dann wurde es Zeit, aufzuhören. Olivia nahm ein Tuch aus der Box auf ihrem Nachttisch und säuberte damit die Rasierklinge vom Blut. Nachdem sie mit dem Ergebnis zufrieden war, legte sie sie zurück an ihren alten Platz, dem Versteck unter der Matratze.

Olli hörte, wie Simone die Haustür aufschloss. Schnell schlüpfte sie aus den Hosenbeinen der Jeans, die zu ihren Füßen lag, und eilte hinüber zu ihrer Soundanlage.

Den Regler der Musik lauter drehend, griff sie gleichzeitig nach dem Handtuch, welches sie vorher auf das Regal gelegt hatte. Vorsichtig drückte sie es auf die Wunden an ihrem Bein. Schnell sog es sich mit ihrem Blut voll und ein großer dunkelroter Fleck auf dem Stoff wurde sichtbar.

Grell und aggressiv dröhnte die Musik in Olivias Ohren. Eigentlich mochte sie weder die Lautstärke noch die Texte der Songs. Gerade jetzt, nachdem, was sie getan hatte, wäre ihr die vollkommene Stille lieber gewesen. Aber dieser Schund hielt Simone davon ab, ungefragt in ihr Zimmer zu kommen. Dass sie sie jetzt mit ihrem Peterscheiß vollquatschte, war das Letzte, was sie gebrauchen konnte.

Während sie erneut auf die Uhr ihres Handys schaute, ließ sie das Tuch fallen und hob die Jeans vom Boden auf. Kritisch untersuchte sie diese und entdeckte einige Blutflecken an den Hosenbeinen. Sie waren deutlich zu sehen und würden Nadine beim Wäschesortieren kaum entgehen. Ihr blieb nichts anderes übrig als zu versuchen, selber das Blut mit Waschpulver und warmem Wasser rauszubekommen, wenn Olivia keine unangenehmen Fragen beantworten wollte.

Die Wunden hatten aufgehört zu bluten aber mit dem Schorf und der Blutkruste, die sich auf ihrer Haut gebildet hatte, sah ihr Bein kaum besser, sondern eher schlimmer aus. Es würde lange dauern, bis sie komplett verheilt waren und nur noch Narben an den heutigen Tag erinnerten.

Olli löste ihren Blick von ihrem Bein und sah wieder auf die Uhr. Mist, erst fünf Minuten waren von den üblichen zehn Minuten, die Simone normalerweise brauchte, um die Treppe hochzukommen und in ihrem Zimmer zu verschwinden, vergangen. Erst dann konnte sie sich sicher sein, Ruhe vor ihr zu haben. Konnte die blöde Kuh sich nicht ein wenig beeilen? Sie musste dringend duschen, um die Sauerei zu entfernen und sich für ihr Date zurecht zu machen. Das alles sehr leise, damit Simone nichts davon mitbekam. Und vor allem musste sie verschwunden sein, bevor Nadine zurückkam.

Es war wichtig, pünktlich bei ihrer Verabredung zu erscheinen und der Zeitpunkt dieser rückte viel zu schnell näher. *Verdammt!* Siedend heiß fiel ihr ein, dass sie vergessen hatte, die Tür abzuschließen. Hoffentlich kam die blöde Kuh nicht doch auf die Idee, in ihr Zimmer zu stürmen.

Aber nein, die erforderlichen zehn Minuten gingen rum und keine Simone zeigte sich bei ihr. Erleichtert knüllte Olivia die Jeans zusammen und machte sich auf den Weg zum Badezimmer.

-36-

Dämmerlicht fiel durch die geöffneten Vorhänge meines Zimmerfensters und kündigte den hereinbrechenden Abend an. Ich musste erschöpfter gewesen sein, als ich zunächst angenommen hatte, denn als ich beim Aufwachen auf meinen Wecker sah, standen die Zeiger bereits bei 19.30 Uhr. Somit hatte ich den kompletten Nachmittag verschlafen. Wirklich ausgeruht und erholt fühlte ich mich allerdings nicht, sondern eher wie gerädert und immer noch sehr müde.

Angeekelt verzog ich das Gesicht, als ich den beißenden Schweißgeruch, welchen mein Körper ausströmte, wahrnahm. Von dem angenehmen Duft meines Duschgels und der Körperlotion war definitiv nichts übriggeblieben. Klamm und kalt klebte die Kleidung an meinem Körper, ich musste regelrecht in Schweiß gebadet haben. Es waren die Spuren der wirren Träume, welche mich in den letzten Stunden begleitet hatten.

Eigentlich schlief ich immer tief und fest. Alpträume kannte ich kaum und wenn, dann waren sie gegen das, was ich in den letzten Stunden erlebte, niedliche Kindergartengeschichten. Selbst die, die ich bis dato für schlimm hielt, kamen nicht einmal ansatzweise an die Bilder meiner Erinnerungen heran. Und obwohl das Aufwachen mich eigentlich von dem Grauen erlösen sollte, wanderten weiter Schauer über meine Haut. Anstatt, dass die Bilder langsam verblassten, blieben sie weiter klar und deutlich in meinem Verstand vorhanden. Immer noch kam es mir so vor, als würde ich alles wirklich erleben oder als ob ich mir im Kino einen Film anschaute, in dem Peter, und absurderweise auch Olivia, die Hauptrollen spielten. Zwei Menschen, die, außer dass sie beide in meinem Leben vorkamen, sonst in keinerlei Verbindung standen. Allerdings schien meine Fantasie ganz anderer Meinung zu sein.
In meinem durchgeknallten Gehirnkino wirkten sie beide untrennbar und das Szenario meines Traumes gehörte größtenteils ihnen. Ich musste Szenen, in denen sie miteinander schliefen, ertragen. Ich und ein Schatten, welcher neben dem Bett stand, schauten und hörten ihnen zu, wie sie sich über mich lustig machten. Worte wie *dumm* und *Naivchen, prüde,* ja, sogar *frigide Kuh* im Zusammenhang mit meinem Namen, hallten durch den imaginären Raum und wiederholten sich durch ein nicht enden wollendes Echo qualvolle dutzende Male. Ich atmete auf, als endlich Stille herrschte und die Dunkelheit den Anblick der beiden verschluckte.
Doch meine Erleichterung sollte nur kurz anhalten. Wenige Sekunden, nachdem das Lachen verstummte und der Lie-

besakt der beiden vor meinen Augen verschwand, wurde es wieder hell.

Der Schatten stand mir nun an der Wand gegenüber, während ich gefesselt in einer Ecke hockte. Verzweifelte Hilferufe erfüllten meine Umgebung. Ich wusste nicht, wo sie herkamen oder wer sie ausstieß. Unfähig mich zu bewegen, starrte ich in die Augen einer mir fremden Person, die vor mir saß. Es war mir unmöglich, irgendetwas in diesem Gesicht zu erkennen, doch die Bösartigkeit, welches es ausstrahlte, war regelrecht greifbar.

Ein leises Knacken und ein Geräusch einem Ploppen ähnlich, erklangen, während sich nun die Augäpfel vom Gesicht lösten. Ich zweifelte daran, dass es sich bei diesem Wesen um einen Menschen handelte und mein Verstand schrie danach, fortzulaufen, während ich in leere Augenhöhlen starrte. Ich wollte fort von hier, aber mein Körper gehorchte mir nicht. Er ließ mir nicht einmal die Wahl, meinen Kopf von dem Gesicht, das aus einem grausam verzerrten Lächeln zu bestehen schien, weg zu drehen. Ich besaß keinerlei eigenen Willen, keine Entscheidungsfreiheit, so, als ob es nicht einmal mein eigener Körper, sondern der eines anderen war.

Aber es musste so sein. Wie sonst konnte ich in diesem Moment eine Hand, welche mein Kinn umklammerte, wahrnehmen? Spüren, wie Finger mein Gesicht mal in die eine Richtung, dann wieder nach oben zu den über mir schwebenden Augen drehte. Wem sie auch gehörten, er schien seinen Spaß daran zu haben, mich wie eine Marionette zu behandeln.

Urplötzlich verstummten die Schreie und nur ein leises, weit entferntes Schluchzen blieb übrig. Auch der Griff, mit der die Geisterhand mein Kinn umklammerte, ließ nach. Beinahe sanft umschlossen die Finger es jetzt. Ich wagte sogar zu hoffen, dass sie mich bald ganz loslassen würden, bis sie meinen Kopf mit einem Ruck brutal nach links zogen.

Hatte ich geglaubt, dass das Bisherige für mich kaum zu ertragen war, erwartete mich in diesem Augenblick eine weitere Steigerung des Horrors. Das grässlich entstellte Gesicht hing jetzt über Peters Schulter und eine lange spitze Zunge züngelte genießerisch über seine Lippen. Schemenhaft erkannte ich lange knochige Finger, die ein glänzendes silbernes Messer hielten. Ich ahnte, was als Nächstes geschehen würde, aber mein Freund sah mich ausdruckslos an, so als ob er nicht begriff, was vor sich ging und in welcher Gefahr er schwebte. Erst als das Geschöpf die Klinge an seine Kehle setzte und mit einem einzigen Schnitt durchtrennte, veränderte sich Peters Gesichtsausdruck.

Seine Augen erzählten mir von der Panik, dem Grauen und dem Wissen, dass er jetzt sterben würde. Es war furchtbar, das mit anzusehen. Das Allerschlimmste aber war, Ich durchlebte es mit ihm gemeinsam. Spürte seine Angst, den Schmerz und die Qual, während ich ihn, das zufrieden grinsende Gesicht, die über mir schwebenden grau und braunen Augen und zu guter Letzt mich, die gefesselt am Boden lag, ansah. Ich fühlte alles - als ob ich Peter wäre. Begleitet von einem Wahnsinn, der sich nicht mehr aufhalten ließ.

Ich beobachtete, wie ich den Mund aufriss, um nach Hilfe zu rufen. Doch ich blieb stumm. All meine Anstrengung, uns zu retten, war umsonst. Niemand würde kommen, um uns zu helfen. Peter und ich ertranken in dem Meer von Blut, das aus seiner Kehle lief, während das Gesicht vor Freude kicherte.

Dann begann alles wieder von vorn. Peter, Olivia, der Schatten und ich, wir alle waren wieder da, gefangen in einer Endlosschleife, um meinen Traum aufs Neue zu erleben.

Umso erleichterter war ich beim Aufwachen, dass ich diesem Irrsinn entkommen war. Froh darüber, dass mich nur ein Alptraum, zugegeben ein wirklich furchtbarer, aber eben doch nur meine Fantasie, gequält hatte.

Eigentlich hätte ich ja den Rest des Abends beruhigt verbringen können, aber das tat ich nicht. Die Unruhe verflüchtigte sich einfach nicht. Hartnäckig drehten sich meine Gedanken weiter um meinen Alptraum und ich, die Horrorfilme lächerlich fand, mich häufig sogar über das Gesehene amüsierte, zitterte fast vor Angst. Wie ein kleines Kind, das nach seiner Mutter rief, saß ich aufrecht in meinem Bett und wünschte, sie wäre in meiner Nähe. Ich wünschte mir, dass irgendjemand ins Zimmer kommen würde, das Licht einschaltete, mich beruhigte, indem er mir sagte, dass es Peter gut ging. Selbst, wenn Olivia diejenige war. Alles gefiel mir besser, als allein zu sein.

Aber weder Mutter noch Olli würden meine Zimmertür öffnen. Mama besuchte ihre Freundin und wie sonst auch, konnte ich erst spät mit ihrer Rückkehr rechnen. Aus Olivias Zimmer dröhnte immer noch die laute Musik, somit brauchte ich mir nicht die Mühe zu machen, sie zu mir zu rufen oder an die Wand zu klopfen. Mit großer Wahrscheinlichkeit würde sie sowieso nicht darauf reagieren. Mir blieb nichts anderes übrig, als aufzustehen und zum Lichtschalter zu gehen.

Mir war mulmig und mein Herz klopfte wie wild, als ich mich aus meinem Bett erhob und die ersten Schritte tat.

Der Raum lag zwar nicht in vollkommener Dunkelheit, einige Dinge erkannte ich noch im Zwielicht, aber eben nur undeutlich, was es kaum besser machte. Ich benahm mich wirklich wie ein Hasenfuß, doch es kam mir vor, als ob ich den einzig sicheren Platz in meinem Zimmer verließ und überall im Raum dieses ekelhafte Wesen auf mich lauerte.

Nichtsdestotrotz, ich brauchte Licht, das mir zeigte, dass sich niemand in irgendwelchen Ecken meines Zimmers versteckte. Keine Fratze, keine Augen hinter meinem Regal hervorkommen würde, und dass nur eine Umgebung, in der ich mich seit Jahren wohlfühlte, mich erwartete. Es würde mir mit Sicherheit besser gehen.

Zuerst lief ich langsam und zaghaft, dann aber rannte ich regelrecht die letzten paar Meter. Dabei stieß ich gegen die

Ecken von meinen Möbeln oder trat auf Schuhe, die ich vorher achtlos auf den Boden geworfen hatte. Doch sobald ich mein Ziel erreicht hatte, den Lichtschalter drückte und das warme Licht der Glühbirne aufflammte, interessierte mich das alles nicht mehr. Das Einzige, was zählte, ich entdeckte hier in meinem Raum nichts, vor dem ich Angst haben musste. Erleichtert atmete ich auf.

In der Helligkeit verblasste langsam aber sicher mein Alptraum. Mit ihm verflüchtigte sich auch meine Angst. Ich musste sogar ein wenig über mich selbst und mein kindisches Verhalten lächeln. Dass ich mich vor den Verrücktheiten meines Verstandes so fürchtete! Jeder, der ein wenig Wissen besaß, wusste doch, dass man im Schlaf die Einflüsse und Gedanken des Erlebten verarbeitete.

Peter würde sich schlapp lachen, wenn ich ihm davon erzählte. Das war eine WhatsApp Nachricht wert und es wurde sowieso Zeit, dass ich mich bei ihm meldete.

Suchend wanderte mein Blick durch das Zimmer. Wo hatte ich mein Handy als Letztes hingelegt? Normalerweise deponierte ich es auf dem Nacht- oder Schreibtisch. Aber ich konnte mich nicht daran erinnern, das bei meiner Rückkehr getan zu haben.

Als ich es von weitem nicht entdecken konnte, lief ich zu beiden Plätzen, um genauer nachzuschauen. Doch da war kein Handy. Und egal, wie sehr ich auch in meinem Zimmer danach suchte, es tauchte nirgendwo auf.

Vielleicht hatte ich es ja auch in meinem Rucksack oder in meiner Jacke gelassen? Wobei Letzteres eher unwahrscheinlich war. Ich trug den Rucksack unterwegs stets bei mir. Sein Inhalt bestand aus Dingen wie meinem Portemonnaie, Kosmetika und eben auch meinem Handy. Sachen, die ich, wenn ich wegging, benötigte. Diesmal war meine Suche von Erfolg gekrönt und ich fand die Tasche auf dem Boden direkt vor meinem Bett.

Ich knotete die Lederkordel auf und schaute hinein. Auf den ersten Blick konnte ich nicht erkennen, ob mein Handy sich zwischen all den anderen Sachen befand. Kein Wunder bei dem ganzen Sammelsurium, welches sich mir offenbarte.

Allerdings auch nach längerem suchendem Rumwühlen zeigte sich der von mir benötigte Gegenstand weder im Beutel noch in der Seitentasche. Aber es musste doch dort sein. Ich war mir sicher, es wieder in den Rucksack gelegt zu haben, nachdem ich zuletzt Antje angesimst hatte.

Einen letzten Versuch startend, setzte ich mich auf das Bett und kippte den kompletten Inhalt auf die Bettdecke. Verwundert schüttelte ich über das, was sich dort vor mir ausbreitete den Kopf. Wie viel Blödsinn sich in meinem Rucksack im Laufe der Zeit angesammelt hatte. Unnützer Kram, den ich eigentlich niemals benutzte oder besser gesagt, nicht brauchte. Von alten Kassenbons bis zu ausgetrockneter Wimperntusche fand ich alles Mögliche, nur eben das, wonach ich suchte, nicht - mein Handy. Also blieb mir nur noch die eine Möglichkeit, ich musste es wohl doch in meine Jackentasche gesteckt haben.

Mittlerweile wurde ich wieder unruhig. Wie bei vielen anderen war das Handy zu einem Teil von mir geworden. Eigentlich regelte ich damit mein gesamtes soziales Leben. Nicht nur, dass ich es für Facebook, Instagram oder Twitter benutzte, nein, sämtliche Gespräche außerhalb unserer Treffen liefen darüber. Auch Peter und ich schickten uns gegenseitig Nachrichten. Meistens Sprachnachrichten; und das mehrmals täglich. Mit Sicherheit hatte er in den letzten Stunden genau das getan und sich gewundert, dass keine Reaktion von mir kam. Er machte sich bestimmt schon Sorgen darüber, dass ich mich nicht meldete.

Es half alles nichts, ich musste nach unten in den Eingangsflur. Dort an der Garderobe hing meine Jacke und mit höchster Wahrscheinlichkeit würde ich in einer ihrer Taschen mein Handy finden. Ich schob den gesamten Inhalt meines Rucksacks zur Seite und nahm mir dabei vor, den ganzen Krempel später wegzuräumen. Mich bei Peter zu melden war mir in diesem Augenblick weitaus wichtiger, anstatt jetzt für Ordnung zu sorgen.

Ich krabbelte aus dem Bett, lief zur Zimmertür, öffnete diese und trat hinaus.

Mein Weg durch den Flur zur Treppe führte an Olivias Reich vorbei. Ausnahmsweise war es in ihrem Zimmer still. Ich blieb zögernd davor stehen. Vielleicht sollte ich anklopfen und sie fragen, ob alles okay war? Klar, wir hatten schon seit langer Zeit keinen wirklichen Draht mehr zueinander. Nichtsdestotrotz machte ich mir, obwohl es kaum einen Grund dafür gab, Sorgen um sie. Der Alptraum hatte mich anscheinend sensibilisiert und ich schien mir um alles und jeden Gedanken zu machen.

Außerdem wollte ich ungern den restlichen Abend allein verbringen. Und wer weiß, wenn ich heute den Anfang machte, vielleicht würden wir uns aussprechen und in Zukunft wieder besser verstehen?

Aber in dem Moment, als ich die Hand hochhob, um an der Tür zu klopfen, erklang die gleiche aggressiv laute Musik wie eh und je. Der Krach brachte mich auf den Boden der Tatsachen zurück und ich ließ meine Hand wieder sinken.

Eine blöde Idee, zu glauben, irgendetwas würde sich zwischen uns beiden ändern. Olivia passte nicht in meine Welt und ich nicht mehr in ihre. Zwecklos der Vergangenheit nachzutrauern.

Es gab Wichtigeres für mich zu tun, wie zum Beispiel nachzuschauen, ob mein Handy mit neuen Nachrichten von Peter in der Tasche meiner Jacke auf mich wartete.

Eilig lief ich die Stufen herunter und in den Eingangsflur. Und richtig - gleich am ersten Harken der Garderobe hing meine Jacke.

Hoffnungsvoll schob ich meine Hand in die linke Seitentasche. Nichts! Das Gleiche in der rechten, und auch in allen übrigen fand ich, außer einigen benutzten Taschentüchern, nichts. Mein Handy war nicht da.

Wie ein aufgescheuchtes Huhn rannte ich durch das Haus. Durchwühlte Schubladen und durchforstete jeden Winkel, selbst in der Garage.

Ich lief mit der Taschenlampe die Auffahrt und einige Meter des Fußgängerweges, welcher zu unserem Haus führte, hoch und runter. Ich schaute sogar, auch wenn ich mir dabei selber blöd vorkam, im Kühlschrank nach. Aber egal wie lange und an welch anderen absurden Plätzen ich suchte, es blieb verschwunden.

Ich regte mich mit jeder Minute, die verstrich, ohne dass ich mich bei Peter melden konnte, immer mehr auf. Wie eine Furie, schimpfend und fluchend, tobte ich durchs Haus. Ich brüllte sogar nach Olivia, schrie die Treppe hoch, sie solle runter- kommen und mir gefälligst beim Suchen helfen.

Natürlich kam meine Pflegeschwester mir nicht zu Hilfe. Warum denn auch? Wenn ich ehrlich zu mir war, hätte ich das auch nicht getan. Außerdem hörte sie, dank der immer noch lauten *wunderbaren* Musik, kein einziges Wort, das ich durch die Gegend keifte.

Irgendwann erkannte ich, wie dämlich ich mich aufführte. Mit aller Wahrscheinlichkeit hatte ich das Handy unterwegs verloren. Der Supermarkt, in dem ich mit Peter gewesen war, hatte schon geschlossen und es war mittlerweile stockdunkel draußen. Somit konnte ich im Moment kaum etwas unternehmen, um es zurück zu bekommen.

Ich setzte mich kurz auf die Couch im Wohnzimmer und beruhigte mich selbst. Jede weitere Suche wäre eine reine Verschwendung meiner Zeit, die ich weitaus besser nutzen konnte. Wie dumm war ich eigentlich? Warum war ich nicht eher darauf gekommen? Schließlich hatte ich auch noch mein Notebook zur Verfügung. Zwar ohne WhatsApp aber mit Facebook und dem dazugehörigen Messenger, über den ich Peter problemlos eine Nachricht schicken konnte.

Über mich selbst den Kopf schüttelnd, sprang ich vom Sofa auf und beeilte mich, in mein Zimmer zu meinem Notebook zu kommen.

Es schien Ewigkeiten zu dauern, bis dieses vollständig hochfuhr und ich endlich ins Internet, und somit Facebook öffnen konnte.

Jede Menge Updates erwarteten mich und dann musste ich auch noch den Computer neu starten. Meine eigene Schuld, denn dank meines Handys benutzte ich mein Notebook kaum noch. Dennoch fühlte es sich für mich so an, als ob sich die gesamte Welt, inklusive dem PC, gegen mich und Peter verschworen hatte.

Aber dann war es endlich soweit und ich konnte den Chatroom vom Messenger öffnen.

Erleichtert entdeckte ich den leuchtenden grünen Punkt neben Peters Namen. Ein Zeichen, dass er online und somit für mich erreichbar war. In Windeseile tippte ich zwei Kuss-Emojis, ein Herz und *Hallo, mein Schatz* in das leere Schreibfeld. Danach drückte ich auf die Entertaste und schickte meine Nachricht zu Peter. Alles, was ich tat, wirkte ein bisschen umständlicher als sonst, wenn ich ihm über WhatsApp schrieb. Aber egal, ich war dankbar, auf diese Art und Weise meinen Schatz zu erreichen.

Nun dauerte es bestimmt nicht mehr lange, bis Peters Profilbild neben meinem Geschriebenen erschien. Weil er morgen in den Urlaub flog, rechnete ich damit, dass wahrscheinlich eine, wenn nicht sogar zwei Stunden vergingen, bis wir aufhören würden, zu chatten. Nebenbei Musik zu hören, hielt ich für eine gute Idee. Also minimierte ich den Messenger, öffnete Spotify und ließ meine aktuelle Playlist laufen.

Jede meiner Bewegungen führte ich schnell und ohne lange darüber nachzudenken aus. Ich rechnete damit, dass mir Peter mittlerweile geantwortet hatte.

Aber als ich den Messenger wieder maximierte, erwartete mich nichts. Kein Herz, kein Kussmund und kein einziges Wort, waren unter meiner Nachricht zu sehen.
Wie denn auch, er hatte sie ja noch nicht einmal gelesen.

Zehn Minuten starrte ich auf den Desktop und wartete darauf, dass sich irgendetwas tat. Doch als auch nach weiteren fünf Minuten nichts geschah, wurde mir klar, dass es nichts brachte, weiter auf eine Reaktion von Peter zu warten.
Und jetzt, welche Möglichkeiten hatte ich noch?
Na klar, Facebook! Wahrscheinlich war er dort mit irgendwelchen Postings oder Kommentaren beschäftigt, so dass er nicht auf den Messenger achtete.
Ich loggte mich ein und schaute sowohl auf meinen Newsfeed, wie auch auf seiner Chronik, und zu guter Letzt auch noch bei der Thrillerspoilerbande nach, ob irgendein Lebenszeichen von meinem Freund zu finden war.
In unserer Gruppe, von der er ja der Administrator war, fand ich jede Menge neue Mitgliederreaktionen. Stephanie Renz bot mal wieder ein Wanderbuch an und Yvonne
Ebner postete eine Rezension zu dem neusten Thriller, den sie gelesen hatte. Eben das übliche, alltägliche, was so in der Gruppe passierte und auf das Peter sonst zu 99 % mit einem Kommentar reagierte. Er sah das als seine Pflicht als Admin an und erfüllte diese stets. Allerdings nicht heute!
Egal wie weit ich runter scrollte, nirgendwo gab es auch nur einen einzigen Buchstaben von Peter. Kein Sticker, kein Gif und kein einziger Kommentar von ihm. Fast so, als ob er überhaupt nicht existierte!

Vielleicht hatte er einfach keine Zeit dafür? Oder war er anstatt mit dem Handy, mit seinem Computer im Netz?
Dass Peter öfter vergaß, die Programme zu schließen und den PC wieder runterzufahren, war nichts Neues und erklärte seine angebliche Anwesenheit beim Messenger! Wenn

dem so war, würde ich bestimmt keine Antwort mehr von ihm bekommen!

Mit etwas Glück kam Peter auf die Idee, mich übers Festnetz anzurufen. Schließlich besaß er meine Telefonnummer. Seine hatte er mir allerdings nie gegeben. Warum eigentlich nicht? Obwohl, bislang brauchte ich sie ja nie. Außerdem hatte ich ihn auch nur einmal, am Anfang unserer Beziehung, danach gefragt. Aber es musste doch möglich sein, sie über die Auskunft zu bekommen. Vielleicht hatte sie auch jemand aus unserem Freundeskreis.
Doch es war wie verhext. Egal was ich ausprobierte, es brachte mich keinen Schritt weiter. Die nette Dame von der Auskunft teilte mir mit, dass allein die Firmennummer im Verzeichnis aufgeführt war. Die Privatnummer der Familie Fischer konnte sie mir nicht nennen!

Zum Glück fand ich die Rufnummern meiner Freunde im Telefonbuch. Allerdings hätte ich mir die Mühe sparen können, denn auch bei ihnen blieb meine Nachfrage erfolglos. Jeder von uns benutzte ein Handy, wozu also untereinander die Festnetznummern austauschen?

Schlussendlich gab ich auf und verbrachte den restlichen Abend vor dem Fernseher. Ich zappte durch das Programm, blieb bei irgendwelchem Blödsinn hängen. Ließ mich von bunten Bildern berieseln, kaum in der Lage, der Handlung des Filmes, der lief, zu folgen. Weiter kreisten meine Gedanken um Peter und dieses komische Gefühl, dass etwas nicht stimmte, blieb.
Mindestens einmal in der Stunde lief ich in mein Zimmer, fuhr das Notebook hoch, öffnete den Messenger, um dann enttäuscht zu sehen, dass alles beim alten geblieben war.
Als meine Mama um dreiundzwanzig Uhr nach Hause kam, stürzte ich ihr bereits im Flur entgegen. Schluchzend erzählte ich ihr alles.

Aber wie immer war sie mein Ruhepol und wusste, wie man mich am besten tröstete. Nachdem wir zusammen Eis gegessen hatten, sie mir versicherte, dass ich mir unnötige Sorgen machte, weil Jungen nun mal so sind, beruhigte ich mich etwas.

Sie hatte ja Recht, Peter war in letzter Zeit wirklich unzuverlässig gewesen. Wahrscheinlich machte er sich überhaupt keine Gedanken und schlief bereits tief und fest.

Auch ich sollte endlich aufhören, mir den Kopf zu zerbrechen und schlafen gehen. Morgen tauchte mit Sicherheit mein Handy mit jeder Menge Nachrichten von meinem Schatz wieder auf und alles wäre gut!

Aber meine Hoffnung, dass der nächste Tag besser für mich werden und sich alles zum Positiven aufklären würde, erfüllte sich nicht.

Mein Handy blieb verschwunden. Schlimmer noch - es war nicht das Einzige, was wie vom Erdboden verschluckt für immer aus meinem Leben verschwand.

-38-

Am Anfang glaubten ich, sowie der Rest unserer Clique, er wäre, ohne sich nochmal zu verabschieden, einfach in den Urlaub geflogen.

Drei Tage lang wechselten meine Launen von Wut zu Traurigkeit und wieder zur Wut zurück. Dass ich ihm nicht einmal wichtig genug für einen Anruf oder einen Gruß durch seine Freunde war, die er ja ohne Probleme übers Handy erreichte, tat weh.

Drei Tage lang führte ich in meinem Kopf (häufig nicht nur in diesem, sondern sprach sie auch laut aus) Selbstgespräche, wie ich ihm, sobald er zurückkam, die Hölle heißmachte. Ich stellte mir vor, wie ich meinem Freund, *besonnen und ohne zu weinen,* erklärte, wie sehr mich sein Verhalten verletzt hatte. Wie ich ihm sogar androhte, *natürlich nicht wirklich ernst gemeint,* unsere Beziehung zu beenden.

In meiner Fantasie kniete Peter vor mir und bat mich tränenreich darum, das nicht zu tun und bei ihm zu bleiben. Bettelnd versprach er, sich zu ändern und mich jetzt endlich seinen Eltern vorzustellen. Mein Kopfkino hielt mich aufrecht und sorgte dafür, dass ich nicht völlig durchdrehte.

Insbesondere, als mir Diana mit ihrem Hund bei einem Spaziergang im Wald begegnete. Voller Genugtuung und mit einem fiesen Grinsen im Gesicht sagte sie zu mir, dass sie Peters Verhalten kaum überraschte. Sie habe schon länger damit gerechnet, dass er sein Interesse an mir verlieren und mich abservieren würde. Wahrscheinlich gab es, ihrer Meinung nach, bestimmt schon eine neue Anwärterin auf meinen Platz als seine Freundin.

Sie hatte Unrecht, so war er nicht mehr. Wir liebten uns und er würde mich um Verzeihung bitten. Wir beide wären wieder glücklich miteinander und alles würde wieder gut sein, wunderschön, genauso wie vor den Ferien. Ich musste nur auf seine Rückkehr warten.

Diana war eine Schlampe, das wusste schließlich unser ganzer Ort. Sie konnte sich glücklich schätzen, dass ich überhaupt noch mit ihr redete. Es war der blanke Neid, der aus ihr sprach, weil sie mir mein Glück nicht gönnte.

Da ich nicht einfach an ihr vorbeilaufen und nur nett sein wollte, blieb ich bei ihr stehen, um mich mit ihr zu unterhalten. Allerdings würde mir dieser Fehler kaum nochmal passieren. Es war eben besser, sich von Flittchen, wie sie eines war, fernzuhalten.

Drei Tage lang wiegte ich mich in Sicherheit, weiterhin in einer Welt, in der für mich alles in Ordnung und schön war, zu leben. Eine trügerische Sicherheit, wie ich sehr bald feststellen musste.

Die Vorstellung von meiner Zukunft hatte nichts, wirklich gar nichts, mit der Realität, welcher ich mich stellen musste, als die Fischers frühzeitig aus ihrem Urlaub zurückkamen, zu tun.

Ihr Erscheinen in unserer Kleinstadt wendete das Blatt meines bisherigen Lebens. Sie kamen ohne ihren Sohn, denn Peter war nie bei ihnen auf den Bahamas eingetroffen.

Ab diesem Zeitpunkt veränderte sich meine Heimat sowie die Menschen, welche in dieser lebten. Niemand von uns hatte jemals ein Verbrechen erlebt. Wir wohnten hier in unserer eigenen kleinen Welt. Idyllisch und einfach, weitab von dem Chaos, welches in den Großstädten herrschte. Sicher wussten wir davon, lasen in der Zeitung, hörten und sahen in den Fernsehnachrichten von einem weiteren Mord irgendwo in Berlin oder München. Aber das war alles weit entfernt und hatte nichts mit dem Leben auf dem Lande, wie wir es führten, gemein.

Im Gegensatz zu der Kripo anderorts, bestanden die Aufgaben unserer Polizei hauptsächlich aus Laden- oder Fahrraddiebstählen, dass jemand zu schnell oder betrunken Auto fuhr. Ich glaube, das Schlimmste, was hier jemals passierte, war der Unfall von Olivias Mutter und die Geldunterschlagung unseres Bürgermeisters. Und jetzt, mit einem riesen Knall und ohne Vorwarnung, zog das Böse in unseren Ort ein.

Wir hatten unser erstes Opfer, einen Vermissten, dazu noch den Sohn einer angesehenen Familie. Was das für mich, neben dem Verlust eines geliebten Menschen, bedeuten sollte, hätte ich mir so niemals ausgemalt.

Eine Woche glaubten noch alle daran, dass Peter sich einfach eine Auszeit von seinem Leben als Sohn der Fischers genommen hatte. Jeder wusste von dem Leistungsdruck, dem er täglich ausgesetzt war. Selbst seine Eltern glaubten zuerst an die baldige Rückkehr ihres Jungen. Über ein mögliches Verbrechen fiel kein einziges Wort. Zumal die Bemühungen der Gesetzeshüter unseres Ortes keinesfalls von Diensteifer geprägt waren.

Aufmunternde Worte begleiteten mich, wann immer ich auf Menschen, die Peter und mich kannten, traf. Meine Freunde meldeten sich noch häufiger, als sie es üblicherweise taten. Ständig bekam ich Einladungen, sie zu besuchen oder mit ihnen wegzugehen. Ins Kino, in die Dorfdisko, oder was auch immer gerade aktuell als angesagt galt. Ihre Bemühung, mich von meinen Sorgen um Peter abzulenken, funktionierte und ich war ihnen dankbar für die Auszeit. Es tat gut, wie sich alle um mich kümmerten.

Doch die Tage vergingen und nichts geschah. Als es nach zwei Wochen immer noch kein Lebenszeichen von Peter gab, begannen die Leute an das bisher Geglaubte zu zweifeln.

Das Getuschel darüber, was ihm wirklich passiert sein könnte, begann. Einige glaubten daran, dass er entführt wurde, andere scheuten sich nicht davor, von Mord zu sprechen. Es kursierten viele unterschiedliche Versionen darüber, was am letzten Abend vor seinem Verschwinden geschah, jedoch in einem waren sich mittlerweile alle einig: Im Hause Fischer fand ein Verbrechen statt.

Durchaus berechtigt, wenn man in Betracht zog, dass er kaum etwas von seinen Sachen mitgenommen hatte. Nur wenige Dinge fehlten- und um für längere Zeit auf der Reise zu sein, reichten diese bei weitem nicht aus.

Im Endeffekt sprach alles gegen ein Weglaufen. Niemand ging, nur mit den Kleidern, die er am Leibe trug, fort und ließ alles andere zurück.

Peter besaß kein, oder wenn, dann sehr wenig Bargeld. Er hatte eine Kreditkarte von seinen Eltern bekommen, mit der er stets bezahlte. Aber in der bisherigen Zeit seines Verschwindens wurden keinerlei Abbuchungen von dem dazugehörigen Konto gemacht. Wenn er also nur ein wenig in der Weltgeschichte herumreiste, wovon lebte Peter?

Im Nachhinein wundere ich mich, warum sich niemand, insbesondere die Polizei, viel früher darüber den Kopf zerbrach. Ich glaube, an einem anderen Ort, wie in einer Großstadt, wären die zuständigen Behörden niemals so naiv an das Ganze herangegangen. Sie hätten von Anfang an die richtigen Untersuchungen in die Wege geleitet. Alles aus einem anderen, skeptischen Blickwinkel betrachtet und dementsprechend reagiert.

Aber wir lebten auf dem Lande. Was wussten wir schon von Infrarot - Licht und forensischen Spuren? Begriffe, die einzig und allein reines Fachchinesisch für unsere Dorfpolizei darstellten. Sicher hatten sie in ihrer Ausbildung davon gehört, aber sie und keiner der anderen hiesigen Einwohner, wollten an ein Verbrechen glauben. Warum also das Haus, insbesondere Peters Zimmer, auf Blutspuren untersuchen? Bei ihrem kurzen Besuch sah doch alles wie immer sauber und ordentlich aus.

Selbst Peters Eltern, die viel früher, wie jeder von uns, den Kurztrip ihres Sohnes in Frage hätten stellen müssen, taten es nicht. Unverständlich, aber vielleicht war es ihr Schutz, sich nicht der Realität stellen zu müssen, um weiter auf die Rückkehr ihres Kindes hoffen zu können.

Allerdings waren sie es, die schlussendlich reagierten. Sie hatten, dank ihres Namens und ihrem damit verbundenen Ansehen, unzählige Möglichkeiten, für Aufruhr und ein Vorankommen zu sorgen.

Bald tat sich einiges mehr, als die bisherigen eher laschen Ermittlungen, welche zu nichts geführt hatten.

Die Kriminalpolizei des Landkreises erschien vor Ort und übernahm die eigentlichen Aufgaben unserer „Dorf-Sheriffs", wie sie mittlerweile spöttisch genannt wurden. Presse, inklusiver unzähliger Reporter namhafter Fernsehsender, kamen und belagerten unsere kleine Stadt. Sämtliche Hotels und Pensionen waren ausgebucht. Etwas, was es so nur in den Sommermonaten, aber bestimmt nicht mitten im Herbst gab.

Als ob all das noch nicht ausreichte, heuerte Herr Fischer zu guter Letzt sogar einen Privatdetektiv an.

Die Meute stürzte sich auf uns einfache kleine Leute. Niemand konnte mehr in Ruhe durch die Innenstadt gehen. Ein unmögliches Unterfangen, da überall irgendjemand auf einen lauerte, der irgendetwas zu und über Peter erfahren wollte. War es nicht der Detektiv, der uns an der Straßenecke abfing, dann waren es die Reporter. Jeder wurde von den Aasgeiern mit Fragen gelöchert. Rücksicht nahm keiner von ihnen, denn sie alle kämpften um die beste Story.
Peters Leben wurde regelrecht in der Boulevardpresse ausgeschlachtet. Jedes Mädchen (und es waren sehr viele), das jemals den Weg in sein Bett fand, lächelte mich auf unzähligen Titelblättern an. Von Artikel zu Artikel wurden die Geschichten, die sie über meinen Freund erzählten, immer verrückter. Es schien, als ob die kleinen Flittchen versuchten, sich gegenseitig mit ihren Lügen zu übertrumpfen.
Ich glaube, einige von ihnen sahen die Interviews, die sie mit den Reportern führten, als ihre Chance an, aus diesem Kleinstadtnest zu entkommen und eine Karriere im Scheinwerferlicht zu starten.
Was ihnen als ein angeblicher glücklicher Zufall erschien, wurde für mich zur Tortur.
Natürlich ließ es sich nicht verheimlichen, dass ich Peters Freundin war. Seine einzig wahre Liebe.
Zunächst waren es nur die Reporter, die mich mit ihren Fragen quälten. Aber selbst sie zeigten anfangs Mitgefühl, wenn auch nur Gespieltes. Außer, dass mir Peter fehlte, ich mich um ihn sorgte, ging es mir recht gut. Meine Beliebtheit bei den Menschen hier im Ort half mir anfänglich, das Schlimmste zu überstehen. Jeder hatte ein aufbauendes oder tröstendes Wort für mich.
Aber als die Kripo Peters Zimmer mit Infrarotlicht absuchte und dabei Blutspritzer fand, schlug das bislang positive Verhalten mir gegenüber rasch um.

Es begann eine regelrechte Verfolgungsjagd auf meine Person. „Kein Kommentar" wurde zu meinem Standardsatz, und alles, was ich tat und früher als selbstverständlich angesehen hatte, entwickelte sich zur reinsten Tortur. Nichts ging mehr ohne die Hilfe und Unterstützung anderer. Eben mal so einkaufen oder jemanden besuchen gehen, gestaltete sich als unmöglich. Selbst der Weg zur Schule wurde für mich zum Spießrutenlauf, der nur dadurch, dass meine Mutter sich erbarmte, mich hinzufahren, unterbrochen wurde.

Wochenlang bestellte mich die Kripo wiederholt zu sich aufs Revier. Unzählige Fragen prasselten auf mich ein und das vermeintlich nette Gespräch glich immer mehr einem Verhör.

Es war spürbar, dass ihre Geduld sich langsam dem Ende näherte. Sie kamen nicht voran und griffen nach jedem Strohhalm, um wenigstens etwas der Presse und den Menschen, ganz besonders Peters Eltern, mitteilen zu können.

Zwar beteuerten sie mir und meinen Eltern, ich bräuchte mir keine Gedanken zu machen, alles wären nur reine Routinemaßnahmen und ich die letzte Person, die sie für eine Mörderin hielten. Sowieso stehe ja überhaupt noch nicht fest, dass ein Verbrechen, geschweige denn ein Mord, stattfand! Nirgendwo gab es einen Hinweis bzw. eine Leiche. Die Blutspritzer, die sie auf dem Boden vor Peters Bett gefunden hatten, konnten ja auch von etwas anderem kommen. Vielleicht hatte Peter sich aus Versehen geschnitten? Aber auf die Frage meiner Mutter, warum sie mich dann nicht endlich in Ruhe ließen, sagten die Beamten, ich wäre ja die letzte Person, die mit Peter Kontakt hatte. Es könnte doch sein, dass mir noch etwas Wichtiges einfiele. Ein Detail, von vor seinem Verschwinden, das ich aus lauter Sorge und im Laufe der Zeit vergessen oder bislang übersehen hatte. Jeder noch so kleine Hinweis könnte helfen, Peter zurück in unser Leben zu bringen.

Waren es nicht die Kripobeamten, dann klingelte der Detektiv an unserer Haustür. Rücksicht darauf, dass ich unter all dem litt und dass sie mit ihrem Verhalten mein Leben zerstörten, nahm niemand.

Auch wenn ich es nicht war, es keinen Beweis für meine Schuld gab, wurde ich dennoch für alle Ortsbewohner zur Täterin. Wo immer ich auftauchte, spürte ich die Blicke, hörte das Flüstern hinter meinem Rücken.

Auch Frau Fischer tat ihr Übriges dafür zu sorgen, dass ich zur Gebrandmarkten wurde. Sie, und ebenso Frau Heyna, zettelten mit ihrem verlogenen Geschwätz eine eigene kleine Hexenjagd auf mich an.

So erfuhr ich eines Tages von meiner Freundin Michaela, Peters Mutter habe mich gegenüber ihrer Mutter und Frau Heyna als Flittchen, mit der ihr Sohn nur ein wenig Spaß hatte, betitelt. Was Ernstes wäre nie zwischen uns beiden gelaufen. Jeannine Philipp stünde schon seit etlichen Jahren als Peters zukünftige Frau fest. Schließlich gehörte sie, im Gegensatz zu mir, der gleichen höheren gesellschaftlichen Schicht an wie Peter.

Vielleicht hatte er mir an diesem besagten letzten gemeinsamen Tag davon erzählt? Oder mir endlich klar gemacht, dass ich nicht gut genug für ihn war? Schlussendlich Vernunft bewiesen und mir den Laufpass gegeben?

Man wusste doch, wie verletzte Frauen sich bei Zurückweisungen verhielten. Dass sie in solch einem Moment kaum noch Herr ihrer Sinne waren und nicht mehr wussten, was sie taten. Allein schon, dass mich die Kripo immer wieder vorlud und der Detektiv so etwas nicht ausschloss, deutete doch darauf hin, dass sie mit der Annahme, dass ich Dreck am Stecken hatte, keinesfalls verkehrt lagen.

Gemeine Worte und sie verletzten mich sehr. Aber der Schmerz, den sie in meinem Herzen auslösten, war nicht das Schlimmste. Weitaus schlimmer wurde für mich, was sie mit ihnen anrichtete. Mit Kathryns Mutter als Zuhörerin, hatte Frau Fischer genau die richtige Person gefunden, welche ihr half, das, was sie erreichen wollte, in die Tat umzusetzen. Jeder, aber auch wirklich jede Person im Ort, erfuhr von dem, was Frau Fischer über mich gesagt hatte. Und wie immer schmückte Frau Heyna das Ganze noch auf ihre eigene spezielle Art aus. Nicht nur, dass ich jetzt mit der Sorge um meinen geliebten Freund leben musste, nein, ich galt ab diesem Zeitpunkt als eines der abgelegten Peterflittchen. Eines, das aus purem Zorn dazu fähig war, eiskalt ihren Freund umzubringen.

-39-

Ich wurde wieder zur Außenseiterin. Schlimmer noch. Alle, die bis vor kurzem zu mir hochschauten, sich gerne in meiner Gesellschaft aufhielten, behandelten mich wie eine Aussätzige. Gerade die, die sich vorher überschlugen, ein Stück meiner Popularität zu erhaschen, um sich in dieser zu sonnen, konnten gar nicht oft genug demonstrieren, was sie von mir hielten. So zu tun, als wäre ich nicht anwesend, kein *Hallo* zu mir zu sagen, die Nase in meine Richtung zu rümpfen, eines der geringsten Übel, die ich ertragen musste. Mehr als einmal zischten sie *Schlampe* hinter mir her, spuckten mir vor die Füße, und auch ein Schupsen im Vorbeilaufen gehörte zu meinem Schulalltag.

So, als ob es die letzten Jahre, in der ich die *Simone Fischer*, beliebt und eines der angesagten Mädchen war, nie gegeben hatte. Alles glich dem Anfang, als wir von Dortmund herzogen und ich die ersten Jahre in der Grundschule überstehen musste.

Jedes Mal, wenn ich ein gehässiges Lachen oder einen hämischen Kommentar, welcher mir galt, hörte, schwor ich, es mir nicht anmerken zu lassen, wie sehr sie mich damit verletzten.

Ich weigerte mich, an Peters Tod zu glauben und so wartete ich sehnsüchtig auf seine Rückkehr. Dann würde alles wieder gut werden. Bis dahin musste ich nur stark bleiben und keine Schwäche zeigen. Wie in der Grundschule jede Demütigung an mir abprallen lassen.

Leichter gesagt als getan. Es gab ja schließlich zwischen damals und heute einen sehr gravierenden Unterschied. Damals war ich, im Gegensatz zur heutigen Zeit, nicht allein gewesen. Es gab eine beste Freundin, Olivia, an meiner Seite, die dafür sorgte, dass ich nicht einsam und allein in den Pausen herumstand.

Der Herbst ging zu Ende und mit ihm verabschiedeten sich auch die Aasgeier der Presse. Sie zogen endlich weiter zu einer neuen spannenden Story, die sie den Leuten präsentieren konnten. Warum sollten sie auch noch länger an diesem Ort, wo sich Fuchs und Gans gute Nacht sagten, verweilen? Jedes noch so kleine Detail zum Peter Fischer Fall war ausgeschlachtet worden und Neuigkeiten, eventuelle Fortschritte, die zur Klärung führten, ließen schon seit Wochen auf sich warten. Einer nach dem anderen verschwand.

Die übliche Ruhe nahm wieder ihren Platz in unserer Kleinstadt ein. So gingen Weihnachten und insbesondere Sylvester für mich still und ohne eine große Party vorbei.

Wie freute ich mich in all den vorherigen Jahren darauf und wie viel Spaß hatten mir immer die gemeinsamen Vorbereitungen mit meinen Freundinnen gemacht.

Für uns Mädchen war es der Höhepunkt des Jahres. Häufig drehten sich bereits ab November sämtliche Gespräche darum, wo die große Party steigen würde und wer alles eingeladen war. Wer mit wem hinging und was wir an dem großen Abend anziehen wollten. Nichts von all dem war mir geblieben.

Niemand lud mich ein und im Gegensatz zu Olivia, die mit ihren Gruftifreunden feierte, saß ich mit meinen Eltern allein zuhause vor dem Fernseher und sah fremden Leuten beim Feiern zu.

Wenigstens schickte mir Olivia beim Jahreswechsel eine Nachricht auf mein neues Handy, in der die Worte *Ich wün-*

sche dir, dass du im neuen Jahr wieder glücklich sein wirst und ich dich öfters lächeln sehen werde.

Mit Tränen in den Augen las ich die Nachricht und war ihr unendlich dankbar, dass sie an mich gedacht hatte. Mir das Gefühl gab, nicht völlig allein auf dieser Welt zu sein, während alle anderen sich in den Armen lagen und ein *Frohes neues Jahr* wünschten.

Nein, wir waren immer noch nicht wieder zu wirklich guten Freundinnen geworden, aber zumindest sprachen wir öfters miteinander. Sie und auch Diana waren die einzigen, die nicht so taten, als würde ich nicht existieren. Die sich erbarmten, wenigstens ab und zu die Schulpausen mit mir zu verbringen.

Im Gegensatz zu meinen ehemals *ach so guten Freundinnen*, Michaela, Marlies und auch Jennifer. Alles, was sie taten war, den neusten Tratsch über mich zu verbreiten. Selbst in den sozialen Medien taten sie ihr Bestes, um mich zu quälen und zu demütigen.

Mein Versuch, zumindest an dem Geschehen in den Facebook - Gruppen teilzunehmen, scheiterte. Ich schrieb wie früher einige Rezensionen zu Büchern, die ich gelesen hatte. Aber selbst diese harmlosen Beiträge wurden in null Komma nichts von ihnen kommentiert. Gemeine, häufig auch unter die Gürtellinie gehende Worte, mit denen sie ihr Gift an mich verspritzten und die dafür sorgten, dass ich das Geschriebene schnell wieder löschte.

Als Peter noch als Administrator fungierte, hatte es so etwas nie gegeben. Doch jetzt tat jedes Mitglied, was es wollte. Niemand schaltete sich ein, ermahnte oder warf Störenfriede raus. Eine optimale Voraussetzung für alle, ihr neues Hobby - *wer demütigt Simone Fischer am effektivsten* - auszuleben.

Schnell erkannte ich, dass ich mir jegliche Art von klärendem Gespräch ersparen konnte. Auf Nachrichten, die ich ihnen übers Handy schickte, erfolgte im besten Fall nichts, ansonsten wurde ich postwendend gelöscht oder blockiert.

Rief ich bei ihnen zuhause an, ließen sie sich verleugnen oder legten, sobald sie meine Stimme hörten, einfach wieder auf. Meine Versuche, mit ihnen persönlich zu reden, endeten damit, dass sie mich auslachten und stehen ließen, ohne mir eine Antwort nach dem *Warum* zu geben.

Einzig und allein Jennifer nahm sich die Zeit, mir zu erklären, dass ihre Mutter, Frau Heit, von ihr verlangte, dass sie den Kontakt zu mir, einer Mörderin, mied. Mitleid mit mir schien sie nicht zu haben, denn jedes Wort aus ihrem Munde wurde von einem zufriedenen Gesichtsausdruck begleitet.

Ich gab den Versuch, etwas zum Positiven zu verändern und sie von meiner Unschuld zu überzeugen, auf. Zu verstehen, was mit mir und ihnen passiert war und warum sie mir all das antaten, probierte ich erst gar nicht. Stattdessen hockte ich allein zuhause in meinem Zimmer. Ich glaube, niemand anders hatte sich jemals so einsam gefühlt, wie ich es in diesen Wochen tat.

Die Schule stellte für mich wirklich das Allerschlimmste dar. Meistens war ich den Launen der anderen ausgeliefert. Und als der meist gehassten Schülerin demonstrierten sie mir immer wieder gern und häufig ihre Überlegenheit. Kein Wunder also, dass ich mich, als Kathryn eines Tages in der Pause auf mich zusteuerte, auf den nächsten Angriff gefasst machte. Ziemlich versteckt saß ich auf einer Bank in der Aula von Schülern umgeben; kein Lehrer befand sich in meiner Nähe, der hätte eingreifen können. Aufzuspringen und einfach wegzugehen hätte wahrscheinlich nur noch mehr Aufmerksamkeit auf mich gezogen. Etwas, was ich auf keinen Fall wollte. Also blieb mir nichts anderes übrig, als abzuwarten, was als Nächstes passieren würde.

Wie immer erinnerte mich ihre Körperhaltung, und ebenso ihr Gesichtsausdruck, an ein scheues verängstigtes Reh. Sie verhielt sich so, als ob sie einem großen bösen Feind gegenüberstand und am liebsten unsichtbar wäre. Die Schultern hochgezogen, ein leicht gebeugter Rücken und nach unten schauend, zwängte sie sich durch die Reihen unserer Schulkameraden. Leise Entschuldigungen, die von keinem gehört wurden (oder besser gesagt nicht beachtet), murmelnd, bahnte sie sich ihren Weg zu mir.

Während ich ihre verzweifelten Versuche, zu mir zu gelangen, beobachtete, empfand ich, das eigentliche Mobbingopfer aller, Mitleid mit ihr. Egal was sie auch tat und wie sehr sie sich darum bemühte, wirkliche Freunde hatte es nie für sie gegeben.

Sie hielt sich immer in der Nähe von uns angesagten Schülern auf und erweckte so den Eindruck, eine von uns zu sein. Ein Irrtum, denn wirkliches Interesse an ihrer Person, was sie tat, ob sie traurig oder fröhlich war, hatte niemand von uns.

Nur durch mich kamen die wenigen Einladungen zu Partys zustande. Sie war so vollkommen anders als alle anderen. Nicht so oberflächlich und ich hatte sie gerne in meiner Nähe. Ich mochte sie und unterhielt mich gerne mit Kathryn. Außerdem fühlte ich so etwas wie Beschützerinstinkt für sie und empfand es als meine Pflicht, sie, wann immer es mir gelang, mit einzubeziehen. Die anderen Mädchen waren alles andere als davon begeistert, dass sie mitkam. Aber da ich ja Simone, die Freundin von Peter Fischer, war, akzeptierten sie meine Entscheidung.

Vergangenheit! Heute hatte sie wahrscheinlich einen weitaus besseren Status wie ich. Wahrscheinlich genoss sie es, mit Michaela, Marlies oder auch Jennifer über mich herzuziehen. Wer weiß, vielleicht hatte sie sogar einen wichtigen Platz in der Clique übernommen?

Obwohl, während ich sie so betrachtete, fiel mir keine positive Veränderung an Kathryn auf. Blass, langweilig und mit ihrer verkrampften Körperhaltung, erinnerte sie mich wie immer an ein armes Würstchen.

Völlig unattraktiv für jeden Jungen und obendrein noch mit einer dummen tratschenden Mutter gestraft. Ihr kleines schmales Gesicht, umrahmt von ihren strähnigen dunklen Haaren, trug immer noch den gleichen traurigen Ausdruck. Auch das schwarze Outfit, welches sie tagtäglich anhatte, änderte daran nichts. Im Gegensatz zu Olivia, die mit ihrem Gothic-Stil irgendwie interessant und geheimnisvoll aussah, erinnerte Kathryns Aussehen eher an eine missglückte Verkleidung.

Mittlerweile stand sie vor mir. An der Unterlippe nagend und gleichzeitig an der Haut ihres Daumennagels knibbelnd, murmelte sie ein leises „Hey, Simone". Kaum hörbar, erriet ich die Worte eher, indem ich sie von ihren Lippen ablas.

Ich reagierte nicht, sondern wartete ab, was sie als Nächstes zu mir sagte. Ich rechnete mit einem miesen Scherz, der wie immer auf meine Kosten gehen würde. Dass sie es wie alle anderen tat, die sich dazu bequemten, mir Beachtung zu schenken, um selbst im Mittelpunkt zu stehen.

Eigentlich passte so etwas nicht zu Kathryn. Jedenfalls hatte ich nie erlebt, dass sie ihren Spaß daran hatte, jemanden zu quälen. Aber Menschen veränderten sich. Wenn es um ihren eigenen Vorteil ging, scheuten die meisten nicht davor zurück, über Leichen zu gehen. Warum sollte sie da anders sein? Warum sollte Kathryn nicht die Chance ergreifen, die lang vermisste Aufmerksamkeit zu bekommen? Ich machte mich darauf gefasst, mir die neuste Beschimpfung anhören zu müssen. Bemüht, einen möglichst desinteressierten Gesichtsausdruck zu machen, war ich umso erstaunter, als sie hastig und sich überschlagend „Es tut mir so leid. Ich weiß, das ist nicht richtig, was sie dir antun, aber ich kann nichts dagegen machen. Ich..." ausstieß, bevor sie von jemandem, der hinter sie trat, unterbrochen wurde.

Abrupt schwieg Kathryn, denn die Person, die ihr eine Hand auf die Schulter legte, war niemand geringeres als die allseits beliebte Jessica Kant. Sie hatte meinen Platz in der Clique übernommen und so war es besser, sich mit ihr gut zustellen.

Wütend und gut hörbar für alle, zischte sie: „Was machst du hier? Willst du was von der kleinen Schlampe. Suizidgefährdet oder was? Soll sie dich etwa auch umbringen? Sieh zu, dass du hier wegkommst!"

Kathryn zuckte wie unter einem Schlag zusammen. Es war ihr merklich anzusehen, dass sie nicht wusste, wie sie sich verhalten und was sie als Nächstes tun sollte. Noch verwunderlicher -sie zögerte. Fast so, als ob sie ernsthaft darüber nachdachte, sich ihr zu widersetzen.

„Kommst du jetzt endlich?", raunzte Jessica sie erneut an. Ihre Hand, die immer noch auf Kathryns Schulter lag, drückte fest zu, so dass sich die Fingerkuppen weiß färbten.

Es musste ihr wehtun, und als meine ehemalige Freundin einen Schritt zurückwich, ging ich davon aus, dass sie Jessica gehorchen würde. Ebenso wie diese, die ihre Hand von Kathryns Schulter nahm. Aber nichts dergleichen geschah. Kathryn blieb stehen und schenkte niemandem, außer mir, Beachtung. Mit eindringlichem Blick und fester Stimme sagte sie laut und deutlich zu mir: „Es tut mir wirklich leid, was meine Mutter dir angetan hat. Es ist verkehrt, es sind alles Lügen. Nichts als Lügen! Ich weiß das, aber ich... ich ... ich kann es nicht wieder gutmachen. Du weißt, wie die Leute hier sind, Moni. Ich …"

„Verpiss dich, Bitch!" Zum zweiten Mal an diesem Tag wurde Kathryn von jemandem unterbrochen. Doch dieses Mal gehörte die Stimme nicht zu Jessica, sondern zu Diana, welche mit Olivia im Schlepptau, neben ihr auftauchte.

„Na, willst du wie all die anderen blöden Gänse deinen Spaß mit Simone haben und noch ein bisschen mehr Salz in ihre Wunden streuen? Ist klasse, wenn man selber mal nicht die Loserin ist und jemand anderer alles aushalten muss, oder? Merkst du nicht, wie arm du dabei rüber kommst? Hau endlich ab, du dummes Stück Scheiße!"

Diana stand, die Hände in die Taille gestützt und mit Augen, die vor Wut funkelten, dicht vor Kathryn, und auch Olivia sah alles andere als entspannt aus. Ihre Hände zu

Fäusten geballt, wirkte sie, als ob sie sich jeden Moment auf sie stürzen wollte.

„Ich, ich wollte nicht, dass sie es tut, wirklich ich…"

„Sag mal, hörst du schlecht? HAU ENDLICH AB!" unterbrach Diana Kathryns hilfloses Gestotter. Lautstark hallte dabei ihr Gebrüll durch die Aula und sorgte dafür, dass alle Schüler zu uns herüberschauten. Ich bemerkte die drohende Miene, mit der Jessica aus sicherer Entfernung zu uns rüber sah. Sie galt definitiv Kathryn, und ihr blieb nichts anderes übrig, als zu gehen. Ein letzter verzweifelter Blick in meine Richtung, dann senkte sie ihren Kopf und lief zurück zu den anderen.

„So, geschafft, und nun zu uns drei Hübschen", sagte Diana, während sie sich neben mich auf die Bank plumpsen ließ. Olivia hingegen blieb stehen und sah schweigend auf mich herunter.

Grinsend stupste Diana mich an. „Ich denke, es wurde endlich mal Zeit, dass jemand die Eier in der Hose hat und etwas gegen diese Hexenjagd unternimmt. Ich glaube, da gibst du mir doch Recht, oder? Wir beide wissen zwar, dass weder Olivia noch ich auf deiner Liste *Wer wird meine neue beste Freundin* ganz oben stehen, aber ich denke, die männermordende Dorfhure, sowie die lesbische Gothicschlampe werden dir lieber sein, als weiterhin allein diesen intoleranten Kleinstadtidioten gegenüberzustehen? Sag mir, wenn ich mich irre." Fragend sah Diana mich an. Währenddessen schlich Kathryn in ihrer gewohnten eingeschüchterten Art zurück zu Jessica und ihrem Anhang.

Natürlich freute ich mich über das, was Diana sagte. Vielleicht war gerade das der Grund, warum ich, ohne es zu wollen bzw. kontrollieren zu können, anfing, zu lachen. Laut schallte es hinter Kathryn her, die darauf noch mehr ihre Schultern hochzog. Ich lachte und lachte und konnte gar nicht mehr damit aufhören. Tränen liefen über mein Gesicht und ich bekam kaum noch Luft. Aber es klang für mich nicht wie ein fröhliches, sondern eher hysterisches

Lachen, und als Diana den Arm um meine Schultern legte und leise sagte: „He, ist doch alles gut jetzt. Du bist nicht mehr alleine", veränderte es sich. Aus meinem Lachen wurde ein Schluchzen. Meinen Kopf an Dianas Schulter legend, begann ich, hemmungslos zu weinen. Dankbar für ihren Trost, ließ ich allen Kummer raus.

-40-

Jämmerlich, wie Simone wieder einmal mit diesem um Mitleid heischenden Gesicht am Abendbrottisch auf ihrem Stuhl hockte. Jeden Tag und jeden Abend das gleiche Spiel mit der immer gleichen Fratze. Selten ein Lächeln und wenn, dann nur ein zaghaftes. Die Mundwinkel nach unten gezogen und immer nahe am Wasser gebaut, schlich sie seit Monaten herum!

Simone, das bedauernswerte Geschöpf, hatte es ja so schwer. Mit jeder Geste, jedem Gesichtsausdruck schien sie zu sagen *Siehst du nicht, wie schwer mein Leben ist? Wie schlecht es mir geht? Du musst mich trösten und für mich da sein. Egal, wie scheiße ich dich vorher behandelt habe-das zählt nicht mehr, denn ich brauche dich jetzt!*

Und natürlich fiel Nadine darauf herein, ebenso wie Werner. Unglaublich aber wahr. Selbst jetzt, wo jedermann tunlichst ihre Gesellschaft mied, schaffte es die liebe Simone dennoch, im Mittelpunkt der Familie zu stehen. Es kotzte Olivia an. Sie konnte es nicht in Worte fassen, wie sehr.

Heimlich beobachtete sie das Geschehen ringsherum. Wie sie erwartet hatte, drückte ihre Pflegeschwester in diesem Augenblick ein paar Tränchen raus. Ein Abendessen, ohne dass die Nervensäge heulte- unmöglich. Die Show der bemitleidenswerten Grazie musste weitergehen!

Wie sonst auch, tat sie das still und leise. Den Kopf über ihren Brotteller gebeugt, so dass ihr Gesicht von den Haaren verdeckt war. Allein das leichte Beben ihrer Schultern, sowie die auf den Teller tropfenden, eine kleine Pfütze bildenden Tränen verrieten, dass sie weinte. Obwohl, eigentlich wussten doch alle Anwesenden, dass sie es tat! Wie viel ehrlicher wäre es gewesen, sie hätte auf alle geschimpft und die Wut herausgeschrien. Aber nein, sie litt lieber im Stillen. Wahrscheinlich glaubte Simone, dass ihr verstecktes Gejammer besser wirkte. Und wie selbstverständlich, ging ihr Plan auf und sie bekam die erwünschte Aufmerksamkeit.

Den geforderten Trost erhielt sie von Nadine, die ohne lange zu zögern die Hand ihrer Tochter ergriff, um sie sanft zu streicheln. Eine Geste, die Olivia nie von ihr erhielt.

Wenn Simone schon weinte, warum nicht wie jeder andere? Heulte, schluchzte und zog die Rotze hoch. Aber nein, eine Simone Fischer tat so etwas nicht. Sie blieb ihrer Rolle der gut erzogenen Tochter treu.

Olli hätte sie alle miteinander anschreien können, schütteln, um endlich dieses Theater zu beenden.

„Monilein, komm iss noch etwas von dem leckeren Geflügelsalat. Er ist großartig. Nicht wahr, Werner, er schmeckt doch wirklich fantastisch." Wie immer versuchte Nadine, die Harmonie beim Abendessen wieder herzustellen. Quatschte irgendwelchen Stuss über das Essen. Belanglose Dinge, die nun wirklich niemanden interessierten.

Sie waren so zwecklos - ihre armseligen Versuche, den Anschein einer perfekten Familie aufrechtzuerhalten.

Das, was niemals existierte, konnte man auch nicht besitzen! Olivia vermutete, Simones Großmutter hatte ihrer Tochter dieses Verhalten in der Kindheit vorgelebt.

Es fiel ihr leicht, sich bildlich vorzustellen, wie die kleine Nadine weinend am Abendbrottisch saß. Vielleicht hatte Opa Drews sie geschlagen oder noch schlimmere Dinge mit ihr gemacht. Aber Oma Drews schenkte dem keine Beachtung, sondern schwärmte stattdessen hingebungsvoll über die ach so gute Leberwurst von Schlachter Hubert.

Bloß nicht darüber reden, was mit ihrem Kind passierte! Und so verhielt sich die heute erwachsene Nadine gegenüber ihrer Tochter genauso. Einfach die Probleme verleugnen, die Tränen nicht sehen! Ein kleines bisschen Trösten reichte vollkommen aus. Darüber reden - nein das musste nun doch nun wirklich nicht sein!

Eigentlich war sie nicht besser, wie Olivias richtige Mutter. Wenn nicht sogar schlimmer, denn sie tat, als ob sie gut wäre. Mutter hatte das in ihr lebende Monster freigelassen, einfach rausgelassen und nicht so getan, als ob sie Olivia liebte.

Am Anfang hatte ihre Pflegemutter sich wirklich darum bemüht, Simone zu helfen. Zwar, so wie Olivia vermutete, wieder einmal allein um den Schein der liebevollen Familie zu bewahren, aber zumindest unterstütze sie ihr Kind. Ihrer Meinung nach sogar ein wenig zu viel des Guten.

Nachdem allerdings die Polizei, wie auch die Presse Moni in Ruhe ließen, hörte auch Nadine auf, die perfekte fürsorgliche Mutter zu sein.

Sie alle lebten ihr Leben weiter, einfach so, als ob es nie einen Peter Fischer gegeben hatte. So als ob der Verdacht gegenüber Simone, eine Mörderin zu sein, niemals bestanden hatte.

Lügner, sie alle waren Lügner. Die Familie, die sie sich so sehr gewünscht hatte, gab es nur in ihrer damals kindlichen Fantasie.

Olivia legte das Messer neben ihren Teller. Sie nahm die Brotscheibe, auf die sie Unmengen von dem hochgepriesenen Geflügelsalat geschmiert hatte und hob sie an ihren Mund.

Wie immer achtete niemand auf sie. So konnte sie jeden Einzelnen am Tisch unbemerkt in Augenschein nehmen.

Ihr gegenüber saß Werner, das Oberhaupt der Familie, und versteckte sich hinter der Tageszeitung. Schon eine Überraschung, dass er überhaupt mit am Abendbrottisch saß. Und das zum vierten Mal innerhalb einer Woche. Momentan verbrachte der Wixer nach Büroschluss wirklich viel Zeit zuhause. Der Besuch im Fitnesscenter und die Treffen mit seinen Kollegen waren seltener geworden. Woran das wohl lag? Vielleicht daran, dass alle Augen dieses Kuhdorfes auf seiner Familie lagen und es für ihn schwierig geworden war, sich mit der kleinen Schlampe unentdeckt zu treffen?

Mit einem süffisanten Lächeln kaute Olivia auf dem in Mayonnaise aufgeweichten matschigen Brot herum. Es verteilte sich in ihrem Mund und füllte ihn unangenehm aus. Nur mit sehr viel Überwindung gelang es ihr, die zähe Masse runterzuschlucken.

Nadine, die neben ihrem Ehemann saß, machte ein Gesicht, als ob es der schönste Tag in ihrem Leben wäre. Das, was wohl ein zufriedenes glückliches Lächeln darstellen sollte, glich eher dem verrückten Grinsen einer Wahnsinnigen.

In ihren Mundwinkeln hingen Reste vom Geflügelfleisch und weißer Majosoße. Vielleicht sollte sie ihr einen Spiegel vor das Gesicht halten?

Ihr zeigen, woran ihr Anblick erinnerte und wie pervers es aussah? Nadines Lächeln wurde noch breiter, wenn das überhaupt noch möglich war. *Willkommen in der Rocky Horror Picture Show,* dachte Olivia und nahm einen weiteren Happen von diesem schleimigen Brotzeugs. Essen konnte man diese Matschepampe wohl kaum nennen. Olivia bemühte sich nicht einmal mehr, zu kauen, sondern würgte den kompletten Klumpen herunter.

Das letzte Stück hinterherstopfend, bemerkte sie, dass etwas von der weißen Soße ihre Hand und sekundenspäter ihren Arm herunterlief. Der Ekel bei diesem Anblick verursachte eine Gänsehaut auf ihrem Körper.

Neben ihr erklang jetzt dünn Simones Stimme und läutete den nächsten Akt ihres Theaters ein:

„Seid mir nicht böse, aber ich fühl mich nicht gut. Ich bekomme keinen Bissen mehr runter. Darf ich bitte auf mein Zimmer gehen?"

Um dich dort dann mit Schokolade und Chips vollzustopfen! Glaube nicht, ich habe nicht mitbekommen, wie oft du Papier und die Tüten heimlich in den Müll geschmissen hast!

Simone stand auf und schob den Stuhl zurück, dabei traf ihr Blick Olivia.

Bitte nicht! Sie wusste genau, was dieser bedeutete und ihr sagen sollte: *Komm gleich nach. Ich muss unbedingt mit dir reden!*

Seit dem Tag, an dem Diana sie einfach an die Hand nahm und mit sich zog, während sie zu Simone lief, glaubte ihre Pflegeschwester wohl, sie wären wieder die besten Freunde. Das letzte, was Olivia wollte und in ihrer derzeitigen Situation gebrauchen konnte.

„Natürlich mein Kind, ist schon in Ordnung. Geh ruhig nach oben." Die Stimme hinter der Zeitung hörte sich liebevoll und beruhigend an. Ganz der perfekte Vater! Doch Olivia ahnte, dass es dabei keinesfalls um Simone, sondern eher darum ging, dass diese ihrem Papa einen Gefallen tat. Wenn man nämlich genau hinhörte, konnte man kaum den gleichzeitig zufriedenen Ton, welcher bei jedem Wort mitschwang, leugnen. Ohne es zu wissen, verschaffte Moni Werner die Möglichkeit, sich frühzeitig von der holden Familie zu entfernen. Nicht mehr den lieben Daddy spielen müssend, würde er erleichtert in seinem Büro verschwinden und sich dort den Gedanken, welche sich um die Schlampe drehten, widmen. Vielleicht würde sich der Scheißkerl einen runterholen oder einen Plan schmieden, wie er heute Nacht ungesehen zu ihr rausschleichen konnte? Diana wartete sicher auf ihn!

Obwohl? Der Wagen war in der Reparatur und konnte erst morgen Vormittag wieder abgeholt werden. Und es regnete schon den ganzen Tag ohne Unterlass. Zu Fuß oder mit dem Fahrrad zu ihrem Treffpunkt, wahrscheinlich mal wieder der Wald, um dort Sex auf dem Boden zu haben? Bei dem Matsch und diesem Scheiß Wetter? Werner? Wohl kaum! Also würde er doch eher seine perversen Spiele mit Hilfe seiner Fantasie zuhause ausleben.

Im Gegensatz zu ihrem Pflegevater störte Olivia der Regen und auch der immer stärker werdende Wind da draußen kein Stück. Im Gegenteil! Das Wetter war für ihre Zwecke genau richtig.

Bei ihrem Beutezug auf der Suche danach, was sie mehr als alles andere brauchte, würde niemand Unerwünschtes sie stören. Die Siedlung, der Wald, alles dort draußen gehörte ihr in solchen Nächten ganz allein!

Behutsam nahm sie die Serviette, die neben ihrem Teller lag, an sich. Nachdenklich wischte sie sich den Arm damit sauber.

Schon seit den frühen Morgenstunden wütete eine kaum zu bändigende Unruhe in ihr. Egal was sie auch probierte, selbst das Ritzen sorgte nicht für Entspannung. Erfüllte Olivia nicht den Wunsch nach Ruhe. Sie musste raus auf die Jagd, damit sie das stümperhafte Laienschauspiel um sie herum ertragen konnte. Diese Familie, das Geschwätz von Simone und ach, die ganze beschissene Welt aushielt, ohne durchzudrehen.

Ihr war bewusst, es war ein Wagnis, dem Drang nachzugeben. Das letzte Mal war noch nicht lang genug her. Sie ging ein Risiko damit ein, sich heute auf die Jagd zu begeben. Aber Olivia konnte einfach nicht anders.

Sie brauchte das Gefühl der Macht über das Schändliche in einem Lebewesen. Sie musste das auserwählte Geschöpf unterstützen, die qualvolle Welt zu verlassen, bevor das Böse sich seiner vollkommen bediente.

Jedes Mal spürte sie die tiefe Dankbarkeit der Kreatur am Ende seines Kampfes gegen das Unvermeidliche. Dann, wenn sie ihm geholfen hatte hinüberzugleiten, an den Ort des Vergessens. Wenn sie mit dem letzten Akt der Barmherzigkeit dieses Geschöpf für die Qual, welche sie ihm vorher zufügen musste, belohnte. Und sie ebenso ihren Preis für die Mühen, die unbeschreibliche Entspannung, das Vergessen, mit seinem letzten Herzschlag erhielt. Der Körper in ihren Händen erschlaffte und was vorher mit Schlechtigkeit erfüllt war, nur noch eine leere saubere Hülle darstellte.

Langsam legte sie die Serviette wieder zurück neben den Teller.

„Ich geh hoch zu Simone. Mal schauen, ob alles okay ist oder ob sie vielleicht etwas braucht!"

Freudig überrascht schaute Nadine sie an.

„Tu das, Liebes. Weißt du, es ist schön, dass ihr beide euch wieder so gut versteht. Gerade jetzt, wo Moni jede Unterstützung braucht."

„Schon gut", erwiderte Olivia und erhob sich von ihrem Stuhl. Während sie zur Esszimmertür lief, kam von Werner wie immer nur ein Brummen. Mehr hatte sie auch nicht von ihm erwartet.

Sie ließ sich damit Zeit, die Treppenstufen hoch zu Simones Zimmer zu laufen. Das Gespräch mit ihrer Pflegeschwester würde sie anstrengen. Ihr Alibi, die Rolle der verständnisvollen Schwester zu spielen, forderte alles von ihr. Aber es gab ja etwas, auf das Olivia sich freuen konnte. Alles, was sie dafür geben musste, war ein bisschen Geduld.

-41-

„Verdammt ist das matschig", fluchte Diana, während sie den Weg zur alten Eiche hochlief. Diese stand an einer wenig bekannten Lichtung im Wald. Der unwegsame, von Baumwurzeln durchzogene Trampelpfad, wäre ohne das Licht ihrer Taschenlampe kaum passierbar gewesen.

Jeder andere, der sich hier nicht auskannte, wäre in der Dunkelheit und bei diesem Unwetter hoffnungslos verloren gewesen. Mit Sicherheit hätte er sich bereits nach den ersten Metern sämtliche Knochen gebrochen. Im Gegensatz zu Diana. Schließlich war es nicht das erste Mal, dass sie sich durch die herabhängenden Äste und Stolperfallen quälte. Sie kannte die Tücken, die dieser Weg mit sich brachte, und wusste, worauf sie beim Laufen achten musste.

Diana liebte den alten Baum und seinen Standort. Aus diesem Grund wählte sie ihn, als sie nach einem Platz, an dem sie sich im Sommer mit Werner treffen konnte, suchte.

Auf Dauer wurde die Miete für die Häuser im Ferienpark zu teuer. Außerdem schwirrten dort in der Hauptsaison viel zu viele Menschen herum. Gleiches galt auch für den Badesee. Mehr als einmal mussten sie bereits die Flucht ergreifen, weil irgendwelche Idioten mal wieder eine Sommernachtsparty feiern wollten. Die Gefahr, dass sie beide zusammen gesehen werden könnten, war einfach zu groß. Hinzu kam, dass sie an diesen Orten häufig das Gefühl gehabt hatte, beobachtet zu werden. Zwar war der Weg zur Lichtung beschwerlich, aber zumindest fühlte sie sich dort sicherer.

Sie war gerade mal fünfzehn, als sie sich auf einer von Simones Partys in deren Vater verliebte. Es entsprach nicht der gesellschaftlichen Vorstellung, wenn ein junges Mädchen, wie sie eines war, etwas mit einem deutlich älteren, zudem verheirateten Mann, anfing, auch wenn Diana ganz und gar nicht dem allgemeinen Bild ihrer Altersgenossinnen ähnelte. Mit zwölf sah sie aus wie eine Sechszehnjährige und begann sich bereits für Sex zu interessieren. Und mit dreizehn konnte sie es kaum noch abwarten, die schmutzigen Dinge, die sie auf den heimlich angeschauten DVDs ihrer Eltern gesehen hatte, auszuprobieren.

Die Jungs an ihrer Schule waren dazu nicht fähig. Versucht hatte sie es mit ihnen mehr als einmal. Wenn sie Diana an die Brust fassten, fühlte es sich nie schön an. Eher plump und als ob sie einen Knetball zusammendrückten. Ihre Küsse waren voller nasser Spucke. Naja, und der Rest des gemeinsamen erotischen Abenteuers glich einem Fiasko.

Mit Werner war das alles ganz anders. Er wusste, was sie brauchte, um auch Spaß am Sex zu haben. Mal streichelte er sie zärtlich sanft und liebte sie äußerst rücksichtsvoll, dann wieder fordernd, wild und sehr experimentierfreudig. Diana genoss jede einzelne Minute mit ihm.

Die letzten Male allerdings nicht mehr. Von Werners Einfühlsamkeit war, seit der ganze Mist mit Simone anfing, kaum noch etwas übriggeblieben. Jetzt bestanden ihre Treffen nur noch aus Quickies und dienten einzig und allein seiner Befriedigung. Sie konnte ja schon froh sein, wenn er überhaupt bei ihrer Verabredung auftauchte. Mehr als einmal hatte er sie versetzt und sich erst am nächsten Tag bei ihr gemeldet.

Gemeinsame Gespräche? Pustekuchen! Und wenn, dann musste sie sich das Neuste von seiner Tochter und ihrem ach so schlimmen Schicksal anhören. Weiß Gott, natürlich hatte Diana nicht vergessen, wie beschissen Simone sie in den letzten Jahren behandelt hatte. Das Prinzesschen gab sich doch nicht mit der Dorfschlampe ab! Aber wollte sie Werner zurück haben, ging das nur, indem sie seiner dämlichen Tochter half.

Ihr Plan bestand darin, als *Freundin* dafür zu sorgen, dass Olivia und Simone wieder zueinander fanden. Simone wäre nicht mehr allein und würde somit auch kaum noch die Zeit ihres Vaters für sich beanspruchen. Jeder würde wieder glücklich und zufrieden sein! Vor allem sie selbst!

Bis dahin musste sie die Zähne zusammenbeißen und Simones Anwesenheit ertragen.

Für die Affäre mit Werner hatte sie schon vieles in Kauf genommen, wie eben auch das Herumirren im Wald. Heute allerdings, bei diesem miesen Wetter, ging es nicht um ihn und ihre Sexspielchen. Gott bewahre! Keinesfalls würde sich der werte Herr wegen ihr einen nassen Hintern holen. Obwohl, sie musste zugeben, sich mit ihm in dem Morast und auf dem glitschigen Moosboden herumzuwälzen, hatte auch für sie keinesfalls etwas Verlockendes. Geschweige denn, dass die Vorstellung erotische Fantasien bei ihr hervorrief! Nein, heute konnte sie gut und gerne auf ihn verzichten.

Es gab Schlimmeres, als keinen Sex mit Werner zu haben!

Die Taschenlampe nach unten haltend, so dass der Lichtstrahl den Boden erleuchtete, lief sie langsam Schritt für Schritt vorwärts. *Übung macht den Meister,* dachte Diana, während sie sich durch das Gestrüpp fortbewegte.

Wie viel schöner wäre es jetzt, im warmen Wohnzimmer vor dem Fernseher mit einem heißen Kakao in der Hand und Chips knabbernd, auf der Couch zu sitzen. Aber nein, stattdessen war sie gezwungen, im Wald herumzurennen und nach Krawitz zu suchen.

Jammern half nichts, ihr blieb keine andere Alternative, als sich durch Wind und Wetter zu kämpfen. Es gab schließlich einen guten Grund, sich nassregnen zu lassen.

Seit heute Nachmittag vermisste sie ihren Hund. Natürlich war ihr bewusst, dass Hunde immer mal wieder von Zuhause wegliefen. Streunten herum und tauchten dann erst Tage später zerzaust und verwahrlost wieder bei ihrem Herrchen auf. Andere Köter taten das vielleicht, zu ihrem Husky jedoch passte dieses Verhalten nicht. Seit sie ihn als Welpen vor zehn Jahren bekommen hatte, war er noch nie weggelaufen. Im Gegenteil! Er blieb immer treu und ergeben an ihrer Seite.

Wenn sie mit ihm spazieren ging, brauchte sie keine Leine. Und selbst, wenn sie ihn allein raus ließ, entfernte er sich nie von seinem Zuhause, obwohl es keinen Zaun gab, der ihn davon abhielt. Somit erschien es ihr keinesfalls unbegründet, sich um ihn Sorgen zu machen.

Leider gab es viele Gründe, die dafür sorgten, dass sie Angst um ihren Hund verspürte. Es wäre ja schließlich nicht das erste Mal, dass ein Haustier einfach so für immer spurlos verschwand.

Seit Jahren hingen immer mal wieder Flyer mit Bildern von Katzen und Hunden an den Bäumen der Siedlungen oder in den Fenstern der Geschäfte in der Innenstadt.

Mit großen Buchstaben war **Vermisst** und alle benötigten Daten auf ihnen zu lesen. Ein letzter verzweifelter Versuch der Besitzer, ihren Liebling wiederzufinden.

Doch Wochen später hingen die Zettel immer noch an den gleichen Plätzen, ausgeblichen, häufig unleserlich und mitunter zerrissen. Irgendwann verschwanden sie wie die Tiere, die auf ihnen zu sehen waren, für immer.

Manchmal waren es nur vereinzelte, und Monate vergingen, bevor ein weiteres Tier vermisst wurde. Aber manchmal gab es keine Ruhephase. Dann sah man jeden Tag jemanden einen neuen Flyer verteilen und Passanten auf der Straße ansprechen, ob sie seinen Liebling irgendwo gesehen hatten.

Das wirklich Verwunderliche an der Sache: Statt im Frühling oder im Sommer, wenn der Paarungstrieb sie herauslockte, waren es gerade die kalten Monate, in denen sie von ihrem Spaziergang nicht zurückkamen. Insbesondere, wenn ein Wetter wie das heutige tobte, dann, wenn niemand rauswollte. Erst vor einer Woche verschwand der Kater Lacrimoso aus Dianas Nachbarschaft. Auch ein Tier, was mit seinen 13 Jahren, zudem kastriert, sich eigentlich niemals weit vom Haus entfernte. Schon komisch, wie wenig Beachtung sie bislang dem Ganzen geschenkt hatte. Natürlich hatten Diana die Leute, die völlig verzweifelt nach ihrem tierischen Mitbewohner suchten, leidgetan. Aber nicht einmal im Traum hätte Diana gedacht, dass sie einmal die sein würde, welche sich im Wald die Kehle wegen ihres Hundes aus dem Leib schrie.

Der Wind war mittlerweile zu einem Sturm ausgeufert und verschluckte jede Silbe ihrer Rufe. Zwecklos, weiter herumzuschreien, Krawitz würde sie eh nicht hören. Seufzend blieb sie erschöpft stehen. Mutlos richtete sie den Lichtkegel der Taschenlampe in das Dickicht der Bäume. Doch nichts bewegte sich dort und kein Hund war zu sehen.

Ihr war kalt und das Wasser der Pfützen, welches immer mehr durch das Schuhleder eindrang, trug auch nicht wirklich dazu bei, dass sie sich besser fühlte.

Diana überlegte kurz, ob es nicht besser wäre, aufzugeben und wieder nach Hause zu gehen. Aber ihr Husky irrte vielleicht hilflos durch den Wald. Sie konnte ihn doch nicht im Stich lassen! Wenigstens bis zur alten Eiche würde sie sich noch weiter durch das Unwetter quälen. Er war genauso gerne dort, wie sie und sollte er verletzt sein und Schutz suchen, würde er sich mit Sicherheit dorthin begeben. Sie sah ihn regelrecht vor sich, wie er unter der dichten Baumkrone zusammengekauert zwischen den dicken Wurzeln am Boden lag und auf sie wartete.

Abrupt aus ihren Gedanken aufgeschreckt, blieb Diana wie angewurzelt stehen. Hatte sie sich das nur eingebildet oder war gerade jemand an ihr vorbei gerannt? Hatte wirklich etwas sie gestreift und war dann im Gebüsch verschwunden? Panisch schwenkte sie die Taschenlampe hin und her und tastete mit dem Licht ihre Umgebung ab.

„Hallo, ist da jemand?" Wie zittrig ihre Stimme klang. Nichts war mehr von der Nachwirkung der unzähligen Zigaretten, die sie in den letzten Jahren geraucht hatte, zu hören. Im Gegensatz zu ihrer sonstigen dunklen rauen Stimme, ähnelte diese eher der einer piepsigen Maus.

Reiß dich zusammen, Diana. Wahrscheinlich hat dich nur ein Ast gestreift. Die Schritte hast du dir mit Sicherheit nur eingebildet. Oder es war das Rascheln der Blätter am Boden, die durch den Wind durcheinandergewirbelt wurden. Ist ja auch kein Wunder, wenn dein Verstand durch deine Fantasie Amok läuft! Es ist stockduster, du rennst durch den Wald und grübelst, statt dich auf das, was du tust, zu konzentrieren. Es gibt keinen Grund, sich vor Angst in die Hose zu machen -da ist niemand und es wird auch niemand in den nächsten Stunden dort sein.

Trotzdem rief sie noch einmal: „Hallo, hört mich jemand?" Wieder kam keine Antwort. Aber was hatte sie denn auch erwartet? Warum sollte sich eine Person, die im Wald herumlief, *aus welchen Gründen auch immer*, und ihr nichts Böses wollte, sich nicht auch ohne ihr Rufen bemerkbar machen? Und warum sollte derjenige wegrennen?

Wiederum, warum sollte jemand, der es auf sie abgesehen hatte, auf einen besseren Zeitpunkt warten? Die Voraussetzungen, ihr etwas Schlimmes anzutun, wie ihr die Kehle durchzuschneiden, waren sowieso schon optimal.

Niemand begleitete sie oder hielt sich in ihrer Nähe im Wald auf! Wer bitte sollte etwas mitbekommen und ihr zu Hilfe eilen? Nein, ein Vergewaltiger oder ein Mörder hätte schon lange zugeschlagen. Es machte keinen Sinn! Die Erklärung, dass sie sich alles einbildete, passte weitaus besser.

Diana räusperte sich und versuchte, zu grinsen. Was ihr mehr oder weniger gut gelang. „Selbst ein Killer würde bei diesem Scheiß Wetter nicht raus gehen! Nur ich, ich bin so blöd und renne hinter meinem Köter her." Auch der Versuch, das Ganze ins Lächerliche zu ziehen, scheiterte. Das mulmige Gefühl, dass sich jemand in ihrer Nähe aufhielt, sie beobachtete, blieb. Wie so oft zuvor wollte es nicht weichen! Dennoch entschied sie sich, weiter zu laufen. Es waren nur noch wenige Meter bis zu ihrem Ziel und es machte absolut keinen Sinn, jetzt umzudrehen!

Zögernd schob Diana einige Zweige, welche ihr den Weg versperrten, mit ihrer Hand zur Seite und lief, sich leicht duckend, unter den tiefhängenden Ästen hindurch. Es blieb ihr sowieso keine andere Wahl, sie musste weitergehen! Sollte Krawitz verletzt auf der Lichtung liegen und auf ihre Hilfe angewiesen sein, würde sie es sich niemals verzeihen, ihn im Stich gelassen zu haben. Gut möglich, dass er, hingegen seinem sonstigen Verhalten, einem Kaninchen hinterherjagte und ein Jäger ihn im Wald angeschossen hatte. Man konnte ja nie wissen!

Schluss jetzt, dachte sie und stapfte mit energischen Schritten weiter durch den Matsch, so dass dieser an ihren Beine hochspritzte.

42

Endlich! Der Graben konnte nicht mehr weit entfernt sein. Der umgekippte Baumstamm, welcher sie zwang, über ihn zu steigen, zeigte ihr, dass es nur noch wenige Meter waren, bis sie ihr Ziel erreicht haben würde.

Nachdem sie auch dieses Hindernis gemeistert hatte, lief Diana schneller und ließ in kürzester Zeit das letzte Stück des Trampelpfades hinter sich. Fortwährend rief sie dabei den Namen ihres Hundes und horchte kurz innehaltend, ob er ihr mit einem Bellen oder Jaulen antwortete. Irgendeinen Laut, der ihr die Richtung zu ihm wies und ihr die Sicherheit gab, sich auf dem richtigen Weg zu befinden. Obwohl sie zugeben musste, dass es fast unmöglich war, etwas neben dem Sturm, der ihr in den Ohren pfiff, zu hören.

Dennoch, sie wusste nicht, ob ihr der Verstand einen Streich spielte, oder war es die Hoffnung, welche über die eigentliche Vernunft siegte? Jedes Mal, wenn das Tosen des Unwetters ein wenig nachließ, glaubte sie, etwas zu hören. Laute, die einem Winseln, einem leisen heiseren Bellen, dann wieder einem Lachen oder auch dem Kichern eines kleinen Kindes glichen. Aber dann, wenn sie fast daran glaubte, dass sie es sich nicht nur einbildete, dass diese Geräusche der Realität entsprachen, hörte sie wieder nur das Heulen des Sturmes, welcher durch die Äste peitschte.

Durch das ständige Horchen abgelenkt, vergaß Diana völlig, sich auf den Weg zu konzentrieren. Statt den Boden auszuleuchten, lief sie, den Blick und ebenso die Taschenlampe in das Waldstück neben sich gerichtet, einfach weiter.

Gerade noch im letzten Moment gelang es ihr, abzustoppen und zu verhindern, dass sie das Ufer des vor ihr liegenden Grabens herunterstolperte.

Es war schon merkwürdig, wie sehr diese Nacht doch alles veränderte. Im Tageslicht und auch sonst in den ruhigen Nächten, erschien ihr der Graben eher schmal und nicht wirklich wie ein eindrucksvolles Gewässer. Nun sah das hingegen völlig anders aus. Wie fremd alles in dem dämmrigen Licht der Taschenlampe wirkte

Wie nützlich wäre jetzt das Licht eines Vollmondes. Unheimlich zwar, aber äußerst hilfreich. Aber statt seiner, prangte dort am Nachthimmel nur eine schmale Mondsichel. Dabei brauchte sie Licht, sehr nötig sogar, denn ihre Taschenlampe begann langsam aber sicher zu schwächeln. Immer wieder unterbrach ein Flackern den Lichtschein. Ein sicheres Zeichen dafür, dass ihre einzige Lichtquelle in absehbarer Zeit den Geist aufgeben würde.

Neben dem Loslaufen in einem nicht für das Herumrennen auf dem nassen Waldboden geeignetem Schuhwerk, hatte sie auch nicht darüber nachgedacht, dass der letzte Batteriewechsel höchstwahrscheinlich vor Jahren stattgefunden hatte. Ein weiterer dummer Fehler von ihr!

Wütend auf sich selbst, bedauerte sie nun ihre Nachlässigkeit. Gutes, richtig helles Licht wäre eine wirkliche Unterstützung gewesen, den Graben zu überqueren.

Unsicher fragte sie sich, ob der Platz, an dem sie stand, der Richtige war und sie ohne Probleme an das gegenüberliegende Ufer gelangen könnte. Aber was blieb ihr sonst anderes übrig? Am Graben entlangzulaufen, um nach einem eventuellen Weg zu suchen, machte auch keinen Sinn. Überall war es dunkel und glatt. Das Risiko, sich die Knochen zu brechen, blieb das gleiche. Sie konnte genauso gut von dort, wo sie jetzt stand, den Sprung wagen.

Als Diana näher ans Ufer herantrat, um sich bereit zu machen, hinüberzuspringen, fuhr sie aufgeschreckt zusammen. Da war es wieder, das Jaulen und Bellen, weitaus lauter und auch sehr viel näher, als beim ersten Mal. Dieses Mal allerdings glaubte sie keinesfalls mehr daran, dass es nur in ihrer Fantasie existierte. Sie war sich sogar ziemlich sicher, dass es sich um das ihr vertraute Kläffen von Krawitz handelte, welches deutlich von der Lichtung zu ihr rüber hallte.

Ein Ruck ging durch ihren Körper und ohne noch länger nachzudenken, stopfte sie sich die Taschenlampe in die Jackentasche und sprang los.

Sie prallte gegen das andere Ufer und rutschte ein Stück herunter. Es war anstrengend, aber es gelang Diana, sich an den Grasbüscheln und Wurzeln bis nach oben hochzuziehen. Erschöpft blieb sie auf dem Boden liegen.

Ihr Herz hämmerte und Dianas Atem rasselte. Dass ihr Körper unter dem vielen Nikotin und ihrem bisherigen Lebenswandel gelitten hatte, ließ sich wohl kaum noch verleugnen.

Unbeholfen drehte sie ihren Körper auf den Rücken und bemühte sich, wieder zu Atem zu kommen. Die Sterne leuchteten ihr am schwarzen Nachthimmel entgegen und es hatte mittlerweile aufgehört zu regnen. Auch der Sturm schien nachzulassen. Das Tosen des Windes war kaum noch wahrzunehmen und eine angenehme Ruhe herrschte auf der Lichtung.

Kein Ton, nicht mal ein leises Jaulen, war von Krawitz zu hören, aber gerade die Stille war es, die in ihr die Angst um ihren Hund noch mehr entfachte.

Stöhnend erhob sie sich. Auch wenn ihre Beine sich wie Gummi anfühlten und es ihr schwerfiel, das Gleichgewicht zu halten, zwang Diana sich weiterzugehen. Ihre Umgebung mit den Augen absuchend, blieb sie zunächst leicht schwankend stehen.

Hier auf der Lichtung brauchte sie die Taschenlampe zum Glück nicht. Zwar lag alles in einem diffusen Schimmer, aber durch das Sternenlicht und den freien Himmel war es hell genug, um den Weg zur alten Eiche zu finden.

So ruhig, es ist viel zu ruhig, dachte Diana, während sie über das nasse Gras zum Baum hinlief. So, als ob jemand einen Schalter drückte und damit das Unwetter, wie auch alles andere, das Bellen oder auch das Kichern des Kindes (*hab ich mir mit Sicherheit eingebildet)* ausgeschaltet hätte. Diese Stille hatte etwas Unheimliches an sich.

Wie froh würde sie sein, wenn sie wieder zuhause war. Wahrscheinlich würde sie dann über ihre eigene Panik, welche ihr Herz bis zum Hals klopfen ließ, lachen.

Diana, es ist nur ein Wald mit seinen Bewohnern, die nun mal ab und zu komische, für dich fremde Geräusche, von sich gaben, flüsterte sie. Aber ihre eigenen Worte hörten sich für sie falsch an und sie widersprachen allem, was sie sich vorher als Erklärung zusammengesponnen hatte! Wo waren denn jetzt die Tiere des Waldes? Schliefen alle brav gemeinsam in ihren Höhlen? Wohl kaum!

Je näher sie dem Baum kam, umso gespenstischer wurde das sie umgebende Szenario. Immer mehr erinnerte es sie an einen Gruselfilm. Wie die Eiche in einem milchigen Licht vor ihr auftauchte und ihre dicken knorrigen Äste wie Arme nach ihr ausstreckte. Hatte sie nicht die genau gleiche Szene vor nur wenigen Monaten im Kino in einem der angesagten Horrorstreifen gesehen?

Um die gespenstische Stille zu durchbrechen, tat Diana das Nächstliegende und rief nach ihrem Hund.

Aber bis auf ihre eigene Stimme hörte sie nichts!

Vielleicht schlief Krawitz ja. Lag friedlich an seinem üblichen Platz. Die kleine Mulde direkt unterhalb des Baumstammes, die ihm wie ein Hundekörbchen Schutz bot und in die er sich immer legte. Dort, wo er immer geduldig darauf wartete, dass sie beide wieder gemeinsam zurück nach Hause gingen.

Wenn er sich allerdings nicht dort aufhielt, blieb Diana kaum etwas anderes übrig, als die Suche aufzugeben.

Weiter ohne ein Ziel im Dunkeln herumzurennen, halfen weder ihrem Hund noch ihr selbst. Dann blieb ihr nichts anderes, als umzukehren, nach Hause zu gehen und auf seine Rückkehr zu hoffen.

Die letzten Schritte, dann war sie angekommen. „Krawitz, komm her mein Junge, na komm schon her, ich bin es", rief sie leise, so, als ob die Lautstärke ihrer Stimme den Hund verscheuchen könnte. Leicht gebeugt bewegte sie sich weiter vorwärts. Eine wirklich unbequeme Haltung, aber weniger schmerzhaft, als wenn einer der Äste ihr ins Gesicht schlug.

Immer wieder horchte sie, ob sie einen Laut, im besten Falle ein freudiges Bellen, hörte. Ein Jaulen oder ein Winseln. Hauptsache ein Lebenszeichen, ein Signal, dass alles gut ausgehen würde. Aber nichts dergleichen geschah. Außer, dass es wieder dunkler unter der Baumkrone wurde, die wie eine tiefe Zimmerdecke, düster und auch irgendwie drohend, über ihr hing.

Erleichtert ertastete sie mit der ausgestreckten Hand die Rinde des Baumstammes. Endlich war sie an ihrem Ziel angekommen.

„Krawitz", rief sie, aber wieder blieb es still. Kein Husky lag in der Mulde am Baumstamm. Frustriert blieb sie stehen. Es war Zeit, sich nicht mehr länger etwas vorzumachen. Egal wie sehr sie es sich auch wünschte, ihr Hund war nicht hier. War es mit höchster Wahrscheinlichkeit niemals gewesen! So tief konnte kein Hund schlafen, dass er nicht witterte, wenn sein Herrchen nur wenige Meter von ihm entfernt stand! Und mal ehrlich, egal wie brav er auf Diana gewartet hätte, so lange wäre er niemals still und leise liegen geblieben, ohne sich irgendwie bemerkbar zu machen.

Alles umsonst und für die Katz. Diana, du kannst wieder gehen. Scheiß Köter! Bestimmt saß er vor der Haustür oder noch besser: ihre Eltern hatten ihn reingelassen und statt ihrer Tochter, hockte der Husky im warmen Wohnzimmer und ließ es sich gut gehen. Bestimmt war es so! Und genau dahin würde sie sich jetzt auch begeben.

Auch wenn sich ihre Augen mittlerweile an die Schwärze gewöhnten, fiel es ihr immer noch schwer, einzelne Details ihrer Umgebung zu erkennen. Nur verschwommen, Schatten ähnlich, präsentierten sich die vor ihr hängenden Äste, welche ihr den Weg zur Lichtung versperrten.

Trotzdem entschied sie sich gegen die Taschenlampe. Das kurze Stück unter der Baumkrone ließ sich auch ohne diese meistern und sobald sie auf der Lichtung war, konnte sie ja genug sehen. Der Rückweg wartete ja noch auf sie. Es war besser, die restliche Energie der Batterie bis dahin zu sparen. Es würde ausreichen, sich mit den Händen voranzutasten.

Die Hände nach vorne streckend, drehte sie sich um die eigene Achse, bereit, den Rückweg anzutreten.

Kkk ... ein Schauer lief über Dianas Haut. Da war es wieder, dieses ekelhafte kindliche Kichern. Aber dieses Mal hatte sie es sich nicht eingebildet, auch wenn sie es sich mehr als alles andere wünschte. Genauso wenig, wie beim ersten Mal, als sie es gehört hatte. Jemand war Diana schon den ganzen Weg bis hierher gefolgt und hatte jetzt entschieden, dass dies der richtige Zeitpunkt war, seine Tarnung aufzugeben.

Kam es von rechts, von links, war es vor oder hinter ihr? Diana wusste es nicht! Aber zu deutlich, zu laut und vor allem, zu nah erklang das Lachen. Die Person, die es von sich gab, konnte nicht allzu weit von ihr entfernt stehen.

Doch es war ihr auch egal, sie wollte nur weg von hier. Der Klang des Wahnsinns, der in diesem Lachen mitschwang, reichte aus, ihren Verstand in höchste Alarmbereitschaft zu versetzen.

Überstürzt rannte sie, ohne nachzudenken, wohin, los. Mehr mit den Händen rudernd, als irgendetwas zu ertasten, bewegte sie sich hastig vorwärts.

Sie kam nicht weit, bevor ihr etwas in das Gesicht klatschte und Diana zum Anhalten zwang!

Undefinierbar, weich und übel riechend, strich es über ihre Haut. Es schien den gesamten Raum vor ihr für sich zu beanspruchen und ließ Diana keine Möglichkeit, einfach weiterzugehen, ohne es zu beachten.

Sie griff mit beiden Händen danach, um es hoch- und von sich wegzuhalten und darunter durchzuschlüpfen.

Aber sobald sie es anfasste wusste Diana, was ihre Finger fest umklammerten. Zu oft hatte sie es schon in ihren Händen gehalten. Als überzeugter Vegetarier sich davor geekelt, aber es zum Wohle ihres Hundes für ihn zubereitet.

Bei diesem glitschigen Etwas handelte es sich um die Innereien eines Lebewesens, dessen war sie sich sicher.

Verstört ließ sie es los und wischte angewidert ihre Hände an der Kleidung ab. Eine Reflexhandlung, bei der sie erst erfasste, was sie soeben erlebt hatte und es dennoch nicht begriff. Sie fragte sich nicht, wie die Eingeweide hierherkommen konnten und warum sie im Baum an einem Ast hingen. Geschweige denn, wo der Rest des Körpers, zu dem sie gehörten, sein könnte.

Unüberlegt handelnd, drehte sie sich in die verkehrte Richtung, dorthin, wo tiefhängende Äste ihr sofort den Weg versperrten und sich in ihren Haaren verhedderten. Immer noch durchzog der Geruch des toten Fleisches die Luft.

Die Zweige in ihren Haaren fühlten sich an wie knochige Finger, die nicht gewillt waren, sie jemals wieder loszulassen. Ihre einst geliebte alte Eiche wurde in ihrer Fantasie zu einem Monster, welches denen in den Stephen King Romanen, die sie so gerne las, glich.

Zunächst versuche sie, sich durch heftiges Ziehen zu befreien. Aber sie riss sich damit nur die Haare aus und kam keinen Schritt vorwärts. Ein weiterer grausiger Nebeneffekt war, dass dadurch dieses fleischige Etwas wieder in Bewegung kam und sie erneut im Gesicht traf. Eine warme Flüssigkeit, *es ist Blut*, benetzte Dianas Mund. Panisch presste sie ihre Lippen aufeinander und dennoch meinte sie, den metallischen Geschmack von Blut auf ihre Zunge zu schmecken.

Bemüht, den letzten Rest ihres Verstandes zu bewahren, versuchte sie, die nächste Entscheidung zu fällen. Sie brauchte Licht, unbedingt. Ohne etwas deutlich zu erkennen, würde sie sich niemals aus ihrer Lage befreien können.

Mit zitternden Händen holte sie die Taschenlampe aus der Innentasche ihrer Jacke. Mit Fingern, die kaum noch ihrem Befehl gehorchten, schob sie den An- und Ausschalter hoch. Gleichzeitig betete Diana: „Geh an, bitte geh an!"

Kein Licht, sie funktionierte nicht! Schluchzend wiederholte sie die Worte und schlug dabei gegen das Metall. Immer wieder probierte sie das Licht einzuschalten, nicht gewillt, endgültig aufzugeben. Mittlerweile war aus ihrem Schluchzen ein Weinen geworden, das dem Heulen eines Wolfes glich und nichts mehr gemein mit einem klardenkenden Menschen hatte. Aber dann siegte ihr Durchhaltevermögen. Ein Flackern, ein kurzer Lichtstrahl, der erst wieder erlosch, doch dann erneut aufblitzte und bestehen blieb.

Sie hielt die Lampe nach oben und folgte mit ihren Augen dem Lichtstrahl, der die Baumkrone über ihr in einen hellen Schein tauchte. Deutlich erkannte sie in diesem Augenblick, was von ihr herunterhing und wie ein nasses schleimiges rotes Tau hin und her schwang.

Dianas Vermutung war richtig gewesen, es waren die Organe eines Lebewesens. Als ob das allein nicht schon ausreichte, um jemandem den Verstand zu nehmen, schlug das Grauen ein weiteres Mal zu. Mit dem, was sie über sich erblickte, erlosch auch ihre Hoffnung. Angestrahlt vom Taschenlampenlicht, gut sichtbar in jeder Einzelheit, präsentierte sich ihr die aufgeschlitzte Bauchdecke eines Tieres, ihres Tieres, ihres Hundes Krawitz.

Schlagartig hörte Diana auf, zu weinen und starrte mit dumpfem Blick nach oben. Es war der Moment, in dem ihr Gehirn versuchte, das, was sie sah, zu verarbeiten. Schonungslos mit jedem noch so kleinsten Detail.

Der herunterbaumelnde Kopf mit den weitaufgerissenen Augen und der heraushängenden Zunge des Huskys. Das riesige Loch in seinem blutüberströmten, einst weiß-grauem Fell. Ein hin und her schwingender Hundekörper, welcher sich jetzt in zwei Hälften teilte, aus dem die Gedärme herausquollen. Aus dem das Blut langsam heruntertropfte und sich auf ihrer Stirn verteilte. Sie wollte den Blick abwenden, ihren Kopf einfach wegdrehen, aber es gelang ihr nicht.

Die Welt um sie herum fror ein und blieb stehen. Nur noch das Grauen über ihr schien real und in Bewegung zu sein. Diana hörte kein Rascheln von Füßen, die sich ihr näherten. Kein leises Kichern von jemandem, der sich in diesem Augenblick vor sie hinstellte und sie interessiert musterte. Sie spürte nicht einmal, wie eine Hand zart über ihr immer noch nach oben gewandtes Gesicht strich. Wie die fremden Finger mit dem Blut von ihrer Stirn ein breites Lächeln, wie das eines Clowns, über ihre Lippen hinaus malte.

Erst als diese Person die Hände an ihr Kinn legte und Dianas Gesicht zu sich herunterzog, bemerkte sie, dass da noch jemand bei ihr war. Nahm Notiz von dem ihr nicht fremden Gesichtes. Sah den Mund, der sie liebevoll anlächelte und sanfte Augen, die in ihre einzudringen schienen. Eine Mimik, welche der eines liebevollen Retters glich und dabei die grausame Unmenschlichkeit ihres Besitzers gekonnt verbarg. Sie kannte dieses Gesicht zu gut, dieses Mädchen, seit Jahren. Hatte mit ihr beinahe jeden Tag einen Teil ihrer Zeit verbracht und sie für eine Freundin gehalten. Jetzt musste sie feststellen, dass sie jahrelang einer Lügnerin auf den Leim gegangen war. Einer unvorstellbar guten Schauspielerin, der sie ihr schüchternes Theater abkaufte. Den netten Worten einer vermeintlich guten Freundin, die in Wirklichkeit eine Feindin war, glaubte und zu ihr hielt.

Eine sehr kranke Feindin, die in diesem Moment ein Teppichmesser aus ihrer Jackentasche zückte, die Klinge herausschob und mit ihrer ausgestreckten Hand einen einzigen schnellen Schnitt ausführte, der Dianas Kehle durchtrennte. Die zu ihr sagte: „Schlaf gut, kleine Prinzessin, oder sollte ich dich lieber Schlampe nennen? Ein guter Ratschlag von mir: In deinem nächsten Leben lass die Finger von Männern, die eine Familie haben. Weißt du, Familien sind heilig und man lässt sie in Ruhe. Ganz bestimmt fickt man nicht, wie du, mit den Vätern unbescholtener Töchter! Mutter hat

das immer gesagt. Und glaub mir, sie hat immer dafür gesorgt, dass sie Recht behielt!"

Die letzten Worte wurden mit jedem Buchstaben für Diana
immer unverständlicher. Sie hörte sie kaum noch, geschweige denn, begriff deren Sinn. Auch das Licht der Taschenlampe schien zu erlöschen. Zumindest wurde es langsam
immer dunkler um sie herum. Ein Rauschen, wie das eines
falsch eingestellten Radiosenders, erklang nach und nach
immer lauter in ihrem Kopf.

Diana spürte keine Schmerzen. Der Schrei beim Anblick
des Messers und dem Wissen, was als nächstes geschehen
würde, blieb aus. Er erstarb, bevor Diana ihn ausstoßen
konnte. Kein einziger Ton verließ ihre Lippen.

Nur die Wärme des Blutes, welches aus ihrer aufklaffenden
Kehle hervorbrach und ihren Körper herunterlief, war real.
Sowie das Wissen, dass das Sterben einzig und allein von
der Dunkelheit begleitet wurde.

Diana fand während sie starb heraus, dass nichts davon,
dass die Bilder seines eigenen Lebens noch einmal in Zeit-
raffer vor einem abliefen, der Wahrheit entsprach.

Interessiert hatte das Mädchen dem Tod ihrer ehemaligen
Freundin zugeschaut. Erst als diese auf dem Waldboden
zusammenbrach und sich nicht mehr bewegte, machte sie
sich bereit, die Lichtung zu verlassen. „Hat verdammt viel
Zeit beansprucht. Die kleine Schlampe wollte wohl partout
nicht sterben", murmelte sie und machte sich, leise ein Kinderlied pfeifend, auf den Rückweg.

43

Viel zu schnell fuhr ein Auto die Straße hoch und blendete dabei eine hochgewachsene sehr schlanke, fast schon magere Frau, welche mit leicht wankenden Schritten den Bürgersteig entlanglief.

Mit einer unangenehm keifenden Stimme schimpfte sie hinter dem Autofahrer her. Dabei übersah sie einen Stein, der sich aus der Pflasterung gelöst und leicht hochkant stand, und stolperte über diesen. Um ihr Gleichgewicht kämpfend, griff sie nach dem Pfahl einer Straßenlaterne und hielt sich an ihm fest.

Es war Isolde Heyna, die sich, nicht mehr ganz nüchtern, auf dem Nachhauseweg von ihrer besten (und einzigen) Freundin Ina Ma befand. „Uuups" lallte sie und schaffte es nur mit Mühe, sich mit Hilfe der Laterne wieder einigermaßen gerade hinzustellen.

Immer noch leicht schwankend, schob sie den Ärmel ihrer Jacke hoch und sah auf die Armbanduhr. Dabei kniff sie das linke Auge zu, um das Zifferblatt besser erkennen, und ohne, dass es sich vor ihren Augen drehte, sehen zu können.

Schon dreiundzwanzig Uhr, kein Wunder, dass ihr vor Müdigkeit (und ihrem nicht ganz nüchternen Zustand) der Weg endlos vorkam. Schließlich war sie seit sechs Uhr morgens auf den Beinen.

Wenn es nach ihrer Freundin gegangen wäre, würde sie immer noch bei ihr im Wohnzimmer sitzen und weitere Likörchen, eventuell auch etwas Härteres, trinken.

Ina hatte nichts gegen ein paar Gläschen Hochprozentigem und freute sich dabei über jegliche Art mit ihr trinkender Gesellschaft. Auch Isolde war dem Alkohol eher zugetan als abgeneigt, aber Ina trank sie regelmäßig unter den Tisch. Die hielt ohne Probleme einige Umdrehungen mehr wie sie aus. Auch heute Abend hatte Isolde es wieder nicht geschafft, mit ihrer Freundin mitzuhalten.

Nach dem siebten Gläschen begann sich die Welt um sie herum wie ein Karussell zu drehen.

Ihr graute es sowieso schon vor dem Aufwachen am nächsten Morgen. Es wurde Zeit, sich zu verabschieden und auf den Weg nach Hause zu machen.

Natürlich war Ina enttäuscht und beleidigt gewesen, als Isolde ihr sagte, dass sie den Abend ausklingen lassen wolle. Der Blick, den sie ihr, als sie trotz Drängen, wenigstens noch einen letzten Schnaps zu trinken, nicht nachgab, zuwarf, sprach Bände. Ihre Freundin war stinksauer und würde sie das wahrscheinlich in den nächsten Tagen spüren lassen.

Aber auch, wenn sie ihren Frust verstehen konnte, war sie standhaft geblieben und hatte sich sehr schnell verabschiedet.

Inas Geburtstag, jedes Jahr das gleiche Drama!

Da sie sonst niemanden einlud, wurde es für Isolde, als einzigem Gast, mehr als anstrengend, das Geburtstagkind durchgehend bei Laune zu halten. Die Stunden zogen sich häufig wie Kaugummi dahin und ausgerechnet heute hatte es sie mehr Energie als sonst gekostet. Kein Wunder, dass sie in den letzten zwei Stunden kaum noch das Gähnen unterdrücken konnte.

Die Kapuze ihrer Windjacke tiefer über den Kopf ziehend, setzte Isolde ihren Weg fort. Im Gegensatz zu ihrer Freundin hatte sie einen achtstündigen Arbeitstag hinter sich. Und der war alles andere als leicht gewesen. Nicht jeder hatte es so gut wie Ina und einen Ehemann, der genug verdiente, so dass man selbst keinen Finger krumm machen musste. Sie dagegen gehörte zu denen, die tagtäglich zusehen mussten, wie sie finanziell über die Runden kamen. Thomas Gehalt konnte man gut und gerne als gering bezeichnen (niemals würde sie das vor anderen zugeben) und reichte bei weitem nicht aus, ihren Lebensstandard beizubehalten.

Nicht, dass Isolde verschwenderisch war, aber wenigstens einmal im Jahr wollte sie in den Urlaub fahren. Auch beanspruchte sie einiges von dem, was ihr Nachbar besaß, ebenso für sich. Schließlich galt es, das Image einer gehobenen Gesellschaftsschicht aufrechtzuerhalten und das kostete eben Geld! Somit blieb ihr nichts anderes übrig, als auch ein paar Euro zum Lebensunterhalt beizutragen.

Der Familie, den Bekannten und Nachbarn, verkaufte sie es als netten Nebenverdienst, der eigentlich nicht nötig tat aber ihr sonst, wenn sie nur zuhause hockte, die Decke auf den Kopf fallen würde.

An solchen Tagen wie diesem allerdings, hätte sie gut und gerne darauf verzichtet, ihre Zeit im Schreibwarengeschäft zu verbringen!

Obwohl Isolde zugeben musste, dass sie ihre Arbeit mochte. Meistens jedenfalls. Sie wurde zwar schlecht bezahlt, gerade mal den Mindestlohn. Ihrer Meinung nach war ihre Arbeitsleistung weitaus mehr wert als das, was sie am Monatsende auf dem Konto hatte. Aber das, was ihr gefiel, waren der Kundenkontakt und die netten Gespräche mit ihnen!

Isolde Heyna gehörte der Gattung der unablässig quasselnden Frauen an. Über die man sagte, dass sie wohl mit dem Hintern atmeten, weil ihr Mund nie stillstand. Sie fühlte sich wohl wichtig, wenn sie Zuhörer fand, die ihr die Geschichten, die sie zu erzählen hatte, glaubten. Davon gab es hier im Ort ja mehr als genug und viele von ihnen waren häufig im Geschäft anzutreffen.

Da sie sich selber gerne reden hörte, genoss sie es mehr als alles andere, den neusten Tratsch im Ort zu verbreiten. Die Leute hörten ihr endlich mal zu und keiner fragte, ob das, was sie von sich gab, auch wirklich der Wahrheit entsprach. Meistens tat es das auch nicht, aber das war ihr, und wahrscheinlich auch den Leuten, egal. Selbst Frau Fischer (*jawohl*, *die Frau Fische*r) hatte ihr zugehört, als sie ihr von dem Flittchen Simone und was sie deren Sohn angetan hatte, berichtete. Seitdem begrüßte sie Isolde stets freundlich und verhalf ihr damit zu einem besseren Ansehen in der Gemeinde.

Aber heute hatte sie kaum Zeit gehabt, sich auch nur mit einem einzigen Kunden zu unterhalten. Ständig ging die Ladenglocke und die Leute gaben sich gegenseitig die Türklinke in die Hand. Auch das Telefon klingelte ohne Unterlass. Ein Scheiß anstrengender Tag, an dem sie hin und herrannte, Bücher, Hefte, Füller einpackte und gleichzeitig dumme Fragen von noch dümmeren Anrufern beantwortete.
Viele der Kunden waren alles andere als einfach gewesen. Mehr als einer kam schlecht gelaunt durch die Ladentür und ließ es an Isolde aus.
Nichts Neues für sie. So war es immer, wenn ein Wetter wie das heutige herrschte. Ständiger Regen, dazu der heftige Wind, verdarb jedem seine gute Laune und ausbaden mussten es dann sie und ihre Arbeitskollegen.
Sie nahmen es hin und lächelten trotzdem, weil man wusste, morgen würde es wahrscheinlich wieder besser sein. Und schließlich nahm man niemanden von den Hornochsen mit nach Hause.
Doch heute war sie allein im Geschäft gewesen. Eine Kollegin war krankheitsbedingt ausgefallen, angeblich hatte sie die Grippe. Aber Isolde konnte sich nur zu gut vorstellen, wie die wahre Krankheit aussah. Bestimmt hatte die fette Kuh den ganzen Tag vor dem Fernseher gesessen und Chips in sich hineingestopft. Sie war ja der Meinung, dass die Krankenkasse solche Menschen nicht unterstützen sollte. Zwangsdiäten verordnen, anstatt das sauerverdiente Geld fleißiger Menschen, die auf ihren Körper achteten, für Reha - Maßnahmen und Ähnlichem auszugeben. Sie, Isolde, ernährte sich und ihre Familie gesund und achtete auf jede Kalorie, die sie zu sich nahm.

Dieser ganze Fastfood-Müll kam im Hause Heyna nicht auf den Tisch. Nein, Gott bewahre! Das war schon immer so gewesen auch, als Kathryn noch klein war und bettelnd vor dem Imbiss stand. Konsequent hatte sie ihre Erziehung durchgezogen und aus ihrer Tochter ein guterzogenes, schlankes, gläubiges Mädchen gemacht. Nicht so ein Flittchen, wie diese Diana oder Simone und ganz bestimmt nicht so verkorkst, wie das Hexenkind Olivia!

Isolde blieb stehen und spannte die Pobacken an, um sie gleich wieder locker zu lassen. Leise kichernd flüsterte sie: „Briefkasten auf, Briefkasten zu!" Puh, tat das gut... Die reinste Entspannung und es half ihr bestens. Zum Glück, dass keiner das, was dabei aus ihrem Hintern kam, in diesem Moment riechen musste. Die Blähungen, hervorgerufen durch den Fraß, den Ina Odövre, Appetithäppchen und Pastetchen nannte! Nette Bezeichnungen für den Müll aus dem Billigsupermarkt, den sie ihr stets servierte. Zusammengepanschte Leberwurst und stinknormaler Schinken und Käse. Sie würde heute Nacht noch mehrmals zur Toilette gehen müssen. Kümmel wäre auch eines der Dinge, die sie vorm Einschlafen nehmen musste.

Endlich ließ die Wirkung des Alkohols nach. Wenigstens konnte sie mittlerweile wieder einigermaßen gerade laufen und auch das Schwanken des Bodens unter ihr hatte aufgehört.

Isolde runzelte die Stirn und rülpste einmal laut. Dann wischte sie sich mit der Hand über die laufende Nase und ihre durch den Wind tränenden Augen. Das Wetter war wirklich zum Kotzen, auch wenn es nicht mehr ganz so schlimm war, wie vor einigen Stunden. Dennoch, ihr war kalt und sie war sehr froh, als sie endlich ihr Zuhause erreichte.

Während sie den Weg zum Eingang hochlief, wühlte sie in der Tasche nach dem Haustürschlüssel. So entging ihr, dass jemand etwas vor die Tür gelegt hatte. Erst, als sie die letzte

Stufe zum Aufgang hochstapfte, entdeckte sie das kleine Päckchen, welches dort auf sie zu warten schien.

Sie war gewiss, es hatte hier, als sie das Haus verließ, noch nicht gelegen! Mit hundertprozentiger Sicherheit wäre es ihr sonst aufgefallen. Man fiel ja beinahe darüber, sobald man aus der Haustür heraustrat.

Bestimmt handelte es sich mal wieder um einen üblen Streich der verzogenen Nachbarskinder, dachte sie, als sie sich bückte, um es genauer in Augenschein zu nehmen.

Sie streckte ihre Hand danach aus, doch bevor sie es an sich nahm, zögerte Isolde. Die Rotzgören hatten schon einmal etwas Ähnliches mit ihr veranstaltet. Eine Tüte voller Hundescheiße von ihrem Köter vor Isoldes Tür gelegt, was sie aber erst bemerkte, als sie diese öffnete und ihre Nase tief hineinsteckte! Mein Gott, war das ekelig und sie hätte sich beinahe übergeben von dem Geruch!

Aber dieses Päckchen wirkte vollkommen normal. Außer, dass statt Briefmarken jemand mit einem schwarzen dicken Stift *Öffne mich, Isolde* darauf geschrieben und einen großen Smiley daneben gemalt hatte.

Schlussendlich siegte ihre Neugier und sie hob das Päckchen hoch. Schließlich war es ja für sie gedacht! Warum sollte sonst jemand ihren Namen darauf schreiben. Vielleicht handelte es sich bei dem Inhalt um ein Geschenk von Thomas für sie. Oder gar eine nette Überraschung von Kathryn für ihre liebe Mama?

Sie schüttelte es vorsichtig und ein leichtes Klappern, wie von einem harten Gegenstand, war aus dem Karton zu hören. *Definitiv keine Hundekacke!* dachte sie.

Isolde warf einen letzten kritischen Blick auf den Karton in ihrer Hand. Dann klemmte sie diesen unter ihren Arm und schloss hastig die Haustür auf.

Aus Skepsis war in den letzten Minuten Vorfreude auf den Inhalt geworden und sie beeilte sich, ins Haus zu kommen. Sie nahm sich nicht einmal wie sonst die Zeit, ihre Jacke und die Schuhe auszuziehen, sondern stürmte direkt in die Küche. Ein Messer aus der Schublade nehmend, machte sie sich daran, das Paket zu öffnen. Mehr als alles andere wollte sie wissen, welcher Inhalt sich darin vor ihren Augen verbarg.

-44-

In der Dunkelheit vor allen Augen verborgen, hockte eine schmale Gestalt vor einem Blumenbeet. Das Beet grenzte an eine Hecke, die das Grundstück vom Nachbargarten trennte.
Bei Tage betrachtet sah man, dass sich schon lange niemand mehr um die Pflanzen und alles andere was dort wuchs, gekümmert hatte. Dementsprechend wucherte alles Mögliche an Unkraut über die schwarze Erde.
An vereinzelten Stellen allerdings, gab es kein hochgewachsenes Gras, Löwenzahn, Disteln oder ähnliches. Nur bei sehr genauem Hinsehen war zu erkennen, dass irgendjemand hier vor längerer Zeit gegraben hatte.

Es war Olivia, die unablässig mit ihren Händen in der nassen Erde grub. Einige Klumpen nahm, anschaute, um sie gleich darauf wieder durch die Zwischenräume ihrer Finger auf den Boden zu ihren Füßen fallen zu lassen. Es wirkte, als versuche sie, den Dreck durchzusieben, so wie man es oft bei Kleinkindern, die im Sandkasten spielten, beobachten konnte. Aber im Gegensatz zu dem Sand, welchen die Kinder benutzten, war die Erde nass, matschig und lehmig.
Das Loch, welches sie zuvor mit einem Spaten gegraben und bald darauf wieder zugeschaufelt hatte, war schon seit mehreren Minuten so gut wie unsichtbar. Genauso wie das, was sie hineingelegt hatte. Nichts deutete auf ein weiteres Grab auf ihrem eigenen kleinen Friedhof hin. Sie hatte ihre Arbeit wie immer sehr gut gemacht.

Das Werk war vollendet! Eigentlich machte es keinen Sinn mehr, bei diesem Unwetter und mitten in der Nacht, weiter in dem schlammigen Boden zu graben *oder was auch immer es war, was sie dort tat.*

Aber entgegen jeglicher Logik ging sie nicht fort, sondern verweilte noch länger vor dem Grab. Egal ob der Sturm tobte oder der Regen ihr ins Gesicht peitschte.

Mit ihren Händen bedeckte sie wie immer zum Abschluss die Ruhestätte. Ein Abschied von dem Geschöpf, das dort begraben lag und welches durch genau diese Hände, die nun sanft über die Erde strichen, den Tod gefunden hatte.

Doch alles, was sie tat, geschah keinesfalls, weil sie es so wollte. In diesen Momenten gab es keinen freien Willen für Olivia. Es war ein Ritual, welches sie wie unter Zwang ausführte. Ebenso wie sie das Leben zuvor zwanghaft auslöschte. Stundenlang war sie nicht sie selbst, sondern eine andere Person, jemand, der sie nicht sein wollte.

Olivias Veränderung begann, sobald sie zuhause rausgeschlichen und die Haustür hinter sich schloss.

Das Mädchen, das sich auf die Suche nach einem neuen Opfer machte, war nicht sie. Nicht die, die sie jetzt war! Nach all den Jahren, die sie bei den Fischers aufgewachsen war. Jedenfalls glaubte sie das!

Olivia konnte nicht das Monster sein, das all die hilflosen Wesen tötete, welche das Pech hatten, ihr zu begegnen.

Vielleicht damals, als sie aus Mutters Schoß hervorkroch, war sie eine Bestie gewesen. Vielleicht war es genau dieses Kind, welches ihren Körper und ihren Willen übernahm, ihr die Gier nach Macht über Leben und Tod einimpfte. Sie dazu trieb, all diese abscheulichen Dinge zu tun. Dann war sie wieder Olivia Brandt mit all dem Schlechten, was Mutter ihr vererbt hatte. Es musste so sein, warum sonst führte sie fort, was ihre Erzeugerin angefangen und nicht beenden konnte.

Ihr Glaube daran, sie hätte sie gestoppt, als sie Mutter die Treppe herunterstieß, war ein Irrtum gewesen. Ein fataler Fehler, wie sie sehr bald erkannte. Mutters körperlicher Tod war für sie ein Segen gewesen, der ihr ermöglichte, sich in Olivias Verstand einzunisten. Dort viele Jahre verborgen und ausgeruht, machte sie sich bald daran, ihre Tochter zu benutzen.

Nur darum brauchte Olivia den Schmerz und konnte nicht anders, als ihn auch andere spüren zu lassen.

Es waren nicht ihre Taten, sondern die ihrer Mutter. Die sie damit fütterte, wieder zu ihrer Tochter machte und ihren Körper für die gemeinen Spielchen benutzte. Ihrem Kind klarmachte, dass sie für immer Mutters kleines Miststück blieb.

Es war der Wille des Monsters, welches sie geboren und in diese Welt gebracht hatte. So musste es sein, eine Alternative gab es nicht. Warum sonst würde der letzte Teil ihrer Verwandlung genau dort, wo alles begann und alles endete, stattfinden. Im Garten ihres alten Zuhauses, oder besser gesagt in der Grünanlage ihrer alten Folterkammer.

Olivia atmete auf und machte sich bereit, denn gleich würde es endlich wieder enden! So, wie es immer geschah. Dann, wenn ihre Hände ein letztes Mal über die Erde strichen.

Sie würde ruhig und zufrieden sein und wieder zu der Olivia, Simones Schwester, werden.

Sie würde …

Olivia konnte sie unmöglich kommen sehen. Die Person, die sich von hinten an sie heranschlich, nutzte das Unwetter für sich aus. Das Mädchen tappte völlig unvorbereitet in die Falle.

Woher sollte sie auch wissen, dass sie nicht allein war? Oder dass jemand sie die ganze Zeit beobachtet hatte?

Es war kein Fremder, der sobald er nah genug an sie herangekommen war, sich behutsam bückte, und den Spaten vom Boden aufhob.

Seit vielen Jahren bereits schlummerte in diesem Menschen der Hass auf Olivia, welcher ihn dazu trieb, ihr stets auf den Fersen zu sein. Er verschaffte sich alle nötigen Informationen ihres Lebens, insbesondere ihrer dreckigen Geheimnisse, und wartete dann geduldig darauf, diese für sich zu nutzen.

Oft musste diese Person an vielen Orten gleichzeitig kämpfen und widerwärtige Dinge tun. Ekelerregende, dreckige und jenseits des Glaubens, zu dem gute Eltern ihr Kind erzogen. Mit dem ihre Mutter sie, das Mädchen, zu einem guten Menschen gemacht hatte.

Es gab Momente, in denen sie verzweifelte und glaubte, niemals an ihr Ziel zu kommen - der Rettung einer Familie.

Jahrelang hatte sie es sich vorgestellt, wie es sein würde, eine Heldin zu sein. An ihrem Plan immer wieder aufs Neue gefeilt. Aber nun war es soweit, jetzt endlich konnte sie sich ihren größten Wunsch erfüllen und ihre Gedanken zu Handlungen werden lassen. Sie durfte wirklich mit sich zufrieden sein! Lächelnd trat sie freudig erregt von einem Bein auf das andere. Wäre es hell gewesen, hätte man die Augen des Mädchens voller Vorfreude funkeln sehen können. Aufgeregt leckte sie sich mit der Zungenspitze über die Lippen und zählte innerlich langsam bis sieben.

Als Olivia sich mit einem geflüsterten *Es tut mir leid* bereit machte, zu gehen, war das Mädchen bei der letzten Zahl angekommen.

Mit einem ausdruckslosen Gesicht und ohne auch nur der Andeutung einer Gefühlsregung, stand sie hinter ihr und holte mit dem Spaten weit aus. Dabei flogen ihr die nassen langen Haare in die Augen und nahmen ihr damit den Blick auf ihr Opfer. Fast blind konnte sich nicht einmal sicher sein, ob sie wirklich ihr Ziel treffen würde.

Aber das schien sie in keiner Weise zu interessieren. Mit einem Glucksen schlug sie, ohne zu zögern, mit aller Kraft zu. Der Knall, mit dem der Spaten auf Olivias Kopf prallte, war trotz des Regens gut zu hören.

Sie schien erschrocken über ihre eigene Kraft und die Wucht, mit der sie zugeschlagen hatte, zu sein. Insbesondere über das damit verbundene Resultat, welches sie jetzt zu sehen bekam. Mit weit aufgerissenen Augen und Mund stand sie bei Olivia, die lautlos in sich zusammensackte und regungslos wie tot im Gras vor ihr liegen blieb. Im Zeitlupentempo senkte das Mädchen den Arm und ließ dabei die Schaufel achtlos aus der Hand neben sich auf den Rasen gleiten.

Urplötzlich veränderte sich ihre Haltung und aus dem Erschrecken wurde blanker Zorn. Ohne es zu registrieren, schlug sie sich selber in das Gesicht und ihre helle Haut nahm allmählich eine krebsrote Farbe an.

Die Schläge waren hart und mussten für sie sehr schmerzhaft sein, dennoch hörte sie nicht damit auf, so, als wolle sie sich selber betrafen.

Nach jedem Schlag stammelte sie:

„Nein, nein, nein … So doch nicht, verkehrt, alles verkehrt. *Nichts kannst du richtig machen, du dummes Ding!"*

Wobei sie den letzten Satz regelrecht in die Dunkelheit hinausschrie.

Ihr ganzer Körper bebte, dabei war es fraglich, ob ihn die Angst oder die Wut über das eigene Versagen dazu brachte.

„Du dummes Kind hast sie kaputt gemacht! So wie du immer alles kaputt machst." Immer wieder veränderte sich ihre Stimme. Glich diese zunächst einem kleinen Kind, veränderte sich der Tonfall schlagartig in das schnippische Sprechen eines verzogenen Teenagers. Die größte und beängstigendste Veränderung jedoch war, wenn aus beiden Stimmen eine keifende bösartige wurde, die die Worte regelrecht ausspuckte. So, wie es jetzt gerade wieder geschah:

„Nun steh nicht so blöd rum, sieh endlich nach, ob sie noch lebt... mach end ..." Mitten in ihrem Redefluss stoppte sie. Irgendetwas lenkte sie ab und zog ihre Aufmerksamkeit auf sich.

Mit bebender Unterlippe, den Kopf leicht schräg haltend, und mit hochgezogenen Schultern, schien sie etwas oder jemand Unsichtbarem zu lauschen. Als ob sie darauf wartete, dass man ihr weitere Instruktionen gab. Anscheinend wurde ihre Geduld belohnt. Nach nur wenigen Minuten nahm sie die Finger wieder aus ihrem Gesicht, stellte sich gerade hin und nickte zustimmend.

In die Knie gehend und sich neben Olivia hinhockend, beugte sie den Oberkörper über die leblose Gestalt am Boden. Gleich darauf schob sie ihre Haare hinters Ohr und hielt den Kopf zur Seite geneigt, über Olivias leicht geöffneten Mund.
Regungslos verharrte sie in dieser Position, offensichtlich horchend, ob ihr Opfer atmete. Ein sinnloses Unterfangen! Wie sollte ein Atemzug trotz der Lautstärke des Sturmes hörbar sein?
Anscheinend hatte auch sie mittlerweile begriffen, dass sie so nicht weiterkommen würde. Die Mundwinkel missmutig nach unten gezogen und die Stirn in Falten gelegt, richtete sie sich wieder auf und stellte sich auf ihre Beine.
Was mach ich jetzt ...?
Ja, ja, was machst, du jetzt, dummes Mädchen?
Ich habe alles kaputt gemacht ...
Jaaaa, das hast du! Wer hätte auch etwas anderes erwartet! Lass dir endlich etwas Vernünftiges einfallen!
Sie muss doch die Geschichte hören, um zu verstehen ...

Erneut begann sie, sich mit den unterschiedlichen Stimmen zu unterhalten. Konzentriert auf ihr verrücktes Selbstgespräch, entfernte sie sich dabei einige Meter von Olivia.

Sobald sie es allerdings bemerkte, drehte sie um und lief mit hastigen Schritten zurück.

Wieder blieb sie neben dem reglosen Mädchen stehen.

Die Art, wie sie einen Finger an die Lippen und den Daumen unter ihr Kinn legte, ließ deutlich erkennen, dass sie intensiv darüber nachdachte, was sie als nächstes tun sollte.

Während sie das tat, stupste sie unablässig den vor ihr liegenden Körper mit ihrem Fuß an. Zunächst vorsichtig, sachte, wurde aus dem Anstoßen allmählich ein Treten.

Aber egal wie hart sie gegen Olivia trat, diese zeigte keinerlei Reaktion. Nichts geschah, was an ein Lebenszeichen glauben ließ.

„Verfickte Scheiße!"

Kind, du sollst doch nicht fluchen …

„Ach halt endlich die Klappe, du hast auch keine Ahnung!"

Fluchend stampfte das Mädchen mit dem Fuß auf und die Wut, gepaart mit einer verzweifelten Hilflosigkeit, stand ihr förmlich ins Gesicht geschrieben.

Sie ist nicht tot, darf es nicht sein. Sie lebt, wollen wir wetten?"

Natürlich …, das glaubst du doch selbst nicht, oder?

Wieder entfernte sie sich von dem am Boden liegenden leblosen Körper. Dieses Mal allerdings bewegte sie sich zielstrebig in Richtung des Hauses. An der Tür des Hintereinganges angekommen, legte sie ihre Hand auf die Klinke und drückte sie herunter. Mit einem Quietschen schwang diese auf. Lichtschein drang heraus und verscheuchte die sie umgebende Dunkelheit. Jetzt war ihr Gesicht hell erleuchtet und es wurde sichtbar, wie sich nicht nur die Tonlage, sondern auch stetig ihre Mimik mit jedem Wechsel der Stimmen veränderte.

Du kannst dort nicht reingehen, dummes Kind …

Die Augenbrauen waren hochgezogen, die Lippen missgünstig gekräuselt.

„Mir ist kalt und ich bin müde. Ich möchte schlafen …"
Dicke Kullertränen liefen plötzlich über ihre Wangen
und gleichzeitig zeigte sich ein kindlich schmollender
Schnuller - Mund.
Faules Stück, erledige jetzt endlich das, was du zu tun hast!
Schlagartig versiegten ihre Tränen und die Augen leuchteten
wütend, während sich die Zähne ihres Unterkiefers wie zu
einem Knurren nach vorne schoben.
So plötzlich, wie es angefangen hatte, endete das Mienen-
spiel und auch das Selbstgespräch wurde durch ein Schluchzen, mit einem wahnsinnigen Lachen vermischt, ersetzt.

Gleichzeitig ließ das Mädchen den Türgriff los und rannte,
beinahe über die eigenen Beine fallend, zurück zu Olivia.
Dort angekommen, beugte sie sich erneut über sie.
Nicht gerade zärtlich, versuchte sie nun mit ihrem Daumen
und Zeigefinger den Puls, indem sie diese an deren Hals
legte, zu ertasten.
„Na also! Gutes Mädchen, schön, dass du noch lebst. Wir
wollen doch nicht das Finale verpassen, meine liebe Olivia,
oder?"
Sichtlich mit dem Ergebnis ihrer Bemühungen zufrieden,
gab sie wieder ein kindliches, glucksendes Lachen von sich.
Und es war genau das gleiche, welches schon Diana im
Wald gehört hatte.
Gutes Mädchen, braves Kind, schlaue Mutter …
„Hört ihr, Olivia lebt!" rief das Mädchen fröhlich, bevor sie
sich wieder zu Olivia herunterbeugte und so drehte, dass sie
mit den Händen unter ihre Achselhöhlen greifen konnte.
„Ach Olivia, ich habe dir noch so viel zu erzählen …" wis-
perte sie. „Du musst wissen, dass Teil Zwei fast erledigt ist.
Aber eben nur fast. Teil Drei und Vier fehlen uns leider
noch. Ebenso müssen wir beide noch auf die Hauptperson
warten. Aber sicher wird sie dir, meine liebe Olivia, bald zu
Hilfe eilen. Wäre ja nicht zum ersten Mal. Bis dahin aber

habe ich ja noch ein wenig Arbeit mit dir. Darum lass uns aufhören, zu schwatzen. Also, auf geht's!"

Mit Schwung hob sie Olivias Oberkörper ein wenig an und schleifte sie zum Hintereingang des Hauses.

Das letzte Kapitel

Für sich selbst ist jeder unsterblich; er mag wissen, dass er sterben muss, aber er kann nie wissen, dass er tot ist.
Samuel Butler

Was ist Reue? Eine große Trauer darüber, dass wir sind, wie wir sind.
Marie von Ebner-Eschenbach

Träume, als lebtest du ewig - lebe, als stürbest du heute.
James Dean

45

Niemals hätte ich vermutet, dass der Abend, den ich in meinem Zimmer damit verbrachte, die Zeit totzuschlagen, mein letzter sein würde.

Es ging mir gut, weitaus besser, als in den Monaten zuvor. Zuversichtlich sah ich der Zukunft entgegen, überzeugt davon, dass meine angeknackste Welt wieder in Ordnung kommen würde.

Ich redete mir die Situation schön, indem ich versuchte, in dem Negativen auch die positiven Seiten, die dies mit sich brachte, zu sehen.

Wie zum Beispiel, dass ich mich von einem naiven oberflächlichen Mädchen in ein, wie ich meinte, verständnisvolles verändert hatte. Einer äußerst dankbaren dafür, dass es allmählich wieder aufwärts ging, Simone.

Es war nicht zuletzt der Unterstützung von Diana und Olivia zu verdanken, dass ich hin und wieder Spaß am Leben empfand. Immer öfter ertappte ich mich, wie ich fröhlich lächelte, statt weinend im Selbstmitleid zu versinken. Alles schien besser und wieder gut zu werden.

Das einzige, womit ich nicht klarkam war, dass es immer noch kein Lebenszeichen von Peter gab.

Mittlerweile glaubte auch ich, wie alle anderen, dass ihm etwas Schlimmes passiert sei. Dass er nicht mehr lebte und dass ich ihn nie wiedersehen würde. Das waren die Momente, in denen ich allein sein wollte. Die Zeit, die ich für mich brauchte, um gegen meine Traurigkeit anzukämpfen und weiter Hoffnung zu schöpfen.

Trotz alledem verlief mein Leben wieder besser und in einigermaßen ruhigen Bahnen. Simone Fischer zu sein war zwar immer noch nicht der Hauptgewinn, doch auch ebenso wenig die vom Schicksal gebeutelte absolute Niete.

Ich hatte Freunde. Und auch wenn ich nicht mehr das allseits beliebte Mädchen in unserer Kleinstadt war, gab es zumindest Menschen, die für mich da waren. Mir zur Seite

269

standen, wenn es darum ging, sich gegen die Anfeindungen der Einheimischen zu stellen.

So wie meine Pflegeschwester. Wieder einmal hatte ich an diesem besagten Abend ein langes Gespräch mit Olivia geführt. Dadurch, dass sie mir einfach stillschweigend zuhörte, half sie mir aus dem tiefen Loch der Depression, in dem ich Gefahr lief zu versinken, hervorzukriechen.

Als sie die Tür hinter sich schloss und in ihr Zimmer verschwand, fühlte ich mich gut und ausgeglichen.

Ich weiß noch, wie munter ich war. Regelrecht aufgekratzt und voller Energie! Wie ich alles Mögliche tat, um mir die Zeit bis zum Schlafengehen zu vertreiben. Ich las, spielte nach langer Zeit mal wieder an der Wii und surfte auf meinem Notebook im Internet.

Dabei sah ich mir Videos auf YouTube an und stöberte auf Instagram, Twitter und ebenso auf Facebook. Lange schon hatte ich den Besuch auf einigen Gruppenseiten gemieden. Der Fall Peter und Simone war lange ein viel diskutiertes Thema, zu dem jeder etwas zu sagen wusste. Für mich waren die Kommentare, die die meisten von sich gaben, kaum zu ertragen gewesen. Ich hatte für mich entschieden, die Gruppen zu meiden, um sie nicht mehr lesen zu müssen. Das aber wollte ich jetzt endlich ändern. Ich scrollte die Beiträge runter und entdeckte dabei, dass nirgendwo mehr mein Name auftauchte. Ich war dankbar für die Schnelllebigkeit in den sozialen Netzwerken und des damit verbundenen *Vergessen Werdens*. Andere Dinge waren wichtig geworden, über die jetzt intensiv und ausgiebig diskutiert wurde. Ich brauchte keine Angst mehr haben, das Opfer eines erneuten Shitstorms zu werden, denn das Interesse an mir war gleich null. Und ich wäre die Letzte, die durch irgendwelche Aussagen dafür sorgen würde, es wieder zu erwecken.

Auch in der Thrillerspoilerbande hatte sich vieles verändert. Es gab unzählige neue Mitglieder und die Art und Weise, wie man miteinander umging, unterschied sich sehr gegenüber dem, was noch vor wenigen Monaten üblich gewesen war.

Der Abend flog nur so dahin, aber müde wurde ich trotz all meiner Bemühungen nicht. Als die Zeiger der Wanduhr in meinem Zimmer auf 00.30 Uhr standen, war ich immer noch hellwach. Mittlerweile begann ich mich zu langweilen und der Punkt, an dem ich nichts mehr mit mir anzufangen wusste, rückte unaufhaltsam näher.

Meine Eltern lagen bereits im Bett. Somit brachte es mir wenig, nach unten ins Wohnzimmer zu gehen. Dort war niemand, der sich mit mir unterhalten würde.

Für einen Moment dachte ich darüber nach, zu Olivia ins Zimmer zu gehen, verwarf den Gedanken aber sehr schnell wieder! Ich war mir ziemlich sicher, vor einer verschlossenen Tür zu stehen. Auch wenn sie meinte, dass es keiner mitbekam, wusste ich, dass sie häufig nachts rausschlich und erst sehr spät wieder heimkam. Gefragt, wohin sie verschwand, habe ich sie allerdings nie. Meiner Meinung nach ging es mich nichts an.

Unschlüssig saß ich auf dem Bett und pulte mit den Fingern Federn aus meinem Kopfkissen. Eine der vielen blöden Angewohnheiten, die immer dann auftraten, wenn ich nichts mit mir selbst anzufangen wusste. Wie eben jetzt! Jegliche Ideen, die mir durch in den Kopf schossen, erschienen mir bei genauerer Überlegung wenig reizvoll, um sie wirklich in die Tat umzusetzen. Zu guter Letzt entschied ich mich fürs Nächstliegende und Übriggebliebene- mich mit meinem Handy zu beschäftigen.

Schon komisch, wie viel sich doch verändert hatte. Früher legte ich es kaum aus der Hand und sah beinahe im Sekundentakt nach, ob es irgendetwas Neues zu sehen gab. Aber genauso wie meine WhatsApp Kontakte wurde auch das Interesse am Nachrichten schreiben weniger, bis es schlussendlich vollkommen zum Erliegen kam. Es gab ja nieman-

den, der sie las oder besser gesagt, der mir darauf antwortete.

Jemandem ständig neue Nachrichten zu schicken, gehörte
zwar der Vergangenheit an, aber so ein Handy hatte ja noch
mehr als das zu bieten. Es gab jede Menge Spiele und
Shopping-Apps. Zocken und Schnüstern hatte ich auch
früher bis zum Umfallen getan. Ich erinnerte mich, wie oft
ich dabei einschlief und morgens, das Handy neben mir
liegend, aufwachte.

Suchend schaute ich mich in meinem Zimmer um und entdeckte es auf dem Schreibtisch. Es lag gut sichtbar auf einem Papierstapel irgendwelcher Hausarbeiten, die noch
darauf warteten, von mir erledigt zu werden.

Ich stand auf, um es mir zu holen. Während ich es vom
Tisch nahm und damit zurück zu meinem Bett ging, kam
mir der Gedanke, es wäre vielleicht eine gute Idee, eine
Nachricht an Diana zu schreiben. Oder noch besser, ihr
eine Sprachnachricht und ein lustiges Gif zu schicken.

Je mehr ich darüber nachdachte, umso besser fand ich meine Idee. Einer von uns musste ja den Anfang machen und
es würde helfen, meine Kontakte wieder neu aufleben zu
lassen.

Jemand, der in meinem Alter nicht mindestens 80 Prozent
seiner Gespräche über WhatsApp führte, galt in den Augen
anderer Jugendlicher als unnormal. Somit traf das auch auf
meine Person zu. Das musste sich definitiv ändern!

Ich blieb stehen, gab meinen Pin ein und wartete ungeduldig darauf, dass das Icon des Messengers auf dem Display
aufleuchtete.

Überrascht entdeckte ich, dass jemand wohl die gleiche Idee
wie ich gehabt und mir eine Nachricht geschickt hatte.

Eine dicke gelbe Eins zeigte sich neben dem WhatsApp-
Icon. Verdammt, ich hatte wie immer auf lautlos gestellt
und somit den Signalton nicht gehört. Eine Maßnahme, die
ich mir in den Monaten, als Hassnachrichten meinen Alltag
bestimmten, angewöhnt hatte.

Zwar war das schon länger nicht mehr der Fall, aber genau wie bei allen anderen meiner Angewohnheiten, konnte ich auch diese schlecht ablegen.

Ich musste zugeben, ich freute mich sehr darüber, die Eins zu sehen. Es hatte so etwas von „Willkommen zurück" und bekräftigte mein Vorhaben, wieder verstärkt an den sozialen Medien teilzuhaben.

Nun gut, es war nur eine Nachricht, mehr nicht, sagte ich zu mir selbst. Kein Grund, zu jubeln oder gar nervös zu werden. Einige der alten Kontakte bestanden noch. Wenige, die nicht gelöscht oder sogar blockiert worden waren. Aber zu einer Party oder etwas anderem Schönen würden auch diese mich wohl kaum einladen.

Wahrscheinlich enthielt die Nachricht einen dieser dämlichen nervigen Kettenbriefe. Irgendetwas völlig Unsinniges. Die man weiterleitete und in denen etwas wie: *Schicke das an zehn weitere Personen, damit du morgen nicht die Apokalypse erlebst*, oder so ähnliches, stand. Bestimmt fehlte dem Absender noch eine Dumme, um die zehn vollzumachen und er hatte mich als Lückenbüßer auserwählt. Trotzdem konnte ich es kaum erwarten, nachzuschauen, von wem sie kam.

Verwundert las ich den Namen der Absenderin. Es war Olivia! Verblüffend nicht nur, weil ich die wenigen Nachrichten meiner Pflegeschwester, die ich bekommen hatte, an fünf Fingern abzählen konnte. Noch überraschender aber war, dass es sich um eine Sprachnachricht handelte. Das hatte es von ihr noch nie gegeben. Schon im wahren Leben sehr schweigsam, dachte sie nicht im Traum daran, jemandem auch nur ein einziges gesprochenes Wort über den Messenger zu schicken. Für sie war ihr Handy ein Mittel zum Zweck, um in die Welt ihrer Musik abzutauchen oder sich in irgendwelchen dunklen Foren auszutauschen. Eine Sprachnachricht, die hatte es für mich nun wirklich noch nie gegeben.

Ich drückte auf das Play-Zeichen und wartete darauf, was sie mir Wichtiges mitzuteilen hatte.

Kein Wort, nur ein Rauschen und leise Musik, war zu hören. Irgendein Klavierstück, klassisch und überhaupt nicht Olivias Geschmack. Solange niemand irgendetwas von Tod und Teufel ins Mikrophon brüllte, war es nicht auf ihrer Playlist zu finden.
Aber vielleicht hielt sie sich mit ihren Freunden in einer Kneipe auf, in der diese Musik gespielt wurde und sie hatte nur aus Versehen auf Aufnahme gedrückt. Obwohl das meiner Meinung nach kaum möglich und wie das passiert sein sollte, ziemlich fragwürdig war.

Was solls, dachte ich, *wird sich schon irgendwie aufklären.* Ich hob die Hand und wollte die Sprachnachricht anhalten, als ich abrupt stoppte und zusammenzuckte. „Nun mach schon, Schlampe." Eine sehr aggressive Stimme schrie mir aus den Lautsprechern meines Handys entgegen.
Ich kannte die Stimme nicht. Sie war mir vollkommen fremd und sie flößte mir Angst ein. Ich wusste, dass das, was ich gerade gehört hatte, nichts Gutes zu bedeuten hatte. Aufs Äußerste angespannt horchte ich darauf, was als nächstes geschehen würde.
Ein Stöhnen und Olivias leise, in abgehackten Worten sprechende Stimme: „Moni, du musst herkommen, sofort … ich …" folgte.
„Nun mach, sag ihr, wo sie hinkommen soll! Oder muss ich das selber machen! Du dummes Stück Scheiße. Wenn ich dir sage, was du zu tun hast, dann machst du das auch gefälligst! Verstanden?" Wieder erklang die fremde zornige Stimme begleitet von mehreren Klatschen, was meine Furcht noch mehr steigerte.
Mir musste keiner erklären, was dieses Geräusch bedeutete. Ich wusste auch so, dass diese Person, wer auch immer sie war, Olivia schlug! Ein Schrei, gefolgt von einem heftigen

Schluchzen, vermischt mit Kampfgeräuschen, wie dem Poltern eines Stuhls und den Wortfetzen „Du musst zum Haus, hörst du, Moni, zu meinem Haus kommen. Bitte mach schnell sie … wird …" Danach endete die Sprachnachricht. Entsetzt auf das Handy starrend stand ich da. Nicht begreifend, was ich soeben erlebt und gehört hatte.

Sollte das etwa ein blöder Scherz sein? Wollte Olivia mich verarschen, indem sie mich mitten in der Nacht zu ihrem alten Zuhause lockte? Würde sie dort mit irgendwelchen Gothicfreunden warten und sich bei meinem Eintreffen über mich totlachen? Unzählige Fragen jagten durch meinen Verstand aber ich brauchte nur Sekunden, um sie mit einem deutlichen **NEIN** zu beantworten.

Vielleicht würde Olivia mir einen Streich spielen. Wenn auch kaum denkbar, so wusste man nie, was Menschen unter Drogen oder total betrunken taten. Wie zum Beispiel gemeinsame Sache mit irgendeinem Idioten, der seine Stimme verstellte, machen. Vielleicht würde sie so weit gehen und mich damit in die Nacht hinausscheuchen.

Zwar auch ungewöhnlich für Olivia, aber immer noch denkbar. Aber niemals würde sie mich zu ihrem alten Zuhause locken.

Mir vorstellen, dass sie dort auf mich wartete nur um ihren Spaß zu haben, nein, das konnte ich nicht!

Sie verabscheute das Haus und mied es wie die Pest, genauso wie ich. Auch kannte sie die Geschichte meiner Flucht, wie ich damals als kleines Kind wegrannte, begleitet von dem Gefühl, etwas Unsichtbares, Böses würde mir folgen. Sie wusste, wie sehr ich mich vor dem Haus fürchtete! Auch das hatten wir beide gemeinsam.

Nein, ein Streich, ein Scherz auf meine Kosten, und Olivia, die obendrein deswegen freiwillig das ihr verhasste Haus betrat - das passte absolut nicht zusammen!

Nochmal spielte ich die Nachricht ab. Deutlich hörte ich die Angst in ihrer und den irrsinnigen Hass in der anderen

Stimme. Da war keine Zeit für weiteres Zögern oder sich zu fragen, zu was Olivia fähig sein könnte. Mir war klar, sie schwebte in Gefahr und brauchte mich. Ich wusste, ich musste sofort handeln und überlegte nicht mehr lange.

Ohne Plan und nachzudenken stürmte ich los.

46

Heute verstehe ich mich selbst nicht mehr. Es war so dumm, wie ich mich verhielt. Warum lief ich nicht zu meinen Eltern, weckte sie und erzählte ihnen alles? Spielte ihnen die Sprachnachricht vor und bat sie um Hilfe?

Gemeinsam hätten wir die Polizei alarmieren können. Eigentlich brauchte ich keine Befürchtung haben, dass sie das, was ich ihnen erzählte, für eine Spinnerei von mir hielten. Sie mussten mich ernst nehmen, denn ich hatte ja einen unwiderlegbaren Beweis in der Hand mit dem ich dafür hätte sorgen können, dass jemand, der wusste was er tat, etwas unternahm. Also warum verhielt ich mich dann wie der größte Idiot auf der ganzen weiten Welt? Beging den Fehler, planlos und ohne einen klaren Gedanken, mich auf den Weg zu Olivias Haus zu machen.

Wahrscheinlich war meine Abneigung gegenüber den Gesetzeshütern so groß, mein Vertrauen zu meinen Eltern so gering, dass ich nicht einmal an sie als Unterstützung dachte? Es musste so sein! Eine andere Erklärung, warum ich das Handy auf den Boden fallen ließ, aus dem Zimmer stürmte und zur Treppe lief, gab es nicht.

Ich nahm mehrere Stufen gleichzeitig, um so schnell wie möglich nach unten in den Flur zu kommen. Dort angekommen, schnappte ich mir im Vorbeigehen meine Sneaker und schlüpfte ohne anzuhalten in sie rein. Den Schnürsenkeln schenkte ich keine Beachtung und auch auf eine Jacke verzichtete ich. Stattdessen zog ich mir die Kapuze meines

Pullovers über den Kopf, um mich wenigstens etwas vor dem Regen zu schützen.

Ich glaube, ich ließ sogar die Haustür sperrangelweit offen, als ich raus auf die Straße rannte. Jedes Detail, von dem was ich tat, war dumm und unüberlegt. Warum sollte ich dann an solche Nichtigkeiten, wie eine Tür zu schließen, denken, wenn ich nicht einmal darüber nachdachte, dass ich mich selber mit dem, was ich vorhatte, in Gefahr brachte.

Nach nur wenigen Metern hatte der Regen meine Kleidung bis auf die Haut durchnässt. Sie fühlte sich dadurch schwer und wie ein nasser Sack an, der wie etliche Kilos an mir hing. Dass ich gleichzeitig gegen den Wind, welcher mir unbarmherzig ins Gesicht peitschte, ankämpfen musste, erleichterte das Vorwärtskommen nicht wirklich.

Mit jedem Schritt den ich tat kam es mir vor, als ob ich immer langsamer wurde. Meine scheinbar nur noch aus Wasser bestehenden Chucks, klatschten auf den Straßenbeton und ich hatte immer mehr damit zu tun darauf zu achten, nicht über die offenen Schnürsenkel zu fallen.

Der Weg kam mir unendlich lang vor, obwohl sich der Abstand zwischen Olivias Haus und unserem sonst immer relativ kurz anfühlte.

Normalerweise ließ ich weitaus längere Entfernungen in sehr kurzer Zeit hinter mir, ohne außer Atem zu kommen geschweige denn, erschöpft zu sein. Heute Nacht allerding bewegte ich mich wie eine Schnecke auf einem nie endenden Kilometermarsch voran, bei dem mich jeder Schritt, den ich tat, vollkommen auslaugte.

Ich versuchte, all dem allen keine Beachtung zu schenken. Einfach weiter zu rennen. Aber meine Beine wurden immer schwerer und der Atem keuchender. Ich bekam kaum noch Luft und mit jedem Atemzug spürte ich einen stechenden Schmerz in meiner Lunge.

Bald schon konnte ich mein Anfangstempo nicht mehr bei-behalten. Völlig erschöpft wurde mir vor Anstrengung schlecht und ich taumelte mehr als das ich lief.

Dabei hatte ich noch die längere Strecke, bevor ich zu der Abbiegung, die zu Olivias Haus führte, vor mir. Ob ich es wollte oder nicht, mir blieb kaum etwas anderes übrig, als anzuhalten und eine Pause zu machen, um wieder Kraft zu schöpfen.

Ich drosselte das Tempo und lief zum Bürgersteig, anstatt weiter blindlinks auf der Straße zu rennen.

Dort hielt ich an und beugte mich leicht nach vorne. Ich stemmte die Hände in die Taille und bemühte mich, kon-zentriert und bewusst langsam ein- und auszuatmen. Es brachte niemandem - insbesondere Olivia - etwas, wenn ich weiter wie ein kopfloses Huhn durch die Gegend rannte. Ich brauchte meine Kraft! Hatte ich doch nicht einmal eine Ahnung, was mich beim Haus erwartete!

Wenn ich dort ankam, kaum noch in der Lage, geradezu-stehen, konnte ich wohl kaum als Helferin in der Not funk-tionieren.

Wenn ich überhaupt dort angekommen wäre, dachte ich, als ich mich aufrichtete und in der Ferne schnell näherkommende Scheinwerfer wahrnahm. Einen fühlbaren Wimpernschlag später jagte in rasender Geschwindigkeit ein Wagen an mir vorbei. Ich wagte gar nicht daran zu denken, was passiert wäre, wenn ich vor Erschöpfung gestolpert und hingefallen wäre.

Mittlerweile war mein Herzschlag wieder auf einem norma-len Tempo angelangt und ohne das Gefühl, dass meine Lunge jeden Moment platzte, fiel mir auch das Atmen wie-der leichter.

Meine Beine allerdings fühlten sich immer noch schwer und bleiern an. Sie zu bewegen, die ersten Schritte weiterzuge-hen, glichen einem Kampf. Muskelkrämpfe in den Unter- und Oberschenkeln piesackten mich, aber ich biss die Zähne zusammen. Es wurde Zeit, mich wieder auf den Weg zu machen und weiterzulaufen.

Dieses Mal rannte ich nicht los, sondern bewegte mich mit weitausgreifenden Schritten vorwärts, um so meine Kräfte zu schonen. Ein kluger Entschluss, wie ich feststellte, als ich kurz darauf, und ohne vor Erschöpfung zusammenzubrechen, in die Kastanienallee einbog.

Während ich die ersten Häuser hinter mir ließ, hörte ich eine keifende Frauenstimme. Offensichtlich war sie nicht weit von mir entfernt. Zwar konnte ich ihre Worte nicht verstehen, aber die Wut in ihrem Gezeter war unüberhörbar. Einen klitzekleinen Augenblick lang überlegte ich, sie zu rufen und um Hilfe zu bitten, aber verwarf auch diesen Gedanken wieder.

Zum Glück hatten der Regen und der Wind nachgelassen. Ohne gegen das Unwetter ankämpfen zu müssen, dauerte es nicht mehr lang, bis ich vor Olivias Haus stand.

Natürlich waren wir öfters an dem Haus vorbeigefahren, aber jetzt in der Nacht wirkte alles anders. Unheimlich ragte es in dem zwielichtigen Schein der Straßenlampe, welches den Vorgarten und ebenso den Eingang in ein gedimmtes Licht tauchte, vor mir auf.

Wieder hatte ich durch die Anordnung der Fenster und der Tür den Eindruck, einem bösartig grinsenden Gesicht gegenüberzustehen. Genauso wie damals, als ich noch ein kleines Kind war.

Mein erster Impuls war umzudrehen und wegzulaufen. Aber wie erstarrt blieb ich am Zaun stehen. Unfähig, nur eine Bewegung auszuführen. Immer mehr Spucke, zäh und gummiartig, egal wie oft ich sie runterschluckte, sammelte sich in meiner Mundhöhle an. Im Gegensatz dazu fühlte sich meine Kehle ausgetrocknet an. Auch mein Herz hatte wieder damit angefangen, laut und schnell in meiner Brust zu hämmern. Schweißperlen sammelten sich auf meiner Stirn und liefen in Tropfen herunter. Der brennende

Schmerz, als sie mir in die Augen liefen, sorgte zumindest dafür, dass ich versuchte, mich aus meiner Erstarrung zu lösen. Ich wusste, ich erlebte gerade eine Panikattacke und hatte genug darüber gelesen, um mir klar zu sein, welche Auswirkungen diese auf mich haben könnte.

Wenn es mir nicht sehr schnell gelang, dagegen anzukämpfen und mich zusammenzureißen, würde ich bald nicht mehr in der Lage sein, nur einen Fuß in das Haus zu setzen. Auch wenn die bösartige Atmosphäre, welche das Haus ausstrahlte, mir kalte Schauer über den Rücken jagte, würde ich es betreten müssen.

Die Gedanken überschlugen sich in meinem Kopf. Ich war mir sicher, wenn heute Nacht etwas Schlimmes passieren sollte, dann geschah es in seinen Wänden. Ich dachte, Olivia und ich würden ein Teil davon sein, oder besser gesagt, waren es schon immer gewesen.

Wahrscheinlich hatte das Haus in all den Jahren auf uns beide gewartet, um heute Nacht zuzuschlagen.

Ich glaube, ich war kurz davor, vollkommen durchzudrehen, anders ließen sich meine verrückten Gedanken kaum erklären. Das, was sich in meinem Kopf, während ich das Haus anstarrte, abspielte, glich eher einem Gruselgroschenroman als der Realität.

Zu meinem Glück wusste ich das und machte mir klar, dass die Panik meinen Verstand manipulierte und dass das Haus eben nur ein Haus war. Ein Gebäude, gebaut aus Steinen und nichts, wovor ich Angst haben musste. Alles was zählte war herauszufinden, ob Olivia sich dort drinnen befand. Und wenn es so war, ja selbst, wenn sie in Gefahr schwebte, dann war es kein Monster und bestimmt nicht das Haus, welches sie gefangen hielt!

Dankbar bemerkte ich, wie sich meine Panikattacke langsam verflüchtigte. Zwar blieb die Furcht bestehen, aber wenigstens war ich wieder in der Lage, mich zu bewegen.

Meine Hand legte sich auf den kalten Griff der Pforte. Ich drückte sie herunter und mit einem Quietschen schwang sie nach innen auf. Das letzte Hindernis, welches mich von dem Haus trennte (oder schützte), hatte ich somit überwunden.

Zögernd setzte ich den ersten Fuß auf die unregelmäßig geformten Pflastersteine des Weges, welcher zum Hauseingang führte.

Schritt für Schritt näherte ich mich der Tür.

Bei der Aufgangstreppe angekommen, verließ mich wieder der Mut. Die Stimme in meinen Kopf, die *geh einfach wieder los* flüsterte, klang richtig gut, verlockend und am liebsten wäre ich ihrer Aufforderung gefolgt. Wie damals glaubte ich zu spüren, dass jemand mich durch das kleine Fenster neben der Tür beobachtete und hinter der Gardine versteckt, jeder meiner Bewegungen folgte. Etwas, was keinen Namen hatte, aber für die vergiftete Atmosphäre sorgte. Natürlich war ich alt genug, um zu wissen, dass es so etwas nicht gab, ich mir selber nur etwas einredete. Schließlich war ich nicht mehr das kleine Mädchen, welches panisch vor der Hand, die sie gleich packen würde, wegrannte. Aber auch wenn ich mich regelrecht zwingen musste, stieg ich die drei Stufen hoch. Heute war ich erwachsen und musste auch wie eine Erwachsene handeln.

Den letzten Schritt machend, fand ich mich vor der Haustür wieder. Das milchige, dreckige und teilweise zerbrochene Glas machte auf mich keinesfalls einen einladenden Eindruck. Trotzdem war ich gezwungen herauszufinden, ob die Tür abgeschlossen war. Was sollte ich auch sonst als nächstes tun? Klingeln wohl kaum!

Überrascht stellte ich fest, dass ich über meine eigene sarkastische Antwort grinste. *Nicht schlecht, Simone*, dachte ich, *du scheinst ja doch Mut zu haben.* Aber das Lächeln und auch die Zuversicht verließen mich sehr schnell wieder, als ich das Zittern meiner Hand bemerkte, während ich sie auf den Türgriff legte. Unbewusst die Luft anhaltend, drückte ich die Klinke herunter und versuchte, die Tür zu öffnen. Abgeschlossen!

Hektisch drückte ich mehrmals hintereinander den Griff und rüttelte an der Tür. Gleichzeitig rief ich *Hallo*, so, als ob dort drinnen jemand auf mich wartete und mir im nächsten Moment freundlich öffnen würde. Warum tat ich das? Die an der Tür hängenden Spinnenweben waren ein sicheres Zeichen dafür, dass schon seit langer Zeit keiner mehr das Haus betreten hatte. Auch die zerfledderte, aus dem Briefschlitz heraushängende Zeitung, ließ keinen anderen Schluss zu. Endlich kapierte auch ich das und hörte damit auf. Ratlos drehte ich mich um. *Wäre ja auch echt zu einfach gewesen!* dachte ich, während ich unschlüssig wie ich war, auf die Straße schaute. *Durch die, natürlich geöffnete Tür reinstürmen, den Entführer überraschen und die auf mich wartende erleichterte Olivia befreien …*

Klar doch! Wieder ein Wunschtraum, der so niemals in Erfüllung gehen konnte.

Ich wusste, hinter dem Haus gab es noch eine Tür, eine, die ebenso ins Gebäudeinnere führte. Ich selber war noch nie dort gewesen, aber Olivia hatte mir von ihr erzählt. Es war die Tür, die in den Hauswirtschaftsraum führte, in dem die Mülltonnen aus denen sie gegessen hatte standen und durch den man in den Keller gelangte, in den ihre Mutter sie stundenlang einsperrte.

Sie war eine der besseren Möglichkeiten, die mir einfielen, um ungesehen und ungehört ins Haus zu kommen. Falls sie nicht abgeschlossen war! Ansonsten blieb mir nur noch das Einschlagen eines Fensters.

Mal abgesehen davon, dass mir das kaum geräuschlos gelang, wusste ich noch nicht einmal, wie ich es ohne irgendeinen Gegenstand, wie zum Beispiel einem Stein, bewerkstelligen sollte.

Seufzend stapfte ich los. Die Geräusche meiner Schuhsohlen auf dem vom Regen durchweichten Rasen klangen in meinen Ohren viel zu laut. Wahrscheinlich lauter als sie es tatsächlich waren. Und während ich zunächst versuchte, leiser aufzutreten, gab ich es sehr schnell auf. Es machte keinen Sinn, auf Zehenspitzen über das Gras zu schleichen. Allein mein Rütteln an der Tür war laut genug gewesen, um auf meine Anwesenheit aufmerksam zu machen.

Als ich um die Ecke bog und in den hinteren Garten kam, bemerkte ich das Licht, welches durch die Glasscheibe der Hintertür nach draußen drang. Kein gutes Zeichen, befürchtete ich und lief schneller. Dabei fiel ich beinahe über einen Gegenstand, welcher auf dem Rasen lag.

Bei genauerem Hinsehen stellte ich fest, dass es sich dabei um eine Schaufel handelte. Natürlich konnte diese schon seit ewigen Zeiten hier liegen, aber irgendetwas in mir glaubte nicht daran. Für mich war sie ein weiterer Hinweis darauf, dass mit Olivia etwas passiert sein musste.

Das Gefühl verstärkte sich noch, als ich die letzten Meter des Gartens hinter mir gelassen und an meinem Ziel angekommen war.

Jemand hatte die Tür einen kleinen Spalt offen gelassen. Zufall? Das Versäumnis einer befugten Person, die das Haus betreten hatte? Daran zweifelte ich. Wer sollte auch Interesse daran haben, sich in diesem Haus aufzuhalten, außer jemand, der es nicht legal, sondern heimlich tat.

Ich war mir sicher, dass hinter der Tür die Gefahr auf mich lauerte. Noch konnte ich ihr entfliehen, vielleicht sollte ich doch wieder nach Hause gehen und von dort die Polizei alarmieren?

Wem wollte ich mit meinem ständigen Frage - Antwortspiel etwas vormachen? Glaubte ich wirklich, dass ich irgendjemanden aus dem Dorf zur Hilfe holen würde? Mein Entschluss hatte doch bereits auf dem Weg hierher festgestanden. Alles, was mich jetzt noch davon abhielt reinzugehen, kostete Zeit. Kostbare Zeit, von der Olivia vielleicht nicht mehr allzu viel besaß. So zögerte ich nicht mehr länger, öffnete die Tür und trat ein.

Eine blanke Glühbirne, die an einem Kabel von der Decke herunterhing, tauchte den Hauswirtschaftsraum in ein grelles unangenehmes Licht. Blinzelnd schaute ich mich in der mit dunkelgrauen Fliesen und weißen blanken Mauern ausgestatteten Umgebung um. Hier schien alles noch so zu sein, wie Olivia es mir vor Jahren einmal beschrieben hatte. Schmale Holzregale, in denen sich sämtlicher Schrott stapelte. Es lagen gefüllte blaue Säcke auf dem Boden und auch die verdreckten Mülltonnen standen neben dem Eingang. Trostlos und kalt umgab mich die Atmosphäre des Raumes. Ich konnte mir gut vorstellen, wie furchtbar sich ein kleines Kind, wie Olivia, hier gefühlt haben musste.

Ich entdeckte, dass der Raum an der mir gegenüberliegenden Seite schmaler wurde. Anscheinend war dies der Weg, von dem aus eine Treppe nach unten in den Keller führte. Genau dort unten vermutete ich Olivia.
Vorsichtig lief ich über den Boden, um nicht mit meinen nassen Chucks auf den glatten Fliesen auszurutschen.
Wie ein Echo hallten meine Schritte von den Wänden zurück zu mir. Das Licht, die Geräusche und auch meine Umgebung hatten etwas Surreales und ich kam mir vor wie ein Schauspieler in einem Film. Bedauerlicherweise war dem nicht so.
Als ich am Ende des Ganges angekommen war, starrte ich in ein großes dunkles Loch. Es erinnerte mich an ein offenklaffendes, nach mir geiferndes Maul, das nur darauf wartete, dass ich die steil nach unten führende Steintreppe betrat, um mich zu verschlingen.
Willkommen in der Hölle, dachte ich, als ich die ersten drei Stufen zögerlich hinabstieg. Oberhalb vom grellen Licht umgeben, fiel es meinen Augen schwer, sich auf die Dunkelheit des Treppenaufganges einzustellen und zunächst sah ich einfach nur Schwärze.
Aber mit jeder Stufe, die ich weiter hinabstieg, gewöhnten sich meine Augen an die veränderten Lichtverhältnisse. Ich hatte mich geirrt, es war nicht vollkommen dunkel. Je näher ich dem Ende der Treppe und dem Eingang des Kellers

kam, umso deutlicher konnte ich einen schmalen Licht-schein sehen. Scheinbar drang er durch den Türschlitz am Boden. Auch meinte ich, leise Musik zu hören.

Wieder einmal sorgten meine Naivität und der Glaube da-ran, dass am Ende wieder alles gut wird dafür, dass ich mich wie eine Idiotin verhielt. Ich ging, ohne zu überlegen, die restlichen Stufen der Treppe hinab. Als ich auf der letzten Stufe ankam, blieb ich nicht stehen. Nahm mir nicht die Zeit, zu horchen, was hinter ihr vorging. Ich probierte noch nicht einmal, einem eventuellen Gespräch zu lauschen oder vorsichtig zunächst nur einen Spalt die Tür zu öffnen, um einen kleinen Blick zu erhaschen.

Ich war kein Stück vorbereitet auf das, was mich erwartete. Statt auf den richtigen Augenblick zu warten, tat ich nichts dergleichen, sondern stieß die Tür auf und stürmte in den dahinter verborgenen Keller.

Olivia! Ich entdeckte sie als erstes und erschrak über ihren Anblick. Sie saß mit weitaufgerissenen Augen an einem lan-gen Holztisch. Vor ihr stand ein mit roter Flüssigkeit gefüll-tes Weinglas und in der Mitte des Tisches ein dreiflammiger silberner Leuchter.

Der warme Lichtschein von roten Kerzen und das Glitzern der Gläser wären normalerweise ein schönes und harmon-isches Bild gewesen, aber nicht, wenn ein maskenhaft er-scheinendes Gesicht dieses vollendete.

„Olivia", stieß ich hervor und dem ersten Impuls folgend, wollte ich zu ihr laufen, aber ich kam nicht dazu!

Wie aus dem Nichts kommend schoss ein Baseballschläger auf mich zu und traf mich mit voller Wucht im Gesicht. Das Knacken eines brechenden Knochens und dass dieser meiner sein musste, war das Letzte, was ich realisierte, be-vor mich die Dunkelheit empfing und mit sich fortnahm.

47

„Hallo Prinzessin, hast du endlich deinen Schönheitsschlaf beendet?" begleitete mich eine weibliche Stimme, während ich versuchte, aufzuwachen, obwohl ich es nicht wirklich wollte.

Konnte etwas beruhigender sein, als eine liebevolle Stimme und leise Klavierklänge, die dich auf deiner Reise zurück in das Aufwachen begleiteten? Wer auch immer es war, der ein bekanntes Kinderlied spielte, er tat es mit intensivem Gefühl.

Ich erlebte einen Traum, der sich gerade jetzt, kurz vorm Aufwachen und doch noch nicht wirklich Wachsein, wunderschön anfühlte. Ein Empfinden, wie ein Schwebezustand, ein Stillstand zwischen der Realität und deinem Unterbewusstsein. Ich genoss diesen Moment, der mich sanft und wie auf Wolken mit sich trug.

Ich kannte das Lied, aber es gelang mir nicht, mich daran zu erinnern, um welches es sich handelte. Wenn ich mich nur an Verse erinnern könnte! War es nicht irgendetwas mit „Die Hexe musste braten, die Kinder gehen nach Haus?" Ich fragte mich, warum es mir wichtig sein sollte, die Strophen zu kennen?

Das, was mir bis dahin perfekt wie ein sonniger Sonntagmorgen vorkam, verflüchtigte sich zusehends. Das Herumwühlen in meinen Erinnerungen zerstörte das wohlige Gefühl, welches ich empfand und ich wollte nicht weiter darüber nachdenken.

Zu dem süßen, sich auf Zuckerwatte getragen fühlen, gesellte sich immer mehr ein bitterer Beigeschmack.

War ich wach oder schlief ich noch?

Sicherlich war ich wach.

Es war früher Morgen. Gleich musste ich zur Schule und es wurde Zeit, aufzustehen. Die sanfte Stimme gehörte meiner Mama, die wie jeden Tag in mein Zimmer gekommen war, um mich zu wecken! Alles, was ich tun musste war, meine Augen zu öffnen und ich würde sie mit einem liebevollen Lächeln an meinem Bett stehen sehen. Genauso, wie sie es immer getan hatte, als ich noch ihre kleine Moni war. Wir in Dortmund lebten und nicht an der Nordseeküste. Es keine Olivia, keinen Peter und auch keine Diana in unserem Leben gab.

Damals, als nur ich ihre Tochter und kleine Prinzessin war.

Verwundert fragte ich mich, warum immer wieder ein *WAR* in meinen Gedankengängen auftauchte.

Es geschah doch alles JETZT. Mama war hier und das Andere, die schlimme Zeit, das alles war nur die Illusion eines Traumes. Nichts von dem hatte jemals existiert. Nur du und Mami, die darauf wartet, dass du deine Augen öffnest und sie ebenso anlächelst, ist die Realität! Also wach endlich auf, Simone, wach auf!

„Schlampe, wach endlich auf. Hält sich selber für die Schlauste und ist zu blöd, die Augen aufzumachen!"

Ich fragte mich, wohin die schöne Stimme meiner Mutter verschwunden war. Diese keifende, mich anschreiende, ähnelte in keiner Weise ihrer. Wieder dachte ich, dass etwas falsch lief, vollkommen verkehrt. Aber ich konnte nicht einordnen, was es war. Ich wusste nur, dass alles, was ich vorher gedacht und gefühlt hatte, aus der Illusion eines schönen Traumes bestand, aus dem mich nun diese Stimme herausriss. Die mich brutal in die Welt zurückholte.

Ich wusste, dass für mich, sobald ich die Augen öffnete, ein Alptraum begann.

48

Wie um meine Vermutung zu bestätigen, schlug mir jemand ins Gesicht. Es tat weh, aber war nichts gegenüber dem Schmerz, den ich als nächstes zu spüren bekam, als ich versuchte, die Augen zu öffnen. Etwas, worüber man normalerweise nicht nachdenken musste, misslang mir, egal, wie sehr ich mich auch anstrengte. Es war nicht nur das Gefühl, jemand hätte sämtliche Knochen in meinem Gesicht zerstört und ihre Splitter sich in meine Haut gebohrt.
Meine Augenlider mussten stark angeschwollen sein, denn sie drückten mir wie zentnerschwere Gewichtsstücke auf meine Augäpfel.
„Will die Süße nicht wachwerden? Muss ich etwa nachhelfen? Es ist wirklich zum Verzweifeln. Lass sehen, Moni, was wir beide tun können, damit du mich endlich anschaust!"
Ich hörte ein gehässiges Kichern und das Klacken von Schuhen mit hohem Absatz, mit denen jemand über den Zementboden lief und sich von mir entfernte.
Die Stimme kam mir bekannt vor, obwohl sie mir gleichzeitig fremd war. Schwierig zu sagen, ob sie einem jungen oder älteren Menschen gehörte. Das Einzige, wobei ich mir sicher sein konnte war, dass sie zu einer weiblichen Person gehörte.
So sehr ich auch in meinem Verstand nach einem passenden Gesicht forschte, ich fand keines. Aber ich war mir sicher, diese Stimme schon mehr als einmal gehört zu haben.

In Bruchstücken kehrten vor meinen geschlossenen Augen die Erinnerungen der letzten Stunden zurück.
Ich wusste, was mit mir los, was mit mir geschehen war und wo ich mich befand. Warum ich Schwierigkeiten hatte, Luft zu holen, und woher der dumpfe, kaum zu ertragene Schmerz, welcher über meinen gesamten Kopf ausstrahlte, herkam.

Bilder blitzten in meinem Bewusstsein auf, wie der Anblick Olivias, wie sie vor sich hinstarrend, ähnlich einer der Figuren im Wachspuppenkabinett, auf einem Stuhl am Tisch saß. Der Leuchter, die drei Gläser. Ich erinnerte mich, wie ich zu ihr laufen wollte und durch die Wucht eines Baseballschlägers davon abgehalten wurde.

Wer auch immer es gewesen war, der mich mit einem einzigen Schlag ausschaltete, befand sich nun mit mir und meiner Schwester in diesem Keller. Ganz in meiner Nähe. Und es handelte sich um die gleiche Person, die mir in diesem Moment eiskaltes Wasser ins Gesicht schüttete.
„Plitsch platsch, jetzt nimmt die Prinzessin ihr Bad." Wieder hörte ich die gackernde Kinderstimme. Kichernd und gleichzeitig lauernd auf eine Reaktion von mir wartend.
Obwohl ich immer noch die Augen geschlossen hatte, unterschätzte ich nicht die Gefahr, welche von ihr ausging. Wenn ich sie auch nicht sehen konnte: Wer auch immer mit mir in diesem Raum war, hatte nichts Gutes im Sinn.
Du musst deine Augen öffnen, wenn du Olivia und auch dir selbst helfen willst. Merkst du nicht, dass sie verrückt ist? Eine Wahnsinnige. Je länger du ihr nicht gehorchst, ihrem Befehl nicht folgst, umso wütender wird sie werden. Wir haben nur eine Chance, wenn sie ihren Willen bekommt!
Ich konnte ihr dankbar für die kühlende und dadurch leicht betäubende Wirkung des eiskalten Wassers sein.
Zwar fühlte es sich immer noch so an, als ob jemand mir das Gesicht gespalten hatte und die Haut meiner Oberlider zerriss, aber wenigstens gelang es mir endlich, meine Augen zu öffnen und, wenn auch nur verschwommen, Details aus meiner Umgebung zu erkennen.
Ich realisierte, dass ich im Keller an einem langen Tisch saß. Der Kerzenleuchter war verschwunden, ebenso die Gläser. Aber Olivia starrte mich immer noch von derselben Stelle am anderen Ende des Tisches an.

Immer wieder verschwamm ihr Gesicht vor meinen Augen und machte es mir zeitweise unmöglich, sie deutlich zu erkennen. Schleim, oder vielleicht war es auch Blut, welches mein ohnehin schon beeinträchtigtes Sehen störte.

Reflexartig wollte ich es mit den Händen aus meinen Augen reiben. Aber meine Arme ließen sich nicht bewegen, geschweige denn, anheben, denn meine Hände, wie auch meine Füße, waren an den Stuhllehnen und -beinen festgebunden.

Ich konnte mich nicht einmal mit dem Oberkörper nach vorne lehnen. Das Tau, welches mir bei der kleinsten Bewegung in die Haut meines Halses schnitt und sich um meine Taille zusammenzog, erlaubte mir nur, kerzengerade dazusitzen und geradeaus zu schauen.

Wenigstens hatte sie mich nicht geknebelt. Durch meine Nase konnte ich nicht atmen und war froh in der Lage zu sein, Luft durch den Mund zu holen.

„Juhu, die Prinzessin ist erwacht! Welch eine Freude. Wir sollten diesen Moment feiern und sie gebührend begrüßen. Meinst du nicht, Olli? Schade, dass ich schon abgedeckt habe, ich hoffe, ihr könnt es mir verzeihen. Aber zu weit runtergebrannte Kerzen sind gefährlich! Wir wollen doch nicht die Feuerwehr als Gesellschaft haben!

Und der Wein? Mama hat mir beigebracht, dass es nichts Schlimmeres als abgestandenen warmen Wein gibt."

Ich hörte die Stimme, aber sehen konnte ich die, zu der sie gehörte, immer noch nicht. Ich rechnete damit, dass sie hinter meinem Stuhl stand und keine Eile damit zu haben schien, hervorzutreten und sich mir zu zeigen.

Vielleicht wollte sie auch meine Reaktion auf Olivias Anblick in aller Ruhe beobachten und mein Entsetzen in vollen Zügen genießen.

Ich verstand zunächst nicht, was mit Ollis Äußerem nicht stimmte. Solange ich noch den Schimmer vor Augen hatte und mir das Sehen schwerfiel, erkannte ich nicht, was mich in ihrem Gesicht störte. Aber je klarer ich sehen konnte, desto deutlicher erkannte ich das ganze grauenvolle Ausmaß ihres Anblickes.

Es waren nicht die offensichtlichen Dinge, wie dass jemand ihr die langen schwarzen Haare abgeschnitten hatte und dass nur noch vereinzelte Büschel wild von der restlichen kahlen Kopfhaut abstanden, Schnitte in ihrem Gesicht oder die zerrissene Kleidung, die in Fetzen an ihr herunterhing. Nein, es war, wie sie so dasaß, mir gegenüber am anderen Ende des Tisches.

Steif und kerzengerade, ihr Gesicht grotesk und unnatürlich. Regelrecht puppenhaft, marionettenhaft, insbesondere ihr Blick und die Form ihres Mundes.

Riesengroße weitaufgerissene Augen, ohne ein sichtbares Ober-Lid, lagen schutzlos in ihren Höhlen. Ohne auch nur das kleinste Zwinkern, starrten sie unverwandt in meine Richtung.

Auch Olivias Mund besaß keinerlei Ähnlichkeit mehr mit seiner eigentlichen Form. Ich hatte sie immer um ihre Schmolllippen beneidet, aber dort, wo sie sich sonst befanden, zeigte sich nun nur noch ein schmaler dünner farbloser Strich.

Es war angsteinflößend, sie so zu sehen. Liebend gerne hätte ich meinen Blick abgewandt, um nicht mehr hinschauen zu müssen. Ein Wunsch, den mir die für mich unsichtbare Person verweigerte.

Während das Klavier leise weiter seine Untermalungsmusik beisteuerte, strich ihr Atem über meinen Nacken und sorgte dafür, dass sich die feinen Härchen auf meiner Haut aufrichteten. Die Hände hatte sie mir auf die Schultern gelegt und sanft, beinahe zärtlich, drückten ihre Finger in mein Fleisch. Alles in mir wehrte sich gegen diese Nähe, aber hilflos konnte ich nur herhalten und sie tun lassen, was auch immer sie wollte.

Olivia saß wie ich kerzengerade am Tisch und war genauso gefesselt, allerdings auf eine völlig andere brutale Art. Mir wurde schlecht und ich musste würgen, als ich erkannte, was sie mit ihr angestellt hatte, um sie am Flüchten zu hindern. Was sie mit ihren Füßen gemacht hatte, blieb meinem Blick verborgen, aber Olivias Hände, die sah ich deutlich.

Sie hatte sich nicht die Mühe gemacht, ihr Opfer an dem Stuhl festzubinden oder Taue um ihren Körper zu wickeln. Nein, die Methode, die sie anwandte, war eine andere und wahrscheinlich mehr nach dem Geschmack einer kranken Persönlichkeit.

Ausgestreckt lagen Ollis Arme rechts und links mit den Handflächen nach oben auf der Tischplatte.

Blut lief in Rinnsalen aus den Wunden ihrer Hände und bildete um sie herum eine rote Pfütze. Löcher in ihrer Haut, aus denen Nägel ragten, die ihre Gliedmaßen mit dem Tisch verbanden.

Endlich begriff ich, wie gering unsere Chance, dies zu überleben, war. Dass ich genau das getan hatte, was die Person gehofft und von mir erwartete.

Sie war weitaus schlauer wie ich gewesen und hatte gehandelt, so wie es Psychopathen taten. Irre, aber dabei wohlüberlegt und äußerst intelligent.

Sie nahmen ihr Opfer wie ein Jäger ein Reh ins Visier, bevor sie zuschlugen. Studierten sein Leben, seine Vorlieben und seine Welt, um sie dann systematisch zu zerstören.

Es waren immer die in deiner Nähe, und häufig die, denen du am meisten vertraust. Mir erging es nicht anders als anderen und ich war auf ein falsches Gesicht reingefallen. Auf Lügen und nette Worte.

Meine Erkenntnis kam viel zu spät, wie ich mir jetzt eingestehen musste, als das Mädchen hinter mir hervortrat. Lässig lehnte sie ihren Oberkörper über den Tisch und stützte sich mit den Ellbogen auf der Holzplatte ab. Mit nur einem geringen Abstand von meinem Gesicht entfernt, sah sie mir in die Augen und ich konnte nicht glauben, wer sie war, als sie mich nun mit den Worten „Willkommen auf meiner kleinen Party, liebste Simone" und einem ironischen Grinsen begrüßte.

49

„Da staunst du, was? Ach komm, gib es schon zu, diese Raffinesse hättest du mir nicht zugetraut, stimmt's?" Mit einem strahlenden Gesichtsausdruck, so, als ob sie Großartiges geleistet hätte, für das sie sich ein Lob von mir erhoffte, wartete Kathryn auf eine Reaktion von mir.

Ich weiß nicht, mit wem ich gerechnet hatte, aber bestimmt nicht mit ihr! Die stets brave und schüchterne Kathryn Heyna sollte die Person sein, die Olivia und mich hier gefangen hielt? Ich musste mir allerdings eingestehen, dass die verunstaltete menschliche Kreatur, deren Nasenspitze meine berührte, kaum noch Ähnlichkeit mit dem Mädchen, welches ich seit der zweiten Klasse kannte, besaß.

Statt mit echten Wimpern, klimperte sie hektisch mit getuschten, überlangen falschen, die noch absurder durch die dick schwarz gemalten Lidstriche erschienen. Ebenso hatte sie ihre Lippen schwarz geschminkt und war dabei weit über ihre eigentliche Form hinausgegangen, so dass ihr Mund an den eines Clowns erinnerte. Mich strahlte ein riesiges verzerrtes Lächeln inmitten eines schwarz-weiß geschminkten Gesichtes an. Zusätzlich vervollständigten spiralförmige rosa Kringel auf den Wangen das verrückte Sammelsurium der Maske einer Geistesgestörten.

Die Haare waren, wie bei Olivia, büschelweise abgeschnitten. Ich vermutete, dass sie das auch mit meinen getan hatte. Kathryn musste sich dabei die Kopfhaut verletzt haben, denn auf ihrer Stirn war getrocknetes Blut, welches sich mit dem Makeup vermischt hatte, zu sehen.

Wenige lange schwarze Haarsträhnen hingen ihr an den Seiten über die Ohren. Sie halfen mir bestimmt nicht dabei, sie und ihr Äußerliches als beruhigend zu empfinden.

Erwartungsvoll verharrte sie in der vermeintlich legeren Position, bis die von ihr erhoffte, meinerseits erbrachte Bewunderung minutenlang ausblieb.

Ich konnte regelrecht spüren, wie ihre Feindseligkeit den Raum zwischen uns beiden auszufüllen begann.

Kathryn fuhr sich unruhig mit der Zungenspitze über die schwarzen Lippen. Dann bleckte sie die Zähne, was wohl ein Lächeln darstellen sollte, aber eher einem grinsenden Pferd ähnelte. Wahrscheinlich hätte ich im Kino bei einem Film über ihren Anblick laut gelacht, aber hier wirkte nichts von dem, was sie tat, lustig.

„Dein Erstaunen, mich zu sehen, ist wirklich amüsant. Dabei weißt du doch nicht einmal, warum du eigentlich hier bist. Nicht zu vergessen, die gute Olivia! Ich meine, du weißt wirklich rein gar nichts. Was denkst du, Simone, soll ich es dir erzählen? Soll ich?" Ihre Stimme hatte sich während sie sprach von einem sanften zu einem aggressiven Ton verändert.

Zu meiner Erleichterung richtete sie ihren Oberkörper wieder auf. Einerseits war ich froh, ihr Gesicht nicht mehr direkt vor meinem zu haben, andererseits ermöglichte es mir, Olivia im Blickwinkel zu behalten.

Auch bot sie mir damit die Gelegenheit, einen Blick auf ihre gesamte Gestalt zu werfen. Insbesondere auf das, was sie locker in der rechten Hand hielt und was mir bislang entgangen war.

Zwischen ihren Fingern entdeckte ich ein Teppichmesser, welches sie ununterbrochen hin und her rollte. Dass sie sich an der Klinge schnitt und somit Wunden zufügte, aus denen sich Blut auf ihrer Handinnenfläche verteilte, schien Kathryn nicht im Geringsten zu interessieren. Sie beachtete es überhaupt nicht, sondern blickte stattdessen mich erwartungsvoll an.

Es war mir bewusst, dass ich eine Antwort nicht länger herauszögern durfte. Mit jeder weiteren Minute, die ohne einen Ton von mir verstrich, steigerte sich auch ihr Zorn. Mir war klar, dass mir nichts anderes übrigblieb, als sie begeistert mit einem „Ja" zum Weitersprechen aufzufordern.

Ich wusste das alles zu gut, aber *Wollen* und *Können* ist oft ein riesengroßer Unterschied, wie ich feststellen musste. Genau dieses kleine Wort blieb mir im Halse stecken. Nur ein Krächzen war zu hören, als ich meinen Mund öffnete und versuchte, etwas zu sagen.

Kathryn hörte augenblicklich auf, mit dem Messer zu spielen. Es wäre mir lieber gewesen, sie hätte es nicht getan. Ihre Regungslosigkeit ließ mich befürchten, dass ihre Geduld mit mir ein Ende gefunden hatte. Was sie als nächstes tun würde, wollte ich ganz gewiss nicht erfahren.

Also nickte ich überschwänglich, in der Hoffnung, sie damit zu besänftigen.

„Nicht so, ich will es von dir hören. Kein Gewackel eines dämlichen Kopfes. Ich will deine Zustimmung laut und deutlich aus deinem Munde kommend!"

Verzweifelt öffnete ich erneut meine Lippen und erleichtert brachte ich es fertig, ein „Ja" zu flüstern.

Ich wünschte mir so sehr, dass ich sie zumindest für einen Moment zufrieden gestellt und uns so ein wenig Zeit verschafft hatte.

„Das ist alles? Kapierst du es nicht? Laut habe ich gesagt!"

Schmollend spitzte sie ihre Lippen und wendete ihr Gesicht von mir ab. Statt mir weiter ihre Aufmerksamkeit zu widmen, schaute sie rüber zum anderen Ende des Tisches.

„Was glaubst du, Olivia? Ist es möglich, Simone zu überreden, meine Wünsche zu erfüllen? Ihr klarzumachen, wie wichtig es ist, mir zu gehorchen?" Ich sah die Panik in Olivias Augen aufblitzen. Ich glaubte sogar zu sehen, wie sie versuchte, ihren Mund zu öffnen. Doch Kathryn störte unseren Blickkontakt, indem sie sich vor mich stellte und dabei ihren Körper vor Olivia schob. Alles, nur das nicht. Ohne dass ich eine Bestätigung brauchte, wusste ich, dass meine Pflegeschwester ihr noch hilfloser wie ich ausgeliefert sein würde.

„Jaaaa, erzähl´s mir, sag mir alles. Ich will jedes kleinste Detail deiner Geschichte hören. Bitte erzähl sie mir endlich!" Tränen schossen mir in die Augen während ich die Worte hervorstieß. Der Schmerz in meinem zerschlagenen Gesicht, das Gefühl, die Haut meiner Kehle würde brennen, war unerträglich.

Aber ich hatte es geschafft, Kathryns Interesse wieder auf mich zu ziehen und sie so von Olivia abzulenken.

Mit einer selbstzufriedenen Miene zog sie sich einen Stuhl heran und setzte sich. Mit einem Seufzen, so, als ob sie unter einer schweren Last, die sie zu tragen hatte, litt, drehte sie ihn in meine Richtung. Das Messer zur Seite und die gefalteten Hände auf die Tischplatte legend, wendete sie sich mir zu.

„Ich wusste, du würdest früher oder später vernünftig werden. Genauso wie ich mir von Anfang an sicher war, dass du mich besser verstehen wirst, als jeder andere. Warum ich böse sein musste, um Gutes zu erreichen. Vielleicht wirst du sogar meine Gründe dafür, dass ich auch jetzt noch nicht aufhören kann, für gut heißen.

Es ist ja nicht so, dass ich das, was ich tat, um mein angestrebtes Ziel zu erreichen, genossen habe. Ich musste Opfer bringen, etwas machen, was ich bestimmt keinesfalls schön fand.

Aber ich möchte nicht zu weit vorgreifen! Schließlich ist es mir mehr als wichtig, dass du am Ende wirklich verstehst, dass ich nicht anders handeln konnte!

Ich möchte euch beide darum bitten, mich nicht zu unterbrechen und eure Meinungen zurückzuhalten. Könnt ihr das nicht, hätte es leider schlimme Auswirkungen für alle. Auswirkungen, die ihr nicht wollt, aber für die ich nichts kann. Obwohl, wegen Olivia …" die Ironie in ihrer Stimme ließ sich kaum verleugnen „brauchen wir uns wohl keine Sorgen machen." Kathryn schmunzelte. „Ich glaube nicht, dass auch nur ein Pieps über ihre Lippen kommen wird."

50

Der langersehnte Augenblick war gekommen. Wie viele Jahre hatte sie darauf gewartet, dass ihr endlich jemand zuhörte. Nicht dieses oberflächliche desinteressierte kurzweilige Hinhören, so wie es immer alle getan hatten. Von klein auf an, oder besser gesagt, von dem Moment, an dem sie sich der Reaktionen ihrer Zuhörer bewusst geworden war.

Kathryn genoss Simones Anspannung und ihren auffordernden Blick, endlich die ganze Geschichte zu erzählen. Aber sie ließ sich Zeit, denn sie wusste, es war wichtig, die richtigen Worte zu wählen, damit der einzige Mensch, der ihr wirklich wichtig war, sie verstand.

Es würde nicht leicht sein, ihr alles plausibel zu machen. Angefangen mit ihrer Eigenart, mit zwei unterschiedlichen Stimmen zu sprechen. Vielleicht hielt Simone sie deswegen bereits für verrückt, nicht Herr ihrer Sinne. Aber das war ein Irrtum. Kathryn wusste sehr wohl, dass sie einmal Mutter nachahmte und einmal mit ihrer eigenen Stimme sprach. Sie tat das schon sehr lange. Damals, als sie verstand, dass ihre Mama nur sich selbst wichtig nahm und den Worten ihrer kleinen Tochter keine Beachtung schenkte, hatte sie sich vorgestellt, wie das Gespräch, wenn sie wirklich miteinander redeten, ablaufen könnte. Daraus wurde eine Angewohnheit, so wie andere Selbstgespräche führten. Wann immer sie nervös wurde, schlüpfte sie neben ihrer eigenen Person auch in die Rolle ihrer Mutter. Heute war sie sehr nervös und es fiel ihr wirklich schwer, die Kontrolle über das, was sie tat und sagte, zu behalten.

Aber bislang war es Kathryn einigermaßen gut gelungen. Wie sie sie anschauten, diese großen wunderbaren Augen. Nein, sie liebte Simone nicht, jedenfalls nicht, wie man allgemein das Wort „Liebe" definierte. Sie hatte sich nur gewünscht, ein Teil von ihr und ihrer Familie zu werden.

Nadine, Simones Mutter, war eine tolle Frau, die Zeit und Hingabe für ihr Kind opferte. Nicht wie ihre. Dumm und oberflächlich und nie mit ihr zufrieden! Ihr Zuhause war so ganz anders, als ihr eigenes.

Ein Heim, indem niemand sie sah, sie hörte oder beachtete. Eltern, die kurz nach ihrer Geburt damit begannen, was später in der Schule, in der Kleinstadt, in der sie lebte, immer weiter fortgeführt wurde.

Kathryn existierte nicht! Nicht für sie und auch nicht für den Rest ihres Heimatortes. Einfach für niemanden! Natürlich lud man sie ein und klar, tat man, als ob sie dazu gehörte. Es blieb ja auch niemandem, dank ihrer Mutter, eine andere Möglichkeit. Ihr Reden, ihr Getratsche, dass sie keine Skrupel hatte, das Leben eines anderen zu zerstören, sorgte dafür, dass sie Kathryn in ihrer Mitte aufnahmen. Die Angst, eines Tages zum Opfer von Frau Heyna zu werden, war einfach zu groß. Sie nahmen sie mit und stellten sie irgendwo wie ein Möbelstück in einer Ecke ab.

Wenn Mutter in der Nähe war, redeten sie mit ihr, lächelten Kathryn an, taten, als seien sie beste Freunde. Aber sobald sie alleine bei diesen Menschen war, spürte sie ihre wahren Gefühle, dass sie ein Geist, ein Gespenst für sie darstellte.

War sie bei Freizeitaktivitäten, Schulfesten oder auf Partys dabei, stand Kathryn allein und krampfhaft lächelnd, wie von einer Mauer umgeben, in der Ecke, während alle anderen lachten, tanzten oder was auch immer. Niemand schenkte ihr Beachtung. Bis auf Simone. Sie war die einzige, die Kathryn jemals als Lebewesen, als die, die sie war, gesehen hatte, und schenkte ihr Aufmerksamkeit!

Aber wie das immer in ihrem Leben lief, verblasste auch Monis Interesse, als die anderen anfingen, sich einzumischen. Wie eben Peter, Olivia, Diana und zu guter Letzt wieder einmal ihre eigene Mutter.

Doch diesmal hatte sie sich gewehrt und einen Plan geschmiedet, der bislang aufgegangen war. Sie musste aufräumen. Im Leben von Simone wieder einen Platz für sich selbst schaffen. Sie zurückführen in eine gute Welt mit einer heilen Familie und einer Schwester, wie sie es für Moni sein würde.

Das meiste hatte sie bereits erledigt und alles war gut mitgelaufen. Jetzt musste Kathryn nur noch dafür sorgen, dass das Finale perfekt endete und ihr gemeinsamer Neuanfang endlich begann.

-51-

„Kannst du dich noch an die Zeit in der Grundschule erinnern, Simone? Sicherlich kannst du das! Wer tut das nicht von uns dreien? Wir alle werden bestimmt nicht behaupten, dass sie leicht oder sogar schön gewesen ist. Aber nun, wir brachten sie hinter uns!

Weißt du, ich sehe dich immer noch vor mir, wie du das aller erste Mal den Klassenraum betreten hast. Wie du vorne an der Tafel standest und Frau Kalkowski dich dazu zwang, allen zu erzählen, wer du bist und wo du herkommst.

Eine Situation, wie jeder Schüler sie hasst, du dich wie auf einem Präsentierteller fühlst, insbesondere, nachdem einem irgendetwas Peinliches passiert ist. So wie dir damals, als du über den Trageriemen der Tasche unserer Lehrerin stolpertest. Alle haben dich ausgelacht und ab diesem Moment warst du für sie der Trottel aus Dortmund!

Ich glaube, viele wären daran zerbrochen und hätten ihr Schicksal, die Lachnummer zu sein, hingenommen.

Aber du nicht, nein, Simone, du nicht! Du hast dich zusammengerissen und die Stärke, die in dir war, genutzt, um alle zu überraschen. Statt mit hochrotem Kopf, stotternd und betend es schnell hinter dich zu bringen, schafftest du es, deinen peinlichen Auftritt mit lustigen Sprüchen zu überspielen. Aus dem „Über - Dich - Lachen, einem „Auslachen", wurde ein „Gemeinsam - Mit - Dir - Lachen". Wir haben dich, glaube ich, in diesem Augenblick alle bewundert. Aber ich noch mehr, als die anderen Mädchen. Für mich warst du eine Heldin und weitaus mehr als das.

Während ich dir zuhörte und dich dabei anschaute, dachte ich, *Da steht sie, das Mädchen, das deine beste Freundin werden wird.*

Du warst genauso, wie ich sie mir immer vorgestellt hatte. Stark, hübsch und lustig. Ich wusste, du warst in der Lage, meinem Dasein als Geist ein Ende zu bereiten. Endlich würden mich alle sehen, wahrnehmen und erkennen, was für ein besonderer Mensch ich bin.

Natürlich stürzten sich Marlies, Michaela und Yvonne sofort auf dich. Du warst für sie ein neues nettes Spielzeug, mit dem es Spaß machte, sich zu präsentieren.

Gefallen hatte es mir nicht, doch im Gegensatz zu dir, kannte ich diese Mädchen von klein auf an. Ich wusste, es würde der Zeitpunkt kommen, dass du für sie langweilig wirst und sie dich wie Luft behandeln. Dann wäre ich da, um dich aufzufangen. Wir beide wären BFf's und würden füreinander da sein!"

Kathryn hob die Hände vom Tisch und stellte ihre Ellbogen auf die Tischplatte. Das Kinn in die Handflächen gestützt, schaute sie mich mit gerunzelter Stirn nachdenklich an.

Zu gerne hätte ich etwas zu ihr gesagt, aber ich wusste ja, es war besser, den Mund zu halten. Auch wenn sie jetzt ruhig wirkte, bedeutete das noch lange nicht, dass sie es auch war. Das hatte sie mir vor wenigen Augenblicken bereits eindrucksvoll demonstriert.

Abrupt verstummte die Klaviermusik. Die darauffolgende Stille fühlte sich furchtbar an und zerrte an meinen Nerven. Es war so ruhig, dass ich die Mäuse in den Wänden (oder waren es Ratten) trippeln hören konnte. In meinem Kopf wurde das Tapsen der kleinen Pfoten dieser Nagetiere immer lauter. Ich wünschte mir, sie würde weiterreden, damit es aufhörte. Was sie dann zu meiner Erleichterung auch endlich tat.

„Ich weiß, Moni, du dachtest damals, ich gehöre zu ihnen. Wäre genauso oberflächlich wie sie. Vielleicht glaubtest du sogar, sie wären mir wichtig. Aber das waren sie niemals gewesen. Doch in einem kleinen Ort wie diesem bleibt dir nichts, wenn du ein Außenseiter bist. Mittlerweile hast du das ja auch lernen müssen. Weißt, wie es sich anfühlt!

Du hast keine anderen Möglichkeiten als Kind, als dich anzupassen oder auch unterzuordnen. Ich dachte in den ersten Jahren, dass mein Los, für sie alle unsichtbar zu sein, schon schlimm sei, aber die nächste Stufe, die danach folgen würde, jemand wie Olivia zu sein, so angesehen zu werden, war schlimmer! Beschimpft, der letzte Dreck zu sein, das alles und die Angst davor, ließ mich meine Unwichtigkeit hinnehmen.

Es war schmerzhaft, niemals wirkliche Beachtung zu bekommen. Aber du warst meine Chance, diesen Schmerz zu beenden.

Du hast es nur nicht verstanden, meine Hand, die ich dir reichte, zu nehmen und festzuhalten. Weißt du noch, wie ich dich, als alle sich wegen Olivia von dir abwandten, anschaute? Nein? Aber du musst es doch in meinen Augen gelesen haben, dass ich für dich da sein wollte. Dass du mich, statt ihrer, wählen solltest. Ich denke, es hat dich einfach nur nicht interessiert. Olivia hatte ja schon den mir vom Schicksal zugedachten Platz an deiner Seite eingenommen!"

Wie sehr Kathryn sich während sie erzählte veränderte, war beklemmend und schürte meine Furcht davor, was noch auf mich zukommen würde. Ihre Augen leuchteten zornig und mit jedem Wort, das sie ausstieß, flog Speichel aus ihrem Mund auf die Tischplatte. Ihr Kinn hatte sie nicht mehr nur leicht in die Handflächen gelegt. Deutlich war der Abdruck ihrer Finger an ihren Wangen zu sehen. Auch biss sie die Backenzähne aufeinander, so dass ihre hintere Kiefermuskulatur deutlich hervortrat. Alles in allem machte sie den Eindruck eines Pulverfasses, was jeden Moment explodieren würde.

Ihre plötzlich hysterisch kreischend laute Stimme, bekräftigte meinen Eindruck.

„Und du? Deine Wahl fiel auf das kleine Dreckstück, was dort drüben am anderen Ende des Tisches sitzt. Die Hexe, nicht ich, die wohlerzogene Tochter einer guten Mutter, war deine Auserkorene. Das Stück Scheiße war dir mehr wert als ich. Du warst genauso schlimm, wie alle anderen. Noch schlimmer, denn du, Simone, machtest mir klar, dass ich der Welt weniger bedeutete, als der letzte Abschaum. Ich verstand durch dich, dass ich ein Nichts, ein Niemand bin und immer sein werde.

Wütend zog Kathryn die Unterlippe zwischen ihre Zähne und biss solange darauf, bis diese sich weiß verfärbte und Blut an den Mundwinkeln sichtbar wurde.

Ich schrak zusammen, als sie mit einem Ruck den Kopf zurückwarf und mit ihren zu Fäusten geballten Händen auf den Tisch trommelte.

„Die Fotze schaffte es sogar, sich in deine Familie einzuschleichen. Ist das zu fassen? Ich meine, wie konnten deine Eltern so dumm sein, sich eine Mörderin ins Haus zu holen? Ja, Simone, du hörst richtig, sie ist eine Mörderin!

Erinnerst du dich an deinen Geburtstag? Du hattest Recht, sie hat deine Fledermaus zerstört. Keiner von uns hatte das getan. Verstehst du, sie war es!

Ich habe mich damals gefreut, als du richtig geraten hattest und gehofft, dass du endlich einsiehst, wer die richtige Freundin für dich ist. Aber mit der Reaktion von Erwachsenen, so wie deine Mutter und Vater, die glauben, alles von der Welt zu wissen und in Wahrheit keinen blassen Schimmer haben, hatte ich nicht gerechnet.

Mit den Fingern weiter auf die Tischplatte trommelnd, senkte Kathryn den Kopf und schaute nach unten auf ihren Schoß. Obwohl sie immer weiter redete, war das, was sie sagte, kaum noch zu verstehen, denn sie stammelte mehr als das sie sprach. Sachte ihren Oberkörper hin und herwiegend, schien sie mich und meine Anwesenheit völlig vergessen zu haben.

Ich versuchte die Gelegenheit zu nutzen, rüber zu meiner Pflegeschwester zu schauen. Aber als ob Kathryn nur darauf gewartet hatte, sprang sie von ihrem Stuhl auf, der mit einem lauten Krachen auf den Boden fiel.

Wie von Sinnen trampelte sie auf der Stelle, riss an ihren Haarbüscheln und schrie mich an.

„Simone, kannst du denn nicht hören? ICH SAGTE, DU SOLLST MIR ZUHÖREN! HÖR AUF, DIE HEXE SO SORGENVOLL ANZUSCHAUEN!"

Ich sah Augen, die in nichts mehr an die meiner einstigen Schulfreundin erinnerten. An den Menschen, der immer für mich dagewesen war, mir zuhörte und mich tröstete. An das Mädchen, was noch vor wenigen Wochen schüchtern vor mir gestanden hatte und sich für etwas entschuldigte, an dem sie meiner Meinung nach keine Schuld trug. Jedenfalls hatte ich das zu dem Zeitpunkt angenommen. Ein Irrtum, wie sich in der heutigen Nacht anscheinend herausstellte.

Weiter vor sich hin zeternd, bewegte sie sich kontinuierlich näher zu mir hin. Das Trampeln und Haare reißen hörte erst auf, als unsere Gesichter nur noch wenige Zentimeter voneinander entfernt waren. Nase an Nase mit ihr, atmete ich sauren Geruch von Erbrochenem, welcher aus ihrem Mund kam, ein.

Ohne Vorwarnung zog Kathryn sich plötzlich von mir zurück. Sie stellte sich gerade hin und legte den Finger nachdenklich an die Lippen, als ob sie eine wichtige Entscheidung treffen müsste. Völlig ruhig, mit einem entspannten Gesichtsausdruck, nahm sie das Teppichmesser vom Tisch, drehte sich um und lief mit gemäßigten Schritten ans andere Ende des Tisches. Dorthin, wo Olivia mir gegenübersaß.

Ich brauchte keine Erklärung, warum sie zu ihr gegangen war. Es war nur eine Frage der Zeit gewesen. Ich wusste, dass sie mir an meiner Schwester beweisen würde, dass sich ihr Irrsinn noch steigern ließ und wozu Kathryn fähig war.

„Immer noch ist sie dir wichtiger wie ich, nicht wahr? Trotz allem, was ich dir erzählt habe! Wahrscheinlich wird sie das immer sein. Du wirst mir niemals zuhören und mich sehen. So wie alle anderen werde ich immer ein Geist, ein Niemand für dich sein. Außer, ich zerstöre sie und nehme dann ihren Platz an deiner Seite ein. Was denkst du, würde das helfen und etwas verändern?"

Zärtlich strich sie meiner Pflegeschwester mit ihrem Zeigefinger über die Wange.

„Weißt du eigentlich, was Olivia, die Person, der du geholfen hast, heimlich getan hat? Nein? Nicht nur, dass sie Freude daran hatte, Tiere zu töten und sie hinten im Garten auf ihrem eigenen kleinen Friedhof zu beerdigen.

Nein, obwohl das schon grausam und jenseits allem normalen Denkens und Handelns ist, reichte es dem Miststück allein nicht aus. Sie hat auch die Beine für Peter breit gemacht. Ohhh, ja, ich rede von deinem Peter - dem süßen, frechen Frauenheld und deinem Liebsten!"

Kathryn kicherte „Kkk. Wie süß, ich erkenne selbst aus dieser Entfernung noch die Ungläubigkeit in deinen Augen!"

Mit triumphierendem Gesichtsausdruck stellte sie sich hinter Olivia und lehnte sich über ihre Schulter. Als sie ihren Arm um Olivias Hals legte, sah ich gleichzeitig das Teppichmesser in ihrer anderen Hand aufblitzen.

„Ich meine, Moni: **Sie hat mit deinem Liebsten gefickt**. Du warst und bist ihr völlig egal. Es interessierte sie kein bisschen, was sie dir damit antut. Meinst du nicht, ich müsste sie dafür ein wenig bestrafen?"

Sie ließ mir keine Zeit, ihre Frage zu beantworten. Ich denke, sie hatte sich auch keine Antwort erhofft. Dafür kam ihre nächste Handlung viel zu rasch. Mit einer schnellen Bewegung ihrer Hand drückte sie das Messer auf die Fingerkuppe von Olivias kleinem Finger. Niemals zuvor habe ich ein Lächeln gesehen, das gleichzeitig genießerisch wie auch diabolisch war. Aber genau das zeigte sich mir jetzt in Kathryns Gesicht. Sie schaute nicht einmal auf Olivias Hand, sondern grinste lieber mich an. Hilflos musste ich mitansehen, wie sie das Messer bewegte und mit einem einzigen Schnitt das Fleisch von Olivias Finger bis auf den Knochen durchschnitt.

Irgendjemand schrie. Erst als ich sah, dass Olivia ihren Mund, trotz dass der Schmerz unerträglich sein musste, geschlossen hielt, begriff ich, dass ich es war, die wie von Sinnen schrie.

„Schnauze!" Warnend dröhnte Kathryns Stimme durch den Raum und sorgte dafür, dass ich augenblicklich verstummte. Gedämpft vernahm ich aus Ollis Mund einen dumpfen gequälten Laut. Dieses Mal stand mir keine Kathryn im Wege und ich konnte klar und deutlich sehen, wie sie versuchte, ihn zu öffnen. Es war keine bewusste Handlung von ihr, sondern etwas, was ihre Nerven automatisch taten. Doch ihre Lippen blieben zu einem schmalen Strich zusammengepresst.

Tränen schossen aus den mich um Hilfe anflehenden Augen, denen die Möglichkeit genommen wurde, jemals wieder die Oberlider zu schließen.

Ich wusste, dass es so war, denn ich begriff allmählich, was Kathryn ihr angetan hatte.

Ihr Opfer konnte weder sprechen noch schreien. Sie konnte nicht zwinkern oder die Augen schließen. Wahrscheinlich würde sie das nie wieder tun können, denn unser Folterknecht hatte dafür gesorgt und anscheinend gute Arbeit geleistet. Sie hatte sowohl ihre Lippen zusammen - wie auch die obere Haut der Augen ineinander festgeklebt.

Hass loderte in mir auf, als Kathryn in schallendes Gelächter ausbrach. Sie hatte wohl bemerkt, dass ich endlich das ganze Ausmaß ihres grausamen Spiels begriff.

Wie gern wäre ich dem Drang, sie anzubrüllen und sie als das, was sie in meinen Augen war, zu beschimpfen, gefolgt, aber ich kämpfte gegen diesen Impuls an.

Es blieb mir nichts anderes übrig, als ruhig und überlegt zu handeln.

Ich wagte nicht mir vorzustellen, was geschehen würde, wenn ich durch einen Fehler ihren nächsten psychotischen Schub auslöste.

Ich hatte genug Filme und Serien, die von Psychopathen handelten gesehen, um zu wissen, ich durfte mir selber keine Gefühle erlauben.

Kathryn war krank, dessen musste ich mir bewusst sein.

Nichts von dem, was sie tat, war mit der logisch nachvollziehbaren Handlung eines geistig gesunden Menschen zu vergleichen. Ich musste versuchen, so wie sie zu denken.

„Kathryn, du hast ja recht, sie ist eine Schlampe. Wirklich, das ist sie. Nicht so ein guter Mensch, wie du es bist. Dass ich das weiß, müsste dir eigentlich in den letzten Jahren klar geworden sein. Ich bin doch schon seit ewigen Zeiten nicht mehr mit ihr befreundet.

Du bist der wichtigste Punkt in meinem Leben. Ich hab doch nur darauf gewartet, dass sich alles wieder beruhigt und ich ganz und gar deine Freundin sein kann."

Ich konnte sehen, wie es in ihrem Kopf arbeitete. Sich ihre Emotionen veränderten und dass ihr anfängliches Misstrauen zu einer freudigen Überraschung wurde.

Zu meiner Erleichterung ließ sie von Olivia ab und trat einen Schritt zurück. Ihren Arm hielt sie allerdings immer noch vor sich ausgestreckt.

Hatte ich gerade noch angenommen, den richtigen Weg zu gehen, um sie auf meine Seite zu ziehen, musste ich sehr schnell feststellen, wie sehr ich mich geirrt hatte.

„Kathryn, du dummes Kind, du darfst ihr nicht glauben. Sie ist wie alle anderen, eine Lügnerin. Das weißt du doch …

Mami, das ist sie nicht, sie ist anders …

Kathryn, du bist soo dumm, soo dumm …

Mami, sie ist meine Freundin …"

Es war verrückt, dem Gespräch, welches Kathryn mit sich selbst führte, zuzuhören. Aber alles war verrückt an diesem Mädchen, es gab nichts, was nur im Geringsten der Normalität glich.

„Kathryn, ich bin deine Freundin, das war ich immer. Erinnerst du dich, wer dafür sorgte, dass du mit uns auf die Partys durftest. Ich war doch für dich da. Oder? Denk daran, wem ich vertraut habe und mein Herz ausschüttete. Nicht Olivia, Marlies oder Diana. Nein, dir, Liebes, nur dir allein."

Ich redete immer schneller, als ich sah, dass sie mir interessiert und zum Glück auch schweigend zuhörte. Meine Stimme überschlug sich regelrecht. Zu sehr wollte ich daran glauben, sie mit meinen Worten aufhalten zu können.

„Olivia und auch Diana waren Lückenbüßer, bis du bereit warst, dich wieder an meine Seite zu stellen. Ich wollte dich nur beschützen vor den anderen. Dich ließen sie wenigstens in Ruhe. Es reichte doch, dass sie mich für eine Mörderin hielten. Wenn ich gewusst hätte, dass du dir mehr als alles andere gewünscht hast, meine Freundin zu sein, wie glücklich wäre ich darüber gewesen. So glaub mir, ich hätte die anderen mit Nichtachtung gestraft. Ich hätte nur dir all meine Zeit und Aufmerksamkeit gewidmet. Ich hätte …"

„Hätte, hätte, hätte - Fahrradkette. Alles Humbug, glaub ihr nicht, Töchterchen. Sie spielt nur mit dir!"

„Nein, Mutter, das tut sie nicht. Sie wird mich gernhaben und vielleicht auch lieben. Ich muss ihr nur noch den Rest meiner Geschichte erzählen. Das, was ich für sie, und warum ich es getan habe. Mama, sie wird mir dankbar sein. Nicht wahr, Simone? Das wirst du doch, oder?"

„Ja, das werde ich, Kathryn. Bitte, bitte erzähle mir alles!" Ich betete, dass sie die Verzweiflung in meiner Stimme nicht wahrnahm.

Aber anscheinend hatte ich Glück. In aller Ruhe lief sie zu mir, hob den Stuhl vom Boden auf und setzte sich wieder.

„Liebe Simone, ich möchte dich noch einmal bitten, ruhig zu sein. Du hast ja gesehen, was deine Geschwätzigkeit anrichtet und was sie mit mir anstellt. Und eine weitere Chance, mir zuzuhören, werdet ihr beide nicht von mir bekommen."

„Gut, Simone, ich beginne noch einmal ganz von vorne.
Es tut mir so leid, aber die Wahrheit über Peter ist eine völlig andere als die, die du glaubst, zu kennen.
Der liebe Peter war kein lieber Peter. Er hat mit jeder gevögelt, die ihn an sich ranließ, während du glaubtest, er liebt dich. Eigentlich habe ich gedacht, du bist schlau und merkst früher oder später, welch mieses Spiel er mit dir treibt. Aber du warst so naiv und blind. Sag mir Simone, was hätte ich als deine einzig wirkliche Freundin unternehmen sollen? Dir die Wahrheit sagen? Mal ehrlich, du hättest mir nicht geglaubt. Ich kann das sogar verstehen, so ist das eben, wenn man jemanden liebt."
Da war sie wieder, die Stimme des Mädchens, die ich als Kathrin kannte. Verständnisvoll, sanft und liebevoll umschmeichelte sie mich. Noch vor einer Stunde hätte ich darin eine Chance gesehen, aber mittlerweile wusste ich ja, dass ich ihr nicht trauen konnte.
„Eine andere Möglichkeit, als ihn ohne dein Wissen zu bestrafen, blieb mir nicht. Du kannst dir nicht vorstellen, wie ekelig es war, seinen Schwanz in mir zu fühlen. Aber der Preis, den ich für meine Bemühungen erhielt, war großartig. Schwer verdient, aber er hat alles wieder wettgemacht.
Zuzuschauen, wie das Schwein langsam aber sicher qualvoll abkratzt, war phänomenal.
Ach ja, bevor ich es vergesse. Peter ist übrigens ganz in deiner Nähe. Siehst du die Decke hinter Olivia auf dem Boden liegen? Links von ihr in der Ecke? Da hockt der Rest von

ihm. Das, was die Ratten übriggelassen haben, nachdem er elendig verhungert oder vielleicht verdurstet ist, was weiß ich?

Übrigens habe ich seine letzten Tage genau und in exakten Abständen mit deinem Handy festgehalten. Jede seiner Veränderung ist schriftlich dokumentiert, natürlich von dir ganz allein und höchstpersönlich. Du fragst dich sicher, wie ich daran gekommen bin. Nichts leichter als das! So süß! Du bist, wenn du mir dein Herz ausschüttest, so abgelenkt. Du bekommst ja überhaupt nicht mehr mit, was um dich herum läuft.

Als du mir nach dem Abschied von Peter die Ohren mit deinem Abschiedsschmerz vollheultest, konnte ich problemlos das Handy von dir stehlen. Es hing aus deiner seitlichen Jackentasche und war für mich gut sichtbar.

Da wusste ich noch nicht, was ich damit anfangen sollte, aber ich empfand es als Wink des Schicksals und nahm es an mich. Ein guter Schachzug, wie ich sehr bald feststellte.

Ich muss sagen, die Filmchen sind schon recht nett anzuschauen. Meinst du, sie würden sich gut im Internet machen?"

Während Kathryn redete, musterte ich aus den Augenwinkeln die Decke, unter der Peter liegen sollte. Ich konnte nicht wirklich viel erkennen, nur einen unregelmäßigen verdeckten Haufen. Nichts deutete darauf hin, dass sie die Wahrheit sagte. Aber das musste es auch nicht. Ich glaubte ihr auch so jedes einzelne Wort.

Ich verbat mir vorzustellen, was er durchgemacht und was sie ihm angetan hatte. Auch vermied ich es, Olivia anzuschauen. Es half uns nicht weiter und es war besser, sich voll und ganz auf Kathryn zu konzentrieren.

Mit einer fast kindlichen Begeisterung redete diese ununterbrochen weiter.

„Aber Simone, du musst dir keine Sorgen machen. Ich habe sie nicht veröffentlicht. War mir ehrlich gesagt zu aufwendig.

Peters Verschwinden war echt schon eine Hausnummer. Habe ich gut hinbekommen, oder? An mich dachte keiner. Aber einem Gespenst traut man so etwas auch nicht zu. Dass ich Mutter damit den Gefallen erwies, sich wieder einmal von ihrer *besten* Seite zu präsentieren, hatte ich vorher zwar geahnt, aber dass die Leute verrücktspielten und sich auf dich stürzen nicht! Nachdem du dich von Olivia abgewendet hattest, warst du doch immer ein gutes und beliebtes Mädchen im Ort gewesen. Eines, das alle gerne um sich und bei sich hatten. Wer sollte denn mit so einer Reaktion unserer lieben Bürger rechnen?

Aber ich war bereit, dir zur Seite zu stehen. Mich mit dir gemeinsam gegen sie alle, ja auch gegen meine Mutter, zu stellen.

Jedenfalls am Anfang war ich das. Bis die Wahl deiner *neuen* Freundinnen statt auf mich wieder einmal auf Olivia und obendrein auch noch auf Diana fiel. Ein dummer Fehler. Nicht nur die Hexe, nein, jetzt musste es auch noch die Dorfmatratze sein, der du einen Platz in deinem Leben gabst. Die Hure, die die ganze Zeit ein Verhältnis mit deinem Vater hatte. Du hörst richtig. Auch hier habe ich für dich und den Rest deiner Familie aufgeräumt. Ich garantiere dir, sie wird euch in Ruhe lassen. Vielleicht hat sie sogar bei ihrem letzten Atemzug eingesehen, dass es besser ist, die Finger von Vätern zu lassen. Ja bestimmt hat sie das.

Ich hoffte, du würdest verstehen, dass ich uns vier nur retten wollte. Dich, deine Eltern und auch mich.

Aber vielleicht tust du das ja, Simone? Tust du es?"

Wäre es nicht so beängstigend, wie schnell sich ihre Stimme und auch ihre Haltung veränderte, wäre es für mich faszinierend gewesen. Gerade noch begeistert, waren ihre nächsten Worte erfüllt mit Stolz, dann wütend und zu guter Letzt flehend. Sie bettelte regelrecht darum, dass ich ihr zustimmte.

Und ich erwies ihr diesen Gefallen! Was sonst blieb mir denn auch übrig?

„Kathryn, ich verstehe es!" Hoffend, dass sie mir meine Zustimmung abkaufte. „Wirklich!"

Die Art, wie sie ihre Stirn in Falten zog, zeigte mir, dass es nicht so war und ich mich auf dünnem Eis bewegte.

„Ich weiß nicht, Moni, du wirkst keinesfalls begeistert. Eher, als ob du dir immer noch Sorgen machst. Als ob du das Geschenk von mir eher als einen Fluch ansiehst. Ich glaube, dass du einfach nur nicht loslassen kannst. Du, egal, wie lange wir reden, Olivia nicht gehen lassen wirst. Und wie sehr ich versuche, es dir zu erklären, dass du noch immer sie statt mich wählen würdest. Dass du …"

„Nein, Kathryn, du irrst dich! Sobald du Olivia gehen lassen würdest, wärst du meine Schwester. Die, die ich mir immer gewünscht habe und die Olivia nie für mich war."

„So, das würdest du tun? Ehrlich? Meinst du das wirklich ernst? Wenn ich sie frei, sie für immer in Ruhe ließe, dann könnte ich fort von meiner und ein Teil deiner Familie werden?"

Kathryn betonte jedes einzelne Wort der Fragen, die sie mir stellte. Alles, was sie sagte, wirkte wohlüberlegt und genau das machte mir Angst.

Ich konnte das Zittern in meiner Stimme nicht verbergen, als ich sagte: „Ja, das würde ich. Ich schwöre es dir. Du wärst der wichtigste Punkt in meinem Leben! Für immer und ewig!" Ich glaubte, meine Antworten wären die richtigen. Dass es das war, was sie hören wollte und ich meine Schwester damit rettete.

Ich hatte die letzten Worte noch nicht ganz ausgesprochen, als mir klar wurde, dass ich einen weiteren Fehler begangen hatte.

Kathryns Blick wurde glasig und ihr Bewusstsein schien von mir wegzudriften. Wie dumm von mir zu glauben, die Situa-

tion kontrollieren zu können. Ich hatte von Anfang an verloren.

Das Messer vom Tisch greifend, sprang Kathryn vom Stuhl
auf. „So sei es! Ich werde deinen Wunsch erfüllen und der
Hexe ihre Ruhe geben. Sie zurück in die Hölle, aus der sie
durch den Schoß ihrer Mutter entwischt ist, schicken. Ich
werde deine Familie retten und dann auf euch alle aufpassen."

-53-

Wie im Zeitlupentempo lief sie zu Olivia und genauso langsam legte sie auch das Messer vor sie auf den Tisch. Jetzt
war ich an der Reihe, sie anzubetteln, bei mir zu bleiben.
Schluchzend rief ich wiederholt ihren Namen, aber sie
schenkte all dem keine Beachtung.

Wir bekamen keine weitere Gnadenfrist. Als Kathryn mit
ihrer Hand einige von Olivias Haarbüschel ergriff und ihren
Kopf nach hinten zog, wusste ich, Ollis Zeit war abgelau-
fen.

Triumphierend ruhte ihr Blick auf mir, während sie mit der
anderen Hand etwas aus ihrer Hosentasche holte. „Weißt
du, das schönste daran, deine Familie zu retten, aufzuräu-
men, ist, dass ich dabei kreativ sein durfte. Peter lernte die
Wirkung des Giftes eines wunderschönen Baumes, des
Goldregens aus eurem Garten, kennen. Diana musste feststellen, dass ein Teppichmesser, eines, das in den meisten
Haushalten zu finden ist, wunderbar zum Kehle aufschlit-
zen funktioniert.

Und für Olivia habe ich etwas ganz Besonderes, Außerge-
wöhnliches übrig gelassen. Sozusagen mein Geniestreich!
Es ist dir ja sicherlich aufgefallen, dass sie ihre Augen nicht
schließen und ihren Mund nicht öffnen kann?"

Ich hörte und sah gleichermaßen den Stolz in ihren Augen aufblitzen. Mein Gott, was hatte sie vor? Ich sollte sehr schnell meine Antwort bekommen.

Sie hielt eine Uhu-Klebstofftube, unverwechselbar durch ihre Farben und der auch aus weiter Entfernung gut sichtbaren Schrift, in ihrer geöffneten Handfläche. „Ich sag dir, Sekundenkleber ist ein Teufelszeug. Hihihi! Teufelszeug, hihihi, wie passend für eine Hexe."

Die Schlussfolgerung darüber, was als Nächstes geschehen würde, war so unglaublich grausam, dass ich mich weigerte, die Hoffnung daran, mich zu irren, aufzugeben.

Das dort war Kathryn, ein Mensch mit Gefühlen und einem Gewissen. Es stimmte, sie war krank, aber sie spielte bestimmt nur mit mir und meiner Angst. Sie würde niemals vor meinen Augen einen Menschen töten. Mir musste nur etwas einfallen, etwas, um sie zu stoppen und das zu beenden. Wenn mir nur noch ein wenig Zeit bliebe.

„Kathryn, ich …" versuchte ich es noch einmal.

Aber alles, was sie mir an Aufmerksamkeit schenkte, war ein genervter Blick in meine Richtung, um sich gleich darauf wieder meiner Pflegeschwester zu widmen.

Sie drückte auf die Tube, die sie mittlerweile über Olivias rechtes Nasenloch hielt. Ganz sachte und vorsichtig. Dann schwenkte sie ein minimales Stück rüber, so dass jetzt der Klebstoff in Olivias linkes Nasenloch tropfte. Schnell warf sie die Tube auf den Tisch und drückte jetzt mit dem Daumen und ihrem Zeigefinger Olivias Nasenflügel zusammen. Nur kurz, um sie gleich wieder loszulassen.

Ich schrie und riss an meinen Fesseln und es war mir scheißegal, ob ich damit ihren Hass noch mehr schürte.

Warum sollte ich mir auch darüber Gedanken machen? Fakt war, wir waren beide verloren und alles, was mir noch blieb, war Ollie beim Sterben zuzusehen. Einem grausamen Tod, dem Kathryn mit einem strahlenden Gesichtsausdruck erwartungsvoll entgegenfieberte.

„Du Miststück, du verdammtes krankes Miststück. Ich hasse dich, hörst du mich, ich hasse dich…" Ich tobte regelrecht auf meinem Stuhl, jedenfalls soweit die Fesseln es zuließen.

Wir beide, ich laut schluchzend und Kathryn lächelnd, schauten meiner Schwester zu, wie sie versuchte, gegen den Tod anzukämpfen und dabei elendig verreckte.

Die Laute, Schreie, die versuchten, aus ihrem geschlossenen zugeklebten Mund zu entweichen, klangen wie die eines verletzten Tieres. Ihre Augen traten aus ihren Höhlen hervor und kleine rote Äderchen platzten in dem Weiß ihres Augapfels. Ihre Halsschlagader schwoll soweit an, dass ich meinte, sie würde bersten. Aus meinem Schluchzen war ein Wimmern geworden. Aber ich konnte nicht wegschauen, meine Augen nicht schließen. Mein eigener Wille ließ dies nicht zu, denn wenn ich ihr schon nicht helfen konnte, dann wollte ich wenigstens in ihren letzten Minuten bei ihr sein und sei es nur dadurch, dass unsere Blicke miteinander verbunden blieben.

Je länger ihr Kampf dauerte, umso mehr veränderte sich die Farbe ihrer Gesichtshaut. Anfangs schien sie rot zu glühen dann wurde ihre Haut, während sie krampfhaft zu zappeln begann, violett - blau.

„Hör mit deiner blöden Show auf und stirb endlich. Miststück, mach endlich!" Kreischend schlug ihr Kathryn immer wieder ins Gesicht. Auch ich wünschte mir, dass sie endlich starb, damit ihre Qual ein Ende fand. Doch mein Wunsch sollte mir nicht so schnell erfüllt werden.

Ich glaube nicht, dass Olivia sich bewusst war, was sie im nächsten Augenblick tat. Und sagt man nicht, dass der Mensch den Schmerz, wenn es darum geht, zu überleben, abschaltet? Ich hoffte, dass es so war, als ich zuschaute, wie der Überlebenswille sie dazu zwang, mit ihrer letzten Kraft die Lippen zu öffnen, um endlich wieder atmen zu können. Wie sie mit einem Aufschrei ihre Lippen auseinander und ihre Haut in Fetzen riss, um endlich mit blutendem offenem Mund wieder atmen zu können.

Es sollte ihr letzter Atemzug sein, denn Kathryn war nicht gewillt, sie am Leben zu lassen.

Mit einem wütenden Aufschrei ergriff sie das Messer vom Tisch und stürzte sich auf Olli. Mit einem einzigen Schnitt zerteilte sie ihre Kehle in zwei Hälften und Olivias Kopf kippte nach hinten. Gurgelnde Laute kamen aus ihrem Mund, während ich zusehen musste, wie ihr Blut stoßweise aus der offenen Wunde ihres Halses und über ihre Lippen herausströmte. Als sie endlich schwieg, ich mir sicher sein konnte, dass sie tot war, war alles, was ich fühlte, Erleichterung.

Weder Kathryn noch ich sagten ein Wort.

Ich hatte immer gedacht, dass es so etwas wie tödliche Stille, die so laut war, dass man es kaum aushalten konnte, nicht gab. Für mich stellte sie nur einen Satz dar, der gut in Thriller passte und in Büchern Lücken ausfüllte. Mehr nicht! Aber sie war real. Gnadenlos und lauter als alles andere, was man sich vorstellen konnte.

Olivia war tot, aber ich empfand kein Gefühl der Trauer. Einzig und allein Hass und Wut waren mir geblieben. Und der Wunsch nach Rache.

Es war, als ob jemand alle guten menschlichen Gefühle in mir abgeschaltet hatte und nur die dunkle Seite, das Böse, existierte.

Ich war nicht mehr die Simone, die ich am Anfang dieser Nacht gewesen war.

„Siehst du, nicht einmal vernünftig und mit Anstand sterben wollte sie …NEIN, ihr Abgang von dieser Welt musste ja blutig werden. Jetzt darf ich das wieder aufräumen und sauber machen, bevor wir zu dir nach Hause gehen können. Wir gehen doch gleich, du nimmst mich doch mit, Simone, oder?"

Mit leuchtenden Augen kam sie jetzt auf mich zu und blieb neben meinem Stuhl stehen. Dass sie immer noch das Messer in der Hand hielt, schien sie nicht zu bemerken.

„Endlich können wir das sein, was wir immer sein sollten. Eine Familie. Das willst du doch auch, oder? Schau mal diesen Zettel hier, den habe ich für uns vorbereitet. Da stehen die Namen derer drauf, die nichts mehr in deinem Leben zu suchen haben. Drei können wir schon mal durchstreichen. Die sind raus!

Den Rest? Naja, warten wir mal ab, was die Zukunft bringt. Verloren hast du sie eh alle schon.

Aber jetzt bin ich bei dir und nur das alleine zählt!"

Ich dachte nicht darüber nach, was ich als nächstes tun sollte, ich reagierte einfach.

Interessiert schaute ich mir das Stück Papier an, welches sie vor mir auf den Tisch legte, so dass ich die Namen darauf problemlos lesen konnte.

„Natürlich kommst du mit mir nach Hause. Ich habe dir doch versprochen, dass du, wenn es Olivia nicht mehr gibt, der wichtigste Teil in meinem Leben sein wirst. Du hast alles richtig gemacht und getan, was nötig war, um eine Familie sein zu können. Mach mich los, damit wir beide zusammen hier sauber machen und danach gehen können."

Ich erkannte mich selbst nicht mehr wieder. Ohne Skrupel spielte ich ihr die glückliche und zufriedene Simone vor und nichts in meiner Stimme deutete auch nur darauf hin, dass es nicht so war. Sie klang ruhig und zufrieden. Genauso, wie ich es wollte, auch wenn ich einzig und allein nur Kälte und Hass in mir spürte. Ich wusste, Kathryn würde darauf reinfallen und genau das tun, was ich von ihr wollte.

Und meine Hoffnung wurde erfüllt. Sogar mehr, als ich mir erwünscht hatte. Sie legte das Teppichmesser wieder auf den Tisch direkt vor mir. Dann beugte sie sich hinter mir herunter und begann, meine Fesseln zu lösen.

„Ich wusste es, Simone."

Sie klang so fröhlich, so glücklich.

„Oder besser gesagt, ich habe gehofft, dass du es verstehst."

Mein Oberkörper war frei.

„Zur Vernunft kommst."

Meine Füße waren frei!

„Es wird so schön werden."

Meine Hände waren frei.

„Mama wird es verstehen. Und wenn nicht, werden wir beide dafür sorgen, dass sie es tut."

Sie richtete sich wieder auf und schaute mich an.

„Ich glaube, das wird der schönste Teil unseres Lebens."

Ich nahm den Zettel vom Tisch und steckte ihn mir in die Hosentasche.

„Aber Mama müssen wir heute Nacht noch aus dem Weg schaffen!"

Ich griff nach dem Messer...

Sie reagierte nicht darauf, sondern redete einfach weiter …

„Weil da ist was, was ich dir noch sagen muss …"

Ich drehte mich zu ihr hin, so dass sie direkt und ganz nahe vor mir stand.

„Wir müssen gleich los zu Mama, weil …"

Ich hob meine Hand hoch, die, in der ich das Messer hielt.

„Sie hat dein altes Handy. Das, was ich von dir geklaut hatte."

Ihre Stimme erreichte mich nicht mehr …

„Reine Vorsichtsmaßnahme, falls ich das hier nicht …"

Ich stach zu …

„Überlebe …"

Ein zweites Mal.

„Zettel … Dein Passwort …"

Ein drittes Mal …

„Mit dem ich Peter, wie er stirbt, fotografiert habe … Nachrichten an … Diana … sind darauf. Ich …"

Ich weiß nicht, wie oft ich zugestochen hatte,
bis sie blutüberströmt zusammenbrach und ihre Stimme erstarb!

Erst dann verstand ich endlich ihre letzten Worte und was diese für mich wirklich bedeuteten.

-Epilog-

Ich weiß nicht, wie lange es her ist, dass ich losrannte. Weg von Olivias Haus, immer weiter, bis ich hierher kam. Hier ans Meer. Dem Lieblingsort meiner Mutter. Der Ort, an dem die Möwen am Tag schreien, aber jetzt schwiegen.
Noch herrscht Ruhe, doch ich weiß, dass wird nicht anhalten. Ruhe wird es nie wieder in meinem Leben geben. Nie wieder.

Wie gerne hätte ich Euch erzählt, dass meine Geschichte gut ausging. Dass ich zum guten Schluss eine der Glücklichen sein durfte, die ihr Dasein mit einem Happy - End wie in den Hollywoodfilmen genoss. Für die der Traum vom eigenen Haus, gutgeratenen Kindern und einem liebevollen Ehemann an ihrer Seite, wahr wurde. Wie ich ein Märchen erlebte, dieses, Ihr wisst schon, *und wenn sie nicht gestorben sind, dann leben sie noch heute.*
Nach einem Dasein als glückliche Ehefrau und guter Mutter in diesem kleinen Ort. Alt und zufrieden auf unserem beschaulichen Friedhof meine letzte Ruhe fand. Oh ja, das wäre wunderschön gewesen und in meinen Tagträumen habe ich es früher bestimmt mehr als hundertmal genauso erlebt.

In den letzten Monaten war ich zu einer wahren Meisterin darin geworden, mir selbst etwas vorzulügen. Ich schaffte es perfekt, mir meine leuchtende wunderbare Zukunft vorzustellen, ohne auch nur den geringsten Zweifel daran, dass es vielleicht niemals der Realität entsprechen würde.
Mehrmals am Tag malte ich mir aus, wie mein Leben, mein Ansehen im Dorf, sich ins Positive veränderte. Sah die

318

schuldbewussten Gesichter meiner Klassenkameraden und ihrer Eltern. Erlebte und genoss es in meiner Fantasie, wie sie alle zu Kreuze krochen und mich um Verzeihung baten. Natürlich hätte ich mich gnädig verhalten und ihre Entschuldigungen angenommen.

Meine Träume zeigten mir, wie sie aus ihren Fehlern lernten und sich nie wieder so niederträchtig verhielten.

Jeder meiner restlichen gemeinsamen Tage mit Olivia, Diana und Peter wären von Sonnenschein und Lebensglück gesegnet. Es war eine schöne und erstrebenswerte Welt, die ich mir ausmalte.

Ich sehe Euch alle, wie Ihr mir sitzend lauscht, während ich mit einem wissenden Lächeln jedes einzelne Kapitel vortrage, um dann das letzte mit den Worten *Und alles wurde wieder gut* abschließe.

Ihr hättet teilhaben dürfen an meinem wunderbaren Leben, welches ich Euch verpackt in einer spannenden Geschichte, wie sie selbst der beste Autor nicht hätte schreiben können, erzähle.

So sehr ich mir wünschte, dass meine Fantasie zu guter Letzt Realität wurde, so wenig wurde genau dieser Wunsch vom Schicksal erfüllt. Kathryn hat dafür gesorgt.

Keiner von uns allen hatte mit ihr gerechnet.

Einem Mädchen, so nett, so brav, immer ruhig und unauffällig. Die perfekte Tochter, die es nie wagte, aufzubegehren. Die immer zuhörende Freundin, die nie etwas von sich erzählte. Nie darüber sprach, wie sehr sie darunter litt, unsichtbar zu sein. Ein Geist, ein Gespenst, welches da war und doch auch wieder nicht.

Sie hat ihr Leben lang verloren und doch am Ende gewonnen. Vielleicht hatte sie alles so geplant, vielleicht war es ihr Wille gewesen, dass ich sie tötete. Sie wird mir das kaum beantworten.

Ja, ich hasse sie, sie hat mein Leben zerstört. Und doch, trotz alledem, kann ich sie auch ein wenig verstehen. Denn was für ein Leben ist es, wenn du nicht einmal ein schlechtes Wort über dich und deine Person wert bist.

Und während ich hier sitze, aufs Meer hinausstarre, meine letzten Minuten in Freiheit verbringe und darauf warte, dass sie kommen, denke ich zurück. An all die, die hier auf diesem Zettel stehen und die ich nie wiedersehe werde, weil ich dafür sorgen muss, dass endlich wieder Ruhe in diesen Ort kommen wird.

Die, die hier leben, werden es nicht tun, solange sie mich haben. Ihr Opfer, das sie quälen und verfolgen können.

Ich halte immer noch das Teppichmesser in meiner Hand. Ich habe es die ganze Zeit festgehalten, wie ein Maskottchen, einen Talisman, den man bei sich haben muss, damit er einen beschützt.

Er wird mir helfen, alles hinter mir zu lassen, die Bilder von Olivia nicht mehr länger ertragen zu müssen und die jetzt wieder vor meinen Augen aufblitzen.

Ist ihre Mutter schon mit meinem Handy bei der Polizei gewesen? Haben sie die Bilder von Peter gesehen?

Und haben sie Olivia und Kathryn bereits gefunden?

Ja, ich bin mir sicher, dass es so ist! Ich höre Sirenen aus der Ferne näher kommen.

Es ist soweit

Ich muss mich beeilen - meine Zeit läuft ab!

Ich habe alles verloren.

Mein Leben ist vorbei.

Alles ist vorbei!

Es fehlt nur noch dieser eine kleine Schnitt.

Ich muss nur noch die Klinge ansetzen.

An der richtigen Stelle an meinem Handgelenk.

Die Klinge durchziehen, nicht waagerecht, sondern senkrecht. Das kalte Metall innen über meine Pulsadern nach oben bis zu meinem Ellbogen schneiden … lassen.

Ich muss …

Ende

Zu guter Letzt:

Etwas Informatives über mich selber schreiben, wer ich bin und warum ich schreibe, ist eines der Dinge, die mir noch nie leicht gefallen sind.

Vieles, was ich bisher in meinem Leben erlebt habe, ist alles andere als einfach gewesen und das Schreiben hilft mir, dieses zu verarbeiten. Aber keiner der Schicksalsschläge ist der Schlüsselmoment, welcher mich dazu brachte, meine Fantasie auf Papier zu bringen. Der eigentliche Auslöser war eine Deutschlehrerin, die den Stein ins Rollen brachte, in dem sie das, was andere für »Spinnerei« hielten, als ein Talent ansah. Ihr Satz: „Erzähle den anderen Kindern keine Lügen, sondern kleide deine Fantasie in geschriebene Worte, mit denen du wunderbare Geschichten erzählst", machte mich zu dem, was ich heute bin - eine Autorin.

Wer bin ich und wie würde ich mich beschreiben? Ich bin ein Mensch, wie jeder andere, und genauso möchte ich auch wahrgenommen werden. Ich habe Träume, Wünsche, Ängste und Hoffnungen. Das Einzige, was mich vielleicht ein klein wenig von einigen anderen unterscheidet, sind die Momente, wenn ich mich ans Notebook setze und zu schreiben beginne. Was dann mit mir passiert, ist mit der Aussage „Ich bin dann mal weg" die beste Möglichkeit, um es kurz und knapp in einem Satz zu fassen. Nein, meine Finger gleiten oder schweben nicht über die Tastatur. Ich würde mich eher so beschreiben: Fluchend, lachend, Selbstgespräche führend, auf die Buchstaben drückend, manchmal sanft, manchmal hämmernd, findet meine Fantasie ihren Weg und wird irgendwann zu einem Buch. Bis dahin wechseln sich bei mir Begeisterung und Selbstzweifel ab.

Die Zukunft? Ich hoffe, sie wird gut sein und lässt zu, dass ich mir meinen Traum, vom Schreiben leben zu können, erfülle. Zurzeit wandle ich wieder einmal in Malvadin an der Seite von Wusch umher. Die Fortsetzung von „Malvadins Zauber Wusch" nimmt mich wieder mit auf die Reise in das Genre „Fantasy". Nach „Der Lügnerin Schuld" tut es gut, mit „Malvadins Vermächtnis Wusch" wieder einmal etwas Schönes zu schreiben und auch zu erleben.

Zum Abschluss möchte ich sagen, dass ich das Glück habe, eine Familie, Freunde, ein fantastisches Team, ja sogar eine Facebook - Gruppe „Die Thrillerspoilerbande" hinter mir stehen zu haben, die mich auf meinem Weg unterstützen.

Danke an Sonja Nanninga, dass Du immer wieder mit einem Lächeln, einem Scherz, meine Rechtschreibfehler korrigierst und auch manchmal meine etwas wirren Gedanken, die ich zu Papier bringe, sortierst.

Danke an das Cover Art Studio. Die gemeinsame Arbeit, Deine Geduld mit mir und das Resultat - Deine Cover, Martin - you are awesome.

Danke an meine Testleser Simone, Olivia, Diana, Nicole und Katharina. Bessere „Erst Leser" als Euch, kann sich ein Autor nicht wünschen.

Danke auch an alle in der Thrillerspoilerbande, die mir ihren Namen für die Geschichte geliehen haben, die genauso wie ich gezittert und bei der Entstehung meines Psychothrillers mitgewirkt haben. Leute, Ihr seid nicht nur eine „Bücher-gruppe" für mich.

Ganz lieben Dank an alle meine Freunde und meine Familie, dass Ihr es mit mir und meinen Stimmungsschwankungen aushaltet. Dass Ihr immer noch für mich da seid, auch wenn ich in meiner Schreiberwelt versinke.

Was wäre ich nur ohne Euch alle!

Zum Abschluss, und bevor ich endgültig *Tschüss* sage, ein allerletztes Wort zu „Der Lügnerin Schuld".

Die Geschichte zu dem Buch entstand durch meine Gedanken zum Thema Mobbing und die damit verbundene Ausgrenzung vieler Menschen. Ein Thema, das immer noch relevant ist und dafür sorgt, dass viele von uns psychisch erkranken und im schlimmsten Fall Suizid begehen. Gerade heutzutage durch die sozialen Medien, ist dieses Thema eines, mit dem wir uns befassen müssen. War schon „früher" Mobbing etwas, was tagtäglich geschah, ist es heute etwas, was im Sekundentakt geschieht.

Meine Bitte an Euch alle:

Vergesst nie, Worte können Leben retten und Worte können Leben zerstören. Auch Euer Handeln kann das. Was auch immer ihr tut, macht es mit Bedacht. Seht den Menschen in Eurem Gegenüber mit seinen Gefühlen und Gedanken. Genau solche, wie ihr sie auch habt und behandelt ihn, wie auch ihr behandelt werden möchtet.

Danke schön